Ren Dhark
Weg ins Weltall
Band 37

Rückkehr ins Ungewisse

Herausgegeben von
HAJO F. BREUER

Unitall

Lieferbare Ren Dhark-Bücher

Ren Dhark Classic-Zyklus
Die Heftserie
Paperback/Hardcover
HJB-Ausgabe/Lizenzausgabe
je 352 Seiten, € 16,90
Bände 1-16

Ren Dhark Drakhon-Zyklus
Die Fortführung der Heftserie bei HJB
Buchausgabe, 352 Seiten, € 16,90
Bände 1-24

Ren Dhark Platinum
Luxusausgabe, 160 Seiten, € 25,-
(1) »Legende der Nogk«

Ren Dhark Spezial
Nachdruck der alten Taschenbücher
und Lexikon (Band 5; € 4,90)
Buchausgabe, 304 Seiten
Band 1 € 11,90; Bände 2/3/5 € 14,90

Forschungsraumer CHARR
Paperback, 96 Seiten, € 6,-
Bände 1-12

Ren Dhark Sternendschungel Galaxis
Paperback, 96 Seiten, € 6,50
Zuletzt erschienen:
Band 45 »Die Macht d. Symbionten«
Band 46 »Ein verlorener Haufen«
Band 47 »Die Flotte der Verlorenen«
Band 48 »Die Schlacht über Odour«
Band 49 »Die stille Stadt«
Band 50 »Vorstoß nach Kurnuk«
Band 51 »Unglaubliche Lösung«
Band 52 »Weltuntergangsprogramm«
Band 53 »Geheimwaffe Kurnuk«
Band 54 »Drakhon für immer?«

Der Mysterious
Paperback, 96 Seiten, € 6,-
Bände 1-6

Ren Dhark-Raumschiffsmodelle
Bemalte 12 cm-Modelle mit Standfuß
und numeriertem Zertifikat,
Modell 2 EUROPA (300 Ex.)

Die Straße zu den Sternen (TCG)
TradingCardGame, 68 Karten, € 4,90

Ren Dhark Bitwar-Zyklus
Buchausgabe, 352 Seiten, € 16,90
Lieferbar: Bände 1-12

Ren Dhark – Weg ins Weltall
Das aktuelle Abenteuer
Buchausgabe, 352 Seiten, ab Band 34
272 Seiten, € 16,90
Zuletzt erschienen:
Bann 20 »Agenten gegen Cromar«
Band 21 »Imperator«
Band 22 »Unlösbares Rätsel«
Band 23 »Die Macht der Quanten«
Band 24 »Geheimnis des Weltenrings«
Band 25 »Gisol der Verzweifelte«
Band 26 »Notruf von Orn«
Band 27 »Die Schranke im Nichts«
Band 28 »Para-Attacke«
Band 29 »Tödliche Rückkopplung«
Band 30 »Priester des Bösen«
Band 31 »Jagd auf die POINT OF«
Band 32 »Sternengefängnis Orn«
Band 33 »Die Herren des Universums«
Band 34 »Stützpunkt in der Hölle«
Band 35 »Gigantenfalle«
Band 36 »Die Welt zerreißt«
Band 37 »Rückkehr ins Ungewisse«

Ren Dhark-Sonderbände
Neugeschriebene Einzelbände
Hardcover, 192 Seiten, € 11,90
Lieferbar: Bände 2-29

Unitall-Reihe
Neue, abgeschlossene Einzelromane
Hardcover, 192 Seiten, Band 1-17
€ 11,90; ab Band 18 € 12,90
Zuletzt erschienen:
Band 11 »Kalamiten«
Band 12 »Der Deserteur«
Band 13 »Peilung ins Nirgendwo«
Band 14 »Der Einsatz des Vernichters«
Band 15 »Welt aus dem Gestern«
Band 16 »Der Flug der JULES VERNE«
Band 17 »Kriegsgrund: Tarnit«
Band 18 »Sternenhaie«
Band 19 »Der Atomkrieg findet statt!«

Ren Dhark-Hörbücher
Laufzeit je Box ca. 7 Stunden
Box 1-5, Einzelpreis je € 9,-
Paketpreis Box 1-5 € 39,90

Rückkehr ins Ungewisse

von

UWE HELMUT GRAVE
(Kapitel 1 bis 4)

JAN GARDEMANN
(Kapitel 5 bis 8)

ACHIM MEHNERT
(Kapitel 9 bis 15)

und

HAJO F. BREUER
(Exposé)

1. Auflage

HJB Verlag & Shop KG
Schützenstr. 24
78315 Radolfzell
Bestellungen und Abonnements:
Tel.: 0 77 32 – 94 55 30
Fax: 0 77 32 – 94 55 315
www.ren-dhark.de

© REN DHARK: Brand Erben

Herausgeber: Hajo F. Breuer
Titelbild: Ralph Voltz
Printed in EU

© 2012 HJB Verlag & Shop KG
Dieses Buch erscheint unter dem
eingetragenen Warenzeichen UNITALL
Alle Rechte vorbehalten

Vorwort

Nun hat man also angeblich das Higgs-Teilchen gefunden – jenen vermeintlich letzten Baustein unter den subatomaren Partikeln, ohne dessen Nachweis das ganze Gebäude der theoretischen Physik auf tönernen Füßen steht. Laut Zeitungsmeldungen wurde dieses Teilchen bei einem Kollisionsexperiment im weltgrößten Teilchenbeschleuniger bei Genf »mit 99,99prozentiger Wahrscheinlichkeit« nachgewiesen. Wenn ich solche Meldungen lese, frage ich mich immer, ob man das der Meldung zugrunde liegende Experiment nicht von vornherein so gestaltet hat, daß man zu den gewünschten Ergebnissen kam.

Aber lassen wir das einmal beiseite und gehen davon aus, daß man das Higgs-Teilchen tatsächlich gefunden hat. Was bringt uns das wirklich? Eigentlich nicht mehr als die Bestätigung dafür, daß das momentane Weltbild der theoretischen Physik nicht gegen reale Erkenntnisse verstößt. Unser Verständnis von den Dingen an sich hat es aber nicht wirklich weitergebracht. Das Higgs-Teilchen trägt ja nach diesem Weltbild die Verantwortung dafür, daß Materie über Masse verfügt und somit die Grundlage für Schwerkraft bilden kann.

Hätte man aber tatsächlich verstanden, wie das Higgs-Teilchen diese seine für die Welt nicht so ganz unerhebliche Aufgabe erfüllt, dann wäre man auch in der Lage, die Schwerkraft zu manipulieren und beispielsweise statt großen Ladekränen Antischwerkraftprojektoren einzusetzen. Was ich damit sagen will: Auch wenn unsere Physiker darüber jubilieren, daß ihr theoretisches Gebäude vom Zusammenhalt der Welt nicht widerlegt wurde, so wissen sie dennoch nicht wirklich, wie dieser Zusammenhalt funktioniert. So groß die Entdeckung von Genf auch gewesen sein mag, zeigt sie uns letzten Endes doch nur, wie wenig wir bisher tatsächlich wissen und wie viel es noch zu erforschen gilt.

Das wiederum ist das Stichwort für Ren Dhark, den nimmermüden Welten- und Weltraumerforscher, der mit dem vorliegenden Roman in einen völlig neuen Abschnitt seines Lebens eintritt – nachdem er die schwerste Entscheidung getroffen hat, der er sich jemals stellen mußte. Zum zweitenmal kehrt er aus der Galaxis Orn in die heimatliche Milchstraße zurück. Doch diesmal ist es eine *Rückkehr ins Ungewisse...*

Giesenkirchen, im Juli 2012
Hajo F. Breuer

Prolog

Im Herbst des Jahres 2067 scheint sich das Schicksal endlich einmal zugunsten der Menschheit entwickelt zu haben. Deren Hauptwelt heißt längst nicht mehr Terra, sondern Babylon. 36 Milliarden Menschen siedelten auf diese ehemalige Wohnwelt der Worgun um, als die irdische Sonne durch einen heimtückischen Angriff zu erlöschen und die Erde zu vereisen drohte. Mittlerweile konnte die Gefahr beseitigt werden, und das befreundete Weltallvolk der Synties hat den Masseverlust der Sonne durch die Zuführung interstellaren Wasserstoffgases fast wieder ausgeglichen.

Die Erde ist erneut ein lebenswerter Ort, auf dem allerdings nur noch rund 120 Millionen Unbeugsame ausgeharrt haben. Die neue Regierung Terras unter der Führung des »Kurators« Bruder Lambert hat es sich zur Aufgabe gemacht, die Erde nach dem Vorbild Edens in eine Welt mit geringer Bevölkerungsdichte, aber hoher wirtschaftlicher Leistungskraft zu verwandeln und ist deshalb nicht bereit, die nach Babylon Ausgewanderten wieder auf die Erde zurückkehren zu lassen.

Allerdings haben auch die wenigsten der Umsiedler konkrete Pläne für einen neuerlichen Umzug innerhalb so kurzer Zeit. Es kommt die katastrophale Entwicklung hinzu, die Babylon seit dem Umzug der Menschheit nahm: Durch eine geschickt eingefädelte Aktion war es dem höchst menschenähnlichen Fremdvolk der Kalamiten gelungen, den Regierungschef Henner Trawisheim, einen Cyborg auf geistiger Basis, derart zu manipulieren, daß er zu ihrem willenlosen Helfer und Vollstrecker bei der geplanten Übernahme der Macht über die Menschheit wurde. Erst in allerletzter Sekunde gelang die Revolution gegen die zur Diktatur verkommene Regierung von Babylon und damit gegen die heimlichen Herren der Menschheit, die Kalamiten. Während den meisten der Fremden die Flucht gelang, wurde Trawisheim aus dem Amt entfernt und in ein spezielles Sanatorium für Cyborgs gebracht.

Daniel Appeldoorn, der schon zu den Zeiten, als Babylon noch eine Kolonie Terras war, als Präsident dieser Welt fungiert hatte, bildete mit seinen Getreuen eine Übergangsregierung, deren wichtigste Aufgaben es sind, das Unrecht der Diktatur wiedergutzumachen und neue, freie Wahlen vorzubereiten.

Gleichzeitig ist es Ren Dhark und seinen Getreuen gelungen, die geheimnisvolle Schranke um Orn abzuschalten – und mit ihr auch die verhängnisvolle Strahlung, die die Worgun, das bedeutendste Volk dieser Sterneninsel, in Depressionen, Dummheit und Dekadenz trieb. Somit hat sich Ren Dhark nun schon zum zweitenmal als der Retter von Orn erwiesen, der sich vom glühenden Bewunderer der einst so geheimnisvollen Worgun oder Mysterious gewissermaßen zu einem »Schutzheiligen« dieses Volkes von Gestaltwandlern entwickelt hat. Nach diesem großen Erfolg steht einer Rückkehr in die Heimat eigentlich nichts mehr entgegen...

Allerdings würde Ren Dhark diesen Flug am liebsten gar nicht antreten, denn zurück auf Terra muß er eine Entscheidung treffen, die er fürchtet: Auf dem Planeten Eden, der sich immer mehr zur Technologiezentrale der Menschheit mausert, ist es der Forschergruppe um den genialen Robert Saam gelungen, in aller Heimlichkeit ein Verfahren zu entwickeln, das einige wenige Menschen biologisch unsterblich machen kann. Terence Wallis, der Besitzer und uneingeschränkte Herr von Eden, hat Dhark angeboten, auch ihn behandeln zu lassen. Der hat sich Bedenkzeit ausgebeten – und Wallis die Zusage abgerungen, neben ihm noch sieben weitere bedeutende Terraner unsterblich zu machen. Nun steht er vor der Aufgabe, sieben Menschen auszuwählen, die den Tod nicht mehr fürchten müssen – und droht an dieser Herausforderung zu zerbrechen...

1.

»Der Preis war einfach zu hoch«, sagte Ren Dhark niedergeschlagen. »Wir hätten einen anderen Weg finden müssen, um die Schranke von Orn abzuschalten.«

Der weißblonde 38jährige Commander der POINT OF hielt sich in seiner Unterkunft auf. Seine Lebensgefährtin, der weibliche Cyborg Amy Stewart, war an Bord anderweitig beschäftigt. Dennoch war er nicht allein. Artus war ihm besorgt gefolgt, um ihm seelisch beizustehen – obwohl er als zwar intelligentes und fühlendes, aber dennoch vornehmlich logisch denkendes Maschinenwesen eigentlich gar kein Talent dafür hatte.

»Es gab keinen anderen Weg«, meinte der grob einem Humanoiden nachempfundene Großserienroboter mit dem tonnenförmigen Oberkörper aus Stahl. »Durch die Zerstörung der unterirdischen Anlage wurde eine ganze Galaxis befreit. Was ist dagegen ein einziger Planet, besetzt mit ein paar Millionen Lebewesen? Auf den anderen Welten leben Billionen.«

»Schon ein Todesopfer ist eines zuviel!« machte Dhark ihm unmißverständlich klar. »Ich bin froh, daß wir wenigstens einen einzigen Bewohner retten konnten. Leider gibt es außer Barmonn keinen Überlebenden. Das Schwarze Ringloch hat alle Bruchstücke der Scheibenwelt aufgesogen – bevor es selbst verpufft ist.«

Hätte Artus eine menschliche Stirn besessen, hätte er sie jetzt vermutlich in Falten gezogen, angesichts dieser verkürzten, völlig unwissenschaftlichen Darstellung der Ereignisse. Für die Auflösung des Schwarzen Rings hätte er jedenfalls trefflichere Begriffe verwendet als ausgerechnet »verpufft«.

Barmonn war ein greiser Wissenschaftler aus dem Volk der

Yggsidral, der auf der zerstörten Scheibenwelt Schekal gegen seinen Willen festgehalten worden war und dort zuletzt als Bibliothekar gearbeitet hatte. Unter anderem um eine Geschichtsfälschung zu vertuschen, hatte man ihm verboten, auf die Ursprungswelt der Weißhäutigen, Dralheim, zurückzukehren.

Ren Dhark beschäftigten in diesem Zusammenhang noch diverse Ungereimtheiten.

»Laut Barmonns Schilderung glaubten die Yggsidral auf Schekal, Dralheim sei zerstört worden, kannten angeblich nicht einmal mehr Dralheims Koordinaten. Dennoch muß es bereits vor Barmonns Ankunft irgendwann einmal Kontakt zwischen den Dralheim-Yggsidral und den hiesigen gegeben haben; anders kann ich mir nicht erklären, weshalb auf beiden Planeten ähnliche Baldurenlegenden herumgeisterten. Man könnte fast meinen, die Regierungen beider Volksgruppen hätten sich untereinander abgesprochen, zwecks gemeinsamer Verfälschung ihrer Historie – was aber eigentlich unmöglich ist, da die Schekaler die Dralheimer für tot hielten und die Dralheimer wiederum nichts von Schekals Existenz wußten.«

»Beziehungsweise von der Existenz des ursprünglichen Wohnplaneten der Schekaler«, ergänzte Artus, »denn Schekal wurde ja erst sehr viel später besiedelt. Leider weiß Barmonn nicht, wo sich jene Wohnwelt befindet, sonst könnten wir nachsehen, ob dort noch weitere Yggsidral leben.«

»Wozu? Auf diese Begegnung kann ich getrost verzichten, die Bleichen machen einem nichts als Ärger«, erwiderte Dhark, und seine Miene nahm einen entschlossenen Ausdruck an. »Allmählich sollten wir wieder mehr an uns selbst denken, immerhin trage ich die Verantwortung für die gesamte Besatzung – und die möchte so bald wie möglich nach Hause. Über ihre seltsamen, von Lügengespinsten umwobenen Legenden sollen sich die Yggsidral – welche auch immer – gefälligst selbst den Kopf zerbrechen.«

»Recht so«, entgegnete Artus, der bereits Heimweh hatte. »Was gehen uns die Märchen und Sagen fremder Völker an, egal ob wahr oder verfälscht? Wir sind Terraner und sollten endlich nach Terra zurückkehren.«

»Das werden wir«, versicherte ihm der Commander, »allerdings nicht auf direktem Wege. Bevor wir die Galaxis Orn verlassen, gibt es noch einiges zu erledigen.«

Artus gab einen seufzerähnlichen Maschinenlaut von sich. »Das habe ich befürchtet. Soll ich ›die üblichen Verdächtigen‹ im Konferenzraum zusammenrufen?«

»Ich bitte darum, ziehe jedoch die Messe dem Konferenzraum vor. Es macht nichts, wenn sich dort weitere Besatzungsmitglieder aufhalten, ich habe keine Geheimnisse vor meiner Mannschaft.«

*

Einige Zeit später hatte sich Commander Dhark soweit gefangen, daß er sich fit genug fühlte, um sich mit den führenden Köpfen der POINT OF im Gespräch auszutauschen. Niemand merkte ihm seine Verzweiflung an. Was geschehen war, war geschehen, damit mußte er sich abfinden – lebendig machen konnte er all die Toten ohnehin nicht mehr.

Als Dhark erfuhr, daß die Schranke um Orn den Messungen zufolge definitiv nicht mehr vorhanden war, wirkte er fast erleichtert – wenigstens war das Massensterben nicht total sinnlos gewesen.

Als er sich seines nüchtern-logischen Gedankengangs bewußt wurde, erschrak er ein wenig vor sich selbst.

»Eines ist mir noch nicht ganz klar«, meldete sich der Kontinuumsexperte Iwan Fedorewitsch zu Wort. »Wann genau haben die Yggsidral eigentlich mit der Manipulation der Schranke begonnen?«

»Schwer zu sagen«, antwortete Dhark. »Als die Funktionsfähigkeit der Schranke mit der DANROL getestet wurde, hatten die 28 an Bord befindlichen Wissenschaftler den subjektiven Eindruck, unmittelbare Zeugen der gravierenden Veränderungen zu sein. Da die Meßergebnisse aber nicht eindeutig und somit Auslegungssache sind, könnte die Übernahme der Schranke durch die Yggsidral bereits viel früher erfolgt sein.«

»Demnach wissen wir nicht genau, wie lange die Ornvölker –

allen voran die Worgun – der Psychostrahlung ausgesetzt waren«, stellte Wolfram Bressert nachdenklich fest. »Sie könnten uns feindlich gesinnt sein, wenn wir auf Epoy landen.«

Dhark zeigte sich verblüfft. »Woher wissen Sie, daß ich beabsichtige, nach Epoy zu fliegen?«

»Wie lange sind Sie schon unser Commander?« stellte Bressert ihm die Gegenfrage, und damit war alles gesagt.

Kaum jemand an Bord hatte wirklich damit gerechnet, daß Dhark direkt nach dem Zusammenbruch der Schranke um Orn den Rückstartbefehl in die Milchstraße geben würde, doch alle hatten im stillen darauf gehofft. Vergebens. Manch einem stand die Enttäuschung ins Gesicht geschrieben, aber keiner protestierte.

»Als erstes fliegen wir Hellhole an«, teilte Dhark seinen Männern mit. »Die DANROL dürfte sich schon auf dem Weg dorthin befinden, vorausgesetzt, die Reparaturroboter haben den Riesenringraumer inzwischen wieder flugtüchtig gemacht. Ich brauche dieses Schiff unbedingt für unseren Auftritt auf Epoy.«

»Auftritt?« wiederholte der Erste Offizier verwundert.

Dhark nickte. »Falls Mister Bressert recht hat, kann es nichts schaden, bei den Worgun ordentlich Eindruck zu schinden. Sie sollen begreifen, daß mit uns nicht gut Kirschen essen ist, damit sie erst gar nicht auf den Gedanken kommen, sich mit uns anzulegen.«

»Glauben Sie wirklich, das sei nötig?« entgegnete Hen Falluta verwundert. »Immerhin sind Sie der allseits beliebte ›Retter von Orn‹.«

»So etwas kann sich schnell ändern«, befürchtete Dhark. »Heute ist man für die Massen ein Held, und morgen fordern sie deinen Kopf. Wir müssen berücksichtigen, daß wir es nicht mit normal denkenden Wesen, sondern mit... mit Halbpsychopathen zu tun haben. Anfangs beteten die Worgun die Yggsidral an, dann wollten sie plötzlich alle Bleichen um die Ecke bringen. Auch die gnadenlose Hatz auf ihre besiegten Feinde, die Zyzzkt, weist psychopathische Züge auf.«

»Psychopathen rasten oft grundlos aus, wogegen das Verhalten der Worgun bis zu einem gewissen Grad nachvollziehbar ist«, widersprach ihm Leon Bebir, der Zweite Offizier. »Schließlich haben die Zyzzkt fast ihr gesamtes Volk ausgerottet und alle Überlebenden versklavt. Nach ihrer Befreiung waren die Worgun daher vom Rachegedanken geradezu besessen. Und als sie erfuhren, daß die Yggsidral auf anderen Planeten Hetzreden gegen sie schwangen, rückten die Bleichen schlagartig auf Platz eins der ›Abschußliste‹.«

»Eine hochintelligente Spezies wie die Worgun müßte sich aber besser im Griff haben«, lautete Dharks Erwiderung. »Ich bin überzeugt, ihre Emotionsschwankungen und die immens starken Rachegelüste stehen in unmittelbarem Zusammenhang mit der jahrelangen Dauerbestrahlung. Theoretisch könnten sie ihr Fähnchen inzwischen wieder in den Yggsidralwind halten. Wir wissen also nicht, wie sie reagieren, wenn wir sie mit der Tatsache konfrontieren, daß wir soeben Millionen der Bleichen umgebracht haben.«

»Nicht umgebracht, sondern in Notwehr getötet«, verbesserte ihn Hen Falluta vehement.

Dhark schaute ihn ärgerlich an. »Für die Toten macht das keinen Unterschied. Doch anscheinend liegt es in unserer menschlichen Natur, bestimmte Dinge schönzureden. Feldherr klingt heroischer als Kriegstreiber, Korpulenz manierlicher als Fettleibigkeit, Genußtrinker gefälliger als Säufer...«

Er hielt in der wahllosen Aufzählung seiner Beispiele abrupt inne, weil ihm bewußt wurde, daß er im Begriff war, seiner Besatzung ungerechtfertigte Vorwürfe zu machen. Nun hatte er sich doch noch gehenlassen, und genau das hatte er partout vermeiden wollen.

»Tut mir leid«, entschuldigte er sich. »Es steht mir nicht zu, mit Ihnen derart hart ins Gericht zu gehen. Ohne Ihr beherztes Eingreifen wäre ich jetzt nicht mehr am Leben. Das gilt auch für die übrigen Mitglieder unserer Stammannschaft; ebenso verdanken euch die Nomaden ihr Leben, nicht zu vergessen Artus... und Jimmy.«

Bei der Nennung des letzten Namens hatte er leicht gezögert, denn während Artus zweifelsohne über ein echtes Bewußtsein verfügte, gab es bei Jimmy, der fortwährend behauptete, ebenfalls zu »leben«, berechtigte Zweifel. Der nach dem Vorbild eines Scotchterriers gebaute Roboterhund konnte sich zwar selbst programmieren und somit eigene Entscheidungen treffen, aber wirkliches Leben war etwas anderes. Dhark hatte Jimmy nur erwähnt, weil dieser mitsamt seinem Erbauer, dem korpulenten (beziehungsweise fettleibigen) Ingenieur Chris Shanton in der Messe anwesend war.

»Einen hast du vergessen, Dhark«, erinnerte ihn Artus, der grundsätzlich jeden duzte und beim Nachnamen anredete.

»Richtig!« fiel es dem Commander ein. »Was wurde eigentlich aus Barmonn? Seit unserer überstürzten Flucht von Schekal habe ich ihn nicht mehr zu Gesicht bekommen.«

»Stanley Oliver hat sich seiner angenommen«, wußte Bebir. »Bei ihm sind Neuankömmlinge stets in den besten Händen.«

*

Obwohl die POINT OF mit 180 Metern Durchmesser nicht zu den größten Ringraumern zählte, war sie dennoch ein außergewöhnliches Schiff, was vor allem dem Checkmaster zuzuschreiben war – einen solchen Bordrechner gab es kein zweites Mal im Universum. Auch sonst hob sich das wie ein Privatunternehmen geführte Raumschiff von der Masse ab.

Zu den vielen Besonderheiten zählte beispielsweise der »Hausmeister«. Dem 52jährigen, aus Liverpool stammenden Bordtechniker Stanley Oliver stand zwar eine kleine Hilfstruppe zur Verfügung, doch am liebsten bewältigte er die täglichen Aufgaben selbst. Vor allem bei der Unterbringung von Außerirdischen ließ er sich nicht gern hineinreden, denn er hielt sich auf diesem Gebiet für einen Experten.

Barmonn hatte ziemlich verloren gewirkt, nachdem die Schekal-Einsatztruppe in letzter Sekunde dem Tod von der Schippe gesprungen und an Bord gekommen war, daher hatte sich Stanley des greisen Yggsidrals angenommen. Er hatte ihm eine geräumige Unterkunft zugewiesen und versucht, eine Unterhaltung mit ihm zu führen. Barmonn war anfangs jedoch nicht sonderlich gesprächig gewesen.

Erst nach und nach taute er auf und vertraute dem Terraner an, was in ihm vorging. Barmonn litt darunter, daß er nunmehr zum zweitenmal im Leben seine Heimat verloren hatte.

»Nach meiner Landung auf Schekal durfte ich nicht mehr nach Dralheim zurückkehren. Somit wurde die Scheibenwelt mein neues Zuhause. Zum Schluß hin fühlte ich mich dort richtig wohl, und meine Arbeit als Bibliothekar bereitete mir viel Freude. Und nun ist alles unwiederbringlich verschwunden. Wozu lebe ich überhaupt noch? Warum habt ihr mich nicht mit den anderen sterben lassen?«

»Weil das nicht in unserer Natur liegt«, antwortete Stanley. »Wir retten sogar Selbstmörder, die des Lebens überdrüssig sind.«

Im Grunde genommen sahen die Yggsidral zum Fürchten aus: fast zwei Meter groß, kalkweiße Haut, zwei verschließbare Atemschlitze anstelle der Nase, starke Fingerkrallen sowie lippenlose Münder mit spitzen Zähnen. Barmonn wirkte momentan jedoch alles andere als furchterregend, er bot ein Bild des Jammers. Stanley empfand Mitleid mit ihm.

»Du könntest nach Dralheim zurückkehren«, schlug er vor.

»Ich kenne da niemanden mehr«, entgegnete Barmonn resignierend. »Dort wäre ich ein Fremder unter meinesgleichen. Meine damaligen Verwandten und Freunde ruhen längst in ihren Kubusgrüften.«

»Kubusgrüfte?«

»Auf Dralheim ist es Sitte, Verstorbene mit Hilfe einer speziellen Maschine zu zerkleinern, damit ihre Überreste in einen kubusförmigen Metallbehälter passen. Jene Behälter werden dann beschriftet und in Totengrüften platzsparend gestapelt. Ich nehme an, ihr verfahrt mit euren Toten ähnlich, oder?«

»Wir verbrennen sie entweder, oder wir legen ihre Körper der Länge nach in Särge, die wir auf sogenannten Friedhöfen eingraben. Dort verrotten die Toten im Laufe der kommenden Jahre mitsamt den hölzernen Kisten. Auf diese Weise können wir die Grabstellen mehrfach nutzen.«

Barmonn schüttelte sich. »Heißt das, ihr legt frisch Verstorbene in eine bereits gebrauchte Grube? Das klingt ja barbarisch.«

Stanley hatte ebenfalls ein barbarisches Bild vor Augen: Leichen, die in blutverschmierte Maschinen geschoben und dort zerhackt wurden, um Platz zu sparen. Ihm lief eine Gänsehaut über den Rücken, und er verspürte einen leichten Würgereiz.

Der Yggsidral hatte offenbar keine Magenprobleme – er erkundigte sich nach den Essenszeiten an Bord.

»Ich bringe dir etwas«, entgegnete Stanley, der selbst keinen Bissen heruntergebracht hätte, und verließ den Raum.

*

Dhrk war ein Christkind – zwar nicht *das* Christkind, doch der kleine Zyzzkt hatte am Heiligabend 2066 das Licht der Welt erblickt. Weil sich die aufrechtgehenden Bockkäfern ähnelnden Insektoiden verhältnismäßig schnell entwickelten, konnte der Junge bereits gehen und sprechen.

Seine Mutter Xrssk hatte in einem Lagerraum der POINT OF insgesamt 35 Schlüpflinge zur Welt gebracht. Ren Dhark hatte die trächtige Zyzzktfrau vor der Lynchjustiz gerettet und ihr in seinem Schiff Asyl gewährt. Aus Dank hatte sie ihm ihr Erstgeschlüpftes in die Arme gelegt – seither war der Commander für den Kleinen Freund, Bruder und Patenonkel zugleich. Dhrks erstes Wort war »Krrkrrk!« gewesen, was der Checkmaster mit »Vater« übersetzt hatte.

Streifzüge durchs Schiff gehörten seit einiger Zeit zu Dhrks Lieblingsbeschäftigung. Oftmals war er mit seinen Geschwistern unterwegs, doch an diesem Tag zog er einen Alleingang vor.

Das Verschwinden seines Krrkrrk und die damit verbundene Aufregung waren ihm natürlich nicht entgangen. Als Dhark dann wieder aufgetaucht war, hatte Dhrk sich riesig gefreut, doch in der Hektik hatte ihn niemand beachtet. Das machte ihn traurig; seither streifte er leicht deprimiert über die Decks.

Der Zufall führte ihn in Barmonns Unterkunft, kurz nachdem Stanley Oliver selbige verlassen hatte...

Dhrk staunte nicht schlecht, als er Barmonn in einem viel zu breiten Sessel erblickte. Ihm war gar nicht aufgefallen, daß sein Krrkrrk einen Gast mitgebracht hatte. Zur Besatzung gehörte der Weiße ganz sicher nicht, denn ein solches Wesen hatte er hier an Bord noch nie gesehen.

Hingegen wußte der Yggsidral sehr genau, welche Spezies er vor sich hatte – und er hielt Ausschau nach einer Fliegenklatsche.

Mit den Zyzzkt verband er keine guten Erinnerungen.

»Wer bist du?« fragte ihn der Kleine neugierig und angstfrei.

In einem Wandregal stand das Übersetzungsgerät, mit dessen Unterstützung sich Stanley und Barmonn unterhalten hatten. Offensichtlich hatte man es auch auf die Knacklaute der Insektoiden justiert, so daß der Yggsidral jedes Wort verstand.

»Ein alter Mann«, antwortete er nur. »Und du? Was bist du für einer? Hast du dich auf dieses Schiff verirrt?«

»Aber nein, ich wohne hier. Der Kommandant ist mein Vater.«

Das konnte Barmonn sich nur schwerlich vorstellen. Vor seinem inneren Auge erschien die erschreckende Szene einer gemeinsamen Massenorgie von Zyzzkt und Terranern, und er hatte plötzlich ein genauso flaues Gefühl im Magen wie der Hausmeister.

Ihm stand der Sinn nach frischer Luft, doch in einem Raumschiff war es nicht ratsam, während des Fluges auszusteigen. Daher entschloß er sich, ein paar Schritte auf und ab zu gehen.

Barmonn schaffte es jedoch nicht einmal mehr, aus dem Sessel hochzukommen.

In den letzten Tagen hatte er sich recht schwach gefühlt, was sich durch die hektische Flucht von Schekal noch verschlimmert hatte.

Er sehnte sich nach Schlaf und Ruhe – nach sehr viel Ruhe.

»Geht es dir nicht gut?« fragte Dhrk besorgt.

»Es ist alles in Ordnung«, behauptete Barmonn, während er sich langsam in den Sessel zurücksinken ließ. »Ich bin nur müde.«

»Schade, ich dachte, wir könnten irgendwas spielen.«

»Ein andermal«, erwiderte der Alte – wohlwissend, daß es

dieses Andermal niemals geben würde.

Sein Kopf sank beiseite, und er rührte sich nicht mehr.

»Schlaf gut, weißer Mann«, flüsterte Dhrk und zog sich leise aus der Kabine zurück.

*

Das Aussehen der vierfingrigen, durchschnittlich zwei Meter großen Nomaden erinnerte an aufrechtgehende Dobermänner ohne Fell. Ihre Haut war schwarz. Derzeit gehörten zahlreiche männliche und weibliche Karrorr, wie sie ihr Volk selbst nannten, zur Besatzung der POINT OF.

Nicht nur der Rudelführer Pakk Raff und sein Berater Priff Dozz durften sich in der Zentrale aufhalten, sondern auch die Auszubildenden ihres Volkes, die hier den Umgang mit Ringraumern lernen sollten. Diese einst von den Worgun ersonnene Schiffsgattung war nun einmal das Fortschrittlichste, das es im menschlichen Einzugsbereich gab. Selbst die Zyzzkt hatten Ringschiffe geflogen, ja, sogar in Andromeda war man auf welche gestoßen.

Deshalb war es nicht länger hinnehmbar, daß ausgerechnet enge Verbündete der Menschheit das Weltall weiterhin mit ihren veralteten Kreuzraumern durchstreiften. Dieser Meinung war zumindest Terence Wallis, einstmals reichster Mann der Erde, inzwischen Staatsoberhaupt von Eden, dem dritten von sieben Planeten des Solaris-Systems.

Für den Flug nach Orn hatte er Ren Dhark neun zusätzliche Ringraumer zur Verfügung gestellt – im Gegenzug für die Ausbildung der Nomaden.

Priff Dozz, der sich in der Goldenen Pyramide freiwillig für den Abtransport der Verwundeten gemeldet und sich dadurch geschickt vor den Kämpfen auf Schekal gedrückt hatte, wich dem Rudelführer nicht von der Seite. Es machte ihn unsagbar glücklich, daß Pakk Raff nichts zugestoßen war. Wenn man mitunter beobachtete, wie ruppig Raff mit seinem kuschenden Berater umsprang, konnte man die beiden glatt für Erzfeinde halten, doch sie pflegten eine enge freundschaftliche Beziehung, in der einer für den anderen einstand.

»Mußt du mir dauernd im Weg herumstehen?« regte sich der Rudelführer auf, als er Priff Dozz in der Zentrale versehentlich anrempelte. »Weißt du nicht, daß man zu seinem militärischen Vorgesetzten stets einen gewissen Abstand einhalten muß?«

»Wir befinden uns aber nicht auf einem Militärschiff, sondern an Bord eines Privatraumers«, widersprach ihm Dozz übermütig; derlei Frechheiten hatten ihm schon so manchen Nackenbiß beschert.

Bevor Pakk Raff etwas Grantiges erwidern konnte, betrat Stanley Oliver die Zentrale – zu Dharks Erstaunen, denn der stets korrekte Hausmeister erschien sonst nie unangemeldet im Allerheiligsten des Schiffes. Offensichtlich gab es dafür einen wichtigen Grund.

»Er ist tot«, erklärte Stanley ohne lange Umschweife. »Barmonn hat in seiner Kabine das Zeitliche gesegnet.«

»Wie konnte das passieren?« fragte Ren Dhark.

Stanley Oliver hob die Schultern. »Einfach so.«

»Unsinn. Niemand stirbt einfach so.«

»Barmonn schon. Wir hatten uns über die seltsamen Bestattungsriten auf Dralheim unterhalten, und ich ging weg, um ihm etwas zu essen zu holen. Als ich wiederkam saß er in seinem Sessel, den Kopf zur Seite geneigt, und gab keinen Mucks mehr von sich. Natürlich habe ich mich sofort mit der medizinischen Abteilung in Verbindung gesetzt. Der Arzt konnte jedoch nur noch seinen Tod feststellen.«

»Todesursache?« hakte der Commander nach.

»Eindeutig Altersschwäche«, erhielt er zur Antwort.

»Herrlich, so möchte auch ich eines Tages abtreten!« entfuhr es Leon Bebir. »Man ahnt nichts Böses, und bevor man sich's versieht... Entschuldigung, das war wohl pietätlos.«

»An Bord dieses Schiffes darf jeder ehrlich sagen, was er denkt«, entgegnete Dhark. »Wir werden Barmonn in einen Metallsarg legen und ihn dem Weltall übergeben. Oder spricht etwas dagegen, Stanley? Was sind das für Bestattungsriten, die Sie gerade erwähnten?«

»Nun ja, die Yggsidral verwenden in der Tat Metallbehälter

zur Aufbewahrung sterblicher Überreste«, druckste Stanley herum. »Selbige sind allerdings wesentlich kleiner als unsere Särge. Viel, viel kleiner.«

»Und wie passen die Toten dort hinein?« erkundigte sich Dhark verblüfft.

»Man zerhackt sie in einer Maschine«, antwortete Stanley widerwillig.

»In einer Maschine?« wiederholte Pakk Raff sichtlich amüsiert. »Meine Zähne erledigen das gründlicher. Ich stelle mich gern zur Verfügung.«

»Kommt nicht in Frage«, kam Hen Falluta der Antwort des Commanders zuvor. »Unsere Mediziner können das auf dem Operationstisch wesentlich unblutiger erledigen.«

»Seid ihr komplett verrückt geworden?« fuhr Ren Dhark ärgerlich dazwischen. »Niemand rührt mir den Toten an, verstanden? Er bekommt das gewohnte Weltraumbegräbnis, fertig und aus.«

Sein Wort war in der POINT OF Gesetz. Und so ging Barmonn bald darauf in einem standardmäßigen Metallsarg auf seine letzte große Reise.

Stanley Oliver war überzeugt, das letzte Lebewesen zu sein, das der greise Yggsidral vor seinem Tod gesehen hatte. Er würde nie erfahren, wie sehr er sich im Irrtum befand.

*

Der im lebensfeindlichen Zentrum von Orn befindliche Kollapsar war rundum von einer Materiewolke umgeben. Seine Schwerkraft fing alles ein, was sich ihm näherte, und zwang es in die ringförmige Bahn. Aus der Innenseite des Ringes stürzte die Materie ins Schwarze Loch, und an den beiden Polen wurden lichtjahreweit hochenergetisch strahlende Jets ausgestoßen. Im nördlichen Jet schwebte ein etwa erdgroßer Planet: Hellhole alias Nomerca.

Dies war die Heimat von 1E-2K, einem vier Meter großen Worgunroboter, der gleich drei Bewußtseine beinhaltete, nämlich die der Wissenschaftler Aril, Kolat und Purom. 1E-2K stand für: 1 Entwickler, 2 Konstrukteure.

27 weitere Wissenschaftler der Worgun, die einstmals aus der Gefangenschaft der Zyzzkt geflohen waren, hatten auf Hellhole ebenfalls ein Zuhause gefunden. Ursprünglich waren es 28 gewesen, einer war jedoch den Machenschaften der Yggsidral zum Opfer gefallen.

In gemeinschaftlicher Arbeit mit 1E-2K hatten diese Männer den wohl umfangreichsten Ringraumer der Galaxis, wenn nicht sogar des ganzen Universums entwickelt. Das Forschungsschiff DANROL durchmaß 3600 Meter – war also zwanzigmal so groß wie die POINT OF – bei einer Ringstärke von 700 Metern.

Im Verlauf der Auseinandersetzungen mit den Yggsidral und deren Erfüllungsgehilfen hatte der Riesenraumer so einiges abbekommen. Nachdem er wieder halbwegs flugtüchtig gewesen war, hatte sich die Besatzung umgehend auf den Rückweg nach Hellhole gemacht, wobei unterwegs weitere Reparaturen vorgenommen worden waren.

Auf dem Raumflughafen von Hellhole bekam die DANROL nun quasi den letzten Schliff.

Die POINT OF war in der Nähe des Forschungsschiffs gelandet und nahm sich im Vergleich zu ihm wie ein Zwerg aus. Ren Dhark wurde auf dem Hafen von 1E-2K und dem Kommandantenquartett des großen Ringraumers empfangen: Chemiker Frebus, Biologe Glenga, Physiker Subbek und Ingenieur Meska. Die vier Gestaltwandler behielten meistens ihre Ursprungsform bei, sie ähnelten also Riesenamöben mit Tentakeln.

»Wir haben die Anlage zur Erzeugung der Schranke um Orn mittlerweile abgeschaltet«, teilte der Viermeterroboter Ren Dhark mit.

»Das ist mir bekannt«, erwiderte der Commander. »Unsere Messungen haben das komplette Verschwinden der Schranke registriert, einige Zeit nachdem auf Schekal jene Anlage zerstört wurde, mit der die Yggsidral die ursprüngliche Schranke manipuliert hatten. So etwas darf nie wieder passieren.«

»Das wird es auch nicht, dafür haben wir gesorgt«, versicherte ihm 1E-2K. »Wir haben unsere eigene Anlage nicht nur vollständig demontiert, sondern obendrein sämtliche Konstruktionsunterlagen vernichtet. Damit wäre der Weg aus unserer beziehungsweise in unsere Galaxis wieder frei. Die Balduren können nun ungehindert zu uns gelangen.«

Warum sollten sie? dachte Dhark, für den die Balduren genauso rätselhaft waren wie seinerzeit die Mysterious, denen er fast schon besessen hinterhergejagt war – bis sie sich als die Worgun entpuppt hatten.

Es gab Tage, da gingen ihm die »goldenen Götter«, wie sie vielerorts genannt wurden, so richtig schön auf den Geist. Nicht die Balduren selbst, genaugenommen, sondern vielmehr die zahlreichen Legenden, die sich um sie rankten – geheimnisvolle Schilderungen von Begebenheiten, die möglicherweise nie stattgefunden hatten und lediglich den abergläubischen Gehirnen ihrer universumweiten Anhängerschar entsprungen waren.

Beweise für die Existenz der Balduren gab es inzwischen zur Genüge, doch niemand konnte genau sagen, welche Geschichten nur Gerüchte und welche wahr waren. Die Yggsidral waren das beste Beispiel dafür. Wahrscheinlich hatten sie den Überblick über ihre teils getürkten Legenden inzwischen längst verloren und plapperten einfach nur das nach, was ihnen von Jugend an eingetrichtert wurde.

Aber verhielt es sich denn mit den Menschen anders? Was an den Schulen gelehrt wurde, wurde einfach als gegeben hingenommen und nur selten hinterfragt.

Am Himmel von Hellhole zeichnete sich in fünf Kilometern Höhe ein phantastisches Lichterspiel ab, hervorgerufen durch die energetischen Entladungen in der Meso- und Stratosphäre. Vor der Demontage der Schranke um Orn hatte die neutrinofreie Zone noch zehn Kilometer betragen.

»Wann ist die DANROL wieder einsatzbereit?« erkundigte sich Ren Dhark.

»In wenigen Stunden«, gab Meska ihm Auskunft. »Warum? Hast du einen Auftrag für uns?«

»Ich möchte lediglich eine Bitte äußern«, antwortete der Commander diplomatisch.

»Betrachte sie als gewährt, worum immer es sich handeln

mag«, sagte 1E-2K jovial.

Bald darauf startete die POINT OF ins All. Ren Dhark ließ einen To-Richtfunkspruch nach Terra Nostra absetzen...

*

Vor circa 15 Jahren, im April 2052, hatte Achmed Tofir ein den Terranern bis dato unbekanntes rotfunkelndes Superschwermetall entdeckt, dessen Bearbeitung nur durch ein spezielles Verfahren möglich wurde. Das seltene Material war vielseitig verwendbar und war sogar zum Bau von Ringraumern eingesetzt worden. Zu Ehren des Entdeckers nannten es die Menschen Tofirit; bei anderen Völkern war es als Ala-Metall bekannt.

Später fand man heraus, daß es Hyperfunkwellen bündelte und die Reichweite von Richtfunksendungen enorm verstärkte – wovon aus Unkenntnis kein anderes bekanntes Volk Gebrauch machte. Das technische Funktionsprinzip des abhörsicheren To-Richtfunks blieb vorerst das Geheimnis der Menschheit.

Doch nichts war so gut, daß es nicht noch verbessert werden konnte.

Sieben Jahre später, im April 2059, entwickelte das norwegische Genie Robert Saam, ein Mitarbeiter von Terence Wallis, einen neuartigen Werkstoff aus Kohlefaser und Tofirit. Das Material wies die Leichtigkeit der Kohlefaser und die Festigkeit des Tofirits auf, obwohl letzteres nur in Form weniger Atome in den Verbundwerkstoff, den man fortan Carborit nannte, eingebettet war. Von da an war es nur noch eine Frage der Zeit, bis die ersten Ovoid-Ringraumer aus tiefschwarzem Carborit vom Band liefen.

Neun von dieser Sorte trieben außerhalb der Galaxis Orn in Wartestellung im All, ohne Besatzung. Ren Dhark hatte sie dort zurückgelassen, kurz bevor er vom goldenen Planetenschiff der Balduren über die Schranke von Orn hinweg »nach drinnen geschubst« worden war. Durch den Wegfall der Schranke gelangte er nun ungehindert und ohne fremde Hilfe zurück zu den Carboritschiffen.

Die Nomaden, insgesamt 190 an der Zahl, hatten die neun Ovoid-Ringraumer seinerzeit von Eden ins Wischnu-System überführt und sie dort im All zu einer Röhre zusammengekoppelt. Dann waren alle Canoiden per Transmitter in die POINT OF übergewechselt. Anschließend hatte sich Dharks Schiff, das noch aus dem »altmodischen« blauschimmernden Unitall gefertigt war, ans Ende dieses Gebildes gesetzt, zwecks Verstärkung der Düsenwirkung (bedingt durch seinen zehn Meter geringeren Durchmesser).

Auf diese Weise hatte man die Strecke nach Orn mit höchstmöglicher Geschwindigkeit bewältigen können, innerhalb von rund zwei Wochen. Relativ betrachtet war das sogar viel Zeit, in der man die Erde bequem mit dem Gleiter hätte umrunden können, doch die nahezu unendlichen Entfernungen zwischen zwei Punkten im Weltraum ließen sich nicht so leicht überbrücken.

Der Abflug der POINT OF von Hellhole lag jetzt knapp sieben Tage zurück. Die Ovoid-Ringraumer waren unversehrt, ihre Hyperkalkulatoren hatten gut über sie gewacht. Alle neun befanden sich noch exakt auf den Abwehrpositionen, an die sie der Checkmaster verbracht hatte. Weil Ren Dhark zunächst von einem Angriff des goldenen Planetenschiffs ausgegangen war, hatte er alle Wuchtkanonen ausfahren lassen. Achtzig dieser gefährlichen Waffen wären durchaus in der Lage gewesen, selbst ein so riesiges Objekt wie den Baldurenplaneten zu zerstören – zum Glück hatte Dhark auf den Feuerbefehl verzichtet.

Nach dem Einfahren der Kanonen koppelte der Checkmaster die schwarzen Ringraumer nunmehr wieder aneinander, und der unitallblaue nahm erneut seine Position am unteren Ende der Röhre ein.

Die Nomaden begaben sich zu den Bordtransmittern und verteilten sich auf die neun schwarzen Ringe. Lediglich Pakk Raff und Priff Dozz verblieben in der POINT OF, ebenso die vier Wächter.

Eigentlich hätte man jetzt nach Hause fliegen können. Uneigentlich war Ren Dhark jedoch kein Mann, der unerledigte Dinge zurückließ. Erst wenn der Schreibtisch aufgeräumt war, konnte er das Büro verlassen.

2.

Was habe ich nur getan? Und warum habe ich es getan?
Diese beiden Fragen gingen Lurgal seit Wochen durch den Kopf, ohne daß er eine zufriedenstellende Antwort darauf fand.

Er war der Vorstandsvorsitzende des größten Medienkonzerns auf Epoy, mit Sitz in der Hauptstadt Wymar. Augenblicklich glich er jedoch eher einem heruntergekommenen Obdachlosen, der in eine gut und teuer eingerichtete Wohnung eingebrochen war und selbige total zugemüllt hatte. Nach einem Treffen der »Anonymen Messis« hätte es hier nicht schlimmer aussehen können.

Hätte er eine Familie gehabt, so hätte sie ihn spätestens jetzt verlassen. Doch Lurgal war wie die meisten Worgun überzeugter Junggeselle, was den Vorteil – in seinem Fall eher den Nachteil – hatte, daß ihm daheim niemand Vorschriften machte.

Es hatte ihn viel Mühe gekostet, sich bis zum Vorstandsvorsitzenden emporzuarbeiten. Man hatte ihn respektiert, bewundert – und ihm vertraut.

Das in ihn gesetzte Vertrauen hatte er jedoch auf erbärmlichste Weise mißbraucht, hielt er sich nun vor.

In diesem Zusammenhang erinnerte er sich an einen Dialog mit einem skeptischen Vorstandsmitglied.

»Warum stellen wir uns auf einmal gegen die Yggsidral?« hatte Merzin ihn gefragt. »Warum jetzt, nach all der Zeit, die sie schon ihren Wahren Baldurenkult auf Epoy und anderswo pflegen? Und zwar stets mit unserer Zustimmung und ausdrücklichen Unterstützung. Was hat sich geändert?«

Lurgal hatte herablassend geantwortet: »Du machst dir unnötige Gedanken, Merzin. Es genügt, wenn du mir vertraust. Du vertraust mir doch, oder?«

»Selbstverständlich«, hatte Merzin ihm beflissen versichert. »Es gab noch nie Anlaß, deine Entscheidungen anzuzweifeln.«

»Siehst du? So wird es auch in diesem Fall sein.«

Nein, so war es in diesem Fall nicht gewesen. Auch in keinem der vorangegangenen Entscheidungsfälle. Der Vorstand hätte besser nicht auf ihn gehört und ihm das Vertrauen entzogen. Doch bis auf ein paar wenige Ausnahmefälle waren alle stets begeistert seinen Anordnungen gefolgt – ganz gleich, wie wirr sie auch daherkamen.

Anfangs war Lurgal ein glühender Verehrer der Yggsidral gewesen, schließlich hatten sie stets nur Gutes gewollt: Weg mit den Zyzzkt! Weg mit den Worgunmutanten! Was sollte daran verkehrt sein? Der von Lurgal geleitete Konzern hatte über die weltweiten Medien maßgeblich dazu beigetragen, daß auf ganz Epoy Priestertempel der Yggsidral gebaut werden durften, der größte natürlich in Wymar.

Nachdem sich dann herausgestellt hatte, daß die Yggsidral auf anderen Planeten massiv gegen die Worgun hetzten, war mit Lurgal eine krasse Veränderung vorgegangen. Seine Bewunderung war plötzlich in Haß umgeschlagen. Er hatte über die Medien die Bevölkerung aufgewiegelt und vom amtierenden Senatspräsidenten Kubra verlangt, alle Yggsidral auf Epoy hinrichten zu lassen. Die meisten waren dem Volkszorn allerdings entkommen.

Lurgal spie aus, als ihm Kubra in den Sinn kam.

»Ohne entsprechende Medienunterstützung wärst du unscheinbarer mittelmäßiger Wicht niemals an die Macht gekommen«, brabbelte er vor sich hin, während er in seinem Wohnungschaos nach etwas Trinkbarem mit Rauschwirkung Ausschau hielt. »Danach warst du nur noch meine willfährige Marionette, genau wie deine schlaffe Ministerriege.«

Lurgal lachte schrill auf.

»Na, wenigstens weiß ich, *wer* diesen Wurm von einem Möchtegernpräsidenten ständig beeinflußt hat, haha! *Ich* war's! Aber was ist mit mir? Wer oder was hat meinen Verstand auf dem Gewissen?«

Von der manipulierten Schranke um Orn wußte er nichts,

auch nichts von ihrer kompletten Abschaltung vor einigen Wochen. Zu jenem Zeitpunkt hatte er zum erstenmal gespürt, daß etwas mit ihm nicht stimmte. Ohne daß es ihm bewußt gewesen wäre, war er allmählich wieder normal geworden, vorausgesetzt, man war geneigt, seinen jetzigen Zustand als normal zu bezeichnen.

Lurgal ging kaum noch nach draußen, wusch sich nicht mehr, und seine Nahrung nahm er am liebsten in flüssiger Konsistenz zu sich.

Besuch bekam er schon lange nicht mehr. Es rief ihn auch keiner übers Vipho an. Das war ihm nur recht, denn er vermied derzeit so gut wie jeden Kontakt zur Außenwelt. Nicht einmal die Tagesnachrichten interessierten ihn sonderlich. Die meiste Zeit über hockte er wie festgewachsen in einem breiten Sessel, der sein Biotop bildete.

Ärgerlich nahm Lurgal wahr, wie sich die Tür zu seinem Wohnbereich öffnete. Dezernent Fronat kam herein, einer seiner engsten Mitarbeiter, der über eine gewisse Entscheidungsbefugnis verfügte. Auch mit ihm verband der Medienmogul unangenehme Erinnerungen. Unter anderem war ihm Fronat nützlich gewesen bei der Beurteilung von billigen Holohetzfilmen, in denen die Yggsidral als Monstren dargestellt wurden, die kleine Kinder anzündeten, arglose Ladenbesitzer ermordeten und säumige Schuldner totschlugen.

Der ungebetene Gast tat so, als würde er weder die Unordnung noch Lurgals angeschlagenen Zustand bemerken, obwohl der Gestank im Zimmer sogar einen nasenlosen Gorkmonch umgehauen hätte.

Du elender Kriecher würdest mir nicht einmal dann deinen Ekel zeigen, wenn ich jetzt versuchen würde, dich zu liebkosen, dachte Lurgal angewidert.

»Was wollen Sie?« fragte er seinen Angestellten schroff. »Ich bin gerade mit wichtigen Dingen beschäftigt, das sehen Sie doch!«

»Ich bin gekommen, um Ihnen mitzuteilen, daß der Senat inzwischen offen gegen Kubras Regierung rebelliert«, antwortete Fronat.

Als Lurgal nicht gleich reagierte, fügte er beschwörend hinzu: »Es droht eine Revolution!«

Sein entrüsteter Tonfall ließ keinen Zweifel daran, wie sehr er den bevorstehenden Aufstand mißbilligte. Ihm hatten die früheren Verhältnisse gut gefallen. Es paßte ihm nicht, nun umdenken zu müssen und sein Leben neu auszurichten.

Revolution! Das war für Lurgal so etwas wie sein persönliches Paßwort – es riß ihn regelrecht aus seinem lethargischen Zustand.

»Die Rebellion der Senatoren ist die logische Folge meiner Anweisung an die mir unterstellten Medien, diese schlechte, unfähige Präsidentenkopie nicht mehr zu unterstützen«, erwiderte er, obwohl er sich kaum noch auf den klaren Moment besinnen konnte, in dem er jene Direktive ausgegeben hatte.

Er zerstörte die Symbiose zwischen sich und seinem Sessel und stand auf.

»Ich begreife nicht, warum ich diesen Weichling überhaupt an die Macht gebracht habe. Weshalb haben Sie mich nicht davon abgehalten, Fronat?«

»Weil... weil Sie mein Vorgesetzter sind«, stammelte der Gefragte irritiert.

»Ein Grund mehr, mein Unternehmen und vor allem mich selbst vor Schaden zu bewahren«, meinte Lurgal. »Aber Mitdenken ist heutzutage offenbar nicht mehr in Mode. Berichten Sie weiter von den aktuellen Ereignissen.«

»Maluk« – Fronat sprach den Namen mit einer gewissen Verachtung aus – »ist aus irgendeinem Rattenloch aufgetaucht und fordert Neuwahlen.«

Der heute 350jährige (und damit noch junge) Maluk war ein ruheloser Geist, der 2059 den Widerstand gegen die Zyzzkt geleitet hatte – was ihm von der neuen Regierung nicht gedankt worden war. Nachdem er die Herrschenden als unfähig und dekadent beschimpft und offen vom Niedergang seines einstmals stolzen Volkes gesprochen hatte, hatte er wieder in den Untergrund abtauchen müssen, sonst hätte man ihn verhaftet.

»Wenn der Senat keinen Volksaufstand riskieren will, wird er Maluks Forderung wohl oder übel nachgeben müssen«, befürchtete Fronat. »Zu dieser aufrührerischen Entwicklung haben viele unserer eigenen Journalisten mit beigetragen.«

»Und das paßt Ihnen nicht, wie?« fragte Lurgal scharf. »Ich bin froh, daß wenigstens ein paar meiner Leute wieder damit anfangen, frei und selbständig zu denken. Diese mutigen Worgun haben meine Unterstützung mehr als verdient. Richten Sie allen aus, ich käme noch heute zurück ins Verlagshaus. Von nun an weht dort ein neuer Wind, an den Sie sich besser gewöhnen sollten, Fronat!«

»Ganz wie Sie meinen, Lurgal«, entgegnete der andere pikiert und verließ den Raum.

»Und schaffen Sie gefälligst Ihren Krempel von meinem Schreibtisch!« rief ihm der Medienunternehmer noch hinterher.

Er kannte seine Mitarbeiter gut und konnte sich denken, daß sich Fronat inzwischen in seinem Büro breitgemacht hatte.

»Apropos Krempel«, murmelte er und griff zum Vipho. »Diese Wohnung braucht dringend eine Putzfirma – und ich einen längeren Aufenthalt in der Hygienezelle sowie frische Kleidung.«

Letzteres ließ sich am leichtesten bewältigen. Als Lurgal bald darauf sein Haus verließ, trug er einen blitzblanken neuen Gürtel. Mehr Kleidungsstücke pflegten die Worgun meist nicht zu tragen, wenn sie ihre Originalgestalt beibehielten. Bei Verwandlungen waren Jacken und Hosen oder gar Uniformen mitunter allerdings unverzichtbar.

Lurgal und die beauftragten Putzleute gaben sich quasi den Türknauf in die Hand. Im Hinausgehen versprach er ihnen einen anständigen Sonderbonus – und im Weitergehen bildete er sich ein, von drinnen einen leisen Aufschrei zu vernehmen.

Sein Erscheinen in der Zentralredaktion verursachte einiges Aufsehen (glaubte er zumindest), bis er den wahren Grund für die allgemeine Aufregung erfuhr: Ren Dhark, der Befreier von Orn, hatte seine Rückkehr nach Epoy angekündigt. Es hieß, er würde umwälzende Neuigkeiten mitbringen.

»Worauf wartet ihr dann noch?« brüllte er die unruhige Meute an. »Schickt sofort mehrere Reporterteams zum Raumhafen!«

*

Die Ankündigung von der bevorstehenden Ankunft der POINT OF verbreitete sich wie ein Lauffeuer rund um den Planeten. Wymar wurde schlagartig ein begehrtes Reiseziel. In dieser Zeit des Umbruchs war den Worgun jede Abwechslung willkommen.

Das Raumhafengelände wurde mit Absperrungen versehen, damit die Stadtbewohner und Touristen den sogenannten Offiziellen nicht zu sehr auf die Pelle rücken konnten. Journalisten bekamen Ausnahmegenehmigungen, so daß das Ereignis weltweit übertragen werden konnte.

Schon als Ren Dhark im Frühjahr auf Epoy gelandet war, hatten Hunderte von Worgun die Besatzung der POINT OF bejubelt. Die gesamte Regierungsmannschaft war zur Begrüßung der Terraner angetreten, und eine Roboterkapelle hatte ihnen den Marsch geblasen.

Natürlich hatte auch Dhark sich nicht lumpen lassen. Die vier verschiedenfarbigen Wächter hatten sich dem Publikum in ihrer Dreimeterkampfgröße gezeigt, und 100 uniformierte Karrorr hatten für die begeisterten Zuschauer »Präsentiert den Multikarabiner!« vorgeführt. Ren Dhark und der galaxisbekannte Worgun Gisol, der einstmals im Alleingang die Zyzzkt das Fürchten gelehrt hatte, hatten danach schauträchtig die Parade abgenommen.

Diesmal war eine gänzlich andere Schau geplant, die allerdings nicht weniger beeindruckend verlaufen sollte...

*

Erst war es nur ein winziger Punkt am Himmel, der allmählich immer größer wurde. Dann erkannte man einen Ringraumer von unten. Nein, es waren mehrere Ringraumer, zehn an der Zahl, wie man schon bald ersehen konnte – und sie flogen nicht nebeneinander her, sondern schwebten übereinander langsam herab.

In gekoppeltem Zustand landeten die zehn Schiffe auf einer

gekennzeichneten großen Freifläche des Landefelds, die POINT OF zuunterst. Erst kurz vor dem Aufsetzen fuhr der unitallblaue Ringraumer seine Landestützen aus.

»Hoffentlich wurde in den oberen Schiffen Antigrav aktiviert«, scherzte jemand in der POINT OF (was man draußen natürlich nicht hören konnte), »sonst gibt es gleich ›Knickebein‹.«

Der gesamte Ringraumerturm war rund 440 Meter hoch und wirkte überaus beeindruckend. Doch damit war das Ende der Aufführung noch nicht erreicht, genaugenommen ging es jetzt erst richtig los.

Erneut erschien ein Schiff am Himmel. Aber was für eins! Der lichte Innendurchmesser der gigantischen DANROL betrug 2200 Meter, weshalb sie problemlos um die anderen Schiffe herum landen konnte. Die DANROL nahm die POINT OF so exakt in ihre Mitte, daß man die Abstände mit einem Lineal hätte nachmessen können.

Als nächstes setzte ein Ovoid-Ringraumer der Rom-Klasse zur Landung an – in Normalgröße: 190 Meter Durchmesser sowie 35 Meter Ringstärke bei einer Höhe von 45 Metern; aufgrund der ovalen Form hatte man darauf Platz für zwei Decks mehr als auf Raumern mit kreisrunden Ringrümpfen.

Wer nun weitere Kunststückchen erwartete, wurde allerdings enttäuscht. Das letzte Schiff landete ganz profan am Boden, in unmittelbarer Nähe der übrigen Raumschiffe.

Die beiden wichtigsten Insassen hatten ohnehin keinen Sinn für Clownerien aller Art. Sie stiegen als erstes aus, bekleidet mit weißen römischen Togen. Niemand eilte den beiden Senatoren Marcus Gurges Nauta und Socrates Laetus voraus, abgesehen von ihrem guten Ruf.

Nur sehr wenige Eingeweihte, darunter Ren Dhark und Gisol, wußten, wer die beiden Römer vom Planeten Terra Nostra wirklich waren: die Worgunmutanten Margun und Sola – die Erbauer der MASOL alias POINT OF. Dafür, daß sie seit langem als tot galten, sahen sie recht lebendig aus. Ihre sorgsam gehütete Tarnexistenz würden sie auch am heutigen Tag garantiert nicht lüften.

In ihrer menschlichen Senatorengestalt setzten sie zum erstenmal einen Fuß auf Epoy. Hier und jetzt traten sie als offizielle Botschafter ihres Heimatplaneten auf.

Als nächstes kam 1E-2K nach draußen, über die breite Rampe der DANROL. Sein einziges Gefolge bildeten die beiden Wissenschaftler Glenga und Frebus, deren 25 Kollegen es vorzogen, im Forschungsschiff zu bleiben und in ihren Laboren und Werkstätten zu experimentieren. Auch der Biologe und der Chemiker wären lieber »daheim« geblieben, statt sich dem überflüssigen Streß einer Begrüßungszeremonie auszusetzen, doch 1E-2K – der erstmals in der DANROL mitflog – hatte darauf bestanden, wenigstens von zwei Worgun begleitet zu werden. Bei der Auslosung hatten Glenga und Frebus leider verloren.

Von vornherein war klar ersichtlich, daß dieser Roboter etwas ganz Besonderes war. Zwar ähnelte der Viermeterkoloß mit seinen kurzen »Ohrenantennen« und auch vom sonstigen Aufbau her einem typischen Worgunroboter, jedoch war sein Kopf größer, und er verfügte über drei statt nur zwei buntschimmernde Augen. Am auffälligsten waren die 15 zusätzlichen Greifarme.

Hinzu kam der Umstand, daß er zielstrebig voranschritt, während seine Begleiter lustlos hinter ihm hertrotteten. Wann hätte man jemals einem gewöhnlichen Roboter ein solch respektloses Verhalten durchgehen lassen?

Nunmehr kam Ren Dhark an die Reihe. Die wesentlich schmalere Rampe der POINT OF wurde ausgefahren, und er zeigte sich in seiner besten Ausgehuniform den begeisterten Massen, Seite an Seite mit Gisol, der wie üblich seine menschliche Jim-Smith-Gestalt angenommen hatte und einen Frack trug.

Gisol warf einen Blick auf die Seite. »Wäre es nicht besser, deine Lebensgefährtin würde neben dir gehen, statt hinter uns? Ich tausche gern den Platz mit ihr.«

»Das wirst du schön bleibenlassen«, kam es leise zurück. »Auch du giltst hier als Befreier von Orn. Du bist gewissermaßen mein Vorgänger.«

»Mag sein, dennoch verwendet mein Volk die Bezeichnung ›Befreier‹ vorwiegend für dich. Mich nennen viele noch immer den ›Schlächter‹.«

»Aber in positivem Sinne, gewissermaßen als Kompliment

für dein kompromißloses Engagement bei der Zyzzktbeseitigung.«

Seit Gisol sein Schiff, die EPOY II, im Kampf gegen die goldenen Kugelraumer der Yggsidral eingebüßt hatte, reiste er in der POINT OF mit, gemeinsam mit seinem Freund Segal und seiner Freundin und Geliebten Juanita.

Den beiden Befreiern folgte ein Großserienroboter: Artus, wie er stahlleibte und lebte. Neben ihm schritt würdevoll eine schöne muskulöse Frau einher: Amy Stewart.

»Müßtest du nicht eigentlich an Dharks Seite gehen, Stewart?« raunte Artus ihr zu. »Eine bezaubernde Frau stünde ihm besser zu Gesicht als ein hübscher Kerl.«

»Ren meinte, es würde mehr Eindruck schinden, wenn die Orn-Befreier gemeinsam aus der MASOL treten und Zusammenhalt und Stärke demonstrieren«, erklärte Amy. »Er ist so stolz auf seine choreographierte Aktion, daß ich es nicht übers Herz gebracht habe, gegen seine Entscheidung zu protestieren. Ren ist eine wichtige Persönlichkeit, weshalb ich manchmal halt zurückstecken und an die zweite Stelle treten muß, auch wenn es mir schwerfällt. Mit Platz drei gebe ich mich allerdings nicht zufrieden – ob das Pakk Raff nun paßt oder nicht!«

Artus verstand nicht, worauf sich ihre letzte Bemerkung bezog, und weil er seine Ratlosigkeit nicht mimisch darstellen konnte, fragte er: »Wieso Raff? Was ist mit ihm?«

»Seiner Meinung nach steht es ihm bei festlichen Anlässen als Rudelführer zu, unmittelbar nach dem Commander das Schiff zu verlassen. Das habe ich strikt abgelehnt, weil ich dann zwei Reihen hinter Ren gegangen wäre – so kompromißbereit bin ich nun doch nicht; schließlich lebt Ren mit mir zusammen und nicht mit einem... einem Hund.«

»Für so manchen terranischen Ehemann ist sein Hund wichtiger als seine Ehefrau«, wußte Artus, in dem ganz gewiß kein mustergültiger Diplomat schlummerte.

Amy stieß ihm ärgerlich den Ellbogen dorthin, wo bei einem Menschen die Rippen saßen. Da sie sich nicht im Phantzustand befand, tat ihr der Knuff mehr weh als ihm.

Pakk Raff und Priff Dozz bildeten die dritte Doppelreihe. Der

Rudelführer entrüstete sich gegenüber seinem Berater über Amys Bevorzugung.

»Immerhin ist sie die Hauptfrau des Commanders«, gab Dozz zu bedenken.

»Ja und?« giftete Raff. »In meinem Harem wissen alle Weiber, wo sie ihrer göttlichen Bestimmung zufolge hingehören, egal ob Haupt- oder Nebenfrauen. Die Menschen haben nur ein einziges Weibchen, aber selbst mit dem werden sie nicht fertig. Kein waschechter Karrorr würde sich all die Unverschämtheiten bieten lassen, die manch ein Terraner nur um des lieben Ehefriedens willen herunterschlucken muß.« Er räusperte sich. »Andererseits... solche unrühmlichen Beispiele gibt es schließlich auch bei uns.«

Das war ein Seitenhieb gegen seinen Berater, der ebenfalls nur ein Weibchen hatte: einen fetten Hausdrachen namens Bidd Nobb.

Bei seinen großspurigen Ausführungen übersah Pakk Raff geflissentlich, daß sich auch bei den Karrorr das Mühlrad der Emanzipation unaufhörlich drehte. Nomadinnen ließen sich längst nicht mehr alles gefallen und erkämpften sich immer mehr Mitspracherecht. Wilde Kriegerinnen wie Wumm Woll wären noch vor wenigen Jahren undenkbar gewesen. Für ihr sexuelles Verhältnis mit einem Vertreter einer völlig anderen Spezies – dem Gefreiten Steve Hawker – hätte man sie früher in Drakhon sogar hingerichtet. Die Zeiten änderten sich, auch für die Karrorr.

Den Abschluß der kleinen Delegation hatten ursprünglich die vier Wächter bilden sollen.

Doch Svante, Arlo und Simon hatten bekundet, sich dem Ringelpietz eines offiziellen Empfangs nicht schon wieder aussetzen zu wollen.

»Noch ein Willkommensfest mit diesem unsäglichen Kubra stehe ich nicht durch«, hatte Svante gesagt.

Schlußendlich blieb es nun an Doris hängen, die Wächter würdig zu vertreten. Sie war die Noch-Ehefrau des POINT-OF-Besatzungsmitglieds Arc Doorn, der offiziell aus Sibirien stammte, in Wahrheit aber ein über 2500 Jahre alter Worgunmutant war. Seit sich Doris Svante zugewandt hatte, bestand die Ehe nur noch auf dem Papier.

Als die Dreimeterfrau ihren Tofiritfuß – die Körper der Wächter bestanden aus einer verformbaren Ala-Metallegierung – auf den Boden von Epoy setzte, vernahm sie die unverkennbaren Töne des Roboterblasorchesters, die sie schon beim letztenmal gehaßt hatte. Leider lagerte ihr ursprünglicher Körper in einer Nährflüssigkeit, so daß sie keine Ohren hatte, die sie sich zuhalten konnte.

Zu ihrer Erleichterung war Kubra weit und breit nicht zu sehen. Statt dessen wurde die Gruppe von mehreren Senatsmitgliedern begrüßt. Die Zeremonie nahm ihren Lauf – und erwies sich als erfreulich kurz.

Schon bald brachten Gleiter die Besucher zum Senatsgebäude, schließlich hatte Ren Dhark Neuigkeiten von erheblicher Bedeutung angekündigt.

Ihm wurde die große Ehre zuteil, vor dem Senat von Epoy sprechen zu dürfen.

Lurgals Sender übertrugen seine Rede zeitgleich nicht nur auf dem ganzen Planeten, sondern auch auf allen erreichbaren Wohnwelten der Worgun.

*

Dharks historische Rede vor dem Senat (in Auszügen)

»... gelang es mir mit Hilfe der Balduren, das kosmische Hindernis, die Schranke um Orn, zu überwinden. Den Beweis, daß es sich tatsächlich um Balduren gehandelt hat, muß ich Ihnen leider schuldig bleiben, allerdings lassen zahlreiche Indizien sowie diverse Ergebnisse unserer Nachforschungen für mich keinen anderen Schluß zu. Lassen Sie mich meine diesbezüglichen Gedankengänge exakter ausführen...

... stellte sich heraus, daß maßgeblich die Yggsidral – die fanatischen Verkünder des sogenannten Wahren Baldurenkults – hinter all dem Unheil steckten, das dem Volk der Worgun in den vergangenen Jahrhunderten widerfahren ist. So wie die

Zyzzkt an den Fäden der Worgunmutanten hingen, tanzten die Mutanten nach der Anleitung der Yggsidral.

Vielleicht wären wir ihnen nie auf die Spur gekommen, hätten nicht auf dem fernen Planeten Nomerca 1E-2K und seine 28 Wissenschaftlerkollegen nach einem Weg gesucht, weitere Übergriffe der Zyzzkt zu verhindern. Sie entwickelten in bester Absicht einen wirksamen Schutz für die Galaxis, wie sie glaubten. Doch dann wurden sie die Geister, die sie riefen, nicht mehr los. Die Schranke wurde aus der Ferne manipuliert, und wir nahmen mit der POINT OF die Fährte auf...

... möchte ich Sie eindringlich ermahnen, nicht jede der geschilderten, von den Yggsidral in die Welt gesetzten Baldurenlegenden für bare Münze zu nehmen. Auch sonst nimmt es diese Spezies mit der Wahrheit anscheinend nicht sehr genau, wie das Beispiel Fadang zeigt. Obwohl der Oberpriester der ehemaligen Tempelstätte in Wymar bei seiner Vernehmung aufgrund unserer Einflußnahme gar nicht lügen konnte, erzählte er uns Dinge, die sich später als unwahr herausstellten.

Ein Satz von ihm beschäftigte mich besonders: ›Unsere Tempelherren haben keinem in dieser Galaxis tätigen Priester eine raumfahrerische Ausbildung zukommen lassen, damit wir keine Koordinaten preisgeben können.‹

Es gibt in Orn sehr wohl raumfahrende Priester, doch Fadang wußte es wohl nicht besser. Zudem deutete er damit indirekt an, daß die Tempelherren Dralheims Koordinaten kannten. Möglicherweise gab es seit jeher auf oberster Ebene Kontakte zwischen beiden Yggsidral-Gruppen.

Dank des seligen Barmonn sind uns die Koordinaten der Wohnwelten der ›normalen‹ Yggsidral – damit meine ich jene, die nichts mit den Manipulationen der Worgunmutanten oder den Veränderungen an der Schranke zu schaffen haben – inzwischen ebenfalls bekannt. Die Flotte von Terra Nostra hat die Bewohner mittlerweile überprüft und konnte keine Hinweise auf worgunfeindliche Aktivitäten entdecken.

Alle dort lebenden Yggsidral schienen aufrichtig verblüfft zu sein, als sie erfuhren, daß es außer ihnen noch weitere Angehörige ihres Volkes gibt – zumindest haben sie bei den Römern diesen Eindruck erweckt. Die einfachen Leute von der Straße gaben sich genauso überrascht wie die Herrschenden, wobei jedoch insbesondere Letzteren mit einem gewissen Mißtrauen zu begegnen ist, denn seitens der Regierung wurden, wie ich bereits ausführte, keine kritischen Äußerungen zur offiziellen Version von der ersten Begegnung zwischen den Yggsidral und den Balduren geduldet.

Geschichtliche Nachforschungen waren nicht erlaubt. Statt dessen wurde die Mondlegende sogar an den Schulen gelehrt. Für mein Dafürhalten ähnelt sie in vielen – zu vielen! – Punkten der verfälschten Baldurenlegende der Schekal-Yggsidral. Es ist für mich kaum vorstellbar, daß beide Geschichten unabhängig voneinander entstanden sein sollen. Es muß also irgendwann eine Verständigung zwischen den Anführern der ›Normalen‹ und den geheimnisvollen Tempelherren gegeben haben.

Der Vollständigkeit halber möchte ich noch erwähnen, daß natürlich auch Barmonns Bericht nicht über jeden Zweifel erhaben ist – immerhin ist beziehungsweise *war* auch er ein Yggsidral.

Trotz der ähnlichen Legenden hat die Entwicklung der beiden Yggsidral-Gruppen einen unterschiedlichen Verlauf genommen. Die meisten Dralheimer sind zwar ebenfalls Anhänger des Baldurenkultes, allerdings sind sie keine Priester und schon gar keine Fanatiker. Ob Sie, meine Herren Senatoren, künftig mit ihnen Handel betreiben oder sonstige diplomatische Kontakte knüpfen wollen, müssen Sie selbst entscheiden – mir steht es nicht zu, Ihnen da hineinzureden.

Wohin es die Tempelherren und ihre Priesterkaste verschlagen hat, vermag ich nicht zu sagen. Möglicherweise ersinnen sie auf dem unbekannten Planeten, den sie mit Hilfe von raumfahrenden Worgun vor Schekal besiedelt hatten, gerade neue teuflische Pläne, weil sie nach wie vor davon überzeugt sind, mit den Worgun um die Gunst der Balduren buhlen zu müssen. Vielleicht verstecken sie sich aber auch bei geheimen Verbündeten auf Dralheim.

Fest steht jedenfalls, daß sie von all den Welten, auf denen sie Tempel errichten ließen, geflohen sind. Die meisten dieser prächtigen Gebäude wurden vor der Flucht niedergebrannt oder gesprengt.

So, und jetzt habe ich Hunger und freue mich auf das Festbankett.«

*

Das Bankett, das der Senat zu Ehren seiner Gäste veranstaltete, fand in einem bescheidenen persönlichen Rahmen statt, erholsam, verglichen mit dem Aufwand, den Kubra seinerzeit betrieben hatte.

Logisch, schließlich ist das bereits unser zweiter Besuch auf Epoy seit der Befreiung von Orn, dachte Amy Stewart amüsiert. *Beim drittenmal drückt man uns zur Begrüßung vermutlich nur noch ein Butterbrot in die Hand.*

Die Journalisten durften noch einige Bilder von den illustren Persönlichkeiten schießen, bevor sie aus dem Saal verbannt wurden.

Gespeist wurde unter Ausschluß der Öffentlichkeit. Auf diese Weise verhinderte man peinliche Bloßstellungen in Form von Großaufnahmen, die zeigten, wie sich Minister X versehentlich Soße auf den Gürtel kleckerte oder Staatssekretär Y beim »Genußtrinken« etwas zu tief in den Becher schaute.

Der inzwischen abgesetzte Staatschef Kubra war nicht anwesend, dafür aber der Rebell Maluk und sein hochintelligenter Mitstreiter Muam. Vor einiger Zeit hatte sich der übereifrige Tüftler bei Ren Dhark ziemlich unbeliebt gemacht, indem er eine selbstentwickelte Konstruktion eingesetzt hatte, um Maluk ohne vorherige Erlaubniserteilung auf die POINT OF zu befördern: den Transmitteröffner.

Um einen gesperrten Transmitter zu benutzen, mußte normalerweise erst die Freistellung der Gegenstelle abgewartet werden. Muams Gerät ermöglichte es, die Sperreingabe des Empfängers zu deaktivieren.

Dhark hatte ihm klargemacht, daß auf seinem Schiff kein »Tag der offenen Tür« vorgesehen sei und daß er es gar nicht gern sah, wenn jemand unangemeldet an Bord kam. Außerdem sei der Transmitteröffner in den falschen Händen die perfekte Grundlage für eine Invasion.

Obwohl Muam sich als lieber und nützlicher Kerl erwiesen und Maluk sich für den »Überfall« längst entschuldigt hatte, stand dieser Vorfall seither zwischen dem auf Sicherheit bedachten Commander und dem ungestümen Erfinder, der mit 230 Jahren quasi noch zu den Jungspunden unter den Worgun gehörte.

Bei Tisch plädierte Dhark dafür, über unfähige Politiker wie Kubra nicht den Stab zu brechen. Gisol zuckte jedesmal zusammen, wenn der Name des Staatschefs fiel, denn einer seiner beiden Mutterväter hieß genauso.

»Man darf Kubra nicht jede Fehlentscheidung nachtragen«, meinte Ren Dhark, »er trägt daran nur eine Teilschuld.«

»Weil er unter der Beeinflussung der Psychostrahlen stand, und weil Politiker von Natur aus unfähig sind«, ergänzte Artus. Als er von allen Seiten böse Blicke erntete – nur Pakk Raff und Priff Dozz amüsierten sich unverhohlen –, fügte er hinzu: »Das war ein Scherz. Wir Terraner haben halt einen skurrilen Humor.«

»Wie genau wirkten sich diese unbekannten Strahlen auf uns aus?« wollte ein Senator wissen.

»Diese Frage könnt ihr sicherlich besser beantworten als ich«, antwortete Ren Dhark schnell, um einer weiteren unqualifizierten Anmerkung des Roboters zuvorzukommen, »vorausgesetzt, ihr habt inzwischen entsprechende Studien in Auftrag gegeben.«

»Das wird gerade in die Wege geleitet«, lautete die Erwiderung. »Wir mußten zunächst einmal wieder zu uns selbst zurückfinden. In den vergangenen Wochen gab es einen allgemeinen Aufwärtstrend, eine Art Befreiung der Gedanken, für die wir keine Erklärung hatten. Dabei stellte sich heraus, daß nicht jeder Worgun gleichermaßen betroffen war. Manche von uns veränderten sich total, so als ob sie aus einer Trance erwachten. Bei anderen waren die Veränderungen weniger gravierend. Den Grund für diese verschiedenen Wesensmerkmale müssen wir noch ermitteln. Wir hatten gehofft, Sie könnten uns dabei helfen, Commander Dhark.«

»Leider nein. Ich weiß kaum etwas über die Strahlenart, mit der die Yggsidral euch zu degenerieren versuchten. Vielleicht können ja Glenga und Frebus mehr dazu beitragen, da sie mit der DANROL einige Nachforschungen betrieben haben, nachdem sie die Manipulation an der Schranke bemerkt hatten.«

Die angesprochenen Wissenschaftler setzten ihre Zuhörer wortreich vom Ergebnis ihrer Forschungsreise in Kenntnis. Unter anderem hatten sie festgestellt, daß die besonders hochentwickelten Worgungehirne wesentlich empfindlicher auf die Auswirkungen der Schrankenstrahlung reagiert hatten als die Hirne anderer, weniger kultivierter Völker.

»Aus dieser Erkenntnis solltet ihr jetzt aber nichts Falsches ableiten«, warf Aril über die Sprachausgabe von 1E-2K ein; er stand gemeinsam mit der Wächterin am Tischende, denn beide benötigten weder Speis noch Trank. »Daraus, daß einige Worgun weniger stark betroffen sind als andere, kann man nicht zwangsläufig schließen, daß diejenigen, die unter der Strahlenbeeinflussung den meisten Schaden angerichtet haben, automatisch zu den klügeren Köpfen zählen.«

Gisol kam auf eine weitere, wesentlich subtilere Art der Beeinflussung zu sprechen. Er erzählte von Rospul und der Aktion gegen Überheblichkeit, referierte über die gezielte Wegzüchtung des speziellen Gens der Worgun, das für die Genialität dieses Volkes verantwortlich zeichnete, und erwähnte auch Lorak sowie die schwarzen Kampfroboter mit den roten Hoheitsabzeichen – was dazu führte, daß die Epoy-Senatoren noch verwirrter waren als zuvor.

Konkrete Informationen enthielten Gisols Ausführungen kaum, sie warfen nur neue Fragen und Rätsel auf.

»Dagegen klingen die Baldurenlegenden der Yggsidral wie wahre Begebenheiten«, bemerkte ein Senator fassungslos. »Unser Volk hat offensichtlich viele Feinde.«

»Eben deshalb müssen die Worgun baldmöglichst zu ihrer früheren Stärke zurückfinden«, sagte der römische Senator Socrates Laetus. »Die Regierung von Terra Nostra wird Sie dabei nach Kräften unterstützen. Mein Freund Marcus Gurges Nauta und ich gedenken, uns nach unserer Heimkehr für eine gute Zusammenarbeit mit Epoy einzusetzen, von der beide Seiten profitieren werden.«

Dieser Vorschlag kam bei den Anwesenden durchweg gut an. Dem Volk der Worgun stand eine gänzlich neue Ära bevor.

Ren Dhark konnte und wollte jetzt nichts mehr für die »Mysterious« tun – von nun an mußten sie ohne ihn klarkommen, er hatte sich schon mehr als genug eingemischt.

*

Am nächsten Morgen wurde auf dem Raumhafen von Wymar der große Abschied eingeleitet.

Gisol, Juanita Gonzales und Segal hatten beschlossen, im Schiff von Laetus und Nauta nach Terra Nostra mitzufliegen. Dem giraffenähnlichen Worgunmutanten Segal hatten die beiden römischen Senatoren einen Platz in den Forschungslaboren ihrer Universität angeboten, ein Angebot, das er nur zu gern angenommen hatte.

»Wir sehen uns wieder«, versprach Gisol, als er Ren vor dem Einsteigen die Hand schüttelte. »Orn ist schließlich nicht aus der Welt.«

»Zumindest nicht aus dem Universum«, entgegnete der Commander augenzwinkernd.

Am schwersten fiel es Ren Dhark, seinem Patensohn »Auf Wiedersehen« zu sagen. Xrssk und Dhrks 34 Geschwister hatten die POINT OF bereits verlassen und sich in den römischen Ringraumer begeben. Nur Dhrk und Dhark mochten sich nicht trennen.

»Nimmst du mich noch einmal auf die Arme?« fragte der Kleine. »Oder bin ich dafür schon zu groß und zu schwer?«

»Ich schätze, diesen Kraftakt bekomme ich gerade noch so hin«, antwortete Ren Dhark lächelnd und hob ihn hoch.

»Was passiert jetzt mit mir und meiner Familie?« wollte das Käferkind wissen. »Wo schickst du uns hin, Krrkrrk?«

»An einen Ort, an dem es euch gutgehen wird«, versicherte ihm der Commander. »Socrates und Marcus bringen euch auf eine Welt, die von eurem Volk besiedelt wurde. Die Römer wollen allen Zyzzkt ausreichend Unterstützung zukommen lassen, vor allem auf dem Bildungssektor, damit eure Spezies nicht erneut auf eine primitive Entwicklungsstufe zurückfällt. Es ist erklärte Absicht des Senats von Terra Nostra – und der Senat von Epoy hat sich dem angeschlossen –, die Wunden des Krieges zu heilen und ganz Orn zu einer Insel des Friedens zu machen. Dazu gehört vor allem der Verzicht auf gegenseitige Vorwürfe, Reparationszahlungen und so weiter. Der große Krieg ist vorbei und soll endlich vergessen werden.«

Dhark hielt inne, als ihm bewußt wurde, daß der Kleine vermutlich nur einen Bruchteil von all dem begriff.

»Ihr werdet an einen Ort gebracht, an dem du dich wohlfühlen wirst, Dhrk«, faßte er nochmals kurz zusammen.

»Ich möchte aber lieber bei dir bleiben und Abenteuer mit dir erleben«, knackelte der Zyzzktjunge, was von Dharks Armbandtranslator simultan übersetzt wurde.

»Abwarten. Unsere gemeinsame Zeit kommt noch.«

»Wann?«

»Wenn du groß bist.«

»Und wann ist das?«

»Schneller als dir lieb sein dürfte«, sagte Ren Dhark und dachte: *Das ist nun einmal das Schicksal aller biologischen Lebewesen. Erst wünscht man sich, endlich erwachsen zu sein, und später wünscht man sich, man wäre wieder jung.*

Dabei fiel ihm ein, daß er noch immer die Entscheidung über seine Quasi-Unsterblichkeit vor sich herschob.

Er setzte Dhrk ab, begleitete ihn bis zum unteren Ende der Einstiegsrampe und drückte ihn dort noch einmal fest an sich, natürlich mit gebotener Vorsicht, denn der Chitinpanzer des kleinen Insektoiden war noch nicht so fest gehärtet wie der eines ausgewachsenen Zyzzkt.

Laetus alias Sola war noch nicht eingestiegen. Ren Dhark bekam mit, daß sich der Römer mit Pakk Raff und Priff Dozz unterhielt, und ging neugierig etwas näher heran. Er beobachtete, wie der Senator mit einer eleganten Bewegung einen winzigen Datenspeicher aus seiner Toga zog und dem Rudelführer überreichte.

»Dieser Kristall enthält vertrauliche Konstruktionsunterlagen – unter anderem für Intervallfelder, Sternensogantrieb, Nadelstrahl, Dust und Strich-Punkt«, hörte Dhark Socrates Laetus sagen. »Wenn ihr Karrorr wollt, könnt ihr nun eigene Ringraumer bauen. Das ist nur recht und billig, schließlich habt ihr euch im Kampf gegen die verschlagenen Yggsidral als wertvolle Verbündete der Menschen und der Worgun erwiesen.«

Der Commander war über diese noble Geste dermaßen verblüfft, daß er beinahe das letzte verzagte Winken seines Patensohns übersehen hätte, der oben am Ausstieg stand und sich zu ihm umgedreht hatte. Hastig winkte Dhark zurück, bevor der Kleine endgültig im römischen Ringraumer verschwand.

Als sich Dhark wieder Laetus zuwandte, beendete dieser gerade sein Gespräch mit Raff und Dozz und begab sich ebenfalls in sein Schiff. Die Nomaden stiegen in die POINT OF.

Ren Dhark verabschiedete sich zu guter Letzt von Maluk sowie von 1E-2K und seinen Wissenschaftsfreunden und wollte dann an Bord seines Schiffes gehen – als Muam auf Pseudofüßen herbeigeeilt kam.

»Augenblick noch!« rief dieser schon von weitem. »Ich habe ein Abschiedsgeschenk für dich!« Als er bei ihm eingetroffen war, fügte er hinzu: »Genaugenommen ist es ja eher ein Versöhnungsgeschenk, schließlich habe ich noch etwas gutzumachen.«

Was nun folgte, empfand Dhark als eine Art Déjà-vu-Erlebnis: Mit einer ähnlich eleganten Bewegung wie Laetus langte Muam in seine Gürteltasche und zog einen winzigen Datenspeicher heraus. Selbigen reichte er seinem Gegenüber mit den Worten. »Dieser Kristall enthält vertrauliche Konstruktionsunterlagen...«

Damit war es mit den Übereinstimmungen allerdings auch schon vorbei.

»... für den Transmitteröffner. Deine Bordtechniker können anhand der Pläne mein Spezialgerät zur Umgehung von Transmittersperren problemlos nachbauen. Und das ›Gegenmittel‹ liefere ich gleich mit: die Unterlagen für den Einbau einer Blockadeapparatur, falls mal wieder jemand auf den

Gedanken kommt, dieses oder ein ähnliches Gerät zum Öffnen eurer Bordtransmitter zu verwenden.«

Dhark war gerührt und bedankte sich. Mit soviel Wiedergutmachung hatte er nicht gerechnet.

»Beides darf auf gar keinen Fall in die falschen Hände gelangen – es ist ausschließlich für den Einsatz an Bord der POINT OF bestimmt«, legte Muam ihm ans Herz.

Der Commander versicherte ihm, seine Erfindungen sorgsam zu hüten und nur für eigene Zwecke zu benutzen.

Bald darauf startete der Zehnerpulk aus »dem Innenraum« der DANROL. Der römische Ringraumer erhob sich kurz danach vom Boden.

Im Weltall tauschten beide Zentralen per Bildfunk noch ein paar kurze Abschiedsgrüße aus. Margun und Sola fragten sich im stillen, wie lange es wohl diesmal dauern würde, bis sie Ren Dhark wiedersahen.

Sie hatten Dhrk mit in die Zentrale genommen, damit er seinen Freund und Beschützer ein letztes Mal in der Bildkugel sehen konnte.

»Leb wohl, Krrkrrk«, flüsterte das Kind, als sich das Innere der Kugel veränderte und nur noch das Weltall zeigte. »Vergiß mich nicht.«

3.

Im Gegensatz zu gewöhnlichen Großserienrobotern, die man abschalten und jahrhundertelang in einem Lagerraum abstellen konnte, ohne daß sie dabei Schaden nahmen, empfand ich Langeweile.

Um den Zweiwochenflug durch den intergalaktischen Leerraum zu überstehen, mußte ich mich daher unbedingt mit irgend etwas beschäftigen.

Mit dem Weggang von Xrssk und ihren Schlüpflingen war meine Aufgabe als Nachwuchsbeauftragter leider beendet, also ließ ich mir einen neuen Zeitvertreib einfallen und stellte ein paar belanglose Berechnungen an.

Auch Dhark machten die Eintönigkeit des Weltraums und die ruhige Routine in der Zentrale offenbar zu schaffen, denn er übergab das Ruder an seinen Ersten Offizier und überprüfte dann höchstpersönlich, ob sich jeder auf seinem Posten befand. Insbesondere der Aufenthaltsort der Cyborgs schien ihm sehr am Herzen zu liegen. Als er erfuhr, daß sie sich auf dem Trainingsdeck befanden, zeigte er sich überaus zufrieden.

»Amy kann ich jetzt wirklich nicht in meiner Nähe gebrauchen«, erklärte er, als er mich im Verlauf seines Kontrollgangs in meiner Kabine aufsuchte. »Komm mit, Artus, wir haben etwas Wichtiges zu besprechen. In meiner abhörsicheren Unterkunft sind wir ungestört.«

»Und um uns das zu sagen, erscheinst du hier in persona?« fragte ihn Jimmy, der bei mir zu Besuch war. »Ist das Bordsprech kaputt? Selbstverständlich helfen wir dir bei der Lösung deines wichtigen Problems. Gehen wir!«

»Du bleibst hier!« ordnete Dhark barsch an. »Das ist eine private Unterredung.«

»Um so besser«, meinte Jimmy. »Zufälligerweise bin ich Privatier.«

Diesmal kam Jimmy mit seinen Frechheiten nicht durch. Dhark blieb hart.

»Du hast Kabinenarrest«, ordnete er an. »Falls du es wagst, uns heimlich zu folgen, lasse ich dich zerlegen und verstreue jede einzelne Schraube im Weltall, verstanden?«

»Pöh!« erwiderte Jimmy beleidigt. »Warum sollte ich euch denn folgen? Als ob ich neugierig wäre!«

»Dann ist es ja gut. Es ist immens wichtig, daß du meine Anweisung strikt befolgst, um den Feinden Terras brisante Informationen vorzuenthalten. Jedwede Befehlsverweigerung betrachte ich als Hochverrat.«

Das wirkte. Jimmy machte »Sitz!« wie ein braver Hund und rührte sich nicht mehr. Shantons Schöpfung war ein Frechdachs, aber kein Kollaborateur.

»Hochverrat?« hakte ich auf dem Weg zu Dharks Unterkunft nach. »Das war hoffentlich eine maßlose Übertreibung.«

»Wie man es nimmt«, erwiderte der Commander ausweichend. »Was ich dir gleich mitteilen werde, darf keinesfalls an die Öffentlichkeit gelangen.«

*

In seiner verschlossenen Unterkunft aktivierte Dhark eine Verbindung zum Checkmaster und erteilte ihm Anweisung, diese Leitung völlig abhörsicher zu machen. Erst als er sich überzeugt hatte, daß niemand außer uns beiden mithören konnte, rückte er mit der Sprache heraus.

»Mir liegt ein Angebot vor, das mich quasi unsterblich macht – und das meine ich nicht im übertragenen Sinne.«

Natürlich wollten ich und der Checkmaster, der ja über biologische Zellstrukturen von Dhark verfügte, sofort nähere Details wissen. Er berichtete uns von dem ungewöhnlichen Geschenk, das ihm Terence Wallis voriges Jahr zum 38. Geburtstag gemacht hatte.

»Das für Wallis Industries unermüdlich agierende Forscherteam um Robert Saam hat ein Verfahren entwickelt, um Kopierfehler, die sich im menschlichen Körper während der Zellteilung ereignen und die für das Altern von uns Menschen verantwortlich sind, dauerhaft zu unterbinden. Winzigste, mit dem Originalgenomsatz ausgestattete Nanoroboter ziehen selbsttätig von einer Zelle zur nächsten, beseitigen dort jeden erkannten Fehler und setzen ihre nie endende Wanderung von Nachbarzelle zu Nachbarzelle durch den gesamten Metabolismus unermüdlich fort.

Gelangt eine der Kleinstmaschinen in den Stoffwechselkreislauf, läuft sie Gefahr, ausgeschieden zu werden, weshalb die Behandlung möglicherweise in regelmäßigen Abständen wiederholt werden muß – das wird sich erst in der praktischen Anwendung herausstellen.

Nach derzeitigem Wissensstand ist das Verfahren nicht gesundheitsschädlich. Eventuelle zukünftige Komplikationen kann man natürlich nicht gänzlich ausschließen, die Forscher bewegen sich auf absolutem Neuland. Aus diesem Grund muß der Kreis derjenigen, an denen das große Experiment vorgenommen wird, vorerst sehr klein gehalten werden.

Ein weiterer Grund sind die wertvollen Muun-Kristalle aus dem Drakhon-Universum – ein wichtiger Bestandteil der Nanoroboter; ohne diese Kristalle könnten sie ihre Aufgabe gar nicht ausführen. Auf unserer Daseinsebene gibt es davon lediglich etwa drei Kubikmeter, die sich ausschließlich im Besitz von Wallis Industries befinden und daher von unschätzbarem Wert sind. Würde man jedem, der es sich leisten kann, die paar Nanogramm verkaufen, die er zum Stoppen des Alterungsprozesses braucht, würden am Ende nur die Reichen unsterblich werden. Aber sind Menschen, die viel Geld besitzen, mehr wert als andere?

Würde man die komplette Menschheit unsterblich machen, würde sich unsere Spezies explosionsartig ausbreiten. Wir würden Gefahr laufen, im Universum die undankbare Rolle der Zyzzkt einzunehmen – sprich: Die niemals alternde menschliche Art müßte andere Völker ausrotten, um sich selbst zu erhalten.«

Dhark legte eine Sprechpause ein und wartete wohl ab, ob wir ihm Zwischenfragen stellen wollten. Das war jedoch nicht der Fall, also fuhr er fort.

»Ich habe lange überlegt, ob ich dieses Angebot überhaupt annehmen soll. In wenigen Tagen werde ich 39 Jahre alt, ich marschiere somit stramm auf die Vierzig zu. Meine Leistungsfähigkeit ist längst nicht mehr die eines Zwanzigjährigen.«

Aus dieser Bemerkung zog ich prompt die falschen Schlüsse. »Du versprichst dir also von dem neuartigen Nanoroboterverfahren eine Art Verjüngungskur. Gute Idee, Dhark, mir sind die Fältchen unter deinen Augen bereits aufgefallen. Außerdem ist mir nicht entgangen, wie jugendlich frisch Wallis in letzter Zeit wirkt. Ich nehme an, in seinem Körper toben sich die Miniroboter bereits fröhlich aus. Es ehrt ihn, daß er die Wirkungsweise zunächst an sich selbst testet. Die Gruppe Saam hat sich bestimmt auch schon eine Nanoroboterladung verpaßt, oder?«

»Bevor ich weitererzähle, müßt ihr mir hoch und heilig versprechen, die ganze Sache für euch zu behalten«, bremste Dhark meinen Redefluß abrupt aus.

»Was verlangst du von uns?« fragte ihn der Checkmaster, der im Gegensatz zu gewöhnlichen Bordrechnern manchmal Anflüge von Humor zeigte. »Das große Roboterehrenwort?«

»So etwas in der Art«, antwortete ihm der Commander in vollem Ernst. »Sonst sage ich keinen Ton mehr.«

»Von mir erfährt niemand etwas«, versprach ihm der Checkmaster.

Dem schloß ich mich ohne Wenn und Aber an.

»Nein, die Nanoroboterbehandlung ist keine Verjüngungskur«, verriet uns Dhark daraufhin. »Zwar fühlen sich die Behandelten frischer und wirken etwas jugendlicher, so wie nach einer Hormonbehandlung, doch wirklich jünger werden sie nicht – aber auch nicht mehr älter.«

Nun zeigte sich, daß der Checkmaster genau wie ich »befähigt« war, aus einer Handvoll Informationen die verkehrten Schlüsse abzuleiten.

»Du möchtest demnach einen Rat von uns. Wir sollen dir bei deiner Entscheidungsfindung helfen.«

»Ich an deiner Stelle würde nicht lange überlegen«, lautete

mein Ratschlag.»Da offenbar weder bei Wallis noch bei Saam oder bei dessen Mitarbeitern Nebenwirkungen aufgetreten sind und auch sonst keine gesundheitlichen Folgeschäden zu erwarten sein dürften...«

»Diese Gedanken habe ich mir schon längst selber gemacht«, unterbrach Dhark mich ungehalten. »Das Leben ist ein großes Geschenk für ein sterbliches Wesen wie mich, daher werde ich es dankbar annehmen – zu diesem Entschluß habe ich mich in den vergangenen Monaten nach zahllosen Denkprozessen durchgerungen.«

»Und weshalb konsultierst du dann Artus und mich?« wunderte sich der Checkmaster.

»Weil Terence Wallis mir gestattet, sieben weitere Personen zu benennen, die mich auf meinem Weg in die Unsterblichkeit begleiten sollen«, erklärte Dhark. »Leider sehe ich mich außerstande, mit meinem Finger auf jemanden zu zeigen und zu sagen: ›Du da! Du darfst weiterleben! Die anderen nicht!‹ Ich möchte nicht Gott spielen und fühle mich mit dieser Aufgabe völlig überfordert, versteht ihr? Daher brauche ich euch. Als Maschinenwesen trefft ihr wichtige Entscheidungen nicht aus einem reinen Bauchgefühl heraus, sondern nach emotionslosen, logischen Gesichtspunkten.«

»Im Klartext: Wir sollen jetzt Gottes Rolle übernehmen«, faßte ich zusammen.

»So ist es. Ihr könnt natürlich ablehnen.«

»Nicht notwendig«, warf der Checkmaster ein. »Es war ein weiser Gedanke, uns hinzuzuziehen. Wir werden die Frage ›Welche sieben Personen haben es verdient, unsterblich zu werden beziehungsweise wer könnte in der Zukunft für die Menschheit wichtig sein?‹ ausgiebig erörtern.«

»Ich gehe wohl nicht fehl in der Annahme, daß wir unser robotisches Augenmerk auf Personen aus deinem näheren Umfeld richten sollen«, warf ich ein.

»Das versteht sich von selbst.«

»Deine Lebensgefährtin Amy Stewart wird nicht mit dabeisein«, stellte der Checkmaster erbarmungslos klar. »Sie erfüllt keine der erforderlichen Voraussetzungen und bleibt dir, weil sie ein Cyborg ist, ohnehin bis zu ihrem 400. Lebensjahr erhalten, falls ihr vorher nichts zustößt. Wenn du für diesen Sonderfall allerdings eine emotionale Entscheidung bevorzugst, beschränken wir uns bei unserer Auswahl auf nur noch sechs Personen.«

»Sieben – es bleibt dabei«, erwiderte Dhark entschlossen.

»Welche Personen müssen wir außer Wallis und der Gruppe Saam noch weglassen?« erkundigte ich mich. »Wer ist bereits unsterblich?«

»Definitiv weiß ich es von Dan und Anja Riker sowie von Echri Ezbal«, zählte Dhark auf. »Weitere Personen sind mir bisher nicht bekannt.«

»Gut, damit hätten wir alle nötigen Informationen zusammen«, entgegnete der Checkmaster. »Oder siehst du das anders, Artus?«

»Ich weiß jetzt alles, was ich wissen muß, um eine logische Auswahl zu treffen«, lautete meine Antwort.

Dhark erhob sich von seinem Sitzplatz. »In Ordnung, ich lasse euch allein, damit ihr euch in Ruhe beraten könnt.«

»Du willst weggehen?« staunte ich. »Interessiert dich denn das Ergebnis unserer Auswahl nicht?«

»Natürlich interessiert mich das«, erwiderte Dhark. »Ich komme wieder, wenn ihr fertig seid.«

»Wir sind fertig«, verkündete ihm der Checkmaster zu seiner grenzenlosen Überraschung. »Ihr Menschen mit euren zwar komplizierten, aber dennoch unzulänglichen Gehirnen braucht mitunter Wochen und Monate für wichtige Beschlüsse...«

»... doch wir Maschinenwesen, wie du uns vorhin genannt hast, kommen mit Sekundenbruchteilen aus«, ergänzte ich. »Wie nicht anders zu erwarten, stimmen meine Vorschläge in fast allen Fällen mit denen des Checkmasters überein, obwohl wir unabhängig voneinander abgestimmt haben. Nur bei einem Kandidaten sind wir uns uneinig. Nummer sieben bleibt somit für dich übrig, Dhark – um diesen Schiedsspruch kommst du leider nicht herum.«

*

Nicht nur mir bereitete es Freude, Dhark ein wenig zappeln zu lassen. Ich hatte den Eindruck, daß auch der Checkmaster Spaß daran hatte, dabei »zuzusehen«, wie allmählich die Ungeduld in ihm heranwuchs und ihn bald schier zu zerreißen drohte.

»Spannt mich nicht länger auf die Folter!« platzte es schließlich aus ihm heraus, mitten in unser Schweigen hinein. »Wer steht als erstes auf eurer Liste?«

»Ich möchte vorausschicken, daß die Reihenfolge kein Werturteil darstellt«, erwiderte der Checkmaster. »Jede der genannten Personen hat sich durch ihr Können, ihre Taten oder sonstige Umstände für die Kandidatenliste qualifiziert.«

Er schien das regelrecht zu genießen. In Gedanken suchte ich bereits nach weiteren Formulierungen, um die Antwort ebenfalls noch ein bißchen hinauszuzögern, als Dhark ein ärgerliches »Wer zum Teufel!?« in den Raum schleuderte.

Eine alte Indianerweisheit lautete, den Bogen niemals zu überspannen, daher nannte ich ihm den ersten Namen.

*

»Ich habe von meinem Bungalow aus im weltweiten Netz sowie bei ein paar Freunden Erkundigungen über Steven Trainor eingezogen und bin sogar auf ein Foto von ihm gestoßen. Seine leicht zusammengekniffenen Augen verleihen seinem markanten Gesicht einen skeptischen Eindruck. Sein langes schwarzes Haar trägt er auf dem Bild straff nach hinten gezogen, gebündelt zu einem kurzen Pferdeschwanz.

Im waffenlosen Nahkampf sei er ein Kämpfer der Extraklasse, sagt man, und niemand könne mit dem Katana – das ist ein japanisches Langschwert – so gut umgehen wie er. Zudem soll er diverse buddhistische Meditationstechniken beherrschen, mit denen er sich in begrenztem Maße sogar gegen parapsychische Beeinflussungen zur Wehr setzen kann.

Außerdem ist er ein Kriegsheld, der als Soldat unter dem legendären General Martell höchst erfolgreich an mehreren Himmelfahrtskommandos teilgenommen hat. Nach einem un-

liebsamen Zwischenfall während der Evakuierung der Erde wurde er Rikers Kampfverband im Rang eines Stabsfeldwebels zugeteilt.

Wie bitte? Du kennst Riker nicht? Und ich dachte immer, er wäre mindestens genauso berühmt wie Ren Dhark.

Wie man mir erzählte, fahren die Frauen auf Steven Trainors herbe Männlichkeit ungeheuer ab, obwohl er es, das behauptet er zumindest, nie bewußt darauf anlegt.

Gegen diesen Typen habe ich nicht die geringste Chance, Arloni. Meine Kleine ist ihm regelrecht verfallen. Ich habe sie an ›Mister Superman‹ verloren, unweigerlich und für immer!

Als ich vorhin an der Theke saß und in mein Cognacglas stierte, stellte ich mir vor, wie ich wütend in ein im dreizehnten Stockwerk gelegenes Hotelzimmer stürme, wo sich die beiden gerade vergnügen. Ich ergreife Trainor im Nacken, reiße ihn von meiner Exfreundin runter und werfe ihn aus dem offenstehenden Fenster. Ich sollte mich für solche brutalen Phantasien was schämen.«

»Den Sturz aus dem Fenster übersteht er garantiert unbeschadet«, erwiderte die Edelprostituierte Arloni lachend, als ihr bärtiger Freier endlich eine Redepause einlegte. »Wer vögeln kann, der kann bekanntlich auch fliegen.«

Sie hatte ihren Gesprächspartner in einer idyllischen Ferienanlage kennengelernt, im »Garten Eden« auf dem Inselkontinent Aloha. Es war keine Zufallsbegegnung gewesen. Ein guter Freund von ihm, ein gewisser Arc Doorn, hatte sie gebeten, sich gemeinsam mit ihrer Kollegin Floch um ihn zu kümmern.

Floch war inzwischen raus aus dem Rennen, sie paßte draußen auf den merkwürdigen sprechenden Hund des schwergewichtigen Mannes auf. Aber auch Arloni war bisher nicht zum Zuge gekommen, denn ihr Kunde wollte lieber reden, statt sich mit ihr zu vergnügen.

Normalerweise bot sie zögernden Freiern ein Gläschen Sekt zur Auflockerung an, doch das hatte Doorn ihr strikt untersagt. »Die Ex-Geliebte meines Freundes hat eine enorme erotische Ausstrahlung. Ich würde daher vorschlagen, ihr nehmt euch beide seiner an. Zusammen sollte es euch eigentlich gelingen,

Chris davor zu bewahren, an der Bar eine Dummheit zu begehen.« Im Klartext: Dieser Mann war Alkoholiker.
Nachdem er sich seinen Zorn auf die untreue Geliebte und ihren neuen Freund ausgiebig von der Seele geredet hatte, unterlag Chris Shanton letztlich doch noch der Versuchung.
Allerdings griff er nicht zum Alkohol, sondern lieber nach der verführerischen Grazie, die bis zum frühen Morgen in seinem Bungalow blieb.

*

»Shanton war einer der ersten Hope-Kolonisten«, erläuterte ich meine Beweggründe für die Entscheidung. »Er errichtete in leitender Funktion die solaren Ast-Stationen, entwickelte während der Syntie-Befreiung das Schwarze Mikroloch...«
»Keine Rechtfertigungen, bitte«, schnitt Dhark mir das Wort ab. »Ich beabsichtige nicht, eure Überlegungen zu hinterfragen. Nennt mir einfach eure sieben beziehungsweise acht Kandidaten, und ich akzeptiere jeden einzelnen widerspruchslos. Wer ist als nächster vorgesehen?«
Der Checkmaster nannte ihm den zweiten Namen.

*

Im Gegensatz zu seinem Sohn Nugo und seiner Schwiegertochter wohnte der alte Mahe nicht in der Stadt, sondern noch nach traditioneller Sitte in einem Dorf am Fuße des Kilimandscharo. Das Stadtleben lehnte er grundsätzlich ab, weshalb zwischen Vater und Sohn ein gespanntes Verhältnis herrschte.
Daß Mahe seinen neunjährigen Enkel trotzdem mit auf die Jagd nehmen durfte, grenzte für ihn fast schon an ein Wunder. Vorher hatte er Nugo fest versprechen müssen, das Kind nicht in Gefahr zu bringen – und zum Leidwesen des Kleinen sah es ganz danach aus, als würde sein Großvater diese Zusicherung problemlos einhalten können.
Der junge Massai schwitzte unter der heißen Sonne, während beide durch das hohe Gras stapften. Die Jagd hatte er sich ir-

gendwie spannender vorgestellt. Bisher war ihnen in der Steppe noch keine Antilope über den Weg gelaufen.

Ihm fiel ein rubinroter Ring auf, den sein Großvater an der linken Hand trug.

»Hast du den gefunden?« fragte er neugierig, weil er sich nur schwer vorstellen konnte, daß sein Opa genügend Geld besaß, um sich etwas so Schönes und sicherlich auch so Kostspieliges leisten zu können.

»Ich bekam ihn geschenkt«, antwortete der Mann lächelnd. »Lange vor deiner Geburt, ja, sogar noch vor der Geburt deines Vaters. Willst du die Geschichte hören?«

Der Junge schaute sich nach allen Seiten um, und weil noch immer keine potentielle Beute in Sicht war, nickte er.

»Wenn ich mich recht erinnere, begegneten Kegoro und ich uns ungefähr Mitte der siebziger Jahre des vorigen Jahrhunderts zum erstenmal. Anfangs hielt ich ihn für einen seriösen Handelsmann, doch schon bald stellte sich heraus, daß er seine Finger in so manchem unreellen Geschäft hatte...«

*

Kegoro stammte aus Kenia, wo der Achtundzwanzigjährige seinen vielfältigen Geschäften nachging. Auf der Suche nach verwertbarer Handelsware war er viel auf Reisen, sogar im benachbarten Tansania, wo er überwiegend mit Kaffee und Tabak handelte...

... aber auch mit Schmuck, was allerdings kein offizieller Exportartikel dieses verarmten Landes war. In einigen tansanischen Gebieten hatten sich ausländische Geschäftsleute niedergelassen, die, so erzählte man sich, in anderen Regionen der Erde von der Justiz gesucht wurden. Entsprechend »heiß« waren die Juwelen, die sie an private Interessenten veräußerten. Die zuständigen Regierungsvertreter drückten beide Augen zu, solange sie ihren Teil abbekamen – und auch Kegoro störte sich nicht an der Zwielichtigkeit seiner Handelspartner; von irgend etwas mußte der Mensch schließlich leben.

Eine Überhitzung seines Jeepmotors zwang ihn während einer

Geschäftsreise zu einer Übernachtung in einem kleinen Dorf am Kilimandscharo, und dort, in L'Beka, lernte er den fünf Jahre jüngeren Mahe kennen, der ihm ein Nachtlager in seinem bescheidenen Haus anbot, das er erst vor kurzem mit seiner jungen Frau bezogen hatte. Das Paar plante, eine eigene Familie zu gründen, sobald beide genügend Geld erarbeitet hatten, um sich Kinder überhaupt leisten zu können.

Von da an besuchte Kegoro Mahe immer dann, wenn er geschäftlich in jenem Gebiet zu tun hatte, und manchmal auch einfach nur so, weil sein neuer Freund ein unvergleichlicher Geschichtenerzähler war. Vergangene Abenteuer mutiger Massaikrieger schilderte Mahe dermaßen spannend, daß seine Hütte abends, wenn er von der Feldarbeit heimkehrte, meistens voller interessierter Zuhörer war.

Alten Traditionen und vor allem seinem knurrenden Magen folgend ging Mahe oft auf die Jagd, und manchmal nahm er seinen Freund Kegoro mit. Auf diesen Ausflügen erfuhr der Geschäftsmann viel über die Historie des Dorfes.

Benannt war der Ort nach der größten Familie, die dort lebte: dem L'Beka-Stamm. Vor knapp 100 Jahren hatte eine nicht minder große Familie im Dorf gewohnt, die Inubas, und beide Stämme hatten sich gut verstanden. Um die Verbindung zu festigen, schlug der Stammeshäuptling der L'Bekas seinerzeit vor, seine schöne Enkelin Leja mit Buto, einem Angehörigen des Inuba-Geschlechts zu vermählen.

Man wurde sich einig, und Leja erhielt als Mitgift den wertvollsten Besitz der L'Bekas: einen Ring mit einem rotfunkelnden Rubin, in dessen Innerem ein Lagerfeuer zu flackern schien – dieser Lichteffekt entstand zumindest, wenn man den Rubin in einem bestimmten Winkel der untergehenden Abendsonne entgegenhielt.

Leider kam die Hochzeit nie zustande. Der windige Bräutigam brachte den Flammenring in seinen Besitz und ward nie mehr gesehen. Gerüchten zufolge verscherbelte er seine Beute später irgendwo in Ostafrika und verspielte den Erlös bald wieder.

Aus Scham über die Freveltat ihres Stammesmitglieds zogen die Inubas auf die gegenüberliegende Seite des Kilimandscharo.

Leja heiratete einen anderen Mann und wurde auch ohne Mitgift mit ihm glücklich.

Der L'Beka-Stamm setzte eine hohe Belohnung für die Wiederbeschaffung des Flammenrings aus – ein Angebot, das noch immer Gültigkeit hatte.

»Wahrscheinlich befindet sich das verschollene Schmuckstück im Tresor irgendeines skrupellosen Sammlers«, vermutete Mahe.

Er zeigte seinem Freund Kegoro detailgetreu angefertigte Zeichnungen vom Ring. Der Rubin war kein protziges Juwel und wirkte eher dezent, dennoch war es das Wertvollste, das die L'Bekas je besessen hatten.

»Vielleicht stößt du irgendwann zufällig darauf, schließlich verdienst du deinen Lebensunterhalt mit Schmuckhandel.«

»Nur zu einem geringfügigen Teil«, behauptete Kegoro, der im Grunde genommen mit allem handelte, was sich verkaufen ließ, unabhängig davon, wem es gehörte. »Ich werde aber die Augen offen halten und meine Kontakte spielen lassen. Sollte ich Erfolg haben, teilen wir uns die Belohnung.«

*

Ausgerechnet auf einer Insel mit dem bezeichnenden Namen »Mafia« erhielt Kegoro den entscheidenden Hinweis auf den Ring der L'Bekas. Sie lag östlich des Rufiji-Flußdeltas vor der ostafrikanischen Küste im Indischen Ozean und gehörte zum tansanischen Regierungsbezirk. Sein dortiger Kontaktmann Tibor nannte ihm die Adresse eines arabischen Hehlers namens Ibrahim, der einen Ring, auf den die Beschreibung paßte, in seinem inoffiziellen Angebot hatte.

Das Problem: Ibrahim betrieb seine zwielichtigen Geschäfte von Uganda aus, und das war im Jahre 1977 wahrlich kein geeigneter Aufenthaltsort für Schwarze aus Tansania und Kenia. Der damals amtierende größenwahnsinnige Diktator Idi Amin Dada, ein gewissenloser Massenmörder, der sich großspurig »Herr aller Kreaturen der Erde und aller Fische der Meere« nannte, war auf seine direkten Nachbarn nicht gut zu sprechen.

Fünf Jahre zuvor hatte er sogar alle Asiaten aus seinem Land vertrieben. Lediglich zu arabischen und islamischen Staaten sowie zum damals noch existierenden Ostblock pflegte er Wirtschaftsbeziehungen.

»Ich könnte dir einen falschen Paß besorgen«, bot Tibor Kegoro an. »Für einen Araber und einen Russen bist du zu schwarz, aber wenn du über Zaire einfliegst, hast du eine gute Chance, unbeschadet über die Grenze zu gelangen. Die Zöllner in diesem Abschnitt sind zwar streng, aber nicht die Hellsten. Am besten, du versteckst irgend etwas von mäßigem Wert in deinem Gepäck, das sie dir beim Filzen garantiert stehlen werden. Damit sind sie meist schon zufrieden.«

Kegoro war weit davon entfernt, ein Held zu sein, aber er liebte das Risiko.

»Einverstanden. Du verschaffst mir einen perfekt gefälschten Paß und ich bezahle dich angemessen dafür.«

»Geld ist ein gutes Stichwort«, meinte Tibor und bestellte zwei Schnäpse. »Laß uns bei einem Glas Fusel über die Summe verhandeln. Ich muß dich übrigens vor Ibrahim warnen. Der verschlage Kerl war nicht immer Hehler. Früher betätigte er sich in einem anderen kriminellen Bereich…«

*

Knapp zwei Wochen später hielt Kegoro den Flammenring – beziehungsweise das, was Ibrahim dafür ausgab – in der rechten Hand und drehte ihn im Schein der Abendsonne nachdenklich hin und her. Der arabische Hehler stand mit ihm vor der Tür seines Hauses und ließ den Käufer in spe nicht aus den Augen.

»Keine Sorge, du mußt nicht befürchten, daß ich mit dem Ring verschwinde, ohne dich zu bezahlen«, sagte Kegoro, als er den mißtrauischen Blick des Arabers bemerkte. »Ich stehle grundsätzlich keine Imitationen aus gefärbtem Glas.«

Ibrahim mimte den Entrüsteten. »Imitation? Ist es Sitte in Zaire, schlechte Scherze mit seinen Handelspartnern zu treiben? Ich bin empört über diese Anschuldigung!«

»Den Flammeneffekt im Kern des Glassteins hat der Fälscher perfekt hinbekommen«, erwiderte Kegoro ungerührt. *»Ein ungeübtes Auge würde glatt darauf hereinfallen. Doch ich habe bereits mehrfach mit Rubinen gehandelt – und das hier ist keiner!«*

Ibrahim grinste, langte in seine Jackentasche und zog ein zweites, nahezu identisches Schmuckstück hervor.

»Gut gemacht, mein Lieber. Das war natürlich nur ein Test! Dies hier ist der echte Flammenring, der jeder fachmännischen Prüfung hundertprozentig standhält.«

Er versprach nicht zuviel. Kegoro hatte nichts zu beanstanden.

Über den Preis wurden sich beide nach drei Stunden zähen Verhandelns einig. Kegoro mußte tief in die Tasche greifen, war aber aufgrund seiner zahlreichen krummen Geschäfte nicht gerade arm – im Gegensatz zu den Bewohnern von L'Beka. Die Hälfte der Belohnung würde nicht einmal einen Bruchteil seiner Ausgaben decken, weshalb er von vornherein beschlossen hatte, sie Mahe ganz zu überlassen.

»Wie wollen Sie den Stein außer Landes schaffen?« *erkundigte sich Ibrahim, nachdem Kegoro den Ring eingesteckt hatte.*

»Mit dem einfachsten Trick der Welt«, *erwiderte der Kenianer grinsend. »Ich stecke ihn mir an den Finger.«*

*

Kegoros Plan schlug auf der ganzen Linie fehl. Einem Zöllner stach der Rubin sofort ins Auge, und er forderte den vermeintlichen Urlauber aus Zaire auf, ihm den Ring zu übergeben. Das Schlimmste befürchtend kam Kegoro der Anweisung nach.

Die nächsten Minuten waren die längsten seines Lebens, denn sie kamen ihm wie Jahre vor.

Kegoro konnte sich ausmalen, was gleich passieren würde. Falls er großes Glück hatte, würden die Grenzer den kostbaren Schmuck einstecken und ihn mit Waffengewalt fortjagen. Wahrscheinlicher war allerdings, daß man ihn wegen Schmuggels einsperren und seinen Paß näher unter die Lupe nehmen würde.

Zu seiner großen Überraschung und Erleichterung erhielt er den Flammenring nach ausgiebiger Prüfung durch einen Zollexperten anstandslos zurück.

»Eine wirklich gelungene Nachbildung«, bemerkte einer der Grenzbeamten anerkennend, »die aber nicht viel wert ist. Das rettet Ihnen den Hals, denn wäre der Rubin echt gewesen, hätte man Sie zum Tode verurteilt und hingerichtet. Bei der illegalen Ausführung von Schmuckstücken verstehen wir keinen Spaß – wir dulden hier keine gesetzlosen Zustände wie in Tansania und all den anderen Verbrecherstaaten.«

Schlagartig kamen Kegoro Tibors Worte in den Sinn:

»Ibrahim war nicht immer Hehler. Früher betätigte er sich in einem anderen kriminellen Bereich – als gewiefter Taschendieb. Der verschlagene Kerl bestiehlt dich schneller, als du gucken kannst.«

Offensichtlich hatte der Araber den echten Flammenring während der Geschäftsabwicklung wieder ausgetauscht – wofür ihm Kegoro ausnahmsweise nicht die Pest an den Hals wünschte. Der diebische Hehler hatte ihm das Leben gerettet.

Auf dem Flug von Zaire nach Tansania überlegte Kegoro, ob er Mahe verschweigen sollte, daß es sich bei dem Flammenring um eine Fälschung handelte.

Weder er noch das Stammesoberhaupt der L'Bekas kannten sich in dieser Branche aus und würden gar nicht merken, daß er sie geleimt hatte.

Letztlich beschloß er jedoch, wenigstens seinem Freund die volle Wahrheit zu sagen.

Mahe konnte dann die Nachbildung dem L'Beka-Stamm unterjubeln und die Belohnung kassieren.

*

»Klar, ich hätte das Geld gut gebrauchen können«, beendete Mahe die Erzählung. »Doch ein durch und durch ehrlicher Mann wie ich kann nun einmal nicht aus seiner Haut. Daher sagte ich dem Stammesoberhaupt die Wahrheit und schenkte ihm den falschen Flammenring.

Er bedankte sich – und gab ihn mir zurück, als Anerkennung für meine Aufrichtigkeit.

Seither hüte ich den Ring wie meinen Augapfel und trage ihn nur zu ganz besonderen Gelegenheiten, so wie heute, weil wir beide zum erstenmal miteinander auf die Jagd gehen – der ehrliche Mahe Tschobe und sein hoffentlich genauso ehrlicher Enkel Manu Tschobe.«

»Erhielten die L'Bekas den echten Ring jemals zurück?« wollte Manu wissen.

»Leider nein«, antwortete sein Großvater. »Der Flammenring verschwand irgendwo im Nirgendwo – sprich: Der Rubin kann jetzt überall auf der Welt sein. Vielleicht fällt er dir eines fernen Tages in die Hände, dann weißt du ja, wo du ihn abliefern mußt.«

»Und was wurde aus Kegoro? Seht ihr euch noch manchmal?«

»Selbstverständlich. Ein- bis zweimal im Jahr schaut er auf seinen Geschäftsreisen in unserem Dorf vorbei und... psst! Sei jetzt ganz leise!«

Mahe hob die Hand und deutete durch das Gras zu ein paar Bäumen hinüber. Angestrengt reckte Manu den Hals, und dann sah er eine Gruppe Gazellen, die gemächlich durch die Steppe schlenderten.

Noch ahnte der Junge nicht, daß ihnen schon bald ein hungriger Löwe die Beute streitig machen würde – eine gefährliche Situation, wenn man nur mit Speer und Messer bewaffnet war. Doch das war eine gänzlich andere Geschichte...

*

»Chris und Manu – ein Allroundgenie und ein Mediziner«, listete Dhark auf, nachdem Tschobes Name gefallen war. »Ihr greift offenbar gleich in die Vollen. Ich bin schon gespannt auf den dritten Kandidaten.«

»Und ich bin froh, daß du dich entschlossen hast, unsterblich zu werden«, sagte ich. »Es hätte mich bestimmt entsetzt, dich noch weiter altern und sterben zu sehen.«

»Wer ist Nummer drei?« entgegnete Dhark ungeduldig wie ein kleines Kind.

»Ebenfalls ein unverzichtbares Mitglied unserer Besatzung«, verriet ich ihm. »Sein Name lautet...«

*

Pidder Lüng war zum erstenmal in Mailand. Eigentlich war er mehr den nördlichen Regionen der Erde zugetan, doch als Elfjähriger besaß man noch kein Mitspracherecht bei der Auswahl des Ferienreiseziels, man mußte dort Urlaub machen, wo Vater und Mutter hinwollten, basta!

Seine Eltern betrieben gemeinsam mit seinen Großeltern auf Sylt eine Aalräucherei mit einem angrenzenden Fischgeschäft. Fische waren seine Welt, damit kannte er sich aus – und genau deshalb wußte er genau, daß zu einer stilgerechten Pizza Tonno rote Zwiebeln gehörten.

»In unserem Familienbetrieb wird Pizza Tonno seit jeher mit weißen Zwiebeln serviert«, entrüstete sich der Junge hinter dem Verkaufstresen, den Pidder auf etwa vierzehn Jahre schätzte. »Weiße Zwiebeln zu weißem Mozzarella! Noch nie hat sich ein Kunde darüber beschwert.«

»Dann wird es aber höchste Zeit«, erwiderte der Sylter Bub trotzig. »Rote Zwiebeln zu rotem Thunfisch!«

»Seit wann ist Thunfisch rot? Hast du dir den Fisch auf der Pizza noch nie richtig angeguckt?«

»Und hast du jemals einen rohen Thunfisch zu Gesicht bekommen? Im Urzustand sieht er wesentlich leckerer und gesünder aus, bevor er von Dilettanten wie dir malträtiert und in den Ofen geschoben wird.«

Der jugendliche Pizzaverkäufer wollte gerade etwas Bissiges erwidern, als der Besitzer der Pizzeria, sein Vater, schlichtend eingriff.

»Bei uns ist der Kunde König und hat im Zweifelsfall immer recht«, sagte er lächelnd zu dem Kind. »Wenn du rote Zwiebeln möchtest, bekommst du auch welche. Allerdings mußt du eine Weile warten, denn ich müßte erst welche besorgen.«

»Bis dahin bin ich verhungert«, entgegnete Pidder Lüng, bezahlte die Pizza und verließ das Geschäft.

»Willst du unseren guten Ruf ruinieren, Tino?« wies der Geschäftsinhaber seinen Sohn zurecht. »Die Pizzeria Grappa ist die größte und beste in der Stadt, und unser Personal ist immer freundlich, egal was kommt, verstanden? Als Knabe warst du wesentlich gelassener, fast so etwas wie der ruhende Pol in unserer Familie, aber seit du in die Pubertät gekommen bist...«

Der Junge hörte ihm nicht länger zu, schnaubte wütend und verließ den Laden, um in sein Zimmer zu gehen, das sich eine Etage höher befand.

»Ja, geh nur und verkrieche dich in deiner Gerätebastelstube, wie du es in letzter Zeit jedesmal tust, wenn dir etwas nicht in den Kram paßt!« rief ihm sein Vater nach. »Statt dauernd an deinen Apparaten herumzuhantieren, solltest du lieber an deinem Benehmen arbeiten!«

Leise grummelnd fügte er hinzu: »Was soll nur aus ihm werden, wenn er erwachsen ist?«

Als Tino Grappa und Pidder Lüng viele Jahre später in der POINT OF erneut aufeinandertrafen, erkannten sie sich nicht wieder und hatten den unbedeutenden Vorfall ohnehin längst vergessen. Pidder war Flashpilot, und Tino, der inzwischen bedeutend ruhiger und gefaßter mit Streßsituationen umging, arbeitete als Ortungsoffizier in der Funkzentrale.

*

»Tino Grappa ist eine gute Wahl«, meinte Dhark, obwohl er sich doch eigentlich jeden Kommentars enthalten wollte. »Ich schätze, Kandidat vier gehört ebenfalls zu unserer Besatzung, oder?«

»Falsch«, antwortete ich ihm. »Er würde zwar gut zu uns passen, doch ich bezweifle, daß er seine Lebensaufgabe einfach so hinschmeißt, nur um auf der POINT OF mitfliegen zu dürfen.«

»Was sollten wir an Bord auch mit einem ehemaligen Steuerberater anfangen?« bemerkte der Checkmaster respektlos.

*

»... und Luise erwähnte, sie habe etwas Düsteres zu verbergen, gewissermaßen einen schwarzen Fleck auf ihrer Seele, verstehst du, Alter? Offen gestand sie ihren beiden Freundinnen am Kaffeekränzchentisch, eine heillose Säuferin zu sein, die sich an jedem Wochenende bis zum Stehkragen vollaufen ließ. Daraufhin ließ sich auch Rosi nicht lumpen und rückte mit ihrer Leiche im Keller heraus – und die hatte es in sich, Alter! Wann immer ihr Mann auf Geschäftsreise ging, betrog sie ihn mit seinem besten Freund. Das ist ein Hammer, was, Alter? Nun wollten die beiden natürlich wissen, welches Geheimnis die dritte zu verbergen hatte. Und jetzt halt dich fest, Alter! Darauf kommst du nie!«

»Redest du immer ohne Punkt und Komma?« unterbrach ihn sein geduldiger Zuhörer, der es bereits bereute, die kleine Kneipe betreten zu haben; wenn er das nächste Mal Lust auf einen Fruchtsaft verspürte, würde er wohl besser an einen Kiosk gehen oder sich in ein Café setzen. *»Die Geschichte ist schon so alt wie Methusalem. Die dritte Freundin beichtet, eine alte Tratschtante zu sein, die nichts für sich behalten kann – was auch für die offenen Eingeständnisse ihrer beiden Freundinnen gilt.«*

»Willst du etwa behaupten, ich hätte mir das alles nur ausgedacht, Alter?« fragte der ertappte angetrunkene Schwätzer. *»Ich habe dieses Trio in der Wohnung meiner Mutter persönlich belauscht, ehrlich – so wahr heute Montag, der 13. Juli 2076 ist!«*

»Wir haben Mittwoch, den 13. Juli 2067«, verbesserte ihn sein Gegenüber mit ruhiger, aber kraftvoller Stimme und trank seinen Orangensaft (etwas Phantasievolleres gab es hier nicht) aus. *»Im übrigen lautet mein Vorname nicht ›Alter‹, sonst würde ich ja ›Alter Lambert‹ heißen.«*

»Und wie heißt du wirklich?« lallte der andere.

»Bruder«, antwortete der Mann im Hinausgehen.

*

»Auch der fünfte auf der Liste gehört nicht zu unserer Besatzung«, sagte der Checkmaster, nachdem wir Bruder Lamberts Namen preisgegeben hatten, »sondern zu der eines anderen berühmten Schiffs.«

»Die Nummer sechs ist übrigens sein bester Freund«, teilte ich Dhark zudem mit. »Beide haben schon so manches gemeinsame Abenteuer erlebt.«

»Das spielte zwar bei der Auswahl nur eine untergeordnete Rolle«, versicherte der Checkmaster dem Commander, »doch es kann nichts schaden, ein eingespieltes Team unsterblich zu machen.«

»Die zwei werden sich bestimmt riesig freuen, wenn sie erfahren, daß sie für sehr, sehr lange Zeit zusammenbleiben werden«, war ich mir sicher.

*

Es war noch früh am Morgen des 15. Mai 2062, als der schwere offene Bodenschweber vom Typ Hispano Suiza Imperial die sechsspurige Schnellstraße an der Abzweigung verließ und sich entlang der Außenbezirke des Zivilraumhafens in Richtung auf den militärischen Teil von Cent Field zubewegte. Die Fahrerin Jenna Ferrari wollte es sich nicht nehmen lassen, ihren Beifahrer Roy Vegas, mit dem sie seit März eine lockere Affäre hatte, höchstpersönlich zur ANZIO zu bringen, jenem Schulschiff, auf dem der Oberst heute das Kommando übernehmen würde.

Obwohl der Ovoid-Ringraumer theoretisch von sechs Mann geflogen werden konnte, zählte die reguläre Besatzung 50 Personen. Hinzu kamen 200 Flottenkadetten sowie eine Ausbildungseinheit der Rauminfanterie von 250 Mann Stärke. Für die Ausbildung der Rekruten war Vegas' ehemaliger Erster Offizier und Navigator von der SPECTRAL zuständig: Chester McGraves.

»Es freut mich, daß man dir McGraves zugeteilt hat, Roy«, sagte Jenna beim Abschied auf dem Landefeld. »Ihr seid ein

eingespieltes Team und habt schon so manches gemeinsame Abenteuer erlebt. Hat man ihn ebenfalls befördert?«

Der fast 77jährige Oberst nickte. »Als wir in Marschall Bultons Büro zusammentrafen, sah ich auf seiner Uniform die Insignien eines Majors der Rauminfanterie.«

Nach einem langen Kuß fuhr Jenna, die gern mitgeflogen wäre, schweren Herzens wieder heimwärts. Roy Vegas fragte sich, ob es wohl nur bei einer Affäre blieb oder ob beide eine dauerhafte Zukunft hatten. Letzteres hielt er eher für unwahrscheinlich, dafür waren sie zu verschieden.

Kurz darauf, am Fuß der Einstiegsrampe, lernte Vegas Hauptmann Olin Monro kennen.

»Ist die Einschiffung aller Kadetten abgeschlossen?« fragte er. »Unser Zeitrahmen ist begrenzt.«

»Das Schiff ist startklar«, lautete die Antwort des Hauptmanns.

»Gab es irgendwelche Probleme?« erkundigte sich Vegas auf dem Weg ins Schiff.

»Nur unwesentliche«, erwiderte Monro. »Zwei Rekruten stritten sich um eine Koje. Ihr Ausbilder, Major McGraves, schickte sie daraufhin zu einem Sondertraining aufs Holodeck. ›Wenn ihr partout untereinander Beißkämpfe austragen müßt‹, sagte er zu ihnen, ›dann verschaffe ich euch die passende Gelegenheit dafür.‹«

Vegas lachte. »Das paßt zu ihm! Mitunter wirkt er, als könne er kein Wässerchen trüben, aber er versteht sich perfekt darauf, hart durchzugreifen. Ich bin schon mächtig gespannt, was er sich hat einfallen lassen, um die beiden Streithähne zu bändigen.«

*

Nachdem er in der hell ausgeleuchteten Hauptschleuse die offizielle Begrüßung – mehrere Decksoffiziere und Mannschaftsdienstgrade hatten sich dort versammelt – über sich hatte ergehen lassen, forderte er Monro auf, ihn in die Zentrale zu führen.

Im Antigravschacht revidierte er diesen Befehl jedoch kurzerhand und nahm den Umweg übers Holodeck.

Wenig später fand er sich in einer simulierten Dschungellandschaft wieder. Im Dickicht raschelte und knurrte es, und aus den Baumwipfeln ertönten Vogelgekrächze und Gezwitscher.

»Erzählen Sie mir mehr über die beiden streitbaren Rekruten«, bat Vegas den Hauptmann. »Wie lauten ihre Namen?«

»Der eine heißt Derek Stormond, der andere Jeffrey Lee Kana. Er verwendet allerdings stets nur seinen zweiten Vornamen, aus Verehrung für einen verstorbenen Schauspieler namens Christopher Lee.«

»Von dem habe ich schon gehört. Anno 2012 ging auf Terra das Gerücht um, der für Vampirfilme prädestinierte Darsteller sei gar nicht 90, sondern in Wahrheit 900 Jahre alt geworden. Angeblich ist er nie gestorben und verjüngt sich noch heute fortwährend, indem er arglosen Opfern, vorwiegend schönen jungen Frauen, das Blut aussaugt.«

Monro grinste. »Ein Jungbrunnen der besonderen Art. Könnte mir auch gefallen – falls statt Blut Bier durch die Adern der Frauen fließen würde.«

Vegas musterte ihn unauffällig. Monros Größe schätzte er auf 1,75 Meter ein, sein Gewicht auf etwa 80 Kilo. Das leichte Übergewicht konnte durchaus vom Biertrinken herrühren, allerdings wirkte der Hauptmann überaus sportlich, was eine wichtige Voraussetzung für den gehobenen Dienst bei der Flotte war. Dicke Rekruten scheuchte man so lange über den Trainingsparcours, bis sie genügend abgespeckt hatten – aber wer wagte es schon, einen fettwanstigen unsportlichen Offizier zu maßregeln?

Das Rascheln im Gestrüpp wurde lauter. Als Monro und Vegas eine fiktive Lichtung überquerten, brachen sie plötzlich aus dem Dickicht heraus: mehrere große Rottweiler mit mächtigen Zähnen.

Vegas verstand nun, wieso der Major von Beißkämpfen gesprochen hatte.

»Keine Offiziere angreifen!« erteilte der Hauptmann eine An-

weisung an die zentrale Holoproduktion. »*Die Hatz auf Mannschaftsdienstgrade beschränken!*«

Sofort zogen sich die Hunde wieder zurück.

Von irgendwoher ertönten Schüsse, gefolgt von wütendem Bellen und Jaulen.

»*Spezialwaffen, die hier keinen Schaden anrichten*«*, erklärte Hauptmann Monro.* »*Sie machen Lärm wie normale Projektilwaffen und schalten bei einem Volltreffer die betreffende Rottweilernachbildung ab.*«

»*Warum habt ihr die beiden nicht mit Pseudostrahlenwaffen ausgestattet?*« *wunderte sich der Kommandant.*

»*Major McGraves meinte, wir sollten es ihnen nicht zu leicht machen. Die zwei sollen lernen, im Kampf zusammenzuhalten – was im Ernstfall überlebenswichtig sein kann.*«

»*Wo der gute Chester recht hat, hat er recht.*«

Die Offiziere verfolgten einen breiten Pfad. Ein besonders großer und schwerer Rottweiler erschien am Wegrand, musterte die beiden kurz und trottete dann gemäß der Befehlseingabe weiter.

»*Das ist ›Big Boß‹*«*, informierte Monro seinen Begleiter.* »*Er ist der Anführer der Laborhunde. Wenn es den Rekruten gelingt, ihn auszuschalten, ›sterben‹ alle übrigen Hunde auf einen Schlag.*«

»*Laborhunde?*«

»*Laut Programmierung gibt es hier im Dschungel ein geheimes, gut verstecktes Labor, in welchem verbotene Tierexperimente durchgeführt werden. Dabei ging etwas schief. Etliche Kampfköter brachen aus und machen nun die Gegend unsicher. Stormond und Kana haben die Aufgabe, die Hundeinvasion zu stoppen. – Apropos Kana: Dort vorn spaziert er wie ein Anfänger den Pfad entlang. Der einfältige Dummkopf dreht sich nicht einmal um, dabei ist ›Big Boß‹ gleich bei ihm.*«

»*Was erwarten Sie von einem jungen Burschen, der sich nach einem Vampirdarsteller benennt?*« *bemerkte Vegas amüsiert.* »*Na ja, das wächst sich aus. Wenn er etwas reifer geworden ist, bevorzugt er wahrscheinlich Jeffrey oder Jeff.*«

Kana schien den Rottweiler in seinem Rücken nicht zu bemer-

ken. In sträflicher Nachlässigkeit machte er es sich unter einem Baum bequem, wo er offenbar ein Schläfchen halten wollte. Er lehnte sich sitzend an den immens breiten Stamm, legte sein Gewehr ins Gras und schloß die Augen.

»So ein Drückeberger«, sagte Monro kopfschüttelnd. »Doch gleich bricht die wohlverdiente Strafe über diesen Faulpelz herein.«

»Abwarten«, erwiderte Vegas, der für sein Alter noch verdammt gute Augen hatte.

Lautlos näherte sich der große Rottweiler seinem schlafenden Opfer und setzte zum Sprung an...

In diesem Augenblick trat Derek Stormond hinter dem Baumstamm hervor und streckte den Angreifer mit einer Gewehrsalve nieder. Plötzlich »erwachte« auch Kana und griff nach seiner Waffe. Gemeinsam stanzten er und sein Kamerad dem Rottweiler blutige Lochmuster in den Leib.

›Big Boß‹ brach zusammen – und die Umgebung löste sich komplett auf. Was blieb war ein leeres Holodeck, auf dem sich nur noch zwei Rekruten und zwei Vorgesetzte aufhielten.

»Gut gemacht!« lobte Monro, der Kana eben noch einen Drückeberger und Faulpelz genannt hatte, die von seinem Anblick überraschten Soldaten. »Offensichtlich habt ihr erkannt, wie wichtig es ist, zusammenzuhalten. Einen starken Feind besiegt man nur, indem man sich verbündet.«

Die Rekruten salutierten vor ihm und dem Obristen. Sie wurden in ihre Unterkunft geschickt.

Beim Verlassen des Decks stritten sie sich munter weiter.

»Und wer bekommt nun die Koje am Eingang?«

»Na ich, schließlich haben meine Kugeln die blöde Töle zuerst durchsiebt.«

»Aber ich bin als Lockvogel das höhere Risiko eingegangen.«

»Dann werden wir wohl um die verfluchte Pritsche knobeln müssen.«

Hauptmann Monro schmunzelte. »Freunde werden diese Zankäpfel sicherlich nie.«

»Abwarten«, meinte Roy Vegas. »Im Einsatz auf fremden Planeten wurde schon so manches zerstrittene Team unverbrüch-

lich zusammengeschweißt. Reale Kampfbedingungen sind nun einmal etwas anderes als phantasievolle Spielereien mit Hunden, die angeblich in Laboren genmanipuliert wurden. So, jetzt ist es aber höchste Zeit, die Zentrale aufzusuchen.«

*

»Kana und Stormond belegen also die Plätze fünf und sechs, womit wir – bitte einen Tusch – bei Platz sieben angelangt wären«, kündigte ich theatralisch an. »Während ich mich bei der Wahl meines letzten Favoriten voll und ganz auf logische Aspekte konzentriert habe, läßt sich unser Bordrechner anscheinend von Gefühlen leiten.«

»Du redest – und das nicht zum erstenmal – bodenlosen Unsinn«, erwiderte der Checkmaster und wirkte fast ein wenig gekränkt. »Zugegeben, ich werde manchmal von meinen biologischen Implantaten beeinflußt, jedoch nicht so stark, daß ich echte Emotionen entwickle.«

»Ach? Dann wolltest du wohl nur die Frauenquote erfüllen?« stichelte ich. »Gib es ruhig zu: Die betreffende Dame soll vor allem deshalb unbedingt mit dabeisein, weil sie dir quasi das Leben gerettet hat.«

»Ich besitze kein Leben, zumindest nicht im herkömmlichen Sinne«, widersprach der Checkmaster, »also gab es da auch nichts zu retten. Es handelte sich lediglich um eine komplizierte Reparatur, die auf außergewöhnliche Weise vorgenommen wurde. Im übrigen hast auch du dich für sie entschieden, Artus.«

»Aber nur als Ersatzkandidatin, falls einer der von mir Auserwählten ablehnt – was mit 99,99prozentiger Wahrscheinlichkeit niemand tun wird. Mein siebter Favorit war ein anderer.«

»Diesen Herrn erwählte wiederum ich zum Ersatzkandidaten.«

»Ich weiß zwar nicht, von welchem Herrn ihr redet«, beendete Dhark unseren kleinen Disput, »doch den Namen der betreffenden Dame kenne ich jetzt. Schließlich war ich an der ›Lebensrettung‹ des Checkmasters nicht unwesentlich beteiligt.«

»Eines Tages wirst du zu einer schönen jungen Frau heranwachsen, und dann steht dir die Welt offen«, war der Standardsatz von Mita Lamah, wenn ihre Nichte sie manchmal fragte, warum sie dieses oder jenes nicht durfte, nur weil sie noch zu klein dafür war.

Mita war sich natürlich darüber im klaren, daß sie der Neunjährigen damit eine stark beschönigte Sicht der Dinge vermittelte. Man schrieb das Jahr 2041, und auf der Erde war eigentlich nichts so richtig im Lot. Schon in der Vergangenheit hatte vieles im Argen gelegen, und das würde sich wohl auch in Zukunft nicht ändern. Doch warum sollte sie der Kleinen ihre unbeschwerte Kindheit verderben? In ein paar Jahren würde ihr noch früh genug bewußt werden, daß es zwar jedermann zustand, nach den Sternen zu greifen, daß es aber nur den wenigsten Menschen gelang, einen zu fangen.

Doch gerade die Sterne schienen es dem Mädchen angetan zu haben. Es träumte davon, einmal in einem Raumschiff mitfliegen zu dürfen, und sei es nur für einen Tag. Hierzulande lebte man jedoch in einer Männerwelt, in der abenteuerhungrige Frauen nicht ernst genommen wurden, deshalb, so befürchtete Mita, würde es ihre Nichte einmal sehr schwer im Leben haben.

Auch sie hatte sich daheim, bei ihrer traditionsverbundenen indischen Familie, erst einmal durchsetzen müssen, um studieren zu dürfen. Selbst als sie ihren Doktor in Zoologie gemacht hatte, war man ihren beruflichen Plänen mit Skepsis begegnet: Eine Frau mit Doktortitel – war so etwas nicht unnatürlich? Erzürnte man damit nicht irgendwelche Gottheiten?

Für ihre Nichte schwebte Mita eine ähnliche Karriere vor. Deren Eltern waren ohne Wenn und Aber damit einverstanden, zumindest das hatte sich im Gegensatz zu früheren Zeiten geändert. Mit seinem Wunsch, lieber Raumfahrerin als Biologin zu werden, überschritt das Mädchen allerdings die elterliche Toleranzschwelle. Glücklicherweise änderte man in diesem Alter seine beruflichen Wünsche mindestens hundertmal am Tag, somit bestand noch Hoffnung, daß es eines Tages in Tante Mitas Fußstapfen trat.

Mita Lamah lebte in Haiderabad. Wann immer sie ihre Schwester in Bombay besuchte, brachte sie deren Tochter etwas Schönes mit.

Diesmal hatte sie ein besonders teures Geschenk mit dabei, was sie finanziell nicht in den Ruin trieb, denn sie war recht gut betucht.

Die moderne Technik machte auch vor Indien nicht halt. Längst waren gut 50 Prozent der Räderfahrzeuge auf den Straßen von Schwebern abgelöst worden. Die Leitsysteme funktionierten noch nicht so perfekt wie in der westlichen Welt, aber das würde sich bestimmt schon bald bessern.

Auch sonst gab es vieles, das verbesserungswürdig war. Moderne Kommunikationsware war zwar überall erhältlich, und die mit Viphofunktion ausgestatteten Allzweckarmbänder hatten das normale Mobiltelefon schon seit langem in den Schatten gestellt, aber die in dieser Region zu erwerbenden Modelle ließen doch sehr zu wünschen übrig, insbesondere was die Bildqualität betraf.

Außerdem mußten die Akkumulatoren viel zu oft aufgeladen werden.

Das Bildfunkarmband, das Mita ihrer Nichte mitbrachte, zählte nicht zu den modernsten Typen, genügte jedoch den Bedürfnissen eines neunjährigen Kindes. Die Kleine freute sich jedenfalls wie verrückt und probierte das Geschenk stundenlang aus. Sie rief sogar wildfremde Leute an, nur um sich daran zu erfreuen, wenn deren Konterfei auf dem kleinen Bildschirm erschien.

Daß sie damit nicht nur den Angerufenen, sondern allmählich auch ihrer Mutter gehörig auf die Nerven fiel, störte sie nicht im mindesten. Tante Mia hatte schließlich ein Einsehen mit ihrer Schwester und lud die Kleine zu einer Spazierfahrt im Schweber ein.

*

Unterwegs telefonierte das Mädchen in einem fort. Einige ihrer Freundinnen rief sie gleich mehrmals an, zumindest diejenigen, die sich ebenfalls im Besitz eines solchen »Spielzeugs« befanden. An normalen Telefonaten, bei denen man seinen Gesprächspartner nur hören, aber nicht sehen konnte, hatte sie kein Interesse mehr.

Mita parkte ihr Schwebefahrzeug auf dem großen Parkplatz am sehenswerten Stadtpark von Bombay und stieg aus. Ihr Vorschlag, das Bildfunkgerät im Handschuhfach zurückzulassen, wurde von der kleinen Telefonistin (ihr neuestes Berufsziel?) entrüstet abgelehnt.

Gleich neben dem weit offenstehenden Eingangstor befand sich eine geräumige Sitzbank, auf der nur eine Person Platz genommen hatte: ein etwa fünfzehnjähriger Junge, der offenbar demselben Hobby wie Mitas Nichte nachging, denn er sprach in einem fort in sein Bildfunkarmband.

Mita erkannte schon beim Näherkommen, daß es sich offenbar um ein sündhaft teures Modell handelte, mit allem möglichen überflüssigen Schnickschnack. Es wurde überwiegend von international agierenden Geschäftsleuten benutzt und fast schon ehrfürchtig als »tragbares Armaturenbrett« bezeichnet.

Anscheinend waren die Eltern des Jungen sehr vermögend, wenn sie ihm ein solch protziges Gerät schenkten. Mita hielt das für übertrieben; es schadete Kindern nichts, sich ein wenig in Bescheidenheit zu üben und ihnen nicht alles zu geben, was sie sich wünschten.

Ihre Nichte setzte sich unbefangen neben den Jungen und präsentierte ihm mit kindlichem Stolz ihre neueste Errungenschaft.

Der freche Bursche rümpfte nur verächtlich die Nase. »Das soll ein Allzweckarmband sein? Dieser popelige Haufen Billigschrott? Damit kommunizierte bereits mein Urgroßvater. Schau dir mal das Teil an, das an meinem Unterarm befestigt ist. Das ist ein Allzweckarmband! Und nun hau ab, ich führe gerade ein wichtiges Gespräch mit meinem Börsenmakler in World City.«

Er redete nun demonstrativ laut, um möglichst viele Parkbesucher zu beeindrucken.

»Sind Sie noch dran, Mister Douglas? Kleiner Scherz, natür-

lich sind Sie noch am Apparat, schließlich kann ich Sie ja sehen, haha! Hören Sie auf meinen Rat, Michael – ich darf Sie doch Michael nennen, oder? – und verkaufen Sie die Aktien erst in der nächsten Woche. Bis dahin sind sie garantiert das Doppelte wert.«

Mita Lamah nahm ihre Nichte bei der Hand und zog sie von der Bank weg. »Komm, dieser armselige Wichtigtuer ist kein Umgang für dich.«

Die kleine Rani folgte ihr, wirkte jetzt aber etwas enttäuscht. War ihr Armband wirklich total veraltet und verschrottungswürdig?

Sie benutzte es weiterhin, doch richtige Begeisterung wollte nicht mehr aufkommen.

*

Nach einem ausgiebigen Spaziergang kehrten die Tante und ihr Schützling zum Parkplatz zurück. Mita durchfuhr ein ärgerlicher Schreck; sie erlebte das, was seit jeher der Alptraum eines jeden Autofahrers war: Jemand hatte ihr eine gehörige Delle in den Schweber gefahren und dann Fahrerflucht begangen.

Wie es in solchen Fällen Usus war, hatte keiner etwas gesehen oder gehört. Auch der dauertelefonierende Junge auf der vorderen Parkbank zuckte nur mit den Schultern und verbat sich jede weitere Störung.

Mita seufzte und bat Rani, die Polizei anzurufen. Das Mädchen fühlte sich plötzlich ungeheuer nützlich und betätigte rasch ein paar Tasten an ihrem Armband. Nichts geschah. Anstelle einer Verbindung mit dem Polizeirevier erschien lediglich ein Schriftzug auf dem kleinen Bildschirm.

»Akku leer!« stand dort in der irdischen Weltsprache Angloter geschrieben. Augenscheinlich hatte sie zuviel mit dem neuen Gerät herumgespielt.

»Wir bitten den Jungen, die Polizei anzufunken«, entschied Mita.

»Dieser Angeber stellt uns sein kostbares Superarmband garantiert nicht zur Verfügung«, befürchtete Rani.

»Das werden wir ja sehen«, erwiderte ihre Tante und stürmte mit entschlossener Miene in Richtung Bank.

Der Junge wandte ihr den Rücken zu. Ohne ihn zu fragen ergriff sie ihn am Handgelenk und drehte seinen Arm mitsamt des Gerätes in ihre Richtung.

»Tut mir leid, das ist ein Notfall«, setzte sie zu einer unfreundlichen Bemerkung an – als ihr auffiel, daß der Bildschirm schwarz war, obwohl der Junge gerade noch mit jemandem gesprochen hatte.

Zwar blinkten ein paar Lämpchen an dem vermeintlichen Bildfunkarmband, doch eine echte Funktion schienen sie nicht zu besitzen, wie Mita, die sich ein wenig mit Kommunikationsgeräten auskannte, mit einem Blick erfaßte.

»Das ist nur eine Attrappe!« sagte sie dem erschrockenen Jungen auf den Kopf zu. *»Diese Plastikdinger gibt es für einen lumpigen Dollar in jedem Billigshop zu kaufen.«*

Der ertappte Aufschneider riß sich los und lief davon.

»Und mein schönes Funkarmband nennt er einen Schrotthaufen!« entrüstete sich Rani, die alles mitbekommen hatte.

Ein Passant half Mita schließlich aus der Patsche und lieh ihr seinen Apparat. Es war ein überholtes Modell ohne Bildfunktion, erfüllte aber seinen Zweck.

*

Nachdem die Polizei vor Ort den Schadensbericht angefertigt hatte, ohne Tante Mita große Hoffnung zu machen, den Fahrerflüchtigen jemals zur Rechenschaft ziehen zu können, setzten sie sich in den verbeulten Schweber und verließen den »Parkparkplatz«, wie die Bürger von Bombay den Abstellplatz für Schwebe- und Räderfahrzeuge am Stadtpark nannten.

An der Ausfahrt fummelte ein Mann umständlich an der Tür seines Schwebers herum. Anscheinend klemmte das Schloß.

Gleich daneben stand ein zweiter Mann mit einem teuer aussehenden Allzweckarmband, in das er in einem fort hineinsprach.

Rani, die sich noch immer über die Falschheit und Beleidi-

gungen des Jungen auf der Bank ärgerte, betätigte den Schalter zum Herunterfahren des Seitenfensters.

Sie streckte den Kopf heraus und rief dem telefonierenden Mann erbost zu: »He, du kannst dir deine Scheinheiligkeit sparen! Meine Tante und ich wissen genau, was du da tust!«

Der Angesprochene verzog entsetzt die Mundwinkel, ließ den Arm mitsamt Gerät sinken und gab dem Mann, der sich an dem Schweber zu schaffen machte, aufgeregt ein Handzeichen. Daraufhin ließ der andere nervös etwas fallen, und beide rannten weg.

Mita stieg aus. Neben dem Schweber lag ein kleines Gerät, ein elektronischer Nachschlüssel, wie er in Werkstätten zum Öffnen von defekten Schwebertüren verwendet wurde. Privatpersonen war der Besitz eines solchen Schlüssels nicht erlaubt.

Rasch winkte Mita die Polizisten herbei, die ihren Unfall protokolliert hatten...

*

»Das hast du wirklich gut gemacht«, lobte Tante Lamah ihre Nichte auf der Heimfahrt.

»Ehrlich?« wunderte sich das Kind. »Was genau habe ich denn überhaupt gemacht? Ich habe doch nur einen fremden Mann beschimpft. Meine Mutter würde mich dafür bestrafen.«

»In diesem Fall ganz bestimmt nicht. Immerhin hast du einen Schweberdiebstahl verhindert. Der eine Mann wollte das Fahrzeug mit einem verbotenen Nachschlüssel öffnen, und der andere sondierte die Umgebung, während er so tat, als würde er telefonieren.«

»Du meinst, er stand Schmiere?«

»Woher kennst du denn solche Ausdrücke? Jedenfalls hast du recht, er stand Schmiere und behielt insbesondere die Polizisten im Auge. Ganz schön dreist, einen Schweber knacken zu wollen, obwohl sich zwei Ordnungshüter ganz in der Nähe befinden. Doch du hast es den Dieben gezeigt, Rani. Sie fühlten sich ertappt und suchten das Weite.«

Mita Lamah schmunzelte.

»Weißt du was, Rani? Wer in deinem Alter eine derartige Großtat vollbringt, der schafft alles im Leben. Ich bin sicher, du wirst eines Tages auch zum Mond fliegen.«
Rani Atawa lächelte zurück.
»Der Mond ist mir nicht weit genug weg, Tante Mita. Ich will höher hinaus – zu fernen Planeten, auf denen noch nie ein Mensch war.«
Ihre Tante lachte. »Sonst noch was? Warum wünschst du dir nicht noch weitere unmögliche Dinge, zum Beispiel, unsterblich zu werden?«

*

»Rani Atawa ist es im Mai 2065 gelungen, aus meinem Blut adulte Stammzellen zu gewinnen, um daraus Nervenzellen zu züchten, die dann ein defektes Bioimplantat von dir ersetzten, Checkmaster«, erinnerte sich Dhark. »Zuvor hattest du mehrmals falsche Berechnungen angestellt. Für ein Hochleistungsgerät wie dich, das bei Gefahr im Verzug nicht selten Eigeninitiative zeigt, ist so etwas nahezu ›tödlich‹, weshalb Artus gar nicht mal so falsch liegt, wenn er von einer Lebensrettung spricht.«

»Dieser Vorfall hatte trotzdem keinen Einfluß auf meine Auswahl«, behauptete der Checkmaster. »Ich bin nach wie vor ein kühler Kalkulator.«

»Vielleicht bist du ja durch Dharks Zellen ein klein wenig menschlicher geworden«, neckte ich ihn. »Bisher hatten nur die Zellen von Margun und Sola Einfluß auf dein Seelenleben. Zwischen zwei logisch denkenden Worgunwissenschaftlern und einem Weltraumabenteurer besteht jedoch ein erheblicher Unterschied.«

Für die Formulierungen »Seelenleben« und »Weltraumabenteurer« mußte ich gleich von zwei Seiten heftige Rügen einstecken, weshalb ich rasch den Namen meines bevorzugten siebten Kandidaten preisgab, um das Thema zu wechseln.

*

Leo Lansing drehte leise den Knauf nach links und stellte erfreut fest, daß die Tür nicht verschlossen war.

Wie leichtsinnig, mein Lieber, *dachte er.* Dein Bürogebäude läßt du schwer bewachen, aber deine Wohnungstür schließt du nicht einmal ab.

Mit dem Strahlenwerfer in der Hand betrat er den Raum – und erkannte im gleichen Augenblick, daß man ihn in eine Falle gelockt hatte. Die Wohnung war leer, von seinem Erzfeind war weit und breit nichts zu sehen. Der unberührten Staubschicht auf dem Holzfußboden und den Spinnweben unter der Wohnzimmerdecke nach zu urteilen, hatte hier schon lange niemand mehr gewohnt.

Lansing lief hinaus und wollte die Treppen hinunterrennen, doch schwere Stiefelschritte, die zu ihm heraufdrangen, signalisierten ihm: Hier kommst du nicht mehr raus!

Blitzschnell rannte er nach oben, um übers Dach zu fliehen, vorausgesetzt, es gab dort einen Ausgang. Andernfalls würde er sich am äußersten Ende der Treppe verschanzen und jeden über den Haufen schießen, der ihm zu dicht auf die Pelle rückte.

Die Schrittgeräusche wurden stärker; sie kamen jetzt nicht mehr nur von unten; auch von den oberen Stockwerken her näherten sich mehrere Personen. Man hatte ihn eingekreist, das Netz zog sich zu.

Der Tip, wo sich die Privatwohnung seines verhaßten Feindes befand, war ihm anonym zugespielt worden. Das hätte von vornherein sein Mißtrauen wecken müssen. Aber sein unbändiger Zorn auf den Mann hatte ihn unvorsichtig werden lassen. Wie ein blutiger Anfänger war er in eine der ältesten Fallen der Welt getappt.

Wegen einiger Unregelmäßigkeiten, die er selbst als unbedeutend einstufte, war Leo von seinem Dienststellenleiter entlassen worden. Danach hatte er zwei Anschläge auf seinen ehemaligen Vorgesetzten verübt, doch dieser war beide Male mit mehr Glück als Verstand davongekommen. Beim drittenmal hatte es endlich klappen sollen, doch offensichtlich hatte der Kerl den Braten gerochen und den Spieß umgedreht. Nun war der Jäger zum Gejagten geworden.

Als sich seine Verfolger näherten, lief Leo zurück in die leere Wohnung, in der Hoffnung, durch ein Fenster entkommen zu können. Doch kaum streckte er den Kopf nach draußen, wurde er auch schon von Strahlensalven eingedeckt. Zwar verwendeten die Schützen vor dem Haus nur Betäubungsenergie, doch wenn er sich nicht mehr bewegen konnte, war seine Flucht unweigerlich zu Ende.

Sein Blick fiel auf die einen Spalt offenstehende Tür zum Nebenzimmer. Dort würde er sich verschanzen. Lebend sollten sie ihn nicht bekommen.

Zu seiner Überraschung war der Raum nicht leer. Jemand schwebte dort mit einem Antigravgürtel ein paar Zentimeter über dem staubigen Fußboden und schaute ihn mit düsterer Miene an.

»Ahnte ich doch, daß Sie hinter den beiden Anschlägen auf mich stecken, Lansing«, sagte sein Ex-Chef mit ruhiger Stimme. »Beweisen konnten wir Ihnen nichts, deshalb habe ich Sie hierhergelockt. Aber das haben Sie inzwischen sicherlich längst begriffen, auch wenn Sie ansonsten nicht der Schlaueste sind.«

Der Schwebende hatte anscheinend keine Waffe bei sich. Leo richtete den Abstrahlpol seines Werfers auf ihn.

»Sie mieses Schwein haben meine Karriere ruiniert! Seit Sie mich vor die Tür gesetzt haben, meiden mich alle wie die Pest.«

»Das haben Sie sich selbst zuzuschreiben, Lansing. Ehrlose Menschen wie Sie sind mir ein Greuel und haben in unserem Beruf nichts verloren. Ich hatte von Anfang an ein schlechtes Gefühl bei Ihnen, was auch der Grund war, warum ich Ihnen nie verraten habe, wo ich privat wohne. Das wissen ohnehin nur die engsten meiner Mitarbeiter.«

»Logisch, weil sie keinem von denen über den Weg trauen.« Leo lachte heiser. »Soweit mir bekannt ist, hat Ihr komischer Verein derzeit eine Mitarbeiterstärke von 11000 Mann. Mindestens die Hälfte davon besteht aus ziemlich schrägen Vögeln. Und ausgerechnet mich schmeißen Sie raus? Warum? Warum mich?«

»Weil Sie Ihre eigenen Kameraden bestohlen haben«, antwortete der Mann gelassen. »Zugegeben, unter meinen Leuten sind

sogar einige Ex-Häftlinge, doch solange der Zusammenhalt stimmt und sie mir gegenüber loyal sind, drücke ich schon mal ein Auge zu. Sie hingegen, Lansing, sind zu weit gegangen.«

Mehrere bewaffnete Männer stürmten in die Wohnung.

»Macht, daß ihr wegkommt!« brüllte Leo und schmetterte die Zimmertür zu. »Ich habe eine Geisel!«

Als er sich wieder umdrehte, schwebte »die Geisel« näher an ihn heran. Sekunden später verdrehte Leo Lansing die Augen und ging zu Boden.

»Ich traue in der Tat keinem über den Weg«, murmelte Bernd Eylers. »Über die Gaswaffe in meiner Armprothese wissen ebenfalls nur wenige Bescheid.«

Kurz darauf wurde der Bewußtlose von Eylers' Agenten abtransportiert.

»Wozu hat er uns eigentlich herbestellt, wenn er doch alles allein erledigt?« bemerkte einer der Männer.

»Zur Absicherung des Fluchtweges«, entgegnete sein Kollege. »Lansing konnte weder vor noch zurück.«

»Trotzdem war es nicht nötig, daß der Chef selber mitmischt. Wir hätten den Kerl auch ohne sein Hinzutun festgenommen. Als Leiter der Galaktischen Sicherheitsorganisation sollte er hinter dem Schreibtisch sitzen und von dort aus die Fäden ziehen, anstatt sich direkt vor Ort in Gefahr zu begeben. Wie alt ist Eylers eigentlich?«

»Laß mich mal nachrechnen. Wir schreiben das Jahr 2056, also müßte er 29 sein.«

»Wenn er so weitermacht, erreicht er bestenfalls noch die 30. Und diese schlecht geführte Organisation hat ebenfalls keine Zukunft. Du wirst sehen, in ein paar Jahren weiß keiner mehr, daß es die GSO überhaupt jemals gegeben hat. Besser, du suchst dir rechtzeitig einen neuen Job, Jos.«

*

»So, und nun liegt es bei Ihnen, Commander Dhark«, sagte der Checkmaster förmlich. »Rani Atawa oder Bernd Eylers?«

»Ich habe euch nicht zu Rate gezogen, um schlußendlich doch

noch eine gottgleiche Entscheidung treffen zu müssen«, lehnte Dhark eine Antwort kategorisch ab. »Allein ihr bestimmt, wer auf die Siebenerliste kommt und wer nicht. Macht das gefälligst untereinander ab.«

»Vielleicht hilft es dir, wenn wir dir jeweils die Begründungen erläutern, die...«

»Nein!« schnitt Dhark mir erneut rigoros das Wort ab. »Eure Gründe interessieren mich weder bei den vorangegangenen Auserwählten noch bei den zwei Wackelkandidaten. Ich will keinerlei Einfluß auf eure Beschlüsse nehmen – was ich automatisch tun würde, wüßte ich, warum ihr so und nicht anders entschieden habt. Ihr habt sechs Personen in ungewohnter Eintracht auf die Liste gesetzt, und ich erwarte nun, daß ihr euch genauso einträchtig auf den siebten einigt, und zwar ohne mein Hinzutun.«

Diesmal dauerte unsere Beratung eine Weile länger – mehr als zwei Sekunden.

Am Ende beugte ich mich der höheren Rechnerkapazität des Checkmasters. Er war nun einmal der Klügere von uns beiden. Rani Atawa sollte als Nummer sieben in den Genuß der dauerhaften Zellreparatur kommen und unsterblich werden, während Bernd Eylers das Nachsehen hatte.

Zum Glück würde er das nie erfahren.

4.

Ren Dharks 39. Geburtstag am 24. August 2067 verlief diesmal ganz unspektakulär während des Rückflugs zur Milchstraße. Er ließ allen ein Stück Kuchen an den jeweiligen Arbeitsplatz bringen, das war's aber auch schon.

Amy Stewart hatte ihren Lebenspartner noch nie dermaßen in sich gekehrt erlebt. Die meiste Zeit hüllte er sich in geheimnisvolles Schweigen, doch wenn sie ihn darauf ansprach, wiegelte er nur lächelnd ab und versicherte ihr, es sei alles in bester Ordnung.

Sie konnte nicht ahnen, daß sich Ren Tag für Tag intensiv mit der Unsterblichkeit befaßte. Seit er sich entschlossen hatte, Wallis' Angebot anzunehmen, beschäftigte ihn der Gedanke daran mehr als je zuvor. Ewig zu leben – das erschien ihm irgendwie unnatürlich, beinahe schon unheimlich.

Andererseits war »Ewigkeit« ein dehnbarer Begriff. Das Verfahren war noch nie zuvor angewendet worden. Vielleicht reichte die Behandlung »nur« für zwei-, dreihundert zusätzliche Jahre, und dann war unwiderruflich Schluß. Oder es traten unerwartete Nebenwirkungen auf, die das Leben der Probanden nicht verlängerten, sondern verkürzten. Wirklich tröstlich war diese fiktive Möglichkeit allerdings nicht.

Positive Funkmeldungen lenkten den Commander für kurze Zeit von seinen Grübeleien ab. Noch vor dem Eintreffen im heimatlichen Sol-System erfuhr die gesamte Besatzung vom erfolgreichen Sturz der von Kalamiten unterwanderten Regierung von Babylon.

Einzelheiten würde Ren Dhark demnächst vor Ort erfragen. Zunächst einmal flog er Terra an, um mit Bruder Lambert jenes Thema zu erörtern, das ihn in diesen Tagen am meisten beschäftigte. Die zehn Ringraumer koppelten sich im All auseinander und landeten dann in geordneter Formation auf Cent Field, dem Raumhafen von Alamo Gordo.

Der mittelgroße, etwas zu füllige Kurator Terras empfing Ren Dhark und seine Mitstreiter mit gewohnter Bescheidenheit. Er hatte eine ruhige, kraftvolle und dennoch melodische Stimme, die zu seiner unaufgeregten Sprechweise paßte. Pigmentflecken an Gesicht und Hals verliehen seinem Äußeren etwas Dämonisches.

Die Nomaden blieben nur einen halben Tag. Sie nahmen an einer gemeinsamen Mahlzeit teil, erholten sich ein wenig und starteten noch in der darauffolgenden Nacht ins All, um die neun geliehenen Ovoid-Ringraumer zurück nach Eden zu befördern.

»Du hast es hoffentlich nicht so eilig«, sagte Amy abends im Hotel zu Ren. »Die Erde erholt sich allmählich von ihrer neuen Eiszeit. Wir sollten hier ein paar Tage Urlaub machen.«

»Eine gute Idee«, erwiderte er. »Miete dir morgen früh einen Gleiter, und schau dir einiges an.«

»Und was ist mit dir? Kommst du nicht mit?«

»Ich habe an Bord der POINT OF mit ein paar Leuten noch etwas zu bereden und außerdem gegen Mittag eine Verabredung mit dem Kurator.«

»Ach ja? Worum geht es denn?«

»Um bangloses Zeug, damit solltest du dich nicht belasten, das mindert nur unnötig den Erholungswert deiner freien Tage.«

»Tage? Im Plural?« wiederholte Amy verwundert. »Hast du etwa auch an den darauffolgenden Tagen Wichtigeres vor?«

»Möglicherweise«, antwortete Dhark ausweichend. »Gute Nacht.«

»Gute Nacht«, entgegnete die Frau an seiner Seite, in einem Tonfall, der keinen Zweifel daran offenließ, daß ihr seine Geheimniskrämerei nicht paßte. »Übrigens ist das Bett in diesem Luxusschuppen viel zu weich. Morgen schlafe ich lieber wieder in unserer Kabine auf dem Schiff.«

»Der Mensch ist halt ein Gewohnheitstier«, murmelte Dhark, dann fielen ihm die Augen zu.

*

Am nächsten Tag traf sich Ren Dhark mit Bruder Lambert in dessen Büro. Ohne Umschweife bat er ihn, ihn nach Eden zu begleiten. Den Anlaß für diese weite Reise wollte er ihm jedoch erst dort verraten.

»Und meine Amtsgeschäfte?« fragte ihn der verblüffte Kurator.

»Sie haben doch sicherlich zuverlässige Stellvertreter«, erwiderte der Commander. »Es ist wirklich wichtig, glauben Sie mir, vielleicht wichtiger als alles, was Ihnen bisher in Ihrem bald fünf Jahrzehnte währenden Leben widerfahren ist.«

»Na schön, aber nur, weil ich immens neugierig bin«, lenkte Lambert nach einigem Nachdenken ein. »Wann reisen wir ab?«

»Sobald ich herausgefunden habe, wo sich die weiteren Teilnehmer unseres geheimen Treffens momentan aufhalten. Vier sind in greifbarer Nähe, nämlich an Bord meines Schiffes. Zwei Personen muß ich allerdings noch ausfindig machen.«

»Demnach werden wir zu acht sein.«

»Zu neunt. Der Staatschef von Eden ist ebenfalls mit dabei. Eventuell kommen sogar noch weitere involvierte Personen hinzu.«

Jetzt war Bruder Lambert erst recht neugierig. Das Ganze roch nach einer Verschwörung – und war somit genau sein Ding.

Von der Funkstelle des Büros aus führte Dhark mehrere abhörsichere Funkgespräche, bis er den Aufenthaltsort von Derek Stormond und Jeffrey Kana ermittelt hatte. Per To-Richtfunk erreichte er sie auf Mesopotamia und bat sie, mit einem Flash zur nächsten Transmitterstation zu fliegen und dann weiter zum Transmitterbahnhof von Alamo Gordo zu reisen. Obwohl er auch ihnen keinen Grund nannte, erklärten sie sich einverstanden.

Commander Ren Dhark war eben eine Persönlichkeit, der man blind vertraute.

*

Am frühen Vormittag des nächsten Tages versammelte sich eine illustre Gesellschaft auf dem größten terranischen Transmitterbahnhof, um dort auf die Ankunft von Kana und Stormond zu warten.

Niemand stellte Fragen, obwohl alle höllisch gespannt waren, was sie auf Eden erwartete.

Der 49jährige kraushaarige Schwarzafrikaner Manu Tschobe, als »Medizinmann« ein unverzichtbarer Mitarbeiter in der Medoabteilung der POINT OF, redete ohnehin nie viel. Er wirkte so undurchschaubar wie immer.

Neben ihm stand der 55jährige korpulente Ingenieur Chris Shanton, der seinen Roboterhund Jimmy vermißte und sich zudem darüber wunderte, daß sein bester Freund Arc Doorn nicht anwesend war; schließlich waren sie gemeinsam ein kaum zu übertreffendes Wissenschaftlerteam. Chris zählte zu den Eingeweihten, die um Doorns wahre Identität wußten. Was er hingegen nicht wußte: Der Checkmaster und Artus hatten Arc Doorn nicht mit auf die Liste gesetzt, weil das Unsterblichkeitsverfahren für echte Menschen entwickelt worden war und weil der Worgunmutant sowieso noch knapp 7500 Lebensjahre vor sich hatte.

Tino Grappa, der mailändische Ortungsoffizier, war mit vielen Geschwistern aufgewachsen, weshalb er sich im hektischen Gewimmel des Bahnhofs wie zu Hause fühlte. Je lauter es um ihn herum wurde, desto ruhiger wurde er selbst.

Auch Bruder Lambert war die Ruhe und Gelassenheit in Person. In einem »früheren Leben«, wie er die Jahre seiner freiberuflichen Tätigkeit selbstironisch zu bezeichnen pflegte, hatte er sich als Steuerberater betätigt. Aus dieser Zeit resultierte seine tiefe Verachtung für Bürokraten und Paragraphenreiter. Er war mehr pragmatisch orientiert, anstatt Buchstabentreue zu praktizieren – die beste Voraussetzung für den Aufstieg zum Anführer der evangelikalen Christen sowie zum vorläufigen Staatsoberhaupt der evakuierten Erde.

Die 35jährige, in Bombay geborene Zoologin und Biologin

Rani Atawa war einstmals für das Cyborgprogramm vorgesehen gewesen. Daraus war dann nichts geworden, was möglicherweise daran gelegen hatte, daß sie den strengen »Juroren« zu klein und pummelig erschienen war. Hätte sie damals mehr Erfolg gehabt, wäre sie, so wie Amy, hier und jetzt nicht mit dabei gewesen.

Ren Dhark hatte als Warteplatz absichtlich die Bahnhofshalle ausgewählt. An belebten Orten fiel man am wenigsten auf; die meisten Vorübergehenden erkannten ihn nicht einmal, so sehr waren sie mit ihren eigenen Reiseplänen beschäftigt.

Endlich trafen Stormond und Kana ein.

Derek Stormond war zuletzt als Leutnant auf der ANZIO tätig gewesen – bis er zusammen mit den anderen Besatzungsmitgliedern legal den Dienst quittiert hatte und das leere Schiff nach Babylon zurückgeschickt worden war. Henner Trawisheim, der Commander der Planeten, hatte trotzdem alle Abtrünnigen zu Deserteuren erklärt. Nach dem Sturz der Kalamiten-Regierung war jedoch mit einer Rücknahme dieses ungesetzlichen Dekrets zu rechnen.

Die Liste von Stormonds Heldentaten war lang. Als er im August 2062 – damals noch in der Ausbildung – zusammen mit Jeffrey Lee Kana auf der Brücke der ANZIO Dienst getan hatte, hatten beide durch ihr beherztes Eingreifen die Übernahme des Hyperkalkulators durch den intelligenten Großrechner Kosinus verhindert. Später hatten der brillante Hyperkalkulatortechniker und der nicht minder brillante Biochemiker der mit Zombieviren infizierten ANZIO-Besatzung das Leben gerettet, indem sie gemeinsam die Idee entwickelt hatten, spezielle Freßviren als Gegenmittel einzusetzen.

Überhaupt war das Zusammenspiel der beiden jungen Männer nahezu perfekt. Die besten Einfälle hatten die zwei Leutnants zweifelsfrei als Team.

Ihr größtes gemeinsames Erlebnis hatte bereits Mitte 2062 stattgefunden: ein Bad im Jungbrunnen auf dem Planeten Sahara, das sie allerdings nicht zusammen, sondern nacheinander genommen hatten, zwecks Heilung ihrer von genmanipulierten Doggen zugefügten schweren Verletzungen, und sie waren auch nicht freiwillig »zum Planschen« in den verborgenen Teich gestiegen, sondern von ihren Kameraden hineinbefördert worden. Der betäubte Stormond hatte zu diesem Zeitpunkt fest geschlafen und war erst im Wasser aufgewacht, prustend und schimpfend, aber gesund.

Danach hatten die Mediziner festgestellt, daß sich sowohl die Qualität der physiologischen Werte Kanas und Stormonds verbessert als auch ihre Intelligenz erheblich gesteigert hatte. Seit der kurz darauf erfolgten Explosion des Brunnens konnte dieses Glück aber leider keinem anderen Menschen mehr widerfahren.

Vielleicht war ja genau dieser Umstand, so mutmaßte Ren Dhark, für Artus und den Checkmaster das ausschlaggebende Auswahlkriterium gewesen. Vielleicht aber auch nicht, er wollte es nach wie vor nicht wissen.

Der Stationsleiter hatte sich bislang abseits der Gruppe gehalten. Als er nun sah, daß alle vollzählig waren, bat er sie, ihm in den abgesperrten VIP-Bereich zu folgen, wo ein Luxusreisemodul bereitstand. Der Besitzer des Moduls war natürlich Terence Wallis. Edens Staatsoberhaupt kaufte fast alles, mit Ausnahme seiner maßgeschneiderten Kleidung, stets eine Nummer größer.

Der Komfort im Inneren des Moduls faszinierte Kana so sehr, daß er sich zu einer flapsigen Bemerkung hinreißen ließ: »Damit verglichen war das Reisemodul, mit dem wir gerade nach Terra unterwegs waren, ein schäbiger Kaninchenstall.«

Auf Eden öffnete Wallis eine Stunde später seinen »Stall« höchstpersönlich und begrüßte jeden der Männer mit Handschlag – vorweg selbstverständlich die Dame, die er sanft umarmte, wie es so seine Art war. Der 54jährige, große schlanke Unternehmer hatte sein leicht schütteres dunkelblondes Haar wie üblich zu einem Pferdeschwanz zusammengebunden. Zu seinem konservativ-eleganten Anzug trug er, auch das war man von ihm gewohnt, eine grellbunte Weste.

Ein Gleiter brachte ihn und seine Besucher in die einzige oberirdisch gelegene Industrieanlage auf Eden: das mittlerweile emissionsfrei arbeitende Stammwerk New Pittsburgh. Dort traf man in einem Konferenzraum mit der Gruppe Saam zusammen, also mit dem 35jährigen Norweger Robert Saam, dessen blondes Haar stets wirr von seinem Kopf abstand, mit seiner vier Jahre älteren attraktiven Frau, der Biologin Regina Saam, sowie mit dem 70 Jahre alten kanadischen Wissenschaftler George »Grizzly« Lautrec und dem 47jährigen Indonesier Saram Ramoya, seines Zeichens Funk- und Ortungsspezialist.

»Ich wollte eigentlich noch Art und Jane Hooker hinzubitten, doch die beiden wurden noch nicht der Unsterblichkeitsbehandlung unterzogen«, erklärte Terence Wallis – und ließ somit endlich die Katze aus dem Sack.

*

Die anfängliche Verblüffung wich, und unverhohlene Begeisterung machte sich breit. Sogar Manu Tschobe leistete sich den Anflug eines Lächelns.

Chris Shanton hingegen schrie seine Freude regelrecht hinaus: »Ewiges Leben! Wißt ihr, wieviel man da fressen und saufen kann?«

»Und wir bleiben nach der Behandlung so wie wir sind?« fragte Rani Atawa. Als Wallis ihr bestätigte, nicht mehr zu altern, bemerkte sie: »Schade, daß mir dieses Angebot nicht zehn Jahre früher gemacht wurde.« Mit einem Seitenblick auf den doppelt so alten George Lautrec fügte sie hinzu: »Na ja, manche sind schlimmer dran.«

»Ich finde, George ist ein gestandenes Mannsbild, das seinesgleichen sucht«, ergriff Regina Saam Partei für den bärtigen Kanadier, der mehr einem Holzfäller denn einem Wissenschaftler glich. »In unserer Zeit, in der die Menschen durchschnittlich 140 Jahre alt werden, ist 70 wahrlich kein Alter.«

Rani nickte. »Das trifft zu, und ich wollte auch niemanden beleidigen.« Sie lächelte. »Aber 35 zu sein ist besser.«

Der »Grizzly«, wie ihn seine Freunde nannten, grinste breit. »Geht man mit 35 nicht noch in den Kindergarten?«

Alle waren merklich gut gelaunt – bis auf Jeffrey Lee Kana. Derek Stormond fiel die verdrießliche Miene seines Freundes auf, und er knuffte ihm leicht den Ellbogen in die Seite.

»He, was ist los mit dir? Du machst ein Gesicht wie sieben

Tage Regenwetter. Ich freue mich jedenfalls auf die vielen Abenteuer, die wir noch zusammen bestehen werden, vorausgesetzt, wir werden vorher nicht von eroberungssüchtigen Außerirdischen zerstrahlt.«

»Ich kann mich nicht darüber freuen«, erwiderte Kana – und sofort wurde es ganz still im Raum. »Hätte ich nur nie davon erfahren! Nun werde ich mich mein Leben lang fragen, ob es nicht ein Fehler gewesen ist, die Unsterblichkeit abzulehnen.«

*

»Ein Fehler? Ablehnen?« Stormond war perplex. »Was redest du da? Du weist Mister Wallis' Geschenk des Lebens zurück?«

»Mein Leben wurde mir nicht von Mister Wallis, sondern von meiner Mutter geschenkt«, widersprach ihm Kana, »unter unwesentlichem Hinzutun meines Vaters; er hatte neun Minuten Spaß, sie mußte sich neun Monate abrackern. Meinen biologischen Körper bekam ich also von meinen Eltern – aber wer schenkte mir mein Bewußtsein, mein Ich, meine Seele? Wer diese Frage nicht schlüssig beantworten kann, hat nicht das Recht, sich zum Herrn über Leben und Tod aufzuschwingen.«

Robert Saam, der mit seiner Gruppe maßgeblich für das Nanoroboterverfahren verantwortlich war, fühlte sich persönlich angegriffen.

»Bei meinen Experimenten spielten ausschließlich biologisch-medizinische Faktoren eine Rolle. Kirchliche oder esoterische Gesichtspunkte blieben außen vor. Schließlich bin ich Wissenschaftler und kein Priester oder Voodoozauberer.«

»Auch meine Gedankengänge beruhen nicht auf sakralen oder spirituellen Aspekten«, stellte Kana klar. »Ich befasse mich auf überaus realistische Weise mit dem Tod, ein Thema, das jeden Menschen betrifft, von den meisten aber erfolgreich verdrängt wird.«

»Ist das nicht verständlich?« warf Tino Grappa ein. »Wer lebt, möchte nicht dauernd ans Sterben denken. Vielen ist der Gedanke an den eigenen Tod unerträglich – obwohl ihn letzten Endes ohnehin niemand verhindern kann.«

»Wir schon!« sagte Shanton.

Kana bezweifelte das. »Wieso sind Sie sich dessen so sicher? Das Experiment steckt noch in der Anfangsphase. Oder können Sie einen Menschen vorweisen, der aufgrund von Mister Saams Zellbehandlung mehrere hundert Jahre alt geworden ist? Schon möglich, daß Sie dem Tod vorerst entgehen – aber früher oder später kriegt er uns alle!«

»Und das ist der Grund, aus dem Sie die Behandlung ablehnen?« fragte Dhark verwundert nach. »Weil Sie davon ausgehen, daß es Sie eines schönen Tages doch noch erwischt?«

»Aber nein, natürlich ist das nicht der Grund. Ich wollte nur ein wenig Mister Shantons Zuversicht dämpfen, die ich – bitte entschuldigen Sie, Chris – für reichlich naiv halte.«

»Und wenn schon«, knurrte der Ingenieur, »damit kann ich leben.«

»Meine Ablehnung begründet sich mit meiner grundsätzlichen Weltanschauung. In meinen Augen ist dieses Leben nicht die Krone der Schöpfung, sondern der Beginn von etwas sehr viel Größerem. Wir alle befinden uns gewissermaßen in der Geburtsphase.

Noch deutlicher: Wir sind Kinder, die sich lernend auf die nachfolgende Daseinsebene vorbereiten.

Sobald wir sterben, verlassen wir unseren Körper – so wie eine sich verpuppende Raupe den Kokon abwirft – und wechseln über auf die Ebene unserer wahren Existenz: Wir vereinigen uns mit dem Sein zu einem Großen und Ganzen, ohne dabei unsere Individualität einzubüßen.«

»Der Weg in den Tod ist das Tor zum Leben«, murmelte Derek Stormond.

»Jetzt hast du es begriffen!« meinte Kana erfreut.

»Ich habe lediglich einen Grabsteinspruch zitiert, der mir gerade in den Sinn kam«, erwiderte sein Freund. »Aber ist dieser Satz auch den Marmor wert, in den er eingraviert wurde? Ich kann deine Thesen zwar nachvollziehen, aber ich vermisse die beweiskräftigen Fakten. Du hast recht, es gibt keine viele hundert Jahre alten Menschen, die bezeugen können, daß die Zellreparatur mittels Nanoroboter tatsächlich funktioniert. Es gibt aber auch keine Verstorbenen, die ›von drüben‹ zurückgekehrt sind, um deine Theorie zu bestätigen.«

»Weil es aus jener Seelenwelt keine Rückkehr mehr gibt«, entgegnete Kana voller Überzeugung. »Der Ort unserer Geburt ist nach dem körperlichen Tod für uns tabu. Ein Baby krabbelt schließlich auch nicht in den Mutterleib zurück, wenn es erwachsen geworden ist.«

»Ihr seltsamer Glaube in allen Ehren, Jeffrey, doch einer ernsthaften wissenschaftlichen Überprüfung hält keines Ihrer Argumente stand«, sagte Shanton. »Und ausgerechnet Sie nennen mich einen Naivling?«

Kana reagierte in keiner Weise erbost. »Schon gut, Chris, diese Retourkutsche habe ich wohl verdient. Es stimmt, der letzte Beweis fehlt mir – den erlange ich tatsächlich erst nach meinem Tod.«

»Zu dem es allerdings gar nicht kommen wird, wenn du dich uns anschließt«, redete Stormond eindringlich auf ihn ein. »Sei kein Narr, und ergreife das Glück, das an deine Tür klopft.«

»Meinethalben kann es sich die Finger wund klopfen, ich bleibe dabei: Es ist nicht die Bestimmung biologischer Wesen, unsterblich zu werden. Wir sind auf der Welt, um zu lernen und zu sterben – und um das Erlernte später an die große Gemeinschaft des Seins weiterzugeben. Auch Nichtgelehrte können ihren Teil dazu beitragen; jedes bißchen Lebenserfahrung ist von immensem Wert.«

Jeffrey Kana schaute in die Runde und erntete nur ungläubige, ratlose Blicke.

»Ich weiß, ihr haltet mich jetzt alle für komplett verrückt. Genau deshalb habe ich nie mit jemandem darüber gesprochen, zumindest nicht in dieser Offenheit. Ungewöhnliche Sichtweisen sind in unserer wissenschaftlich orientierten Zeit nicht gefragt. Gab es überhaupt jemals eine Zeit, in der man einfach sagen durfte, was man denkt, ohne anzuecken oder gar verfolgt zu werden?«

Er wandte sich Bruder Lambert zu.

»Sie verstehen mich vermutlich genausowenig wie die anderen, Kurator. Aber umgekehrt begreife ich auch Sie nicht.

Warum verstößt ein gottesfürchtiger Mann wie Sie gegen seine christliche Bestimmung? Sind Sie denn nicht der Ansicht, unser Tod sei gottgewollt? Glaubt ihr Geistlichen denn nicht unverbrüchlich an ein ›Leben danach‹?«

Auf die Antwort war Chris Shanton schon gespannt. Bruder Lambert war bekannt dafür, daß er sich Widersprüche, die seinem Dogma entgegenwirkten, nach Bedarf zurechtbog. So glaubte er zwar wortgenau an die Heilige Schrift, bemühte aber zur Erklärung mancher Zeitangaben, etwa die Erschaffung von Mensch und Universum vor sechstausend Jahren, die Möglichkeit von unterschiedlichen Ablaufgeschwindigkeiten an verschiedenen Orten des Kosmos – um beispielsweise die fünfhunderttausendjährige Worgungsgeschichte plausibel in sein religiöses Weltbild einzufügen.

»Selbstverständlich glaube ich daran, daß meine Seele nach dem Dahinscheiden meines Körpers weiterexistiert«, antwortete Lambert mit Bedacht. »Sie begibt sich zum Herrn der Schöpfung, also zu Gott – und Er entscheidet, was dann mit mir geschieht.

Gott nimmt aber auch Einfluß auf mein Leben vor dem Tode. Offensichtlich hat er mich für eine wichtige Aufgabe in ferner Zukunft ausersehen, die ich nur erfüllen kann, wenn ich lange genug weiterlebe. Ich sehe daher das Unsterblichkeitsangebot, das mir hier und heute unterbreitet wird, als himmlisches Zeichen und stelle mich dieser Herausforderung.«

Geschickt aus der Affäre gezogen, mein Lieber, dachte Shanton. *In Wahrheit hast du nur Angst vor dem Sterben, so wie wir anderen auch.*

Kanas Blick wanderte zu Rani Atawa und Manu Tschobe.

»In Indien gibt es verschiedene Religionsformen, Ahnen- und Totenkulte«, erklärte Rani, noch bevor er ihr eine Frage stellte. »Der Animismus kommt Ihrer Sichtweise wohl am nächsten, Jeffrey. Es ist der Glaube an die Beseeltheit der Natur, daran, daß das Göttliche überall in der Welt ist. In animistischen Kulturen haben Familie und Freundschaft einen hohen Stellenwert, weil man glaubt, die Seelen Verstorbener befinden sich in einem Zustand persönlicher Unsterblichkeit, solange jemand an sie denkt. Erst wenn man sie vergißt, werden sie zu Geistwesen, ohne Anbindung an die lebenden Menschen.

Ja, auch in meiner Familie glaubt man an eine Weiterexistenz außerhalb der weltlichen Hülle. Dem kann ich mich trotz westlicher Einflüsse nicht gänzlich entziehen, doch als Biologin betrachte ich die Dinge etwas sachlicher. Herumgeisternde Seelen sind für mich wissenschaftlich nicht erklärbar – im Gegensatz zu Roberts Zellerneuerungsverfahren, das faktisch eine Unsterblichkeit herbeiführt. Diese einmalige Chance lasse ich mir nicht entgehen.«

»Viele afrikanische Ahnenkulte basieren auf ähnlichen göttlichen Lehren«, bemerkte Manu Tschobe nachdenklich. »Die Gläubigen sind fest überzeugt, daß ihre Vorfahren nicht völlig tot sind, sondern unsichtbar unter den Menschen weilen, mit ihren Nachfahren Verbindung halten und deren Leben beinflussen.

Als Arzt habe ich schon viele Menschen sterben sehen – aber nie sah ich einen Toten zurückkommen, und ich hatte auch noch nie das Gefühl, es stünde einer neben mir.

Möglicherweise liegt Mister Kana richtig und wir alle falsch. Trotzdem ziehe ich es vor, auf Nummer Sicher zu gehen. Dieses Leben ist für mich etwas Reales, Greifbares – nichts Fiktives wie ein Weiterexistieren nach dem Tod.«

»Offensichtlich kann ich euch genausowenig umstimmen wie ihr mich«, faßte Kana zusammen. »Deshalb sollten wir unsere gegenseitigen Bemühungen aufgeben und unsere unterschiedlichen Ansichten vorbehaltlos akzeptieren. Noch einmal zum Mitschreiben: Ich lehne die Unsterblichkeit entschieden ab, daran wird sich nichts ändern, ganz gleich, wie lange ihr auf mich einredet.

Ihr müßt übrigens nicht befürchten, daß ich jemandem von euren Plänen erzähle. Im Gegenteil, ich halte es für extrem gefährlich, würde die Menschheit von der Möglichkeit erfahren, unsterblich zu werden, daher behalte ich unsere Zusammenkunft und alles Gehörte für mich.

Und damit ich nicht noch mehr erfahre, möchte ich nun auf der Stelle abreisen.«

»Ich erkenne dich nicht wieder, Jeff«, sagte Derek Stormond, der sichtlich enttäuscht war. »Wir haben oft Seite an Seite gekämpft, doch deine... deine etwas merkwürdig anmutenden Ansichten hast du mir gegenüber niemals geäußert.«

»Weil wir nie darüber gesprochen haben«, entgegnete Kana. »Wir reden über schnelle Schweber, schöne Frauen und Reisen zu fernen Sternen – aber niemals über den Tod.«

»Es ist egal, ob wir Jeffreys Beweggründe verstehen oder nicht«, schaltete sich nun Ren Dhark ein. »Er hat das Recht, sich frei und unabhängig zu entscheiden.«

»Das sehe ich genauso«, pflichtete Terence Wallis ihm bei. »Ich leite Ihre Abreise nach Mesopotamia umgehend in die Wege, Mister Kana, und verlasse mich auf Ihre Verschwiegenheit.«

»Das können Sie, Mister Wallis«, versprach ihm Kana. »Von mir erfährt niemand ein Wort. Für meinen kurzen Aufenthalt auf Eden lege ich mir irgendeine plausible Geschichte zurecht.«

Er schaute Stormond an.

»Auf bald, mein Freund!«

*

Ein Sekretär begleitete Jeffrey Kana zum Transmitterbahnhof.

Im Konferenzraum wurde noch eine Weile über die verschiedenen kulturellen Weltanschauungen zum Leben nach dem Tod diskutiert.

Dabei wurde auch die Möglichkeit nicht ausgeschlossen, daß Kana durchaus recht haben könnte.

Dennoch rückte keiner der Anwesenden von seinem Vorhaben, unsterblich zu werden, auch nur um einen Zentimeter ab.

»Dieses Dingsbums mit der Vereinigung des Seins können wir uns ja für später aufheben, falls irgend etwas schiefgeht«, lockerte Shanton die bedrückende Atmosphäre mit einem flapsigen Spruch auf.

Ren Dhark ließ eine To-Richtverbindung nach Babylon herstellen.

Kurz darauf war er mit Bernd Eylers verbunden...

Fünf Stunden später traf der 40jährige Leiter der Galaktischen Sicherheitsorganisation im Stammwerk New Pittsburgh ein – und hatte nicht die geringste Ahnung, was ihn dort erwartete.

5.

Es war ein trockener, heißer Tag, wie es auf Quatain, der Zentralwelt der Nogk, zuvor schon unzählige andere gegeben hatte. Die Luftfeuchtigkeit in der Atmosphäre dieses ausgetrockneten Planeten tendierte gegen null. Wenn sich am Himmel von Quatain Wolken abzeichneten, so bestanden diese nicht aus Dampf, sondern nur aus in die hohen Luftschichten emporgewirbeltem Wüstenstaub.

Doch heute trübte kein Staubkorn den gleißend blauen Himmel. Und auf dem großen Raumhafen in der Nähe der Regierungshauptstadt Jazmur rührte sich nicht das kleinste Lüftchen.

Die Hitze schwirrte fiebrig über dem planierten Boden und über den Rümpfen der Ellipsenraumer, verursachte dabei rätselhafte Spiegelungen aus weit entfernten Regionen dieser wasserlosen Welt.

Die Silhouette der Großstadt Jazmur mit ihren charakteristischen Pyramidenbauten zeichnete sich in der Ferne hinter einem Vorhang aus flirrender, staubtrockener Hitze undeutlich wie eine Fata Morgana ab.

Jedem Menschen mußte die Vorstellung, in dieser ausgedorrten Hölle eine Tätigkeit ausüben zu müssen, die über das Abwischen des Stirnschweißes hinausging, wie der reinste Irrsinn vorkommen.

Und doch herrschte auf dem Raumhafen hektische Betriebsamkeit. Mit Nogk bemannte Gleiter schwebten zwischen den Schiffen und dem pyramidenförmigen Zollgebäude mit der angebauten gläsernen Wandelhalle hin und her und zerteilten mit ihren schnittigen Rümpfen die flirrende Luft. Aus der Richtung der Lagerhallen flogen schwerbeladene Lastengleiter herbei, um vor den Rampen der Ellipsenschiffe auf dem überhitzten Boden zu landen, damit die Ladung von den Nogk und ihren Robotern in den Bauch der Schiffe transportiert werden konnte.

Bis auf den Maschinenlärm, das Poltern, das während der Arbeiten entstand und das unter der Hitze manchmal ächzende Material waren keine Laute zu vernehmen. Weder schallten Rufe über das Landefeld, noch waren aus der Richtung der in Gruppen beisammenstehenden Nogk Gesprächsfetzen zu vernehmen.

Nicht einmal ein Lachen wehte von irgendwo herüber.

Dies war aber nicht weiter verwunderlich, denn die Nogk verständigten sich vorzugsweise auf lautloser, telepathischer Ebene.

Die 2,50 Meter großen, in verschiedenfarbige Uniformen gekleideten Hybridwesen erinnerten in ihrem Aussehen an aufrechtgehende Echsen, die eine chimärenartige Symbiose mit Libellen eingegangen waren. Die schwarzbraune ledrige Haut der Nogk war gelb gepunktet, und aus dem fremdartigen, von kräftigen Beißzangen dominierten Kopf mit den gefühllos wirkenden Facettenaugen ragten oben zwei Fühlerpaare hervor.

»Achtung!« schallte da plötzlich die militärisch gedrillte Stimme eines Menschen über einen von Ellipsenraumern umstandenen Platz in der Mitte des Landefeldes.

Die Stimme gehörte dem Ersten Offizier der CHARR, Oberstleutnant Lee Prewitt. Der kleine röhrenförmige Atemluftbefeuchter, den er unter der Nase trug und der der eingeatmeten Luft die für Menschen wichtige Feuchtigkeit beimengte und sie beim Ausatmen wieder entzog, beeinträchtigte die Worte des Oberstleutnants nur unwesentlich. »Haltung annehmen, Männer!« brüllte er.

Die mehr als zweihundert Mann zählende Besatzung der CHARR hatte sich, ebenfalls mit Atemluftbefeuchtern ausgestattet, vor einer kleinen Tribüne aufgestellt und streckte nun gehorsam die Körperhaltung. Trotz der stechenden Hitze zeichnete sich auf den schweißüberströmten Gesichtern der Männer nicht die kleinste Unmutsfalte ab.

Hinter der noch verlassen daliegenden Empore, vor der die Soldaten, Techniker und Wissenschaftler standen, wölbte sich der ellipsoide Rumpf der CHARR, eines 500 Meter hohen, in der Sonne von Quatain golden gleißenden Raumschiffs, dem Himmel entgegen.

Um den Platz herum hatten sich einige neugierige Nogk versammelt, um das Treiben der Menschen zu beobachten. Da sie an das Leben auf extrem trockenen Welten wie Quatain angepaßt waren, benötigten sie im Gegensatz zu den Menschen keine Schutzvorrichtungen. Auf Dauer würde ein Mensch auf Quatain ohne Atemluftbefeuchter an Austrocknung zugrunde gehen. Umgekehrt jedoch würde ein Nogk sofort sterben, wenn er auf der Erde einem Sommerregen ausgesetzt wäre. Mit entsprechender wasserdichter Schutzkleidung und mit einem Atemlufttrockner konnten sich die Nogk jedoch auch auf einer Feuchtwelt aufhalten, ohne um ihr Leben fürchten zu müssen.

Der Anblick von Wasser und fast jeder anderen Flüssigkeit rief in diesen Hybridwesen allerdings heftigen Abscheu hervor.

Aus den Gesichtern der Nogk waren Gefühlsregungen zwar nur schwer herauszulesen. Am nervösen Vibrieren der Kopffühler aber war unschwer zu erkennen, daß ihnen der Anblick der schwitzenden Menschen Unbehagen bereitete, was sie sich auf ihre ganz spezifische Art und Weise gegenseitig auch eifrig mitteilten. Dafür mußten sie keinen einzigen Laut hervorbringen. Denn die Nogk verständigten sich mit Hilfe ihrer Kopffühler. Die von den Fühlern abgestrahlten telepathieartigen Bildimpulse wurden direkt in die Gehirne ihrer »Gesprächspartner« projiziert und waren auch für Nichtnogk in einem gewissen Rahmen verständlich.

Allerdings kam es immer wieder vor, daß der telepathische Bilderstrom von dem Fremdwesen, das ihn empfing, falsch gedeutet wurde, was mitunter zu verzwickten Mißverständnissen führte. Doch die Nogk verfügten auch über die Gabe der verbalen Kommunikation. Die setzten sie aber nur ein, wenn es sich nicht unbedingt vermeiden ließ. Zum Beispiel dann, wenn Fehlinterpretationen ihrer Telepathiebilder aufgeklärt werden mußten oder solche im Vorfeld vermieden werden sollten.

Damit die Besatzung der CHARR die Nogk besser verstehen konnten, trugen die Terraner kleine Translatorimplantate, die

die Telepathieströme in exakte Bilder übersetzten. Umgekehrt wandelten die Translatoren die gesprochenen Worte ihrer Träger in Bildimpulse um und strahlten sie dann auf derselben Wellenfrequenz ab, die die Nogk für ihre Kommunikation verwendeten.

Auf diese Weise wurde gewährleistet, daß keine Irrtümer die Freundschaft dieser beiden so verschiedenartigen Sternenvölker beeinträchtigten.

Aus der Richtung der CHARR näherten sich unterdessen zwei von wabernden Hitzewellen umspielte, unterschiedlich große Gestalten dem Podium.

Bei dem im Vergleich zu seinem 2,51 Meter großen Begleiter eher klein erscheinenden Menschen handelte es sich um einen hageren Mann, der die Uniform eines Obersten trug. Die Haut des Terraners mit den kurzen grauen Haaren und dem kantigen Schädel war rötlich ledern, ein untrügliches Zeichen für häufiges, langanhaltendes Verweilen im Weltraum. Die grauen Augen spähten scharf und aufmerksam umher.

Natürlich erkannten die auf dem Platz Wartenden in dem Offizier sofort den Kommandanten der CHARR, Frederic Huxley.

Die wesentlich größere Gestalt neben dem Oberst war ein in eine goldene Uniform gekleideter Nogk, bei dem es sich um keinen geringeren als Charaua, den Herrscher des Nogk-Imperiums, handelte.

Kurz darauf enterte der natürlich ebenfalls mit einem Atemluftbefeuchter ausgestattete Oberst die Stufen der Plattform. Der Nogk-Herrscher, mit dem Huxley eng befreundet war, folgte dichtauf.

Von der goldenen Uniform einmal abgesehen unterschied sich Charaua von seinen Artgenossen nur durch seinen geringfügig höher geratenen Körperwuchs und eine strichförmige Narbe in der linken Gesichtshälfte. Außerdem trug er in einem Holster einen kostbaren Handnadelstrahler bei sich, den er von Terence Wallis geschenkt bekommen hatte, und der Griffschalen aus Eden-Perlmutt besaß. Da Charaua diese freundschaftliche Geste gerührt hatte, führte er das Präsent des Terraners bei Anlässen wie diesem stets mit.

»Stehen Sie bequem, meine Herren«, sagte Huxley und erlöste die Männer damit von der Anstrengung, in dieser trockenen Hitze den Körper unnötig anzuspannen. Anschließend begrüßte er die Mannschaft, richtete ein paar einleitende Worte an die Männer und stieß dann sogleich zum Anlaß des von ihm angeordneten Appells vor.

»Wie Sie inzwischen alle unterrichtet wurden, hat es auf Babylon einen politischen Umsturz gegeben«, sagte er mit weittragender Stimme. »Der Commander der Planeten, Henner Trawisheim, und sein gesamter von Kalamiten unterwanderter Staatsapparat wurden entmachtet. Statt dessen hat der ehemalige Präsident Babylons, Daniel Appeldoorn, die Regierungsgeschäfte erneut übernommen.«

Huxley legte eine Pause ein, und tatsächlich fing kurz darauf einer der anwesenden Terraner an, verhalten zu applaudieren. Nach kurzem Zögern fielen auch die anderen Besatzungsmitglieder in den Applaus ein.

Die Milchstraße und somit auch die Erde waren zwar weit von der Großen Magellanschen Wolke und dem Crius-System entfernt, zu dem der Planet Quatain gehörte. Aber trotzdem fühlten sich die Menschen ihrer Heimat noch immer uneingeschränkt verbunden.

Daß sich auf Babylon, der neuen Zentralwelt der Terraner, schleichend ein totalitäres System etabliert hatte, hatte die Männer nicht kaltgelassen. Keiner hatte einen Hehl daraus gemacht, wieviel Sorge ihm die politische Entwicklung auf Babylon bereitete. Denn nicht wenige der Männer hatten dort Verwandte oder Bekannte, um deren Wohlergehen sie in Anbetracht der beunruhigenden Meldungen, die regelmäßig aus der Milchstraße eintrafen, bangten.

Die Beeinträchtigungen durch das diktatorische System Trawisheims waren in Form von politischen Vorgaben auch an Bord der CHARR spürbar gewesen, denn sowohl die Besatzung als auch das Forschungsschiff standen noch immer unverrückbar im Dienst der babylonischen Regierung.

Doch nun war der Spuk endlich vorbei.

Und um ihre Erleichterung darüber an dieser Stelle noch einmal öffentlich kundzutun, klatschten die Männer nun einmütig in die Hände.

Charaua tat es den Terranern gleich, imitierte die ihm fremde Geste und klatschte in seine vierfingrigen Hände. Dies geschah nicht nur aus Höflichkeit, denn das totalitäre Gebaren des Oberhauptes der Terraner, mit denen sein Volk freundschaftlich eng verbunden war, hatte in ihm großes Mißfallen erregt. Charauas Ärger über Trawisheims Entscheidungen war sogar so groß gewesen, daß er ernsthaft erwogen hatte, nicht nur jedwede Hilfslieferungen nach Babylon einzustellen, sondern den Kontakt zu der Regierung vollständig abzubrechen.

Doch nun hatte sich dieses Problem in Wohlgefallen aufgelöst, worüber der Herrscher des Nogk-Imperiums mehr als nur erleichtert war.

Huxley nickte beifällig und wartete ab, bis der Applaus wieder verebbt war.

»Ich freue mich, Ihnen mitteilen zu können, daß die neue Regierung auf Babylon die von Henner Trawisheim verhängte Beförderungssperre für Mitglieder der Flotte endlich aufgehoben hat«, fuhr der Oberst dann fort. »Einer ganzen Reihe von Besatzungsmitgliedern der CHARR wurde die überfällige Beförderung jetzt endlich zugestanden.«

Ein erfreutes Raunen hob unter den vor dem Podest stehenden Männern an.

Einen Mann beglückten diese Worte sogar so sehr, daß ihm ein kurzer Jubelschrei entschlüpfte. Sein Name war Mike Brown. Er hatte den Dienstrang eines Obergefreiten inne und wartete bereits seit zwei Jahren auf eine Beförderung.

Die Männer verstummten sofort wieder, als Huxley mit seiner Rede fortfuhr.

»Um der Verlesung der nicht gerade kurzen Liste der Beförderungen einen feierlichen Anstrich zu verleihen, hat Charaua angeboten, dem erfreulichen Ereignis nicht nur beizuwohnen, sondern die Liste der zu Befördernden persönlich vorzutragen.«

Huxley trat beiseite und der Nogk nahm, von dem pflichtschuldigen Applaus der Anwesenden begleitet, den Platz am Pult ein. Dann zog er unter seiner goldenen Uniform eine Folienrolle hervor. Die vierfingrigen Hände des Nogk-Herrschers bewegten sich geschmeidig, während er das Schriftstück entrollte und mit ausgestreckten Armen vor seinen Brustkorb hielt, so daß er die Menschen mit seinen Facettenaugen über den Rand des Dokumentes hinweg betrachten konnte.

Dann begann er, die Namen der Reihe nach langsam und wohlartikuliert vorzulesen. Dabei bewegten sich seine kräftigen Beißzangen auf befremdliche, fast bedrohlich wirkende Weise.

Mike Brown, der sich von seinen Kameraden »JCB« nennen ließ, reckte nervös den Kopf und spähte erwartungsvoll zum Podium hinüber. Die beiden Männer, deren Nachname mit dem Anfangsbuchstaben »A« began und die eine Beförderung erhalten hatten, hatten sich zwischen den Reihen der Besatzungsmitglieder hervorgeschoben und sich zu Oberstleutnant Prewitt begeben, der vor dem provisorischen Podium stand. Prewitt händigte den Männern die Ernennungsurkunde aus und schüttelte ihnen anerkennend die Hand.

Unterdessen fuhr Charaua mit der Verlesung der Liste fort.

»Jetzt muß gleich mein Name fallen!« preßte Brown zwischen zusammengebissenen Zähnen hervor. »Es kann unmöglich sein, daß ich schon wieder übergangen werde.«

»Entspann dich, JCB«, sagte Liam Horsen, der neben dem Obergefreiten stand. »Es wird schon alles seine Richtigkeit haben.«

Horsen, der selbst nur ein Gefreiter war, war der einzige, dem Brown verraten hatte, was es mit seinem Spitznamen »JCB« auf sich hatte.

Der erste Buchstabe leitete sich aus dem Anfangsbuchstaben des Vornamens seines hochdekorierten Opas väterlicherseits ab. James Brown hatte es bis zum Dienstgrad eines Generals gebracht. Charles, JCBs Vater, der für das »C« in seinem Spitznamen stand, war ebenfalls ein erfolgreicher Militär und würde demnächst sogar sein eigenes Kommando erhalten. Das »B« wiederum stand für den Familiennamen, auf den der Obergefreite wegen der erfolgreichen Laufbahn seiner Vorväter verständlicherweise sehr stolz war.

Daß Brown diesen Spitznamen überhaupt gewählt hatte, verriet, wie sehr er darauf erpicht war, es seinen beiden Vorbildern gleichzutun und seine militärische Laufbahn voranzubringen. Die von Trawisheim verhängte Beförderungssperre hatte der Obergefreite daher fast wie eine persönliche Kränkung, wie eine Herabwürdigung seiner Soldatenehre empfunden.

Um so mehr fieberte er jetzt der Nennung seines Namens entgegen. An diesem elendheißen Tag eine Beförderung zu erhalten hätte Brown mehr als nur Genugtuung bereitet. Sie würde ihn mit Stolz erfüllen und die lange, zermürbende Wartezeit endlich rechtfertigen und beenden.

Angespannt starrte er über die Köpfe der vor ihm Stehenden zu dem Herrscher des Nogk-Imperiums hinüber. Sein Blick hing mit derselben erwartungsvollen Hingabe an den sich bewegenden Mandibeln des Nogk, mit der er auch die Lippen einer Frau betrachtet hätte, die sein Interesse geweckt hatte.

Und endlich war es so weit. »Vom Obergefreiten zum Hauptgefreiten befördert wird Mike Brown«, sagte Charaua mit festlicher Stimme. Der Herrscher des Nogk-Imperiums hatte eine geübte Stimme und verstand es vortrefflich, die emotional gefärbten Artikulationen der Menschen zu imitieren.

Brown stieß einen Jubelschrei aus und sprang in die Luft. Dann schlug er mit der flachen Hand laut klatschend in die auf Schulterhöhe bereitgehaltene Hand seines Kameraden Liam Horsen ein.

»Jetzt hast du endlich, was du wolltest«, sagte Horsen.

»Das ist erst der Anfang, Gefreiter«, erwiderte Brown breit grinsend. »Dieser Beförderung werden noch viele andere folgen.«

Er schob sich übereifrig an den vor ihm stehenden Männern vorbei, um von Oberstleutnant Prewitt endlich die heißersehnte Beförderungsurkunde entgegenzunehmen.

*

Die Beförderungszeremonie zog sich über eine Stunde hin. Mit stoischem Durchhaltevermögen arbeitete Charaua die Liste der zu Befördernden ab, wobei er peinlich genau darauf achtete, jedem Soldaten die erforderliche Zeit einzuräumen, die benötigt wurde, von Prewitt sowohl die Beförderungsurkunde als auch verbale Glückwünsche entgegenzunehmen.

Nachdem auch der letzte Offizier, ein Mann namens Xavier Zentis, seine Urkunde erhalten hatte und in die Reihen seiner Kameraden zurückgekehrt war, erntete der Nogk-Herrscher von den Menschen als Dank für seine aktive Mitwirkung an dem festlichen Akt herzlichen Beifall.

Sogar einige der am Rand des Platzes ausharrenden Nogk fielen in den Applaus ein, indem sie etwas ungelenk in ihre vierfingrigen Hände klatschten.

Schließlich trat der Herrscher huldvoll zur Seite und gab das Rednerpult für seinen Freund Frederic Huxley frei.

Nachdem auf dem Platz wieder Ruhe eingekehrt war, sprach der Oberst seinem Nogk-Freund seinen Dank aus und wandte sich dann wieder an die Mannschaft.

»In den zurückliegenden Monaten haben wir mit der CHARR zahlreiche Forschungsflüge in die Weiten der Magellanschen Wolke unternommen«, setzte er an. »Eine lange Zeitperiode erfolgreich absolvierter Flüge und Erkundungen liegt hinter uns. Und wie immer habe ich keinen Grund, mich über mangelnde Arbeitsbereitschaft oder fehlendes Engagement Ihrerseits zu beklagen. Trotz manchmal widriger Umstände haben Sie vorbildliche Arbeit geleistet, meine Herren.«

Huxley legte eine kurze Pause ein und fuhr dann fort: »Es ist daher nur recht und billig, wenn Ihnen zur allgemeinen Erholung nun eine Urlaubswoche zugesprochen wird, die mit sofortiger Wirkung in Kraft tritt.«

Huxley ließ den Blick ein letztes Mal über die Köpfe seiner Männer hinwegschweifen, von denen nicht wenige Anzeichen großer Erleichterung zeigten.

»Weggetreten!« rief Huxley gut gelaunt. »In einer Woche will ich jeden von Ihnen wohlbehalten und bei bester Gesundheit wiedersehen!«

Während sich die Paradeformation der Schiffsbesatzung aufzulösen begann, wandte sich Huxley an Charaua.

»Hast du noch Zeit, auf ein paar schmackhafte Trockenalgen

in die CHARR zu kommen?« fragte er und grinste. »Oder hast du etwa einen wichtigeren Termin wahrzunehmen?«

Die Sitzungsperiode des Rates der Fünfhundert ist gestern zu Ende gegangen, wie du eigentlich wissen solltest, erwiderte Charaua. *Immerhin bist du ja selbst ein Mitglied dieses Rates und während der Abschlußsitzung selbst dabeigewesen. Andere Regierungsgeschäfte stehen für mich erst heute abend wieder an. Gegen ein geselliges Zusammensein unter Freunden ist also nichts einzuwenden.*

Charaua hatte sich beim »Sprechen« seiner beiden Fühlerpaare bedient und die Botschaft als telepathischen Bilderstrom in Richtung seines terranischen Freundes gesendet.

Huxley besaß ein spezielles Implantat, das es ihm nicht nur ermöglichte, ohne Zuhilfenahme eines Translators mit den Nogk zu kommunizieren, sondern ihn zusätzlich auch als Mitglied des Rates der Fünfhundert auswies.

»Erinnere mich bloß nicht an dieses langwierige Palaver während der letzten Ratssitzung«, sagte Huxley und schritt zusammen mit dem Herrscher die Podiumstreppe hinab. »Als sich die Debatte um die Fortschritte beim Bau der Transmitterverbindung zwischen Quatain und Eden drehte, konnte ich dem Gerede ja noch mit aufrichtigem Interesse folgen. Auch Tantals Bericht über die neuen Forschungsprojekte, die die Meegs und die Menschenwissenschaftler auf Kraat gemeinsam vorantreiben, war aufschlußreich. Doch als es darum ging, neue Erntequoten für die Algenplantagen auf den Feuchtwelten des Imperiums zu bestimmen, mußte ich doch sehr darum kämpfen, nicht plötzlich einfach einzuschlafen.«

Das wäre vermutlich anders gewesen, wenn es um die Quote für die Herstellung von Whisky gegangen wäre, scherzte Charaua.

Huxley lachte auf, was auf einen uneingeweihten Außenstehenden befremdlich wirken mußte, da der Oberst ja »stumm« neben dem Nogk daherschritt. Sein hochgewachsener fremdartiger Begleiter jedenfalls hatte keinen Ton hervorgebracht, der einen Grund für den Heiterkeitsausbruch hätte liefern können.

Ein Gleiter war in der Nähe der Rampe gelandet, die in den

Bauch der goldfarbenen CHARR emporführte. Das Verdeck des Gefährts war zurückgeklappt, denn der Nogk, der den Gleiter gelenkt hatte, liebte es offenbar, den heißtrockenen Fahrtwind auf seiner ledrigen Haut zu spüren. Diese war jedoch nicht schwarzbraun und mit gelben Punkten gesprenkelt, sondern hatte eine kräftige kobaltblaue Farbe. Als der Nogk mit einem federnden Sprung aus dem Sitz emporschnellte, elegant über die geschlossene Gleitertür hinwegsetzte und schließlich sicheren Fußes auf dem überhitzten Untergrund des Landefeldes landete, war ersichtlich, daß dieses Wesen etwa einen halben Meter kleiner war als seine salamanderhäutigen Artgenossen.

Das ist Treenor, signalisierte Charaua, während der kobaltblaue Nogk sich ihnen näherte.

Auf Grund welcher Kriterien sein Freund den Kobaltblauen identifizieren konnte, war Huxley ein Rätsel. Ließen sich die »gewöhnlichen« Nogk anhand des verschiedenartigen Musters ihrer gelben Flecken mit etwas Übung noch einigermaßen auseinanderhalten, war dies bei den Kobaltblauen fast unmöglich.

Bei diesen Geschöpfen handelte es sich um eine neugeschlüpfte Generation der Nogk. Sie zählten nicht mehr als zehn Erdenjahre, waren auf körperlicher und geistiger Ebene aber schon vollständig entwickelt. Angeblich stellten die kobaltblauen Nogk die Ursprungsform dieser einst im Labor gezüchteten Hybridwesen dar, während es sich bei den Salamanderhäutigen um eine evolutionäre Weiterentwicklung handelte.

Inzwischen hatte Treenor die beiden erreicht. Huxley kannte diesen kobaltblauen Nogk recht gut, denn er hatte vor gut zwei Jahren auf seine Einladung hin an einem Forschungsflug der CHARR teilgenommen, in dessen Verlauf der goldene Planet Aurum entdeckt worden war.

Tantal schickt mich, sendete Treenor, nachdem er Charaua und Huxley begrüßt hatte. *Er hat mir aufgetragen, mit einer Bitte an Sie heranzutreten, Ratsmitglied Huxley.*

Der Oberst nickte aufmunternd. »Dann schieß mal los, Junge.«

Da die anberaumten Besprechungen des Rates mit der gestrigen Sitzung abgeschlossen wurden, plant Tantal in wenigen

Stunden wieder zurück ins Corr-System zu fliegen, erklärte Treenor mit bildgewaltigen Impulsen, die Ausdruck seiner jugendlichen Lebendigkeit waren. *Weil die Meegs und die terranischen Wissenschaftler auf Kraat gemeinsam so viele interessante und vielversprechende Erfindungen entwickelt haben, hält Tantal die Zeit für gekommen, der Gastwelt einen Inspektionsbesuch abzustatten.*

»Das ist sicherlich eine gute Idee«, bekräftigte Huxley. »Ich war ebenfalls sehr beeindruckt, als er gestern im Rat von der Forschungsarbeit berichtete, die auf Kraat geleistet wird.«

Tantal würde sich sehr freuen, wenn ihn der Mensch JCB auf dieser Reise begleiten würde, fügte Treenor hinzu. *Da sich auf Kraat viele Terraner aufhalten, wäre es Tantals Meinung nach auch sinnvoll, einen Menschen auf diese Inspektionsreise mitzunehmen.*

Huxley rieb sich nachdenklich das Kinn. »Dummerweise habe ich der Besatzung der CHARR soeben einen einwöchigen Urlaub zugebilligt«, sagte er. »Es wäre ungerecht, Brown diese Reise jetzt zu befehlen und seine Freizeitpläne zu durchkreuzen.«

Charaua meldete sich mit einem Bilderstrom zu Wort. *Wenn ich mich recht erinnere, hat sich während der zurückliegenden gemeinsamen Operationen von Kobaltblauen und Menschen zwischen Tantal und diesem JCB eine kameradschaftliche Freundschaft entwickelt. Vielleicht wäre JCB dem Vorschlag gegenüber gar nicht so abgeneigt, während seiner Freizeit etwas mit seinem blauen Kameraden zu unternehmen.*

Huxley nickte bedächtig. »Fragen wir ihn doch selbst, wie er zu dieser Sache steht.«

Suchend sah sich der Oberst unter den in der Hitze herumschlendernden Mannschaftsmitgliedern um. Einige Männer hatten Gruppen gebildet, unterhielten sich ungezwungen und lachten lauthals. Andere bewegten sich zielstrebig auf die Rampe der CHARR zu, da das Innere des Raumschiffes ihnen Kühlung und mit einem angemessenen Feuchtigkeitsgrad gesättigte Luft versprach.

Lange brauchte sich Huxley nicht umzusehen, da hatte er JCB

auch schon erspäht. Er hielt sich noch immer in der Nähe des Podiums auf und zeigte einigen Kameraden stolz seine Beförderungsurkunde.

»Hauptgefreiter Brown!« rief Huxley mit befehlsgewohnter Stimme zu der Gruppe hinüber.

Der Angesprochene drehte sich abrupt um.

»Kommen Sie doch bitte einmal her!« sagte Huxley nun etwas milder, denn ihm war ein erschreckter Ausdruck in dem Gesicht des Frischbeförderten aufgefallen.

Huxley kannte JCB gut genug, um zu erahnen, daß dieser, als er von ihm angerufen worden war, für einen flüchtigen Moment befürchtet hatte, etwas könnte mit seiner Beförderung nicht stimmen, so daß sie nun zurückgenommen werden mußte. Nur weil JCB diesem längst überfälligen Aufstieg so sehr entgegengefiebert hatte, konnte das Schreckgespenst der nachträglichen Degradierung ihn jetzt so schnell übermannen.

»Ja, Sir?« sagte er äußerst zurückhaltend, als er sich dem Oberst und seinen außerirdischen Begleitern bis auf wenige Schritte genähert hatte. Dabei krampfte sich seine Hand um die Beförderungsurkunde, als befürchte er, sie könnte ihm jeden Moment entrissen werden.

»Haben Sie für Ihre Freiwoche schon konkrete Pläne gefaßt?« fragte Huxley und legte dem jungen Mann begütigend eine Hand auf die Schulter.

JCB schüttelte wie betäubt den Kopf und hob mit lahmer Geste seine Beförderungsurkunde. »Ich – gedenke meine Beförderung gebührend zu feiern, Sir«, sagte er rauh. »Damit wäre ich schon mehr als zufrieden.«

»Dann ist ja alles gut«, sagte Huxley. »Treenor möchte Ihnen nämlich ein Angebot bezüglich Ihrer Freizeitgestaltung unterbreiten.«

JCB entspannte sich sichtlich. Weil in seinem Kopf aber noch immer einiges Durcheinander herrschte, dauerte es einen Moment, bis er den telepathieartigen Bilderstrom, den der Kobaltblaue nun mit seinen beiden Fühlerpaaren abstrahlte, bewußt wahrnahm. Als dann jedoch der Name Tantal fiel, war JCB wieder voll da.

»Und?« fragte Huxley, nachdem Treenor erklärt hatte, worum es ging. »Wären Sie bereit, Ihre Freiwoche zu opfern, um zusammen mit Tantal nach Kraat zu fliegen und sich auf dem Begegnungsplaneten umzusehen? Der Hin- und Rückflug wird allein schon zwei Wochen in Anspruch nehmen. Sie wären der CHARR also für einige Zeit fern. Selbstverständlich wird Ihre Reise im Rahmen eines militärischen Inspektionsauftrages stattfinden, so daß Ihnen keine Freizeit verlorengeht.«

»Tantal wiederzusehen wäre mir eine große Freude«, sagte JCB aufrichtig.

Auf die Feier anläßlich deiner Beförderung müßtest du allerdings vorerst verzichten, gab Treenor zu bedenken. *Tantal gedenkt nämlich, in wenigen Stunden Richtung Corr-System loszufliegen.*

»Das... das ist überhaupt kein Problem«, beeilte JCB sich zu versichern. »Ich habe schon so lange darauf gewartet, diese Beförderungsparty schmeißen zu können, daß es mir nichts ausmacht, sie um ein paar Wochen zu verschieben.«

»Dann wäre das ja geklärt«, zeigte Huxley sich zufrieden. »Packen Sie alles Nötige zusammen, Brown. Treenor wird solange in seinem Gleiter auf Sie warten und Sie dann zu Tantals Schiff bringen.«

JCB nahm Haltung an, grüßte militärisch und hastete dann auf die Rampe der CHARR zu.

Ein ehrgeiziger junger Mann, kommentierte Charaua, während er dem Hauptgefreiten hinterhersah. *Er wirkt auf mich allerdings etwas nervös und unreif.*

»Das gibt sich mit den Jahren«, erwiderte Huxley. »Irgendwann wir er begreifen, daß Karriere nicht alles ist, worauf es im Leben ankommt.«

Die beiden verabschiedeten sich von Treenor und setzten ihren Weg zur CHARR fort.

»Von seinem Drang, unbedingt Karriere machen zu wollen mal abgesehen, ist Brown ein engagierter, verläßlicher Mann«, fuhr Huxley unterdessen fort. »Er hat Potential. Das wird Tantal ebenso sehen. Es kommt nicht von ungefähr, daß sich zwischen den beiden eine Freundschaft entwickelt hat.«

Charaua wippte unleidlich mit den Fühlern. *Vielleicht fußt diese Freundschaft aber auch nur wieder auf den seltsamen Eigenarten der Kobaltblauen,* meinte er.

Huxley lächelte still in sich hinein. Er wußte von den kleinen Diskrepanzen, die sich zwischen Tantal und dessen Eivater Charaua immer wieder aufbauten. Doch dies war kein spezielles Problem zwischen Charaua und Tantal. Die Nogk und die aus ihnen hervorgegangene neue Generation der Kobaltblauen waren sich generell in etlichen Dingen uneins.

Dies lag nicht zuletzt auch daran, weil die nur zwei Meter großen Kobaltblauen als die Ursprungsform der Nogk angesehen wurden. Ihre Gehirne waren nach der Verpuppungszeit, die in etwa mit der Geburt eines Menschen gleichzusetzen war, bereits voll ausgebildet. Außerdem verfügten ihre Gehirnzellen über das gesamte kollektive Gedächtnis der Nogk. Dieses unbewußte Wissen war schnell und beständig in das Bewußtsein der Kobaltblauen eingesickert und beeinflußte nun ihr Denken und Handeln. So kam es zum Beispiel, daß einige der Kobaltblauen bereits mit eineinhalb Jahren an schwierigen Expeditionen teilnehmen konnten.

Huxley schätzte, daß Tantal inzwischen den Verstand eines Menschenmannes von etwa fünfundzwanzig Jahren hatte, obwohl er erst knapp zehn Jahre alt war.

Damit die Kobaltblauen ohne Beeinträchtigung durch ihre »Vorväter« ihre eigenen Wege gehen konnten, war ihnen die Welt Reet im Corr-System überlassen worden.

Nichtsdestotrotz blieb die enge Bindung zwischen den beiden Rassen bestehen. Tantal und einige andere Kobaltblaue waren sogar Mitglied des Rates der Fünfhundert und somit an wichtigen Entscheidungen maßgeblich beteiligt.

»Dich verbindet ebenfalls eine enge Freundschaft mit einem Menschen, Charaua«, erinnerte Huxley den Herrscher, während sie die Rampe emporstiegen. »In diesem Punkt unterscheidest du dich von deinem Abkömmling also gar nicht so sehr.«

Charauas mentales Lachen geisterte durch Huxleys Kopf. *Von all deinen menschenspezifischen Eigenschaften bewundere ich deine Spitzfindigkeit am meisten,* sagt er. *Aber den bedeutenden*

Unterschied zwischen Nogk und Kobaltblauen kannst du trotzdem nicht wegreden.

Sie hatten das obere Ende der Rampe erreicht und betraten die Schleuse. Kurz darauf hatte der goldene Ellipsenraumer die beiden Freunde in sich aufgenommen.

*

Wenig später saßen Huxley und Charaua in einem speziell für eine Begegnung zwischen Mensch und Nogk hergerichteten Raum.

Um für den Nogk den Aufenthalt in der CHARR so angenehm wie möglich zu gestalten, war die Luftfeuchtigkeit auf nahezu null herabgesenkt und die Temperatur auf über zwanzig Grad Celsius angehoben worden.

Huxley, der einen Atemluftbefeuchter trug, hatte die Knöpfe seiner Uniformjacke geöffnet und die Ärmel aufgeknöpft. Sie saßen sich an einem runden Tisch gegenüber, wobei Charaua in einem speziellen Formsessel Platz genommen hatte, dessen Sitzfläche sich den anatomischen Besonderheiten seines Benutzers anpaßte.

Für den Nogk standen mehrere Schüsseln mit verschiedenen getrockneten Algensorten bereit. Und für Huxley hatte der Küchenchef eine undurchsichtige Trinkflasche hingestellt, in der sich ein Erfrischungsgetränk befand. Auf die Flasche war ein Trinkaufsatz geschraubt, so daß Charaua der als äußerst ekelhaft empfundene Anblick der Flüssigkeit erspart blieb, die sein Freund zu sich nahm.

Natürlich konnte sich der Nogk denken, was der Terraner tat, während er die Flasche ansetzte und sein Kehlkopf Schluckbewegungen machte. Doch war Charaua im Umgang mit den Menschen geübt genug, um seine Phantasie im Zaum zu halten und sich von Huxleys Beschäftigung nicht den Appetit verderben zu lassen.

Die Algen schmecken vorzüglich, lobte er, während er die mürben Pflanzenfasern mit seinen Mandibeln akribisch zerkleinerte. *Dein Koch hat eine gute Wahl getroffen, Huxley.*

»Die Algen stammen von Reebu«, erklärte der Oberst. »Ein guter Jahrgang, gezüchtet mit von Meegs speziell entwickelten Nährstoffen.«

Reebu! Charauas Bilderstrom hatte eine düstere Färbung angenommen, während er den Namen der feuchten Plantagenwelt sendete. *Ich erinnere mich noch deutlich an unseren letzten gemeinsamen Inspektionsflug zu diesem Nachbarplaneten.*

Huxley nickte. Obwohl das Erlebnis mittlerweile fast zwei Jahre zurücklag, hatte er keine Begebenheit dieses Inspektionsfluges vergessen, der für Charaua und ihn den Beginn einer wilden Odyssee durch zwei Galaxien markiert hatte.

Blaue Nogk, eine bösartige, kriegerische Ursprungsform der gewöhnlichen Nogk, hatten das Inspektionsschiff angegriffen und den Herrscher und seinen terranischen Freund entführt. Am Ende hatten die beiden Freunde ihren Entführern nur mit Mühe und Not entrinnen können.

Die Blauen Nogk beziehungsweise Nögk, wie sie sich selbst nannten, unterschieden sich äußerlich von den Kobaltblauen lediglich durch ihre schwarzen Hautflecken auf den Händen. Wegen einer militärischen Niederlage, die die Nogk unter Charauas Befehl den Blauen einst beigebracht hatten, verspürten sie einen abgrundtiefen Haß auf ihre mutierten Artgenossen, die sie für degeneriert und minderwertig hielten.

Wo die Heimatwelt der Blauen Nogk lag, die aus den Überresten einer alten Kriegerkaste hervorgegangen waren, hatten Huxley und Charaua während ihrer Odyssee jedoch nicht in Erfahrung bringen können.

Alle Versuche seitens der Nogk, die Blauen im Weltall aufzuspüren, waren vergebens gewesen.

Charaua bediente sich aus einer Schüssel und schob sich die staubtrockenen Algen zwischen die Beißzangen. *Die Kobaltblauen haben auf dem Gebiet der Algenzucht ebenfalls einige Fortschritte erzielt, die aus kulinarischer Sicht durchaus nicht uninteressant sind und die Nahrungspalette der Nogk auf längere Sicht gesehen stark bereichern werden,* leitete er geschickt auf ein anderes Thema über, denn er verspürte nicht das geringste Verlangen, sich im Gespräch mit Huxley eingehender mit den Nögk zu befassen. *Wie ich erfahren habe, haben die terranischen Wissenschaftler auf Kraat Erhebliches zur Veredelung dieser neuartigen Algen beigetragen.*

Der Oberst nickte bedächtig. »Überhaupt scheint mir die wissenschaftliche Zusammenarbeit von Nogk und Menschen sehr fruchtbar und vielversprechend. Ich denke, in Zukunft werden von Kraat noch viele wichtige Entwicklungsimpulse für unsere beiden Völker ausgehen.«

Da bin ich ganz deiner...

Charaua kam nicht mehr dazu, seinen Gedanken zu vollenden. Huxley hatte die Augen plötzlich weit aufgerissen und sich kerzengerade aufgerichtet. Doch sein starrer Blick ging durch den Nogk-Herrscher hindurch, als würde er ihn gar nicht mehr wahrnehmen.

»Huxley?« rief Charaua befremdet. »Was ist mit dir?«

Da er seinen Freund über den telepathischen Bilderstrom nicht mehr erreichen konnte, hatte sich der Nogk-Herrscher instinktiv der Lautsprache bedient. Doch der Oberst schien weder auf telepathischer noch auf akustischer Ebene ansprechbar. Statt dessen saß er stocksteif in seinem Sessel und stierte mit weit aufgerissenen Augen blicklos vor sich hin.

Beunruhigt sprang Charaua auf. Dabei stieß er versehentlich den Tisch um. Die Schüsseln mit den getrockneten Algen und Huxleys Trinkflasche fielen zu Boden. Der Trinkaufsatz brach ab und die Flüssigkeit ergoß sich zwischen die Trockenalgen.

Charaua kämpfte den Ekel erfolgreich nieder, den der Anblick der Flüssigkeit in ihm hervorrief, setzte mit einem Sprung über den für ihn unappetitlichen Sud hinweg und packte Huxley bei den Aufschlägen seiner Uniformjacke.

»Huxley!« *Huxley!* rief und dachte er gleichzeitig. Dabei rüttelte er seinen Freund kräftig.

Doch der starre Blick des Obersten blieb unverändert in undefinierbare Ferne gerichtet.

Charaua, der annahm, sein Freund wäre von einer ihm unbekannten, menschenspezifischen Krankheit befallen, entschloß sich, Alarm auszulösen. Ein Arzt mußte sich unverzüglich seines Vorgesetzten annehmen!

Als Charaua sich abwenden wollte, um zur Bordsprechanlage neben der Tür hinzustürzen, wurde er plötzlich hart am Oberarm gepackt. Huxley starrte mit brennendem Blick zu ihm auf.
Was ist mir dir? sendete Charaua mit seinen aufgeregt vibrierenden Fühlerpaaren. *Bist du etwa krank?*
»Mir geht es gut«, erwiderte der Oberst mit rauher Stimme. »Ich – hatte bloß eine Vision.«
»Vision?« sprach Charaua das Wort nach, für das es in der Bildersprache der Nogk keine Entsprechung gab, da es dieses Phänomen bei ihrem Volk nicht gab.
Huxley nickte. »Ich habe dir von dieser Gabe, die mich unkontrolliert und völlig ohne Vorwarnung in großen Abständen heimsucht, schon einmal erzählt.«
Ja – ich erinnere mich, entgegnete Charaua. *Ich kann allerdings nicht behaupten, deine Erklärung wirklich verstanden zu haben.*
Der Nogk ließ seinen Freund los und trat einen Schritt zurück. Dabei versenkte er seinen Fuß versehentlich in dem Matsch, der sich inzwischen aus den getrockneten Algen und Huxleys ausgelaufenem Erfrischungsgetränk gebildete hatte.
Ein angewidertes Fauchen drang zwischen Charauas Beißzangen hervor, während er den besudelten Stiefel angeekelt schüttelte.
Huxley aktivierte daraufhin sein Armbandvipho und beorderte einen Reinigungsroboter in den Besucherraum.

*

Wenige Minuten später war der Raum wieder sauber und trocken.
Während der Roboter den Boden reinigte, stand Charaua mit dem Gesicht zur Wand.
Nachdem die Spuren des kleinen Zwischenfalls beseitigt waren und die Maschine den Raum wieder verlassen hatte, nahm er erneut an dem nun leeren Tisch Platz.
»Ich bin untröstlich«, sagte der Oberst.
Reden wir nicht mehr darüber, erwiderte Charaua und be-

trachtete prüfend seinen von dem Roboter ebenfalls frischgereinigten Stiefel. Aber es gab nichts zu beanstanden. Die Maschine hatte ihn blitzblank poliert. *Erzähl mir lieber etwas über deinen rätselhaften Anfall,* forderte er seinen Freund auf.

»Ich habe schlimme Bilder gesehen«, erklärte Huxley. Er überlegte einen Moment, wie er seinem Freund am besten erklären konnte, was eine Vision war.

»Du mußt dir eine Vision wie einen telepathischen Bilderstrom mit unbekannter Herkunft vorstellen«, sagte er schließlich. »Du weißt weder, woher die Bilder kommen, die du empfangen hast, noch hast du eine Ahnung, wann oder von wem sie in dein Gehirn gesendet wurden. Sie können aus der Jetztzeit stammen, aber ebenso gut auch aus einer fernen Zukunft. Doch woher auch immer sie kommen – du weißt mit unumstößlicher Gewißheit, daß sie eine Bedeutung haben, daß sie dir etwas Schlimmes ankündigen.«

Charaua spielte gestreßt mit seinen vierfingrigen Händen. *Was haben diese Bilder dir denn nun gezeigt?* wollte er wissen.

Huxleys rötliches Gesicht verfinsterte sich. »Ich habe Feuer vom Himmel regnen gesehen«, sagte er gedehnt. »Der ganze Himmel schien aus Lava zu bestehen. Die Flammen stürzten auf Gebäude und zweibeinige Gestalten nieder und verbrannten sie. Ich konnte nicht recht erkennen, was das für Gestalten waren. Aber ich hatte das Gefühl, einige von ihnen seien meine Freunde.«

Beklemmend, kommentierte Charaua.

Huxley nickte bestätigend.

Was, glaubst du, wollten dir diese fremden Bilder mitteilen?

Der Mensch zuckte mit den Schultern. »Wenn ich das nur wüßte. Die Bilder waren undeutlich und von Flammen dominiert. Ich kann nicht sagen, wann und wo meine Vision Wirklichkeit werden wird. Ich weiß nicht einmal mit Sicherheit, ob das Ereignis tatsächlich eintreffen wird oder ob ich in meiner Vision nur Bilder aus einer möglichen, aber nicht zwangsläufig real werdenden Zukunft gesehen habe.«

Wozu sollen diese Fremdbilder gut sein, wenn du sie nicht deuten kannst? fragte Charaua unzufrieden.

Huxley atmete tief durch. »Ich habe nie darum gebeten, von diesen Visionen heimgesucht zu werden.«

Es handelt sich also anscheinend doch um eine menschenspezifische Krankheit, mutmaßte Charaua. *Bei den Nogk ist so etwas meines Wissens nach jedenfalls noch nie aufgetreten.*

Der Oberst winkte ab. »Vielleicht wurde diese Vision durch unser Gespräch ausgelöst«, überlegte er.

Charauas Fühler begannen plötzlich aufgeregt zu vibrieren. *Wir haben über die Algenzucht auf Reebu gesprochen – und über die Begegnungswelt Kraat,* sagte er beunruhigt. *Glaubst du, die von dir empfangenen Fremdbilder könnten sich auf eine dieser Welten beziehen? Am Ende vielleicht sogar auf Quatain?*

»Ich sagte doch, daß ich es nicht weiß«, gab Huxley leicht gereizt zurück. »Vielleicht werden die schrecklichen Bilder ja auch gar nicht Realität.«

Charaua erhob sich abrupt. *Du hättest dich sehen sollen, als dich diese Fremdbilder heimsuchten,* sagte er. *So habe ich dich noch nie erlebt. Wir sollten diese Sache ernst nehmen.*

»Was hast du vor?« erkundigte sich Huxley, während der Nogk auf den Ausgang zustrebte.

Ich werde die Abteilung für innere Sicherheit in erhöhte Alarmbereitschaft versetzen, erklärte Charaua. *Ich kenne dich gut genug, Huxley, um zu wissen, daß man nichts, was von dir kommt, auf die leichte Schulter nehmen sollte.*

Mit diesem Bilderstrom verließ er das Zimmer, um seiner Ankündigung augenblicklich Taten folgen zu lassen.

6.

Die CORR war ein neuentwickelter Ellipsenraumer der 600-Meter-Klasse und stand unter Tantals Kommando. Als das Schiff vom Raumhafen in der Nähe von Jazmur abhob, hielt sich der Kobaltblaue in der Zentrale auf und verfolgte aufmerksam die Startroutine.

Die Allsichtsphäre war eingeschaltet. Die Wände, die Decke und der Boden gaben jeweils wieder, was sich draußen hinter ihnen befand.

Und so hatte JCB, der die Zentrale soeben in Treenors Begleitung betrat, den Eindruck, die Schiffshülle rund um das Kommandozentrum herum habe sich aufgelöst.

Der bogenförmige Leitstand und die Arbeitspulte der verschiedenen Stationen schienen wie schwerelos in der Luft zu schweben. Genauso verhielt es sich mit den Kobaltblauen, die an den Pulten arbeiteten. Ihre Füße ruhten scheinbar auf einer unsichtbaren Plattform, die sie davor bewahrte, in den sich unter ihnen auftuenden, unablässig tiefer werdenden Abgrund zu stürzen.

Da es in der CHARR ebenfalls eine Allsichtsphäre gab, reagierte JCB gelassen und setzte, ohne zu zögern, einen Fuß vor den anderen. Er ließ sich nicht von dem Umstand beirren, daß das Landefeld mit den zahlreichen Raumschiffen darauf unter ihm schnell immer kleiner wurde, während die CORR auf ihrem Weg in den Weltraum auf Fluchtgeschwindigkeit beschleunigte.

JCB! erreichte den Terraner der Bilderstrom seines außerirdischen Freundes. *Ich freue mich, dich wiederzusehen!*

»Die Freude ist ganz auf meiner Seite«, sagte JCB. Er reichte Tantal über das Komandantenpult hinweg die Hand, die dieser daraufhin ergriff und herzhaft schüttelte.

»Ich bin vorhin zum Hauptgefreiten befördert worden«, erklärte der Mensch.

Sind die Regierenden auf Babylon also endlich zur Vernunft gekommen? Tantal war über die Vorkommnisse auf Babylon gut unterrichtet, denn er hatte häufig mit Menschen zu tun. Außerdem hatte sein terranischer Freund ihm oft genug sein Leid über die ausbleibende Beförderung geklagt.

JCB grinste. »Die Minister konnten einfach nicht mehr darüber hinwegsehen, welche Glanzleistungen ich für die Flotte erbracht habe. Ihnen blieb gar nichts anderes übrig, als mich endlich zu befördern!«

Mit einer laxen Armbewegung deutete Tantal auf JCBs Nase. *Den Atemluftbefeuchter kannst du übrigens ablegen, mein Freund,* erklärte er. *Die Steuerautomatik des Schiffes hat erkannt, daß ein Mensch die Zentrale betreten hat, und hat die Raumluft entsprechend angepaßt.*

JCB zog sich die kleine Röhre, die mit einer Klemme an der Nasenscheidewand befestigt war, von der Oberlippe und atmete die Luft prüfend ein.

Der Feuchtigkeitsanteil in der Luft war für menschliche Verhältnisse nicht sonderlich hoch, aber annehmbar. Da die Kobaltblauen nicht ganz so feuchtigkeitsempfindlich waren wie die gewöhnlichen Nogk, vertrugen sie auch eine mit einem niedrigen Prozentsatz Wasser angereicherte Atmosphäre. Dies erleichterte das Interagieren zwischen ihnen und den Menschen erheblich. Ein Zuviel an Feuchtigkeit hatte jedoch auch auf die Kobaltblauen eine tödliche Wirkung.

Das Verfahren ist eine der zahlreichen Neuerungen, die die Kobaltblauen zusammen mit den Meegs in den Werftbüros ersonnen haben, erklärte Tantal. *Diese Automatik soll den Komfortstandard für die Menschen und meinesgleichen in unseren Schiffen anheben. Wenn wir an Bord unter uns sind, wird die Luftfeuchtigkeit auf ein für uns behagliches Maß gesenkt. Tritt ein Mensch hinzu, wird der Raumatmosphäre automatisch binnen weniger Sekundenbruchteile ein Feuchtigkeitsanteil beigemengt, der beiden Sternenvölkern zuträglich ist.*

JCB nickte beeindruckt. »Es lebe der Fortschritt«, sagte er.

»Wurden an Bord der CORR denn auch Modifikationen an den Triebwerken vorgenommen, so daß wir schneller als gewöhnlich ans Ziel kommen?«

Die Reise zum Corr-System wird wie üblich etwa eine Woche dauern, erwiderte Tantal.

Wieder zeichnete sich ein zufriedenes Grinsen auf JCBs Gesicht ab. »Dann bleibt uns also genug Zeit für das eine oder andere Pokerspiel.« Der Hauptgefreite wußte, Tantal war ein leidenschaftlicher Pokerspieler. Er hatte dem Kobaltblauen etliche Tricks und Kniffe für dieses Kartenspiel beigebracht, so daß er sich zu einem äußerst gewieften Spieler gemausert hatte.

Sobald die CORR auf Kurs gebracht wurde, können wir mit der ersten Partie beginnen, gab Tantal vergnügt zurück.

*

Eine Woche später erreichte die CORR ohne nennenswerte Zwischenfälle das Sonnensystem, nach dem sie benannt war. Das Nogk-Wort Corr bedeutete »Lebensspenderin«. Die rote Riesensonne vom Typ M, der dieser Name gegeben worden war, war nach astronomischen Maßstäben gerechnet ein noch junger Stern. Ihr Durchmesser betrug 4000 Millionen Kilometer, und auf der Oberfläche wurde eine Temperatur von 4500 Grad Celsius gemessen. Corr besaß eine wesentlich geringere Dichte als die irdische Sonne und leuchtete 8000- bis 9000mal mal so hell wie Sol.

Da JCB, der sich während der Anflugphase in der Zentrale aufhielt, nichts anderes zu tun hatte, ließ er sich die Daten über Corr auf einem kleinen Teilabschnitt der Allsichtsphäre anzeigen.

Neben der Zahlenkolonne war eine schematische Darstellung des Corr-Systems abgebildet.

Die rote Riesensonne wurde von siebzehn Planeten umkreist. Der sechste – auf dem die Kobaltblauen lebten – hieß Reet. Diese Trockenwelt war ursprünglich eine Wohnwelt der Nogk gewesen.

Doch die hatten das gesamte Sonnensystem, nachdem sie

nach Quatain in der Großen Magellanschen Wolke umgesiedelt waren, ihren veränderten Nachkommen überlassen.

Außer Reet hatten die Nogk noch drei weitere Planeten des Systems genutzt. Corr VIII und IX waren reine Feuchtwelten, auf denen es beständig regnete und deren Kontinente von Algenplantagen bedeckt waren, die den gesamten Nahrungsbedarf der Kobaltblauen deckten und deren Erträge darüberhinaus sogar Exporte nach Quatain erlaubten.

Mit Corr VII aber hatte es eine ganz besondere Bewandtnis. Diese Welt wurde von den Nogk so umgestaltet, daß ihre Freunde, die Terraner, sich darauf wohlfühlen konnten. Die Gastwelt nannten sie Kraat, was übersetzt »Herberge« hieß.

Exakt dieser Planet wurde von der CORR jetzt mit Kurs auf die Tagseite angeflogen und dominierte die Darstellung in der Allsichtsphäre.

JCB schaltete die statistischen Werte ab und hob den Kopf, um einen Blick auf Kraat zu werfen.

Der Weltenball wurde von blauen Meeren und einem von einem satten Grün überzogenen Kontinent beherrscht. Bizarre Wolkengebilde ruhten auf den mittleren Luftschichten und warfen dunkle Schatten auf die Wasser- und Landmassen.

Die Welt sah unberührt und verlassen aus. Nirgendwo wiesen die Kontinente die charakteristischen, narbenartigen oder schorfähnlichen Strukturen auf, die auf Siedlungen oder Städte hindeuteten.

Erst nachdem die CORR in die Atmosphäre eingetaucht war und sich auf ein ausgedehntes Waldgebiet hinabsenkte, waren hier und da inmitten der Vegetation Ansammlungen von Gebäuden zu erkennen.

Da es jedoch kaum gerodete Gebiete gab, wirkten die Bauten wie in die Natur eingebettet.

Schließlich erspähte JCB zwischen all dem Grün eine quadratische, ebene Fläche künstlichen Ursprungs.

Bei diesem Areal handelte es sich um einen Raumhafen. Zwei Ellipsenraumer standen in der Nähe eines linsenförmigen Gebäudes am Rand des Landefeldes. Von dem Gebäude führte eine halbtransparente mannshohe Röhre in das blühende Dikkicht des Waldes und verlor sich schließlich inmitten des üppigen Grüns.

Als JCB der Richtung, in der die Röhre verlief, mit dem Blick folgte, bemerkte er in etwa zwei Kilometer Entfernung weitere Gebäude.

Am auffälligsten war ein dreihundert Meter hoher Pyramidenbau. Gewisse architektonische Besonderheiten verrieten, daß es sich um ein Bauwerk der Nogk handelte. Die Spitze ragte weit über die Baumkronen hinaus und mutete – da sie von Gewächsen dicht umgeben war – wie der verlassene Überrest einer längst untergegangenen Kultur an.

Außerdem gab es noch zahlreiche linsenförmige Gebäude, die dem am Rande des Landefeldes sehr ähnlich waren, allerdings bedeutend größer waren als dieses.

Während Tantal der Besatzung Befehle gab, sank die CORR langsam dem Landefeld entgegen.

»Die Siedlungen sind größer, als ich vermutet hatte!« rief JCB seinem Freund zu.

Die Wohnsiedlungen und die Universitätszentren sind in den letzten Monaten auch stark gewachsen, nahm Tantal sich die Zeit, auf JCBs Zuruf zu reagieren. *Der Rat der Fünfhundert zeigt sich stets großzügig, wenn es darum geht, neue finanzielle Mittel für Kraat zu bewilligen. Es liegt Charaua und den Seinen sehr daran, die von ihnen gestifteten Forschungseinrichtungen auch weiterhin zu unterstützen und zu fördern.*

»Die Nogk profitieren ja auch von den technischen Neuerungen und Erfindungen, die auf Kraat entwickelt werden«, gab JCB zurück. »Außerdem reifen hier die Meegs der nächsten Generation heran. Eine bessere Investition in die Zukunft kann man sich gar nicht vorstellen.«

Die Corr setzte zur Landung an. Das von der Allsichtsphäre dargestellte Landefeld und die Fußsohlen der Zentralenbesatzung schienen jetzt nur noch wenige Meter voneinander entfernt zu sein.

Nicht nur die Nogk profitieren von den Lehr- und Forschungseinrichtungen auf dieser Welt, erwiderte Tantal. *Nogk, Kobaltblaue und Menschen sind gleichermaßen an dem Wis-*

sensaustausch beteiligt. Und natürlich partizipieren auch alle beteiligten Gruppen an den Ergebnissen der hier geleisteten Arbeit. Wir alle können nur gewinnen, wenn wir unsere Kräfte und Fähigkeiten bündeln und gemeinsam auf ein Ziel richten; das Ziel der technischen Weiterentwicklung.

»Wenn alle Sternenvölker so handeln würden und an einem Strang zögen, anstatt gegeneinander zu arbeiten, sähe es auf den meisten Welten vermutlich anders aus«, bemerkte JCB trocken.

Wenn ein Sternenvolk nicht auch einen entsprechenden geistigen Entwicklungsstand erreicht hat, nützt ihm die fortschrittlichste Technologie nichts, entgegnete Tantal. *Im Gegenteil, jede für friedliche Zwecke erdachte Maschine verwandelt sich in den Händen geistig weniger entwickelter Zeitgenossen unweigerlich zu einer zerstörerischen Waffe.*

Inzwischen war der Landevorgang abgeschlossen. Die Besatzungsmitglieder der Zentrale verließen ihre Arbeitsstationen und strebten dem Ausgang entgegen. Nur der wachhabende Offizier blieb vor dem Kommunikationspult stehen und überwachte die Statusmeldungen, die der Bordrechner auf die Bildschirme übertrug.

Tantal kam auf seinen Freund zu und legte ihm eine Hand auf die Schulter.

Unsere Ankunft wurde dem obersten Rektor von Kraat bereits angekündigt, erklärte er. *Emerk ist ein altehrwürdiger Meeg und ein leidenschaftlicher Verfechter der Idee der kollektiven Zusammenarbeit unter den Völkern. Obwohl er ein hoffnungsloser Idealist ist, hat er den Blick für die Realität dennoch nicht verloren. Ich denke, du wirst ihn sympathisch finden.*

*

JCB, Tantal und Treenor hatten die Rampe der CORR hinter sich gelassen und schritten auf das linsenförmige Gebäude am Rand des Landefeldes zu. Das Bauwerk schien auf seinem Bauch zu ruhen und wurde am Rand zusätzlich mit langen Stelzen abgestützt. Der Schleuseneingang im Rumpf des Hauses glitt beständig auf und zu, denn Menschen, Kobaltblaue und manchmal auch Nogk pendelten beständig zwischen den wartenden Ellipsenschiffen und dem Gebäude hin und her.

JCB sah sich beeindruckt um. Die grüne Wand aus Bäumen, Sträuchern und blühendem Buschwerk, die den Raumhafen umschloß, verlieh der Szene einen exotischen Anstrich. Buntschillernde Vögel flatterten zwischen den Gewächsen umher, und hier und da glaubte der Hauptgefreite das glotzäugige Gesicht eines affenartigen Geschöpfes mit schwarzem Fell zwischen dem dichten Blattwerk hervorstarren zu sehen.

Der Hauptgefreite sog die würzige, sauerstoffreiche Luft tief in seine Lunge. Der Feuchtigkeitsanteil in der Atmosphäre von Kraat entsprach bei weitem nicht dem auf der Erde. Trotzdem empfand JCB die Luft als angenehm, denn sie war insgesamt feuchter als das Gasgemisch, mit dem er in der CORR außerhalb der ihm zugewiesenen Kabine eine Woche lang seine Lunge hatte füllen müssen.

Gut gelaunt und voller Tatendrang schritt der Terraner mit seinen beiden Begleitern auf das linsenförmige Gebäude zu.

Obwohl Tantal und Treenor die Atmosphäre als ungemütlich empfinden mußten, hatten sie auf einen Atemlufttrockner verzichtet. Ein normaler Nogk hätte ohne eine solche Schutzvorrichtung auf Kraat nicht lange überlebt.

Doch für die weniger anfälligen Kobaltblauen war ein Spaziergang auf diesem Planeten in etwa genauso strapaziös wie für einen Menschen eine Wanderung durch einen tropischen Regenwald.

Die Luftzusammensetzung änderte sich schlagartig, als die drei Freunde die Schleuse passiert und die Wandelhalle des Gebäudes betreten hatten.

Da die linsenförmigen Bauten auf Kraat hauptsächlich den Menschen eine behagliche Herberge bieten sollten, war die Luftfeuchtigkeit im Innern dieser Gebäude der auf der Erde angeglichen worden. In den Pyramidenbauten hingegen, in denen die Nogk und die Kobaltblauen lebten, herrschte dieselbe Atmosphäre vor wie auf Kraat.

Dieses komplizierte System aus unterschiedlichen, nebeneinander bestehenden Atmosphären war eine nötige Voraussetzung, um ein harmonisches Zusammenwirken der biologisch so verschiedenen Lebewesen zu ermöglichen.

Da Tantal und Treenor in der in den Linsenbauten herrschenden Atmosphäre irgendwann die Kräfte verlassen hätten, zogen sie nun ihre Atemlufttrockner hervor und klemmten die zylinderförmigen Apparate unterhalb der Atemöffnungen an den Beißzangen fest. Auf einen Schutzanzug konnten sie jedoch trotzdem verzichten.

Nicht so die normalen Nogk, von denen sich mehrere in der Wandelhalle aufhielten. Sie hatten dünne, durchsichtige Folienanzüge über ihre Kleidung gestreift, so daß die Feuchtigkeit von ihren wasserempfindlichen Körpern ferngehalten wurde. Die Köpfe aber schauten aus den Überwürfen hervor. Und was noch viel seltsamer war, die Nogk trugen keine Atemtrockner. Diese bestanden bei ihnen für gewöhnlich aus einer transparenten Maske, die Mandibeln und Atemöffnungen gleichermaßen umspannten und mit den gleichen Röhrchen ausgestattet waren, die die Menschen und die Kobaltblauen zur Regulierung des Feuchtigkeitsanteils der Atemluft verwendeten.

Als JCB Tantal und Treenor auf die ungeschützten Köpfe der Nogk aufmerksam machte, wippten sie mit den Kopffühlern.

Wir gehen hin und lassen uns von einem das Geheimnis erklären, schlug Tantal vor.

Sie näherten sich einem der großen Geschöpfe, grüßten den Nogk höflich und stellten sich ihm vor.

Es handelte sich um einen Meeg namens Nauwan, den Dekan der wissenschaftlich-theoretischen Fakultät der nächstgelegenen Universität. Bereitwillig erklärte er den Besuchern, warum es für ihn nicht erforderlich war, eine atemtrocknende Maske zu tragen.

Des Rätsels Lösung liegt in diesem kleinen Apparat verborgen, sagte er und griff mit seiner vierfingrigen Hand nach einer feingliedrigen Kette, die er um seinen Hals trug. Der metallische Würfel, der an der Halskette baumelte, blitzte geheimnisvoll im hereinfallenden Licht der roten Sonne.

Bei diesem Würfel handelt es sich um ein neuartiges Gerät, das in den Werkstätten der Fakultät für Ingenieurswesen ent-

wickelt wurde, erläuterte Nauwan. *Es projiziert ein unsichtbares Energiefeld um meinen Kopf herum. Das Energiefeld ist luftdurchlässig, läßt die darin vorhandene Feuchtigkeit aber nicht zu mir durchdringen, so daß beim Atmen nur wohltuende trockene Luft in meinen Körper gelangt.*

Der Meeg ließ die Kette wieder los.

Das Gerät befindet sich noch in der Testphase, erklärte er. *Die ist aber so gut wie abgeschlossen und verlief bisher reibungslos. Es wird also bald in Serie produziert werden und den Aufenthalt auf Feuchtwelten für die Nogk noch sicherer machen.*

Tantal bedankte sich für die Ausführung.

In einer halben Stunde halte ich in der großen Aula der wissenschaftlich-theoretischen Fakultät einen Vortrag über die Konstitutionstheorie der Wassermoleküle, auf deren Grundlage der neue Atemlufttrockner entwickelt wurde, verkündete Nauwan. *Die Fixierung der Atomanordnung durch die spezifische chemische Bindung der Wassermoleküle ist ein interessantes, lehrreiches Thema. Die Erkenntnisse aus diesem Fachgebiet lassen sich auf viele Bereiche übertragen – sogar auch auf das Zusammenleben auf dieser Welt.*

JCB, der trotz seines Translatorimplantats von dem Kauderwelsch des Meeg nur die Hälfte verstanden hatte, grinste verunglückt.

Tantal, dem die Reaktion seines Freundes nicht entgangen war, erklärte Nauwan höflich, sie hätten bereits andere Verpflichtungen.

Wie ihr meint. Dem telepathischen Bilderstrom des Meeg war anzumerken, daß er beleidigt war. Dementsprechend frostig erwiderte er die Gedankenbilder, mit denen Tantal, Treenor und JCB sich schließlich von ihm verabschiedeten.

»Diese neuartigen Atemlufttrockner scheinen ja ganz praktisch zu sein«, sagte JCB, während er an der Seite der beiden Kobaltblauen die belebte Halle durchquerte. »Das ganze theoretische Drumherum aber erscheint mir viel zu kompliziert.«

Warte ab, bis wir erst die wissenschaftlich-theoretische Fakultät erreicht haben, sagte Treenor. *Dort wird den lieben lan-*

gen Tag nur gefachsimpelt. Die Fakultät befindet sich in den Gebäuden der Universitätssiedlung, die wir jetzt aufsuchen werden, um dort Rektor Emerk zu treffen. Es ist die Siedlung, die dem Raumhafen am nächsten liegt.

Unterdessen hatten sie das Ende der Empfangshalle erreicht. Eine breite Freitreppe führte zu einem in die Wand eingelassenen Portal empor, hinter dem sich die halbtransparente mannshohe Röhre anschloß, auf die JCB während des Landeanflugs aufmerksam geworden war.

Auch hier herrschte ein ständiges Kommen und Gehen. Menschen und Nogk traten aus dem Portal hervor oder strebten hindurch, um in die Röhre zu gelangen.

JCB staunte nicht schlecht, als er, auf dem oberen Treppenabsatz angekommen, einen Blick durch das Portal in die Röhre werfen konnte. Sie durchmaß etwa acht Meter und bot genug Platz für die beiden parallel verlaufenden Ströme ankommender und die Halle verlassender Besucher.

Die Benutzer des Tunnels schwebten etwa eine Handbreite über den halbdurchsichtigen Boden und bewegten sich, ohne dabei die Beine zu bewegen, in Blickrichtung fort.

Diejenigen, die das diesseitige Ende der Röhre erreicht hatten, sanken sanft auf den Boden hinab und traten anschließend durch das Portal. Diejenigen aber, die ihre Reise begannen, wurden am Anfang der Röhre von einer unsichtbaren Kraft wenige Zentimeter in die Höhe gehoben und glitten dann immer schneller werdend davon, bis sie eine Reisegeschwindigkeit von etwa dreißig Stundenkilometern erreicht hatten.

Mach es genauso wie wir, forderte Treenor JCB auf, ehe dieser sich nach der Funktionsweise der Transportröhre erkundigen konnte.

Zuerst sendest du den gewünschten Zielort mit Hilfe deines Armbandviphos in den Steuerrechner des Röhrensystems, erklärte Tantal, der bereits durch das Portal geschritten war und am Anfang der Röhre stand. Er hob sein Kommunikationsgerät vor seine Beißzangen und sagte: »Zentralpyramide der wissenschaftlich-theoretischen Fakultät.«

Augenblicklich wurde er von einer unsichtbaren Kraft eine

Handbreite emporgehoben und bewegte sich dann stehend ruckfrei die Röhre entlang.

Treenor ließ JCB den Vortritt. Als dieser sich kurz darauf hochgehoben fühlte und sachte nach vorn geschoben wurde, staunte er, wie sanft die Beschleunigung vonstatten ging. Nicht einmal drohte er zu wanken, während er immer schneller werdend durch die Röhre glitt.

»Diese Transportröhre erinnert mich an die alten mechanischen Laufbandstraßen auf Terra!« rief JCB begeistert. »Nur daß hier alles von Energiefeldern geregelt wird.«

Tantal, der wenige Meter vor JCB dahinglitt, wandte halb den Kopf und richtete seine Fühler auf seinen Freund.

Die Röhren bestehen aus reiner Energie, erklärte er. *Sie würden einfach verschwinden, wenn das System abgeschaltet wird.*

Unwillkürlich sah JCB nach unten. Hinter dem halbdurchsichtigen Boden der Röhre zeichneten sich schemenhaft die grünlichen Silhouetten der unter ihm dahingleitenden Pflanzen ab. Der Hauptgefreite schätzte, daß er in etwa zwei Metern Höhe über dem humusreichen, dicht bewachsenen Untergrund schwebte.

Die Automatik des Transportröhrensystem wird dich ohne Zwischenhalt bis an dein Ziel bringen – selbst wenn dieses in einer weit entfernten Universitätssiedlung liegen sollte, fuhr Tantal unterdessen mit seinen Erklärungen fort. *Mit ihren Abzweigungen und Gabelungen bilden die Röhren ein weitverästeltes Transportsystem, mit dem du an jeden besiedelten Ort auf Kraat gelangen kannst.*

»Was ist, wenn ich es mir unterwegs anders überlege und mich für ein anderes Ziel entscheide?« wollte JCB wissen.

In diesem Fall genügt eine Nachricht an das Steuersystem, antwortete Tantal.

Es ist aber auch möglich, zwischendurch einfach anzuhalten, schaltete Treenor sich ein. *Wenn du einen seitlichen Schritt Richtung Röhrenwand machst, baut sich unter deinem Fuß automatisch ein neues, diesmal aber langsameres Transportfeld auf.*

Deine Mitreisenden gleiten dann an dir vorbei, während du

dir in Ruhe überlegen kannst, welche Vorlesung du nun eigentlich besuchen willst.

JCB lachte verhalten. »Ich bin ein praktisch veranlagter Mensch und würde jede auch noch so interessant klingende Vorlesung sausen lassen, wenn ich dafür einen praxisorientierten Kursus besuchen könnte.«

Vor ihnen tauchte eine Tunnelgabelung auf. Sanft folgten ihre Energiefelder der rechten Abzweigung, die direkt auf die dreihundert Meter hohe Pyramide zuführte.

Gleich haben wir unser Ziel erreicht, erklärte Tantal überflüssigerweise, während sich ihre Fahrt sanft abbremste. Wenig später waren sie vor dem Portal am Ende des Tunnels angelangt und wurden auf dem Boden der Energieröhre abgesetzt.

»Das hat echt Spaß gemacht«, sagte JCB gut gelaunt. »Ich brenne schon darauf, die nächste technische Errungenschaft auszuprobieren.«

Jetzt müssen wir zuerst einmal den Termin mit Rektor Emerk wahrnehmen, erwiderte Tantal und bewegte sich auf die Fahrstühle zu. *Er würde es als unhöflich empfinden, wenn ein ehrenwertes Ratsmitglied Kraat besucht und auf eine Unterredung mit dem Rektor der Universitäten verzichten würde.*

*

Rektor Emerk empfing seine Gäste in einem Büro in der Spitze der Pyramide.

Der Meeg saß hinter einem ockerfarbenen Schreibtisch, der gänzlich aus komprimiertem Wüstenstaub gefertigt war, und sah die beiden Kobaltblauen und den Terraner, die ihm gegenüber auf den Besucherstühlen Platz genommen hatten, mit seinen Facettenaugen prüfend an.

Emerk hatte sich den Luxus geleistet und die feuchtigkeitsregulierende Automatik des Büros auf Quatainatmosphäre geschaltet. Der Anblick des üppigen Waldes hinter den Fenstern ließ die Trockenheit in dem Büro allerdings irgendwie unnatürlich erscheinen.

JCB, der einen Hustenanfall erlitten hatte, nachdem er das

Büro des Rektors betreten hatte, hatte rasch seinen Atemluftbefeuchter aufgesetzt.

Es freut mich ganz außerordentlich, daß der Rat der Fünfhundert meine Anregung aufgegriffen und eine Inspektionsgruppe nach Kraat beordert hat, sendete der Meeg. *Meiner Erfahrung nach belebt eine persönliche Inaugenscheinnahme der hiesigen Einrichtungen durch Mitglieder des Rates den Zufluß von Investitionsgeldern mehr, als wenn die Nogk auf Quatain nur durch unsere regelmäßigen Berichte über all die wundervollen Erfindungen und Weiterentwicklungen unterrichtet werden, die die Universitäten auf Kraat hervorbringen.*

JCB seufzte innerlich. Der geschwollene Bilderfluß, den dieser Meeg von sich gab, ließ ihn befürchten, daß sich in diesem Büro eine langatmige, theorielastige Debatte anbahnte.

Allerdings hätte ich es lieber gesehen, wenn sich Charaua persönlich nach Kraat begeben hätte, um sich davon zu überzeugen, daß es für die Imperiumskasse keine gewinnbringendere Investition geben kann als die in die zukunftsweisenden Wissenschaften.

Der Meeg legte die Hände flach auf die Schreibtischplatte und ließ die Fühler vibrieren. *Die Unterrichtsstrategie, die ich auf Kraat verfolge, hat sich als äußerst effektiv erwiesen,* fuhr er fort, ohne seinen Besuchern die Gelegenheit zu geben, einen eigenen Bilderstrom zur Unterhaltung beizutragen. *An diesen Universitäten unterrichten sowohl normale Nogk wie ich, als auch Kobaltblaue terranische Studenten. Umgekehrt geben menschliche Professoren in ihren Vorlesungen ihr Wissen an junge Nogk und Kobaltblaue weiter.*

Darüberhinaus werden in vielen Kursen natürlich auch gemischte Studentengruppen zugelassen. Dies gilt ganz besonders für die praxisbezogene Forschung in den Laboren und Werkstätten. Hier hat sich gezeigt, wie überaus positiv sich das Zusammenwirken von Nogk und Menschen auf die Forschungsresultate auswirkt.

Von welchem Forschungsgebiet versprechen Sie sich momentan die wichtigsten Impulse, Emerk? fiel ihm Tantal ins Wort beziehungsweise in den Gedanken. Während der Sitzungen im

Rat der Fünfhundert hatte er gelernt, die telepathischen Bilderströme allzu mitteilungsfreudiger Ratsmitglieder so zu lenken, daß sie anschließend schnell zum Kern des eigentlichen Gesprächsgegenstandes vorstießen.

Überrumpelt preßte Emerk ein trockenes Husten zwischen den Beißzangen hervor.

Ich darf wohl ohne falsche Bescheidenheit behaupten, daß sich auf dem Gebiet der Hyperraumforschung – das zu meinem Fachbereich zählt – die vielversprechendsten Entwicklungen abzeichnen, erklärte er. *Die Untersuchungen des Wellenspektrums des Hyperraums haben zu tiefgreifenden Erkenntnissen geführt. Auf der Grundlage dieser theoretischen Feststellungen wurde im Hauptlabor der Fakultät der Ingenieurwissenschaften eine verheißungsvolle Maschine entwickelt, die bereits einige beachtliche Probedurchläufe hinter sich gebracht hat.*

Der Rektor richtete seine Facettenaugen mit wichtigtuerischer Geste auf seine Besucher. *Es hat sich herausgestellt, daß meine umstrittene Theorie über die Berechnung der Hyperwellenfrequenzen schlußendlich richtungsweisend war, und...*

Erzählen Sie uns mehr über diese Maschine, unterbrach Tantal den Meeg mit bestimmendem Bilderstrom.

Emerk fuchtelte ungehalten mit der Hand vor seinem Gesicht herum, als wolle er ein lästiges Insekt verscheuchen. *Unterbrechen Sie mich nicht ständig, Tantal. Mit dieser Angewohnheit würden Sie einen lausigen Studenten abgeben.*

Ich bin hier, um eine Inspektion durchzuführen. Nicht aber, um mir weitschweifige Vorträge anzuhören, konterte Tantal gelassen.

Kobaltblaue! gab Emerk resigniert von sich und winkte ab. *Ihr werdet es wohl nie lernen, uns weiterentwickelten Nogk mit dem gebotenen Respekt zu begegnen.*

Meine Zeit ist knapp bemessen, entgegnete Tantal. *Ich wäre Ihnen daher sehr verbunden, wenn Sie meine Fragen beantworten würden.*

Der Meeg atmete tief durch. *Wenn das Gerät fertiggestellt ist, sollte es Hyperwellen abschirmen können,* erklärte er sparsam.

Die telepathieähnliche Botschaft riß JCB aus dem Tran, in

den ihn die übermächtige Bilderflut des Meeg gelullt hatte. Endlich hatte der Rektor einmal etwas Handfestes von sich gegeben!

»Das klingt ja überaus interessant«, entschlüpfte es ihm. »Diese Maschine würde ich mir gerne einmal ansehen.«

Die Facettenaugen des Rektors richteten sich auf den Menschen. *Wenn Sie sich nicht für den theoretischen Überbau begeistern können, der diesen Apparat hervorbrachte, wie wollen Sie dann verstehen, wie diese Maschine arbeitet?*

Ich möchte den Vorschlag unseres terranischen Begleiters unterstützen, machte sich nun auch Treenor bemerkbar, der offenbar befürchtete, der Meeg würde nun beginnen, das Verfahren der Wellenspektralanalyse zu erläutern.

Einverstanden, sagte Tantal und erhob sich geschmeidig von seinem Stuhl.

Emerk ließ unwillig seine Mandibeln knacken. *Wenn es der Bewilligung weiterer Forschungsgelder zuträglich ist – meinetwegen.* Er deutete auf die Tür. *Mein Assistent Lausal wird Sie zur Fakultät der Ingenieurwissenschaften geleiten. Diese Universitätssiedlung liegt drei Kilometer westlich von hier und ist in ein baumfreies Tal gebettet. Das Labor befindet sich im Keller der Hauptpyramide. Lausal wird Ihnen bei Bedarf die theoretischen Grundlagen der Maschine erläutern. Es handelt sich allerdings lediglich um einen Prototypen, der das experimentelle Stadium noch nicht hinter sich gelassen hat. Wenn diese Technologie jedoch ausgereift ist, wird sie der Raumfahrt neue Impulse geben.*

Tantal, Treenor und JCB hatten die Schleusentür unterdessen erreicht und geöffnet.

Danke für Ihre uneingeschränkte Auskunftsbereitschaft, Emerk, sandte Tantal dem Rektor freundlich zu.

Dann schloß sich die solide Tür hinter den Gefährten und schirmte sie gegen den erneut anbrandenden Bilderstrom des Meeg ab.

JCB stieß hörbar Luft aus. »Mangelnde Begeisterungsfähigkeit kann man dem Rektor von Kraat nun wirklich nicht vorwerfen«, bemerkte er säuerlich. »Die Frage ist nur, was mit ihm geschieht, wenn er in den Ruhestand geht und niemand mehr da ist, der seine bildgewaltigen Belehrungen über sich ergehen lassen will.«

*

Lausal war ein kobaltblauer Nogk und von schmächtiger Statur.

Und er war wortkarg.

Der Meeg-Assistent gab nur Bilderströme von sich, wenn eine Frage an ihn gerichtet wurde, wobei seine Antworten denkbar knapp ausfielen.

Tantal gab den Versuch schließlich auf, Emerks Mitarbeiter in ein Gespräch zu verwickeln. Schweigend ließ sich die Gruppe von den Energiefeldern durch die Röhre transportieren.

Die Pyramide, deren Spitze das Büro des Rektors beherbergte, lag knapp einen Kilometer hinter ihnen. Der Wald war lichter geworden. Hohe Gräser hatten das dichte Buschwerk und die Sträucher abgelöst. Corr hatte den Zenit längst überschritten und zeichnete sich hinter der halbdurchsichtigen Tunneldecke als feuerroter riesiger Glutball ab.

JCB hatte etwas weiter vorn eine junge Wissenschaftlerin ausgemacht. Der Laborkittel umspielte ihre runden Hüften, und der durch die Energiewand gefilterte Schein Corrs legte einen rötlichen Schimmer auf ihr blondes, schulterlanges Haar.

Der Hauptgefreite überlegte, ob es vielleicht möglich wäre, die Vorwärtsbewegung seiner Energieplattform zu beschleunigen, damit er zu der attraktiven Frau vorrücken und sie ansprechen konnte.

Er wollte gerade eine entsprechende Frage an seine kobaltblauen Begleiter richten, als sich die halbdurchsichtige Energieröhre um ihn herum plötzlich auflöste.

Ehe JCB begriff, wie ihm geschah, stürzte er vornüber in die Tiefe, schlug hart auf dem Boden auf und rollte durch das hohe Gras.

Da er sich mit einer Geschwindigkeit von dreißig Stundenkilometern durch die nun spurlos verschwundene Röhre bewegt hatte, kullerte er einige Meter über den holprigen Untergrund, ehe ein niedriger Busch seine Bewegung schließlich relativ sanft stoppte.

Der Terraner schüttelte seine Benommenheit ab und richtete sich wankend auf. Erst jetzt wurde er gewahr, daß die Transportröhre sich auf ihrer gesamten Länge vollständig aufgelöst hatte und es den anderen Fahrgästen ebenso ergangen war wie ihm. Den ehemaligen Verlauf der Energieröhre nachzeichnend lagen benommene, stöhnende und manchmal auch schreiende Gestalten im hohen Gras.

JCBs erster Gedanke galt der blonden Studentin. Doch im nächsten Moment vergaß er die Frau auch schon wieder. Er glaubte seinen Augen nicht zu trauen, als er sah, daß die Pyramide, die sie vor wenigen Minuten verlassen hatten, sich in eine Feuerhölle verwandelt hatte. Das Gebäude war hinter den wütend lodernden Flammensäulen, die fauchend emporleckten und zu den Seiten abdrifteten, nicht mehr auszumachen. Das Flammenmeer spie gewaltige Feuerbälle aus, die wenig später einfach verpufften.

Die Luft flirrte in der Hitze des Feuersturms.

Was ist da bloß geschehen? erreichte JCB eine aufgeregte telepathische Botschaft.

Treenor hatte sie abgestrahlt. Er war neben dem Gestrüpp zum Liegen gekommen und rappelte sich jetzt auf, die Facettenaugen ungläubig auf das flammende Inferno gerichtet, in das sich die Universitätspyramide verwandelt hatte.

In der Pyramide befand sich das Steuersystem für die Transportröhre, sagte Tantal. Er kam eine kleine Anhöhe herauf, die er zuvor hinabgerollt war. *Als der Apparat zerstört wurde, kollabierte sie.*

»Verdammt!« entfuhr es JCB. »Wie kann es sein, daß dieses gewaltige Gebäude von einem Moment auf den anderen lichterloh in Flammen steht?«

Als würde das gigantische Feuer plötzlich keine Nahrung mehr finden, brachen die Flammen in sich zusammen und vergingen.

Da, wo vor wenigen Sekunden noch die dreihundert Meter

hohe Universitätspyramide gestanden hatte, klaffte nun ein mit verkohlter Erde gefüllter Krater im Waldboden.

JCB schüttelte ungläubig den Kopf. »Die Meegs sollten entweder ihre Labors besser absichern, oder aber ihre Theorien gründlicher überdenken, bevor sie sie als Grundlage für irgendwelche Höllenmaschinen verwenden«, sagte er rauh.

Wenn du glaubst, diese Katastrophe sei von einer Erfindung der Meegs hervorgerufen worden, irrst du dich, erwiderte Lausal, der nun ebenfalls zu der Gruppe gestoßen war. *Diese Universitätspyramide gehörte zur wissenschaftlich-theoretischen Fakultät. Es gab dort keine Labors oder Werkstätten, geschweige denn irgendwelche Apparaturen, die ein massives Gebäude wie dieses in wenigen Augenblicken in Energie auflösen könnten.*

Plötzlich gellte hinter ihnen ein spitzer Schrei auf.

Als JCB herumwirbelte, sah er, daß es die blonde Studentin gewesen war, die geschrien hatte. Aufgeregt deutete sie zum wolkenlosen Himmel empor und rief etwas Unverständliches.

JCB und seine Begleiter legten die Köpfe in den Nacken und spähten nach oben.

Eine geheimnisvoll schillernde, großflächige Erscheinung hatte sich inmitten des Blaus gebildet. Das Gleißen wurde rasch immer intensiver. Für JCB sah es aus, als wollte eine unbekannte Macht ein Loch ins Kontinuum brennen, um einen Zugang in die reale Welt zu schaffen.

Da schoß aus dem leuchtenden Nichts heraus plötzlich ein Strahl herab. Er dehnte sich kegelförmig aus und traf nur etwa hundert Meter von Tantal und seinen Begleitern entfernt auf die Erde.

Die Blonde und all die anderen Personen, die von dem großflächigen Strahl getroffen wurden, gingen augenblicklich in einer Feuersäule auf. Auch die sie umgebenden Gewächse wurden zu lodernden Flammen, und schließlich brannte die gesamte getroffene Fläche lichterloh.

JCB und die Kobaltblauen wichen entsetzt und mit schützend emporgerissenen Armen vor der gegen sie anbrandenden Hitzewelle zurück.

Im nächsten Moment war der Spuk vorbei. Das Feuer erlosch, und zurück blieb ein in die Erde hineingestanzter Krater aus verkohlter Erde.

Das rätselhafte Phänomen am Himmel hatte sich unterdessen aufgelöst, wie die geschockten Gefährten nun bemerkten.

Das... das ist unfaßbar! entfuhr es Lausal. Mit beiden Händen hielt er sich den Kopf, als befürchtete er, der könne jeden Augenblick platzen. *Etwas Vergleichbares habe ich noch nie zuvor erlebt!*

»Dort!« rief JCB warnend und deutete in die Richtung, in der die Universitätssiedlung lag, zu der sie unterwegs gewesen waren. Die Hauptpyramide der Fakultät ragte zwischen den linsenförmigen Wohnhäusern in majestätischer Pracht aus dem Tal empor, in dem die Siedlung lag.

In weiter Ferne hatte sich am Himmel wieder eine gleißende Fläche gebildet. Aus der rätselhaften Himmelserscheinung strömte Energie hervor und schoß auf den Planeten hinab.

Während der zu einem Kegel aufgefächerte Energiestrahl wieder versiegte, verblaßte auch das leuchtende Loch im Himmel.

Eine wütend flackernde Feuerlohe loderte hinter dem Tal aus dem getroffenen Gebiet empor.

Voller böser Vorahnungen ließ JCB den Blick über den Himmel schweifen. Er keuchte entsetzt, als er sah, daß sich die gleißenden Phänomene über den gesamten Himmel manifestierten und überall vernichtende Energiekegel auf die Welt hinabfluteten.

Tantal stieß einen bildgewaltigen Fluch aus. Er hielt das Armbandvipho vor seine aufgebracht schnappenden Beißzangen und starrte seine Begleiter mit seinen Facettenaugen durchdringend an.

Ich kann keine Verbindung zur CORR herstellen! signalisierte er aufgebracht.

Die Kommunikationszentren der Fakultäten schweigen ebenfalls, ergänzte Lausal. Der Meeg-Assistent hatte den Schock überwunden und sein Armbandvipho aktiviert. *Der gesamte Hyperfunkverkehr auf dem Planeten scheint zusammengebrochen.*

Glauben Sie, Kraat wird angegriffen, Tantal? wollte Treenor wissen.

Ich habe keine Ahnung, mußte der Kobaltblaue gestehen. *Die Phänomene scheinen nicht gezielt aufzutreten. In ihrem Auftauchen kann ich auch kein Muster entdecken. Der unbekannte Energiestrom hat die Universitätspyramide wohl nur zufällig getroffen. Ob wir es bei diesen leuchtenden Löchern aber mit einem verheerenden Naturphänomen oder mit einer Waffe zu tun haben, kann ich nicht sagen.*

In diesem Moment schoß aus einem Loch, das sich über dem Tal gebildet hatte ein Energiekegel herab. Eine Ansammlung der linsenförmigen Wohngebäude wurde getroffen und löste sich augenblicklich in Flammen auf.

»Ob gezielter Beschuß oder nicht. Wenn dieser Wahnsinn nicht bald aufhört, wird außer Asche nichts mehr von der Planetenoberfläche übrigbleiben!« rief JCB eindringlich.

Zu dumm, daß ich die CORR nicht erreichen kann, sagte Tantal. *Die Spürgeräte an Bord könnten uns vielleicht Aufschluß über die Natur dieser Phänomene geben.*

Eines haben diese leuchtenden Löcher gemeinsam, machte sich Lausal, der den Himmel mit seinen Facettenaugen aufmerksam absuchte, wieder bemerkbar. *Sie bilden sich alle in einer geschätzten Höhe zwischen fünfzehn und zwanzig Kilometern.*

»Ich vermute, wir haben es mit einem Hyperraumphänomen zu tun«, sagte JCB plötzlich.

Seit wann verstehst du etwas von der Theorie des Hyperraums? wollte Treenor wissen.

Das seltsame Gleißen in den Himmelslöchern und die Tatsache, daß der Funk gestört ist, könnten diese Vermutung in der Tat nahelegen, bekräftigte Lausal.

Da flutete hinter ihnen wieder ein Energiekegel aus einem leuchtenden Loch im Himmel. Eine Gruppe Nogk, mehrere Bäume und einige hundert Quadratmeter Grasfläche vergingen in einem kurzen aber heftigen Feuersturm.

Uns könnte es auch jeden Augenblick treffen! gab Lausal einen panischen Bilderstrom von sich.

Plötzlich hatte JCB eine Idee. »Wir müssen so schnell wie möglich zur Pyramide der Ingenieurswissenschaften, ehe diese auch noch getroffen wird!« rief er.

Die Wahrscheinlichkeit, daß wir von den Energieströmen erwischt werden, wird nicht zwangsläufig niedriger, nur weil wir den Standort wechseln, gab Lausal zu bedenken. *Ob wir am Fleck stehenbleiben oder losrennen, macht keinen Unterschied. Der Feuertod kann uns jederzeit ereilen!*

Ich glaube, ich weiß, warum unser terranischer Freund zur Pyramide der Ingenieurswissenschaften will. Tantal trat neben JCB hin und winkte Treenor zu sich. *Nogk sind schneller als Menschen. Darum tragen wir unseren Freund. So kommen wir schneller ans Ziel und erreichen den Hyperwellenabschirmer vielleicht noch, ehe dieser sich in Flammen auflöst!*

Tantal und Treenor hakten JCB unter und hoben ihn hoch, so daß seine Füße nun wie zuvor in der Transportröhre eine Handbreit über dem Boden schwebten. Dann rannten sie los, Richtung Tal.

Der Meeg-Assistent blieb jedoch, wo er war.

»Kommen Sie, Lausal«, rief JCB dem Kobaltblauen über die Schulter hinweg zu. »Der Hyperwellenabschirmer im Keller der Pyramide ist vielleicht unsere einzige Chance, zu überleben!«

Der Apparat befindet sich aber doch noch im Experimentierstadium! erreichte die Davonrennenden der telepathische Bilderstrom des Meeg-Assistenten. *Es käme einem Selbstmord gleich, sich dieser unfertigen Maschine anzuvertrauen. Es ist vernünftiger abzuwarten, bis die Phänomene von allein wieder aufhören!*

In diesem Moment erreichten sie den Rand des Kraters, der dort entstanden war, wo sich die blonde Studentin aufgehalten hatte.

Ohne zu zögern. rannten die beiden Kobaltblauen die Kraterwand hinab. Asche und grauer Staub wirbelten unter ihren Füßen auf.

Hoffentlich gibt es in diesem Krater keine tödliche Strahlung, merkte Treenor an.

Eine Stelle, die schon einmal getroffen wurde, wird aber viel-

leicht nicht noch einmal von demselben Phänomen heimgesucht werden, erwiderte Tantal.

JCB sah unbehaglich zum Himmel empor. Das Firmament war übersät mit gleißenden Löchern. Entweder entstanden sie gerade oder vergingen soeben. Aus anderen wiederum schossen die vernichtenden Energieströme herab.

»Diese Welt wird untergehen!« stieß er rauh hervor.

Unterdessen hatten die Kobaltblauen mit ihrer menschlichen Fracht die Kratersohle durchquert und kämpften sich die steil ansteigende gegenüberliegende Wand empor. Als sie das obere Ende erreicht hatten, sah JCB zu Lausal zurück.

Doch dort, wo der Meeg-Assistent vorhin noch gestanden hatte, klaffte jetzt ein weiterer Krater im Boden, dessen Rand sich mit dem desjenigen überschnitt, den sie soeben durchquert hatten.

Der Hauptgefreite schluckte trocken, als er an die blonde Studentin und all die anderen Menschen und Nogk denken mußte, die in den letzten Minuten ihr Leben verloren hatten.

Lausal hat sein Schicksal selbst gewählt, sagte Tantal, dem nicht entgangen war, wohin sein Freund geschaut hatte.

Eine Wahl zu haben heißt aber nicht zwangsläufig auch, das Unabwendbare ändern zu können, warf Treenor ein. *Und in unserem Fall heißt das Unabwendbare Tod durch Umwandlung in pures Feuer!*

JCB konnte Treenor seinen Anfall von Fatalismus nicht verübeln. Denn wohin er auch schaute, während die beiden Kobaltblauen ihn im Laufschritt zum nahen Tal hin trugen, sah er kreisrunde Krater in der Landschaft klaffen, wo vorher unberührte Natur oder Universitätssiedlungen gewesen waren.

Und von Sekunde zu Sekunde brannten die kegelförmigen Energiestrahlen weitere Löcher in den Planetenmantel.

*

Als sie das Tal erreicht hatten, ging nur wenige Schritte vor ihnen plötzlich ein Energiestrom nieder.

Um ein Haar wären die beiden Kobaltblauen mit JCB in ihrer

Mitte in die Flammenhölle hineingestolpert. Doch sie konnten den Lauf gerade noch rechtzeitig stoppen, so daß sie nur von der explosionsartigen Hitzewelle getroffen und rücklings zu Boden geschleudert wurden, anstatt bei lebendigem Leib in Feuer aufzugehen.

JCB robbte rückwärts kriechend von der Feuersbrunst zurück, und die beiden Kobaltblauen rollten über den Boden, um etwaige Feuerherde zu ersticken, die sich in ihrer Kleidung festgesetzt haben könnten.

»Verdammt – war das knapp!« fluchte JCB mit rauher Stimme. Er fuhr sich mit den Fingern durch das kurze Haar, dessen Spitzen versengt waren und übel nach verbranntem Horn rochen.

Wir müssen weiter, drängte Tantal und rappelte sich auf. *Noch steht die Pyramide.*

Das Gebäude hat aber schon etwas abbekommen, sagte Treenor und deutete mit einem Kopfnicken zu der ihnen zugekehrten unteren Ecke des Bauwerkes hinüber.

Ein Energiestrahl hatte die Ecke weggebrannt und einen vorgelagerten Krater in das Grundstück gestanzt. Durch die aufgerissene Mauer konnte man in die dahinterliegenden Räume sehen. Nogk waren hektisch damit beschäftigt, die Feuer in den Zimmern zu löschen. Funkenkaskaden sprühten aus unterbrochenen Energieleitungen hervor.

Die beiden Kobaltblauen nahmen JCB wieder auf und setzten vorsichtig einen Fuß in den neu entstandenen Krater vor ihnen. Die Hitze, die der Boden noch ausstrahlte, war aber erträglich, und so setzten sie ihren Weg fort.

Es kam ihnen wie ein Wunder vor, daß sie die weggebrannte Ecke der Pyramide unbeschadet erreichten. Geschickt kletterten sie über die Ränder der aufgerissenen Wand hinweg ins Innere des Gebäudes.

Als die Nogk erkannten, daß es Tantal war, der da in die Halle geklettert kam, sandten ihre Fühlerpaare erfreute Bilderströme aus.

Wie sich herausstellte, hatte die Gruppe die Kommunikationszentrale der Universitätspyramide betreten. Sowohl normale

Nogk als auch Kobaltblaue und Menschen hielten sich in dem Raum auf. Die Wände waren mit Arbeitspulten vollgestellt, die mit Mikrophonen, Schallfeldern und Sprechrillen ausgestattet waren. Kabelstränge schauten aus den zum Teil abgeschraubten Abdeckungen hervor.

Offenbar beschränkte sich die Experimentierfreudigkeit der hier tätigen Studenten nicht nur auf die Labors und Werkstätten der Universitätspyramide.

Ein Meeg namens Naudon hatte die Leitung der Funkergruppe inne. Trotz des Chaos und der latenten Gefahr durch die herabregnenden Energiekegel machte er einen besonnenen und gefaßten Eindruck. Offenbar hatte der Meeg seine Projektgruppe gut im Griff, denn keiner der Anwesenden zeigte Anzeichen von Panik oder Todesfurcht.

Im Gegenteil, die Studenten arbeiteten konzentriert an ihren Geräten und Apparaten und waren fieberhaft damit beschäftigt, sie zu modifizieren und zu verändern.

Alle unsere Versuche, Reet oder eine andere Welt des Corr-Systems zu erreichen, sind bisher gescheitert, erklärte Naudon. *In der Atmosphäre von Kraat können sich momentan anscheinend weder Hyperfunk- noch Ultrakurzwellen ausbreiten. Die rätselhaften Phänomene generieren offenbar ein starkes Strahlungsfeld, das alle Frequenzen überlagert und neutralisiert.*

Halten Sie es für möglich, daß es sich um Phänomene aus dem Hyperraum handelt? wollte Tantal wissen.

Das ist sogar sehr wahrscheinlich, entgegnete der Meeg. *Alle unsere bisherigen Erkenntnisse deuten tatsächlich auf einen Ausgangspunkt im Hyperraum hin.*

Tantal warf JCB einen raschen Blick zu. *Wir müssen in das Hauptlabor im Keller der Pyramide*, sagte er dann mit den Fühlerpaaren auf den Meeg gerichtet.

Sie wollen zu dem experimentellen Hyperwellenabschirmer, Tantal, stellte Naudon nüchtern fest. *Ich hatte auch bereits mit der Überlegung gespielt, diese neuentwickelte Anlage mit dem Hyperfunksender der Pyramide zu koppeln, in der Hoffnung, auf diese Weise doch noch einen Hilferuf nach Reet absetzen zu können.*

Die Zeit drängt! signalisierte Treenor, der vor dem Loch in der Mauer stand und ins Freie blickte. *Ich schätze, daß zwei Drittel der Planetenoberfläche inzwischen verbrannt sind!*

Naudon, der einen halben Meter größer war als die Kobaltblauen, neigte ergeben sein Haupt vor Tantal.

Folge mir, ehrenwertes Ratsmitglied. Ich werde euch auf kürzestem Weg zu der Maschine bringen. Dann drehte er sich zu seinen Studenten um und befahl ihnen, während seiner Abwesenheit weiterhin zu versuchen, Kontakt mit Reet herzustellen.

Auf diese Weise sind sie wenigstens beschäftigt, so daß die Furcht vor dem nahenden Ende ihren Verstand nicht auffressen kann, erklärte Naudon, nachdem sie die Funkzentrale verlassen hatten und einen Korridor entlangeilten.

JCB, der wieder von seinen beiden kobaltblauen Kameraden getragen wurde, sagte im Geist ein kurzes Stoßgebet auf.

Das war seine Art zu verhindern, von der Angst übermannt zu werden.

*

Das Großlabor im Pyramidenkeller war der erstaunlichste Raum, den JCB je betreten hatte. Die Halle strotzte nur so vor technischen Apparaturen, Aggregaten und Maschinen, die alle mit dicken Kabelsträngen, die wie Spinnweben kreuz und quer durch die Halle verliefen, verbunden waren.

Wenn ein System hinter der chaotischen Anordnung der verschiedenen Module steckte, so konnte der Terraner es nicht erkennen. Für ihn sah es so aus, als handele es sich bei diesem Kellerraum um eine Gerümpelkammer, in der all die ausgemusterten Maschinen wahllos abgestellt worden waren, die im Laufe ihrer Verwendung durch die Studenten abgenutzt und ruiniert worden waren.

Keiner der Apparate schien unversehrt. Abdeckungen waren entfernt, Löcher in die Gehäuse gefräst und das Innenleben ganzer Maschinenblöcke freigelegt worden.

JCB glaubte Bauteile zu erkennen, die aus terranischer Produktion stammten. Sie waren mit von Nogk entwickelten Aggregaten gekoppelt. Selbst Worguntechnologie war diesem technischen Konglomerat einverleibt worden.

Ein Summen und Brummen hing in der Luft, die stark nach Ozon und überhitzten elektronischen Teilen roch. Um sich zwischen den Maschinenteilen bewegen zu können, mußten Kabelstränge vorsichtig zur Seite geschoben oder es mußte über zu dicken Drahtschlangen zusammengeflochtene Stränge hinweggestiegen werden.

Das Labor schien verlassen. Die Meegs, Professoren und Studenten waren offenbar alle damit beschäftigt, in den Labors in den oberirdischen Etagen mit Hilfe der zahlreichen Meßgeräte dem Geheimnis der plötzlich aufgetretenen Phänomene auf den Grund zu gehen.

Daß die ominöse Maschine im Kellerlabor bei der Entschlüsselung des Rätsels behilflich sein könnte, schien niemand für möglich zu halten.

Während JCB dem Meeg und seinen beiden kobaltblauen Begleitern durch das Labyrinth der Maschinenteile folgte, verlor er langsam die Hoffnung, daß dieser Hyperwellenabschirmer tatsächlich ihre Rettung bedeuten könnte.

Wo steckt unser kleiner Professor nur wieder, drang Naudons Bilderstrom in JCBs Bewußtsein.

»Professor Jovic!« rief der Meeg so laut, wie es seine Mandibeln erlaubten. »Wo sind Sie?«

»Hier – im Zentrum des Abschirmers!« drang eine durchdringende Falsettstimme aus dem Gewirr der Maschinen und Kabelsträngen hervor.

Naudon ging auf die Quelle der Stimme zu, und nachdem sie einen bis zur Hallendecke emporragenden Maschinenblock umrundet hatten, öffnete sich vor ihnen eine etwa vier Quadratmeter große Freifläche, die von einem auf dem Boden liegenden metallischen Ring umschlossen wurde.

Ein kleinwüchsiger Mann mit schütterem, schulterlangem Haar kniete vor dem Ring und lötete ein Kabel fest.

Ähnliche Kabel führten aus allen Richtungen aus dem Maschinenwust auf den etwa armdicken Metallring zu und waren mit ihm verbunden.

Der Wissenschaftler beendete seine Arbeit, richtete sich auf und drehte sich zu den Ankömmlingen um.

Eine dicke Hornbrille ruhte auf dem langen Rücken seiner stark gebogenen Nase. Die von buschigen graumelierten Brauen beschatteten hellen Augen stierten blinzelnd über den Rand der Brille hinweg. Ein dünnes Lächeln umspielte die spröden Lippen. Der Professor war nur etwa 1,60 Meter groß und von schmächtiger Statur. Geduldig lauschte er in sich hinein, während Naudon ihm seine Begleiter vorstellte.

»In Anbetracht der Gefahr, die dort draußen heraufzieht, war es eine kluge Entscheidung hierherzukommen«, erklärte der Kleine, während er Tantal, Treenor und JCB nacheinander die Hand schüttelte. »Und Sie haben Glück. Als der Irrsinn dort draußen losging, habe ich mich schnell darangemacht, den Abschirmer wieder startklar zu machen.«

»War die Maschine denn defekt?« fragte JCB.

Professor Jovic lächelte säuerlich und zuckte gleichmütig mit den Schultern. »Während des letzten Testlaufs sind einige Aggregate durchgeschmort. Der Emulgatorring hatte ebenfalls etwas abbekommen. Aber jetzt müßte die Anlage eigentlich wieder funktionieren.«

JCB grinste säuerlich. »Wie schön«, bemerkte er trocken.

Der Professor klatschte unternehmungslustig in die Hände. »Verlieren wir keine Zeit. Wir könnten jeden Augenblick vernichtet werden!«

Einladend deutete er auf den am Boden liegenden Ring. »Treten Sie ein. Wenn alles glattgeht, wird der Emulgatorring eine Schutzkugel aus einem Gemisch aus Hyperwellen und dem Wellenspektrum unseres Kontinuums um Sie herum erschaffen. An dieser Wellenhaut werden alle in ihr vereinigten Schwingungen, die von außen auf sie treffen. wirkungslos abprallen, und alles, was sich in ihrem Innern befindet, ist geschützt.«

Klingt vielversprechend, merkte Tantal nicht eben begeistert an, während er zusammen mit seinen beiden Begleitern ins Innere des Kreises trat.

Als Naudon es ihnen gleichtun wollte, rief ihn Professor Jovic, der sich einem breiten Schaltpult zugewandt hatte, zurück.

»Ich brauche Sie hier an der Steuereinheit, Naudon! Jemand muß die Statusanzeigen überwachen, um gegebenenfalls manuelle Feinjustierungen vorzunehmen, sollten die Werte zu stark von der Tabelle abweichen.«

Können Sie diese Arbeit nicht von dem Hyperkalkulator durchführen lassen? erkundigte sich der Meeg.

»Das Steuerprogramm wurde während des letzten Testlaufs stark beschädigt und läuft zur Zeit nur im abgesicherten Modus«, erklärte der Professor geduldig. »Der Hyperkalkulator ist noch mit der Fehleranalyse und der Reparatur der beschädigten Programme beschäftigt. Außerdem will ich eine experimentelle Variante der Impulsintensität der Wellenaggregate ausprobieren, für dessen Durchführung ich den Hyperkalkulator erst zeitaufwendig programmieren müßte.«

Zögernd hatte sich Naudon dem Pult genähert. Mit knappen Worten schilderte der Professor dem Meeg, worauf er zu achten hatte.

Dann sah Jovic über seine Schulter hinweg zu den drei Gefährten im Ring hinüber. »Es geht los!« rief er und legte, ohne weitere Ankündigungen folgen zu lassen, einen goldfarbenen Stummelhebel um.

Im selben Augenblick wurde die Pyramide bis in ihre Grundmauern erschüttert. Die drei Gefährten im Ring wankten, und Naudon gab einen erschreckten Bilderstrom von sich, während er sich verzweifelt an der Konsole festklammerte.

Professor Jovic aber stand über die Schalter gebeugt da und hantierte wie ein besessener Organist an den Schiebereglern und Steuertasten.

Als würde der armdicke Metallring plötzlich zu dampfen anfangen, stieg ein Gewirr aus silbrigen, haarfeinen Blitzen aus ihm empor und bildete langsam eine Glocke, die sich schließlich über den Köpfen der drei Gefährten schloß.

JCB, der das Gefühl hatte, der Boden würde unter seinen Füßen wanken, fuhr sich mit der Hand nervös über die verschwitzte Stirn. »Wenn das mal gutgeht«, murmelte er rauh. »Der Emulgatorring generiert die Schutzhülle auch nach unten in den Boden, so daß schließlich eine Kugel entsteht. Dieser

Vorgang scheint die Statik der Pyramide irgendwie zu beeinträchtigen.«

Das Beben wurde nicht von der Maschine hervorgerufen! sendete Treenor aufgeregt und wies nach oben. *Die Pyramide – sie wurde von einem Kegelstrahl getroffen!*

Durch die Kuppel aus flirrender Energie hindurch war ein rötliches Flackern zu erkennen, das sich aus der Tiefe der soliden Kellergeschoßdecke nach unten fraß.

Im nächsten Moment züngelten auch schon Flammen aus der Decke hervor. Einige der nach unten strömenden Stichflammen fraßen sich in die Maschinen und setzten Kabel in Brand.

»Es ist zu spät!« rief JCB gefaßt. »Wir werden alle sterben! Es war mir trotzdem ein Freude, euch kennengelernt zu haben!«

Naudon wich plötzlich von dem Steuerpult zurück, weil Funken und Flammen daraus hervorschossen. Von überall tropfte jetzt Feuer herab. Die meisten Maschinenteile brannten bereits.

Voller Panik wirbelte der Meeg herum und stürzte auf die Energieglocke zu, um in die vermeintlich rettende Hülle zu gelangen.

Doch anstatt durch den Schutzschirm hindurchzugleiten, wurde der Nogk zurückgeschleudert und krachte mit dem Rücken hart gegen das Steuerpult.

Erst jetzt bemerkten die drei Gefährten in der Energieglocke, daß Professor Jovic Feuer gefangen hatte. Im nächsten Moment schlugen auch aus Naudons Chimärenleib Feuerzungen empor.

Um die Energieglocke herum stand jetzt alles lichterloh in Flammen.

Wütend griff die Feuersbrunst nach der silbrigen Kuppel und brachte sie dabei so sehr zum Gleißen, daß die drei Insassen in dem aufbrandenden Meer aus grellweißer Helligkeit augenblicklich vergingen.

7.

Als Marschall Bulton bemerkte, daß seine Gedanken schon wieder abschweiften, rief er sich diesmal nicht zur Disziplin. Statt dessen gab er sich diesen seinen Gedanken hin, während der schlaksige, zwei Meter große Mann, der ihm in seinem Büro in einem Besuchersessel gegenübersaß, weiterredete.

Es war erst wenige Wochen her, daß Bulton seinen Posten als Kommandant der Flotte von Babylon offiziell wiederbekommen und sein nüchtern eingerichtetes Büro in der 120. Ebene der Regierungspyramide erneut bezogen hatte.

In einem Festakt hatte die kommissarische Regierung um Daniel Appeldoorn ihn wieder in sein Amt eingeführt und seinen Rücktritt während des letzten Amtsjahres Henner Trawisheims lobend hervorgehoben.

Daß das totalitäre Willkürregime Trawisheims von den Rebellen und mit Unterstützung großer Teile der babylonischen Bevölkerung hatte hinweggefegt werden können, wurde nicht zuletzt auch Marschall Bultons konsequentem Handeln zugesprochen.

Bulton hielt dieses ganze Gerede allerdings für überflüssig. Im Grunde hatte er nichts anderes getan, als nach seinem Gewissen und seiner Soldatenehre zu handeln. Den Dienst bei Babylon Command zu quittieren und einige Monate später dann den Rebellen um Daniel Appeldoorn bei der Beseitigung der von Kalamiten unterwanderten babylonischen Regierung zu helfen war in seinen Augen eine unumgängliche Notwendigkeit gewesen.

Jeder, der die Situation so nüchtern und sachlich eingeschätzt hätte wie er, hätte sicherlich ebenso gehandelt.

Doch das sahen etliche Leute, die jetzt an der kommissarischen Regierung beteiligt waren, offenbar anders. Bulton wurde, wie so viele, die während des Umsturzes eine wichtige Rolle gespielt hatten, als Held gefeiert.

Er hoffte allerdings, daß der Rummel, der momentan um seine Person betrieben wurde, sich bald wieder legen würde und er zu seinen alltäglichen Amtsgeschäften zurückkehren konnte. Wichtiger als alle Orden und Ehrenbezeugungen war Bulton nämlich, daß seine Familie und er auf Babylon nun wieder in Frieden und Eintracht leben konnten.

»... die Beförderungssperre aufzuheben war nur der erste Schritt, die unsinnigen und kontraproduktiven Entscheidungen Trawisheims in Bezug auf die Flotte ungeschehen zu machen«, drang der Wortschwall seines Gegenübers wieder in sein Bewußtsein. Da der Mann sich noch immer mit diesem Thema befaßte, vermutete der Marschall, während seiner kurzen Tagträumerei nichts Wesentliches verpaßt zu haben.

Bei dem schlaksigen Zweimetermann handelte es sich um den kommissarischen Finanzminister der neuen Regierung.

Sein Name lautete Martino Hezzon, und er war neu auf der politischen Bühne.

Der Mann war nervös und konnte seine Hände nicht stillhalten.

Die Gegenwart des untersetzten, massigen Marschalls schüchterte ihn ein. Und um sich seine Verunsicherung nicht anmerken zu lassen, redete er ohne Unterlaß und bauschte das von Bulton kurz angeschnittene Thema durch nichtssagendes Wortgeklingel unnötig auf.

Eben ein typischer Politiker, dachte Bulton sarkastisch, bevor er sich anschickte, dem Wortschwall endlich ein Ende zu setzen.

»Die Beförderungswelle, die mit dieser Entscheidung losgetreten wurde, wird die Moral in der Flotte sicherlich stärken, Minister Hezzon«, schnitt Bulton dem Mann das Wort ab. »Nichtsdestotrotz ist es zwingend erforderlich, daß die von mir geforderten finanziellen Mittel von Ihrer Behörde so schnell wie möglich bewilligt werden.«

Hezzon nickte eilfertig und faßte sich an das abgeknickte obere Ende seines linken Ohres. Von der Größe dieses schlaksigen Mannes abgesehen waren seine oben abgeknickten Ohren ein charakteristisches Merkmal seiner Person. Und als wäre er sich dieses Umstandes bewußt, trieb ihn ein innerer Zwang dazu, sich ans Ohr zu fassen und mit den Fingern über die abgeknickte Spitze zu fahren, sobald er nervös oder verunsichert war.

»Der von Ihnen erarbeitete Forderungskatalog ist ziemlich umfangreich«, setzte Hezzon an. »In Anbetracht der Umstrukturierungen, die in den einzelnen Gremien zur Zeit vorgenommen werden müssen, und unter Berück...«

»Die dringendsten Investitionen, die Sie bewilligen sollen, habe ich deutlich hervorheben lassen!« fuhr Bulton dazwischen.

Hezzon nickte hektisch. »Die Zahlungen für diese Posten wurden bereits angewiesen. Um all die anderen Forderungen erfüllen zu können, muß ich jedoch zuvor eine Budgeterweiterung für den Militärhaushalt...«

Wieder kam der Minister nicht dazu, den Satz zu Ende zu sprechen.

Doch diesmal war es nicht der Marschall, der den Mann unterbrach, sondern der weibliche Oberleutnant Tessa Tremaine, Bultons Vorzimmerdame. Ohne ihr Eindringen vorher anzukündigen, hatte sie die Verbindungstür aufgleiten lassen und war in das Zimmer gestürmt.

Das kurze blonde Haar umgab Tessas schmalen Kopf wie ein goldener Helm. Und ihre ausgeprägten Wangenknochen und die eisblauen Augen verliehen ihr zusätzlich ein burschikoses Aussehen.

Die sich unter der Uniform abzeichnenden weiblichen Rundungen ließen jedoch keinen Zweifel offen, daß es sich bei dieser forschen Person um eine Frau handelte.

Obwohl Bulton Tessa nach seinem Rücktritt irgendwie vermißt hatte und froh war, sie wieder als Sekretärin einsetzen zu können, furchte er nun verstimmt die Stirn.

»Ich hatte Ihnen doch ausdrücklich befohlen, dafür zu sorgen, daß ich nicht gestört werde.«

Tessa grüßte militärisch und sagte dann: »Sir – es liegt ein Notfall vor!«

Bultons Miene verfinsterte sich. Ohne es bewußt zu wollen, mußte er plötzlich an die Kalamiten denken.

Nachdem sie enttarnt und entmachtet worden waren, waren sie mit bis dato verborgenen Raumschiffen massenhaft von Babylon geflohen. Einige der Fluchtschiffe hatte man abfangen und die Passagiere festnehmen können. Doch ein Großteil der Flüchtenden war entkommen, nachdem ihre Schiffe transitiert waren.

Es war unmöglich gewesen, die sternförmig von Babylon wegjagenden Raumer alle zu verfolgen.

Nur ein Bruchteil von ihnen hatte aufgespürt und aufgebracht werden können.

Wie viele Kalamiten letztendlich entkommen waren, vermochte niemand zu sagen. Die Verhöre der inhaftierten Fremden verschafften diesbezüglich ebenfalls keine Klarheit. Denn wenn diese menschenähnlichen Geschöpfe, die sich nur durch horizontal geschlitzten Pupillen verrieten und es als ihr Schicksal ansahen, die Menschheit zu beherrschen, zu diesem Thema überhaupt etwas aussagten, konnte man nicht sicher sein, ob dieser Information zu trauen war oder ob es sich bloß um weitere gezielte Lügen handelte.

Bulton befürchtete, daß die Angelegenheit mit den Kalamiten noch nicht ausgestanden war. Nicht nur, daß sich die anstehenden Gerichtsprozesse und die politische Aufarbeitung der von den Kalamiten initiierten Diktatur über Jahre hinziehen würden. Es mußte diesem durchtriebenen Sternenvolk darüberhinaus auch zugetraut werden, daß die Geflüchteten sich irgendwo im Weltall zu einem Gegenschlag formierten.

Die Kalamiten hatten mehrere Jahrhunderte lang unentdeckt unter den Menschen gelebt und eine schleichende Machtübernahme betrieben, die schließlich in der Diktatur auf Babylon gipfelte.

Für den Notfall, der für die Kalamiten dann ja auch tatsächlich eingetreten war, hatten sie Fluchtschiffe in den Pyramidenstädten versteckt.

Bulton fand es nur logisch, aufgrund dieser Tatsachen auf einen Ausweichplan der Unterwanderer zu schließen. Die Frage war nur, wie dieser Plan aussah und wann die Menschen diesen zu spüren bekommen würden.

Der Marschall war daher auf alles gefaßt, als er Tessa nun aufforderte, ihn aufzuklären. Er fand es in diesem Zusammenhang auch sinnvoll, den Finanzminister nicht aufzufordern, das Büro zeitweilig zu verlassen. Wirkungsvoller als durch die unmittelbare Ankündigung einer Gefahr konnte Bulton dem Mann gar nicht klarmachen, wie wichtig es war, die Budgeterhöhung des Militärhaushaltes so schnell wie möglich voranzutreiben.

»Unsere Funkstationen haben aus dem Corr-System einen Notruf empfangen«, erklärte Tessa. »Die Botschaft der kobaltblauen Nogk wird wiederholt auf allen offenen Kanälen gesendet, ist aber nie gänzlich vollständig. Irgend etwas scheint den Hyperfunk im Corr-System oder sogar im gesamten ehemaligen Exspect erheblich zu stören.«

»Wie lautet der Inhalt der Botschaft?« verlangte Bulton zu wissen.«

»Offenbar wird das Corr-System angegriffen, Sir«, erwiderte Tessa. »Anders lassen sich die zerhackten Sendesequenzen nicht interpretieren. Wer der Angreifer ist und wie massiv attackiert wird, ist nicht eindeutig festzustellen.«

»Im Corr-System halten sich doch auch Menschen auf!« warf Hezzon beunruhigt ein. »Die Tochter meines Vetters studiert auf Kraat seit drei Semestern Quantenphysik.«

Bulton überlegte einen kurzen Moment.

Anhand der dürftigen Fakten war es schier unmöglich, die Lage einzuschätzen. Ein Angriff auf die Welten eines befreundeten Sternenvolks, auf der sich auch Menschen aufhielten, war allerdings eine Angelegenheit von höchster Dringlichkeitsstufe.

Wäre Trawisheim jetzt noch an der Macht gewesen, hätte er sicherlich befohlen abzuwarten. Das Corr-System, das auf der Strecke zwischen Milchstraße und Andromeda lag, war rund 300 000 Lichtjahre vom Rand der terranischen Heimatgalaxis entfernt.

Außerdem hielt sich nur eine überschaubare Zahl von Menschen auf der Begegnungswelt Kraat auf. Bulton konnte sich lebhaft vorstellen, welche Argumente der Commander der Planeten aufgeführt hätte, um ein Stillhalten der Babylonischen Flotte zu rechtfertigen.

»Diese Angelegenheit hat größte Priorität«, sagte er entschieden. »Lassen Sie Konteradmiral Riker über Richtfunk benachrichtigen, Tessa. Sein Kampfverband operiert momentan am Rand der Milchstraße und ist dem Corr-System von allen verfügbaren Verbänden am nächsten. Er soll sich unverzüglich auf den Weg machen, die Lage im Corr-System sondieren und gegebenenfalls eingreifen!«

Tessa wiederholte den Befehl, grüßte militärisch kurz, drehte sich dann auf dem Absatz um und kehrte in ihr Vorzimmer zurück.

Der Finanzminister stieß hörbar Luft aus. »Glauben Sie, daß sich da für Babylon ein militärischer Konflikt anbahnen könnte, Marschall?«

»Wir werden sehen«, erwiderte Bulton. »Noch wissen wir so gut wie nichts. Auf jeden Fall ist es ratsam, die Flotte gut aufzustellen, für den Fall, daß es ernst wird.«

Hezzon nickte beipflichtend. »Ich werde mich mit meinen Leuten sofort daransetzen und einen Budgeterweiterungsantrag ausformulieren. Die erforderlichen Gelder müssen Ihnen so schnell wie irgend möglich zur Verfügung gestellt werden!«

Bulton lächelte unverbindlich. »Das ist es, was ich Ihnen die ganze Zeit beizubringen versuche, Herr Minister.«

*

Zur gleichen Zeit bewegte sich Rikers Verband mit Sternensog und höchsten Beschleunigungswerten vom Rand der Milchstraße weg auf das 300 000 Lichtjahre entfernte Corr-System zu.

Der Verband aus zwölf Ovoid-Ringraumern und drei Ikosaederschiffen flog in Standardformation und hatte das langgezogene, glitzernde Sternenmeer der Milchstraße bereits ein gutes Stück hinter sich gelassen.

Die zwölf Ovoid-Ringraumer jagten in gerader Linie und in einem Abstand von jeweils einer Lichtsekunde durchs All und wurden von einem »Gürtel« aus drei Ikosaederschiffen ergänzt, die um die Mitte der Stabformation herum ein gleichschenkliges Dreieck bildeten.

In einem Abstand von einer Astronomischen Einheit flogen dem Verband vier Flash voraus, die die Formation eines Quadrats mit einer Seitenlänge von ebenfalls einer Astronomischen Einheit gebildet hatten. Dieselbe Flashformation folgte dem Gesamtverband, wobei der Abstand zum letzten Ringraumer wiederum eine Astronomische Einheit betrug.

Es handelte sich bei diesen Beibooten um eine Spezialausführung. Ihre Besonderheit bestand darin, daß einer der beiden Rückenlehne an Rückenlehne montierten Sitze entfernt und durch eine Hochleistungsortungsanlage ersetzt worden war, so daß diese Spezialflash, die im ständigen Kontakt mit dem Geschwader standen, hervorragend als Aufklärer eingesetzt werden konnten.

2,2 Millionen Lichtjahre in Flugrichtung zeichnete sich der Andromedanebel in der lichtlosen, sternengesprenkelten Schwärze des Weltalls ab.

Der ferne Spiralnebel hatte etwa doppel soviel Masse wie das Milchstraßensystem und rotierte in entgegengesetzter Richtung wie dieses. Die beiden Nachbargalaxien hatten sich – da waren sich die Wissenschaftler inzwischen einig – etwa zur gleichen Zeit aus zwei verschiedenen benachbarten Urgaswirbeln gebildet. Der hell strahlenden, kugelförmigen Mitte, die aus alten Sternen bestand, schloß sich jeweils eine ausgedehnte, flache Scheibe aus einigen zehn Milliarden Sternen verschiedensten Alters und chemischer Zusammensetzung an. Die staubbeladenen, weit ausufernden Spiralarme glühten wegen der sich darin neu bildenden Sterne in milchigem Weiß. Umgeben wurden die beiden Nachbargalaxien jeweils von einem Halo alter Zwergsterne und Hunderter kugelförmiger Sternhaufen.

Wie die Milchstraße, so wurde auch Andromeda von zwei auffälligen und etlichen weiteren, kaum in Erscheinung tretenden Kleingalaxien begleitet.

Vor diesem grandiosen Hintergrund, der eindrucksvoll die großartige Schöpfungskraft der Natur dokumentierte, wirkte der

Kampfverband der babylonischen Flotte eher winzig, verloren und unbedeutend.

So belanglos und vergleichsweise unbemerkbar Rikers Verband im All auch erscheinen mochte, vereinten die Schiffe doch das geballte technische Wissen, über das die Menschheit im Jahr 2067 aufgrund eigener Entwicklungen und ihrer Kontakte mit anderen Sternenvölkern verfügte.

Das Herzstück des Spezialverbandes war die NARVIK, ein Ovoid-Ringraumer der Rom-Klasse. In der Zentrale des Flaggschiffs herrschte routinierte Betriebsamkeit. Denn obwohl sich jedes Besatzungsmitglied der schier unfaßbaren galaktischen Dimensionen außerhalb der Schiffshülle bewußt war, beeinträchtigte dieses Wissen das Denken und Handeln der Mannschaft in keiner Weise.

»Sir!« rief Yorke Avery, der Erste Funker, von seiner Funkbude aus zum Kommandopult rüber, hinter dem Dan Riker und der Schiffsführer Michael Sharp standen. »Der von Ihnen erwartete Richtfunkspruch aus der Leitzentrale auf Babylon ist soeben eingetroffen!«

Riker nickte kaum merklich und schob sein vorstehendes Kinn noch einige Millimeter weiter vor. »Legen Sie die Verbindung auf das Kommandopult, Avery. Ich will persönlich mit dem Mann sprechen.«

Auf dem Holobildschirm des Kommandantenpults baute sich daraufhin die Büste eines Mannes mit kurzem schwarzen Haar und einer auffälligen, rotgeäderten Knollennase auf. Er trug die Rangabzeichen eines Leutnants auf der Uniformjacke. Die Stirn war pockennarbig, und eine steile Falte hatte sich zwischen den Brauen gebildet.

»Sie sprechen mit Leutnant Stiebel«, stellte sich der Mann vor, nachdem Riker und Sharp ihn gegrüßt hatten. Stiebel blinzelte indigniert. »Die Positionsanzeige der To-Richtfunk Anlage verrät, daß Sie Ihre Manöverposition verlassen und mit dem Spezialverband Richtung Andromedanebel unterwegs sind, Sir.«

»Sie können Ihren Instrumenten vertrauen, Leutnant«, erwiderte Riker gelassen. Trotz seiner eher geringen Größe von 1,76

Meter wirkte der Konteradmiral mit seinem dichten schwarzen Haar, den blauen Augen und dem breiten Mund, zu dem die kleine Nase einen auffälligen Kontrast bildete, äußerst respekteinflößend. »Wir sind auf dem Weg ins Corr-System, wie Sie sich wahrscheinlich denken können.«

Die Falte zwischen den Brauen des Leutnants vertiefte sich noch ein wenig. »Mir war nicht bekannt, daß bereits ein Marschbefehl an Sie abgegangen ist, Sir. Den Auftrag dafür habe ich soeben erst aus dem Büro des Marschalls erhalten.«

»Nun – wir haben hier einen der fähigsten Funker an Bord, der darüberhinaus als Wunderkind der Elektronik gilt«, gab Riker zurück und warf Avery einen verschmitzten Blick zu. »Der hat die zerstückelten Botschaften der Kobaltblauen aufgefangen, bevor sie wenig später auch Babylon erreichten. Leutnant Avery hat die Funkschnipsel, so gut es ging, zusammengefügt und erkannt, daß es sich um einen Notruf handelt und das Corr-System offenbar angegriffen wird.«

Nun schaltete sich auch Sharp in das Gespräch. »Obwohl unser Erster Funkoffizier unermüdlich versucht hat, eine der bewohnten Welten im Corr-System über Hyperfunk zu erreichen, konnte bisher kein Kontakt hergestellt werden«, sagte er. »Was wir als weiteres Indiz dafür ansehen, daß dort etwas nicht stimmt.«

»Wir haben uns daraufhin unverzüglich auf den Weg gemacht – mit dem Wissen, daß das Flottenkommando auf Babylon uns den entsprechenden Befehl sowieso erteilen wird«, schloß Riker.

Leutnant Stiebel rieb sich die Knollennase. »Der Befehl kommt direkt von Marschall Bulton«, sagte er lahm. »Sie sollen mit dem Spezialverband ins Corr-System fliegen, dort nach dem Rechten sehen...«

»... und gegebenenfalls eingreifen«, ergänzte Riker.

»Und gegebenenfalls in etwaige Kampfhandlungen eingreifen und die Situation klären«, vollendete Stiebel mit Nachdruck in der Stimme.

»Sie können dem Marschall ausrichten, daß wir den Befehl erhalten haben und entsprechend handeln werden«, sagte Riker.

»Einen Moment bitte, Sir!« rief Stiebel, der offenbar fürchtete, der Konteradmiral wollte die Verbindung unterbrechen. »Marschall Bulton verlangt, daß ich einen anschaulichen Kommunikationsbericht abliefere, der dann an das Finanzministerium weitergeleitet werden soll. Der Bericht soll dem für das Finanzressort zuständigen Minister die Arbeit der Raumflotte etwas näherbringen, damit er erkennt, wie dringlich weitere finanzielle Zuwendungen bei uns benötigt werden, nachdem Trawisheim uns so lange kurzgehalten hat.«

Riker nickte knapp. »Verstehe«, sagte er gedehnt und legte dem neben ihm stehenden Sharp dann eine Hand auf die Schulter. »Oberst Sharp wird Ihnen für diesen Zweck gern zur Verfügung stehen, Leutnant.«

Mit diesen Worten wandte sich Riker ab und trat aus dem Erfassungsbereich der Kommunikationsanlage.

Während Riker zur Bildkugel in der Mitte der Zentrale hinüberschlenderte, wo seine in einen äußerst knappen Pulli gekleidete Ehefrau Anja stand und das in der Kugel dargestellte Corr-System betrachtete, atmete Sharp tief durch.

»Was genau wollen Sie denn in Ihrem Bericht erwähnt haben?« Der Kommandant der NARVIK war ein 1,95 Meter großer, stattlicher Mann mit stahlblauen, aufmerksam blickenden Augen. Das volle schwarze Haar war so lang wie die Borsten einer Schuhbürste. Ihm haftete der Ruf an, auch seinen Vorgesetzten gegenüber mit seiner Meinung nicht hinterm Berg zu halten. Doch nun schien er irgendwie überrumpelt.

Leutnant Stiebel zuckte mit den Schultern. »Was so ein Minister eben wissen will«, sagte er vage. »Irgend etwas, das ihm zeigt, daß das Militär ein großzügig bemessenes Budget benötigt.«

Sharp überlegte einen Moment. Dann nickte er bedächtig.

»Erklären Sie dem Mann, wie der Flug ins Corr-System abläuft«, sagte er. »Für die Strecke von 300 000 Lichtjahren benötigt der Spezialverband etwas länger als einen Tag. Da eine derart lange Strecke nicht mit einem einzigen Transitionssprung überwunden werden kann, werden wir sie im Sternensog zurücklegen. So kommen wir wesentlich schneller im Zielgebiet an, was in diesem Fall für viele Kobaltblaue und vielleicht sogar auch Menschen über Leben und Tod entscheiden könnte.«

»Ja, das leuchtet ein«, sagte Stiebel sichtlich zufrieden.

»Die erste Hälfte der Flugstrecke wird in einem ständigen extremen Beschleunigungsvorgang zurückgelegt – was eine Menge Tofirit verbrauchen wird und daher sehr kostspielig ist«, fuhr Sharp fort.

Leutnant Stiebel nickte beipflichtend. »Für uns verbietet es sich natürlich, das Leben von Nogk und Menschen mit den Flugkosten gegenzurechnen, wie Trawisheim es vielleicht getan hätte«, sagte er. »Die Rettung von Artgenossen und befreundeten Fremdwesen sollte der Flotte wichtiger sein, als durch rohstoffschonende Flugmanöver Geld einzusparen.«

»Sie haben es auf den Punkt gebracht«, erwiderte Sharp und fuhr dann fort: »Ist die halbe Strecke zurückgelegt, wird der ebenso brachiale Bremsvorgang eingeleitet, der sich dann über die gesamte zweite Streckenhälfte hinzieht.

Konteradmiral Riker hat den Flug so berechnen lassen, daß der Verband 200 Lichtjahre vor dem Corr-System auf Unterlichtgeschwindigkeit abgebremst sein wird. Anschließend wird der Rest der Strecke dann mit einer einzigen Reihentransition des Kampfverbandes überwunden.«

Sharp zuckte mit den Schultern. »Wie es dann weitergeht, wird sich zeigen, wenn wir vor Ort sind. Was uns dort erwartet, entzieht sich leider unserer Kenntnis.«

»Ich meine, diese Fakten sollten vorerst ausreichen, um Finanzminister Hezzon anzuspornen, die Etatausweitung engagiert voranzutreiben«, sagte Stiebel zufrieden. »Ich danke Ihnen für die Unterstützung, Oberst.«

Die beiden Männer verabschiedeten sich. Dabei hatte Sharp den Eindruck, Stiebel sei erleichtert, sich wieder wichtigeren Aufgaben widmen zu können, als einen Politiker mit Informationen zu versorgen.

Nachdem man die rotuniformierten Politoffiziere, die in Wahrheit überwiegend Kalamiten gewesen waren und dem Trawisheim-Regime zugearbeitet hatten, endlich losgeworden war, verspürte niemand in der Flotte momentan sonderliches

Verlangen, erneut mit Vertretern der Regierung zusammenzuarbeiten, selbst wenn diese jetzt gemäßigtere Positionen vertraten.

Auch in dieser Hinsicht würde es noch einige Zeit dauern, bis die Folgen der Diktatur verarbeitet worden waren und wieder Normalität einkehrte.

*

Der Flug des Spezialverbandes verlief genauso, wie Sharp es dem Leutnant in der Leitzentrale auf Babylon geschildert hatte. Allerdings hatte die Anspannung an Bord der fünfzehn Großraumschiffe und der acht ausgeschleusten Aufklärungsflash stark zugenommen, als der Verband auf Unterlichtgeschwindigkeit abbremste und dann nur noch etwa 200 Lichtjahre vom Corr-System entfernt war.

Noch immer war es Avery nicht gelungen, eine Funkverbindung zu einer der bewohnten Welten herzustellen. Die Hyperfunkverbindung wurde massiv gestört.

Trotz der allgemeinen Anspannung verliefen die Vorbereitungen für die bevorstehende Reihentransition des Verbandes vorschriftsmäßig und ohne Pannen. Als die Schiffe den Sprungpunkt erreicht hatten, gab Riker den Befehl zur Transition.

Die Vorhut aus vier Spezialflash absolvierte den Sprung als Erstes und begann augenblicklich mit der Durchortung des Zielgebietes am Rand des Corr-Systems.

Da keine unmittelbare Gefahr für die nachfolgenden Schiffe erkannt wurde, transitierte fünf Sekunden später der an der Spitze der Stabformation fliegende Ovoid-Ringraumer.

In rascher Reihenfolge folgten die anderen Schiffe des Verbandes der Vorhut, stets um weniger als eine Sekunde zeitversetzt. Nur die drei auf einer Ebene fliegenden Ikosaederraumer in der Mitte der Formation transitierten gemeinsam. Für die Reihentransition des Hauptverbandes waren insgesamt sieben Sekunden anberaumt.

Dieser Wert war während der Übungsmanöver nur selten überschritten worden.

Diesmal war jedoch die achte Sekunde bereits angebrochen,

als das letzte Schiff in der Kette nach erfolgter Transition an seinem angestammten Platz in den Normalraum zurückkehrte.

Fünf Sekunden später war dann auch die Flashnachhut planmäßig eingetroffen, so daß das ganze Manöver nur etwas mehr als siebzehn Sekunden gedauert hatte.

Während der ganzen Aktion hatten die Hochleistungsortungsgeräte in den vier voraustransitierten Flash unentwegt Daten an die Schiffe gesendet.

Tomas Smicer, der Ortungsoffizier an Bord der NARVIK, hatte alle Hände voll damit zu tun, die eintreffende Datenmenge mit Hilfe des Hyperkalkulators zu sichten und zu interpretieren. Und so hatte der gebürtige Prager sich bereits ein erstes Bild von der Lage im Corr-System gemacht, als die Reihentransition noch nicht ganz abgeschlossen war.

Endgültige Gewißheit aber erlangte Smicer erst, als er auf die Ortungsergebnisse sämtlicher Raumer zurückgreifen konnte.

»Was können Sie uns sagen, Smicer?« rief Riker, ehe der Ortungsoffizier, der nachdenklich seinen an den Enden in die Höhe gewundenen Oberlippenbart zwirbelte, den Mund aufmachen konnte.

»Es gibt massive Störungen im Hyperwellenbereich, wodurch die Arbeit der meisten Ortungsgeräte erheblich beeinträchtigt wird«, erklärte der Tscheche, dessen hohlwangiges Gesicht mit den tiefen Grübchen unter den Augen einmal mehr den Eindruck vermittelte, er habe seit Tagen nichts mehr gegessen. »Ausgangspunkt dieser Störungen ist Kraat, der siebte Planet des Systems. Soweit ich ermitteln konnte, kreuzen aber zur Zeit keine anderen Schiffe im System.«

Anja Riker führte an dem Bedienfeld der Bildkugel, die noch immer das Corr-System zeigte, einige Schaltung durch, wodurch die Welt Kraat optisch so sehr vergrößert wurde, bis die Darstellung des Planeten schließlich die gesamte Projektionskugel ausfüllte.

Doch die verwaschene Wiedergabe der Planetenoberfläche bestätigte Smicers Worte nur. Die Spürer, die die Bildkugel mit Daten speisten, lieferten wegen der Störungen des Hyperwellenspektrums nur unvollständige Daten. Die Begegnungswelt wirkte, als läge sie unter einer milchigen Nebeldecke, unter der hier und da verwaschene, undeutliche Schemen hervorschimmerten.

Riker wandte sich an Avery. Doch dieser schüttelte nur bedauernd den Kopf.

Eine Funkverbindung mit einer der Nogk-Welten herzustellen war noch immer unmöglich.

»Sharp!« rief der Konteradmiral daraufhin. »Der ganze Verband fliegt in einer kurzen Sternensogetappe nach Kraat und tritt dort in die Umlaufbahn ein!«

Der Kommandant der NARVIK nickte bestätigend und gab den Befehl dann an die anderen Schiffskommandanten weiter.

Nun würde sich bald zeigen, was es mit dem mysteriösen Phänomen auf sich hatte.

*

»Und Sie sind sich wirklich sicher, daß wir diesen Bildern trauen können, Smicer?« fragte Anja Riker, die den Blick nicht von der Bildkugel abwenden konnte.

»Ich wünschte, diese Darstellung wäre nur das Produkt einer Fehlfunktion«, erwiderte der mit rauher Stimme. »Der Hyperkalkulator läßt die beeinträchtigten Daten der Ortungsgeräte durch einige Filter- und Ergänzungsprogramme laufen, ehe sie in die Bildkugel gespeist werden. Was Sie da sehen, ist also tatsächlich die Oberfläche von Kraat, Mrs. Riker.«

Die attraktive Mathematikerin mit dem blonden Haar und der Stupsnase schüttelte fassungslos den Kopf. »Was mag auf dieser Welt nur geschehen sein, daß sie sich in einen toten Klumpen schwarzer Asche verwandelt hat?« fragte sie beklommen.

Die Oberfläche des in der Bildkugel großformatig dargestellten Planeten, in dessen Umlaufbahn der Spezialverband eingeschwenkt war, war vollständig verbrannt. Dort, wo sich zuvor üppig bewachsener fruchtbarer Boden erstreckt hatte, dehnten sich jetzt nur noch mit Asche bedeckte Ebenen aus. Hier und da ragten zerklüftete Felsformationen aus der Schlacke. Die Meere und Seen hatten sich in staubgefüllte Senken verwandelt. Es gab nicht einmal mehr Wolken oder irgendwelche Anzeichen von verdampftem Wasser.

Smicer stieß einen resignierten Laut aus. »Wenn man der Ortung der Spezialflash trauen kann, lebt auf dieser Welt nicht einmal mehr eine einzige Bakterie«, sagte er. »Das Leben auf Kraat ist restlos erloschen. Die Hyperraumstrahlung ist so massiv, daß man diese Welt momentan ohne Schutzanzug nicht betreten sollte.«

Riker war so aufgewühlt, daß sich auf seinem vorspringenden Kinn rote Flecken gebildet hatten. »Wir sind zu spät gekommen«, sagte er verbittert und ballte die Fäuste. »Nicht einen einzigen Nogk, Kobaltblauen oder Menschen haben wir retten können!«

Wieder sah er zu Avery rüber. Doch der schüttelte erneut verneinend den Kopf. Der Funkverkehr im Corr-System wurde noch immer massiv gestört.

»Gibt es irgendwelche Hinweise, die uns Aufschluß darüber geben könnten, ob Kraat einer Naturkatastrophe oder einer feindlichen Attacke zum Opfer gefallen ist, Smicer?« wollte Anja Riker wissen.

Der Angesprochene zuckte nur mit den Schultern und sah ratlos auf die Anzeigen seiner Arbeitsstation hinab.

»Was ist das?« rief er plötzlich aus und sah gehetzt zu Riker rüber. »Auf der uns abgewandten Seite des Planeten hat es in Höhe der geostationären Umlaufbahn soeben eine heftige Explosion gegeben!«

Der Konteradmiral wirbelte zu Sharp herum. »Die Spezialflash der Vor- und Nachhut sollen sofort losfliegen und die gesamte Umgebung des Planeten durchorten!« befahl er. »Auch die übrigen acht Spezialflash und die normalen Beiboote werden ausgeschleust und sollen sich im Corr-System verteilen!«

Die hektischen Flecken auf Rikers Kinn leuchteten feuerrot. »Etwas geht hier nicht mit rechten Dingen zu. Und wir werden herausfinden, was es ist!«

*

Der Datenstrom aus den Spezialflash, die zur Nachtseite des Planeten geflogen waren, wurde von dem Hyperkalkulator zuerst selektiert, dann zusammengefaßt und anschließend in die Bildkugel geleitet.

Da die Datenerfassung und die Übertragung von den Hyperraumstörungen stark beeinträchtigt wurden, wurde die Darstellung in der Bildkugel immer wieder von zuckenden weißen Streifen und flackernden grauen Flächen überlagert.

Die Flash hatten einen Ellipsenraumer der Nogk aufgespürt. Ein Teil des vorderen Hüllensegments war aufgerissen, Trümmerteile trieben von der Schadstelle weg ins All.

Riker und seine Frau Anja betrachteten das in der Bildkugel dargestellte Wrack mit gemischten Gefühlen. Was die Explosion verursacht hatte, hatten die Spürer bisher nicht feststellen können. Im nächsten Moment ereignete sich im Innern des Ellipsoids eine weitere, noch gewaltigere Detonation, die die Schiffshülle wie die Schale einer überreifen, auf den Boden aufklatschenden Frucht zerplatzen ließ.

Fetzen, Trümmer und rasch wieder verlöschende Feuersbrünste stoben zu allen Seiten vom Explosionsherd weg.

Der Widerschein der dreidimensionalen Darstellung im Innern der Bildkugel geisterte flackernd über Anjas Gesicht.

»Verdammt – was geht da nur vor sich?« sagte sie beklommen.

»War das Schiff bemannt?« rief Riker zu Smicer rüber, der vor dem Ortungspult stand und die Datenströme dirigierte. Sein Lockenkopf zuckte hektisch hin und her, während sein Blick über die Anzeigen schweifte.

»Es haben sich etwa zwölf Lebewesen an Bord aufgehalten«, erklärte er. »Es werden wohl Nogk gewesen sein. Ebensogut könnten es aber auch andere Lebewesen gewesen sein. Die Ortungsergebnisse der Biospürer in den Spezialflash lassen in puncto Exaktheit momentan einiges zu wünschen übrig.«

Plötzlich stieß Smicer einen überraschten Laut aus.

»Sir – Sie werden es nicht glauben!« rief er. »Einer der Spezialflash, die im Corr-System kreuzen, hat soeben ein Schiff der Nögk aufgespürt!«

»Der Nögk? Sind Sie sich wirklich sicher?«

Smicer nickte, wobei sein Blick wie festgesaugt auf den Anzeigen seiner Arbeitsstation haftete. »Es besteht kein Zweifel, Sir. Es handelt sich um ein Schiff der blauen Unterart. Unser Spezialflash hat den gut getarnten Großraumer nur dank seines besonderen Ortungsgerätes aufspüren können.«

Die Darstellung in der Bildkugel wechselte plötzlich. Statt der im All umherschwirrenden Trümmer, die von dem Nogk-Schiff übriggeblieben waren, war jetzt die schemenhafte Darstellung eines weiteren Ellipsenraumer zu sehen. Dessen Außenhaut war mit Kuppeln und eckigen Aufsätzen gespickt, die vermutlich unbekannte Waffensysteme beherbergten.

Den in die Bildkugel eingeblendeten Informationszeilen zufolge handelte es sich um ein Schiff von 600 Metern Länge, das sich schnell in Richtung Systemgrenze entfernte. Die ungewöhnlichen Energiesignaturen des Schiffes ließen vermuten, daß die Waffensysteme scharf waren.

»Befehl an alle!« rief Riker entschlossen. »Wir greifen das Nögk-Schiff an – sofort! Mit allem, was wir haben!«

*

Der Spezialflash jagte im Abstand von mehreren Astronomischen Einheiten hinter dem Nögk-Raumer her. Der Pilot hatte den Richtfunksender auf das monströs erscheinende Ellipsenschiff gerichtet, um es für die Waffensysteme der Großkampfschiffe zu markieren.

Im Vergleich zu dem Nögk-Raumer, der mit seinen Aufbauten aussah wie eine mit Pocken und kantigem Schorf übersäte riesige geschlossene Muschel, wirkte der zylinderförmige Flash wie eine im Sternenmeer verlorengegangene winzige Boje.

Obwohl die Gefahr bestand, von dem Schiff der Nögk beschossen zu werden, blieb der Flashpilot auf Kurs. Schließlich wußte der Mann, daß es um den Ellipsenraumer geschehen war, sobald er von der geballten Feuerkraft des Spezialverbandes getroffen wurde.

Und das würde jeden Augenblick geschehen, denn in diesem

Moment kam das in Angriffsformation fliegende Geschwader hinter der Tagseite Kraats hervor.

Doch im selben Moment, da die Waffenantennen die pinkfarbenen, überlichtschnellen Nadelstrahlen abschossen und in den Geschütztürmen die Wuchtkanonen ausgerichtet wurden, baute sich unmittelbar vor dem Nögk-Schiff ein Wurmloch auf.

Die enorme Energiemenge, die nötig war, das Wurmloch entstehen zu lassen, rief im All energetische Verwerfungen hervor, die die Form einer riesige Röhre annahmen, die sich in der Tiefe scheinbar stark verjüngte.

Obwohl die Nadelstrahlen hinter dem Ellipsenschiff herjagten, tauchte es in die Wurmlochröhre ein und verschwand.

Im selben Moment kollabierte die kosmische Erscheinung. Das Wurmloch verging.

Fetzen der energetischen Verwerfung wallten wie Nebelschwaden durch den Raum, bis auch sie sich auflösten.

Das Nögk-Schiff war entkommen.

*

»Es gibt keine Funkstörungen mehr!« rief Avery erfreut. »Ich empfange klare Signale vom Planeten Reet. Das Verschwinden der Nögk muß mit dem Aufklaren des Funkwellenverkehrs unmittelbar zusammenhängen!«

Der Konteradmiral nahm nur am Rande Notiz von dieser Information. Für ihn war etwas anderes von größerem Interesse.

Um eine Wurmlochverbindung herzustellen, bedurfte es einer auf einem Himmelskörper fest installierten Wurmlochstation. Und die mußten die Nögk auf einem der siebzehn Planeten des Corr-Systems oder auf einem der zahlreichen Trabanten zuvor erbaut haben.

»Wurde der Standort der Wurmlochstation ermittelt, Smicer?« wollte er wissen.

»Tut mir leid, Sir«, erwiderte der hohlwangige Ortungsoffizier. »Die Störungen durch die Hyperwellen haben es unmöglich gemacht, die Station anzumessen, als sie aktiv war. Nicht einmal die Spezialflash konnten da etwas ausrichten.«

Riker stieß ein unzufriedenes Brummen aus. Er wußte, es war nahezu unmöglich, die Wurmlochstation aufzuspüren, wenn sie inaktiv war. Die kleine getarnte Einrichtung könnte überall und nirgends versteckt sein.

Es würde einem unwahrscheinlichen Zufall gleichkommen, wenn sie von aufs Geratewohl ausgesandten Suchmannschaften entdeckt würde.

Der Konteradmiral wandte sich wieder an Avery. »Stellen Sie eine Verbindung mit Reet her«, befahl er. »Ich will endlich wissen, was hier gespielt wird!«

*

Die NARVIK war auf einem separaten Landefeld des großen Zentralraumhafens von Reet niedergegangen. Als Riker, Anja und Sharp die Rampe hinabschritten, trugen sie Atemluftbefeuchter unter der Nase.

Die rote Sonne stand im Zenit und brannte gnadenlos auf die wenigen Ellipsenraumer nieder, die weitab auf dem staubigen Landefeld parkten.

Während Sharps Abwesenheit hatte Oberleutnant Tigge Linderoth das Kommando an Bord des Schiffes übernommen. Er sollte dafür sorgen, daß ein kurzer Lagebericht per To-Richtfunk nach Babylon gesendet wurde.

Nicht weit von der Rampe entfernt, standen mehrere in einem Halbkreis angeordnete Gleiter. Die kobaltblauen Nogk, die mit den Fahrzeugen eingetroffen waren, waren ausgestiegen, standen abwartend da und sahen den drei Menschen stumm entgegen.

Zusätzlich zu den gelben Uniformen trugen diese Kobaltblauen goldene Schärpen um die Hüften.

»Was sind das für Leute?« fragte Sharp, während er seine kräftige Brust reckte. »Sie sehen wie offizielle Vertreter der Regierung aus.«

»Ich habe keine Ahnung«, erwiderte Riker. »Der Kobaltblaue in der Funkzentrale, mit dem Avery gesprochen hat, hatte gemeint, eine Delegation würde uns auf dem Raumhafen in Empfang nehmen, um mit uns über die Geschehnisse im Corr-System zu sprechen.«

Als die Terraner die Gruppe fast erreicht hatten, trat eines der blauhäutigen Hybridwesen vor.

»Mein Name ist Azzura«, stellte er sich vor, wobei er sich seines verbalen Sprechorgans bediente. »Ich bin Tantals Stellvertreter an der Spitze des Rates der Fünfzig.«

»Rat der Fünfzig?« hakte Riker nach, der nicht sicher war, ob Azzura versehentlich ein falsches Zahlwort für den auf Quatain ansässigen Rat der Fünfhundert verwendet hatte. Von einem Rat der Fünfzig hatte er nämlich noch nie etwas gehört.

»Ihr habt richtig vernommen«, erwiderte der Kobaltblaue von oben herab. »Wir haben auf Reet unlängst unseren eigenen Rat ins Leben gerufen. Immerhin sind wir ein eigenständiges Volk und leben weit von den gewöhnlichen Nogk entfernt. Die Entscheidungen, die auf Quatain von dem Rat der Fünfhundert getroffen werden, werden uns Kobaltblauen nicht immer gerecht.«

»Wie auch immer«, sagte Riker leicht verstimmt, weil Azzura sich so lange mit diesem in Anbetracht der Lage zweitrangig erscheinenden Thema aufgehalten hatte. »Was wißt ihr über die schrecklichen Vorkommnisse auf Kraat?«

»Nur soviel, daß sich Tantal zur Zeit der Katastrophe auf dem Planeten aufgehalten hat«, erwiderte Azzura. »Er war mit der CORR von Quatain nach Kraat geflogen, um eine Inspektion der Universitäten vorzunehmen. An Bord des Schiffes befanden sich unseren Informationen zufolge unter anderen auch Treenor und ein Mensch namens Mike Brown. Wir müssen wohl davon ausgehen, daß keiner von ihnen das Unglück überlebt hat. Die CORR ist ebenfalls zerstört worden.«

»Unglück?« echote Anja. »Wir sind überzeugt, daß Kraat angegriffen wurde. All die Nogk, Menschen und Kobaltblauen, die auf der Begegnungswelt ums Leben kamen, wurden ermordet!«

Ein weiterer Kobaltblauer trat vor. »Zalonda ist mein Name«, stellte er sich vor. »Wir wissen über die Geschehnisse weit weniger als ihr. Wegen der Funkstörungen und der massiv auftretenden Hyperwellen waren wir so gut wie blind. Dem Rat erschien es in Anbetracht der Lage als zu gefährlich, einen Raumer auf Erkundungsflug loszuschicken. Immerhin hatten wir mit der CORR bereits eines unserer bestausgerüsteten Schiffe verloren.«

Sharp schüttelte fassungslos den Kopf. »Ihr hättet doch zumindest einen Versuch unternehmen müssen, wenigstens Tantal zu retten.«

»Dafür ging alles viel zu schnell«, erwiderte Zalonda unaufgeregt. »Ehe der Rat der Fünfzig sich zu einem Entschluß durchringen konnte, war es um Kraat und seine Bewohner auch schon geschehen.«

»Und was gedenkt ihr jetzt zu tun?« fragte Anja, die sich an der Gleichmütigkeit der Kobaltblauen ebenso stieß wie Sharp.

»Wir werden uns wohl damit abfinden müssen, daß Kraat für uns auf absehbare Zeit verloren ist«, ergriff Azzura wieder das Wort. »Wir werden diese Welt erst wieder neu formen können, wenn die Hyperstrahlung abgeklungen ist. Wie lange dieser Prozeß dauern wird, müssen wir von unseren Meegs erst noch ausrechnen lassen.«

»Ihr zieht es nicht einmal in Erwägung, nach Kraat zu fliegen, um nach Überlebenden zu suchen?« fragte Sharp entgeistert.

»Ein solches Unterfangen wäre völlig sinnlos«, gab Zalonda zurück. »Nicht einmal eine Mikrobe kann dieses Unglück überlebt haben.«

»Wir haben Beweise, daß sich Nögk im Corr-System aufgehalten haben«, sagte Riker.

»Wir haben die Daten, die du uns über Funk hast zukommen lassen, bereits gesichtet«, erwiderte Azzura unbeeindruckt.

»Und trotzdem sprichst du noch immer von einem Unglück?« stieß Sharp hervor.

Azzura hob beschwichtigend die Hand. »Halten wir uns nicht mit Wortinterpretationen auf, mein Lieber. Philosophisch betrachtet wäre es durchaus berechtigt, einen feindlichen Angriff mit solch schwerwiegenden Folgen als Unglück zu bezeichnen. Besonders dann, wenn man der Gegenseite keinen Anlaß für einen solchen zerstörerischen Akt geliefert hat.«

»Tatsächlich haben wir nicht die leiseste Vorstellung, wie die Nögk es geschafft haben könnten, im Corr-System unbemerkt eine Wurmlochstation zu installieren«, fügte Zalonda hinzu. »Noch wissen wir, was es mit dem Nogk-Raumer auf sich haben könnte, der in der Umlaufbahn von Kraat entdeckt wurde und explodierte.«

»Wir gehen jedoch – wie ihr vermutlich auch – davon aus, daß die Nögk hinter diesem Angriff stecken«, ergriff Tantals Stellvertreter wieder das Wort. »Die Wahrscheinlichkeit, daß wir die Bodenstation, die das Wurmloch erschuf, entdecken werden, tendiert zwar gegen null, trotzdem werden wir Suchtrupps losschicken. Ich fürchte allerdings, daß die Station erst dann zu finden ist, wenn sie wieder eingeschaltet wird und uns ihren Standort durch ihre energetische Aktivität verrät.«

»Hast du denn eine Vorstellung, was die Nögk mit diesem Angriff bezwecken wollten, Azzura?« hakte Riker nach.

»Die Nögk hatten es sicherlich auf die normalen Nogk abgesehen, die auf Kraat lebten«, antwortete dieser. »Es ist ja kein Geheimnis, wie sehr die alten Krieger unsere Eiväter hassen.«

Ein kurzes Palaver auf Telepathieebene setzte unter den Kobaltblauen ein, was an dem plötzlichen Schweigen und den Bewegungen der Fühlerpaare zu erkennen war.

»Wir müssen uns jetzt verabschieden«, richtete Azzura schließlich wieder das Wort an die Menschen. »Da Tantal jetzt tot ist, müssen Neuwahlen für den Rat der Fünfzig vorbereitet werden.«

Er strich sich mit den Händen über die goldene Schärpe. »Ich werde mich für die Kandidatur als Ratsoberhaupt unseres Volkes zur Verfügung stellen. Wenn ich den Posten bekomme, werde ich auch Tantals Stelle im Rat der Fünfhundert übernehmen. Und wer weiß, eines Tages werde ich vielleicht sogar anstelle Charauas zum Herrscher über das Imperium der Nogk gewählt!«

»Wenn ein Kobaltblauer über das Imperium herrscht, würden die Nögk vielleicht auch endlich Ruhe geben«, warf Zalonda ein. »Ich halte es sowieso für sinnvoller, wenn Vertreter der Ursprungsform unseres Volkes die Macht ausüben und nicht diese Degenerierten.«

Azzura deutete in Richtung der Terraner eine Verbeugung an.

»Meine Leute werden euch auf dem laufenden halten, falls es bezüglich der Katastrophe auf Kraat Neuigkeiten gibt. Und selbstverständlich wären auch wir dankbar, von euch weiterhin Informationen zu bekommen.«

»Du kannst auf unsere Unterstützung zählen«, sagte Riker kurz angebunden.

Wie auf ein stummes Kommando hin wandten sich die versammelten Hybridwesen ab und stiegen in die bereitstehenden Gleiter.

Wenige Augenblicke später hoben die Fahrzeuge ab und flogen in Richtung des pyramidenförmigen Raumhafengebäudes davon.

Riker, Anja und Sharp standen da, sahen den Gleitern kopfschüttelnd hinterher und tauschten ratlose Blicke. Zögernd schickten sie sich schließlich an, in die NARVIK zurückzukehren.

*

Während die NARVIK zum vereinbarten Treffpunkt in der Nähe von Kraat zurückkehrte, schilderten sich Riker, Sharp und Anja in der Zentrale gegenseitig ihre Eindrücke.

»Die Mitglieder des Rates der Fünfzig konnten es offenbar kaum erwarten, endlich Tantals Nachfolger wählen zu lassen«, bemerkte Oberst Sharp mißbilligend. »Der Tod ihres Anführers scheint diese jungen Nogk ja nicht besonders mitgenommen zu haben.«

Anja nickte beipflichtend. »Überhaupt scheinen die Kobaltblauen immer selbstbewußter zu werden. Sie gründen einen eigenen Rat und überlegen sogar, Charauas Position einzunehmen.«

Sharp lachte freudlos auf. »Diese jungen Hybridwesen sind ganz schön anmaßend für ihr Alter.«

»Wir wissen nicht, was sich auf Reet zuvor alles hinter den Kulissen abgespielt hat«, gab Riker zu bedenken. »Was wir eben erlebt haben, war ein offizielles Treffen. Ich kann mir gut vorstellen, daß die Nachricht über Tantals Tod den einen oder anderen Kobaltblauen dennoch in tiefe Verzweiflung gestürzt hat.«

Sharp massierte nachdenklich seine Nackenmuskulatur. »Diese Angelegenheit wird immer vertrackter«, sagte er. »Inzwischen neige ich sogar zu der Annahme, der Angriff auf Kraat könnte von den Nogk initiiert worden sein. Sie wollten vielleicht ihren wilden Nachwuchs in die Schranken weisen. Dessen freches, forsches Temperament wird weder Charaua noch den anderen Mitgliedern des Rates der Fünfhundert entgangen sein.«

Anja furchte skeptisch die Stirn. »Eine ziemlich absurde Vorstellung, die Sie da äußern.«

»Bedenken Sie doch, wie jung die Kobaltblauen sind – und wie viel Ehrgeiz sie trotzdem bereits an den Tag legen«, ließ sich der Kommandant der NARVIK nicht beirren. »Diese Hybridwesen sind nicht älter als zehn Jahre. Was für Machtmonster werden aus ihnen geworden sein, wenn sie erst älter sind!«

»Ich kann mir nicht vorstellen, daß Charaua eine Welt und alle darauf lebenden Artgenossen nebst befreundeten Fremdwesen vernichten läßt, um seine Machtposition zu wahren«, sagte Riker. »Sein eigenes Kind ist während des Angriffs ums Leben gekommen, vergessen Sie das nicht, Sharp.«

»Vielleicht wurde Charaua in diesen Plan gar nicht eingeweiht«, erwiderte der Oberst. »Überlegen Sie doch mal. Ein Nogk-Schiff war in der Nähe, als der Angriff durchgeführt wurde.«

»Und ein Raumer der Nögk«, ergänzte Anja.

»Den könnten die Nogk zuvor gekapert haben, um ihn für ihre Zwecke einzusetzen«, erklärte Sharp. »Die Nogk wären doch auch in der Lage gewesen, von den Kobaltblauen unbemerkt eine Wurmlochstation auf einem der siebzehn Planeten des Corr-Systems zu installieren.«

»Und was soll das für eine Waffe gewesen sein, mit der die Nogk Kraat vernichtet haben?« Riker schüttelte den Kopf. »Wir wüßten davon, sollten die Nogk tatsächlich über eine derartige Möglichkeit verfügen.«

»Es könnte sich um eine experimentelle Geheimwaffe handeln«, gab Sharp zu bedenken. »Etwas ist schiefgegangen. Darum ist das Nogk-Schiff auch explodiert. Statt dessen sind die Attentäter dann mit dem Nögk-Raumer geflohen, den sie eigentlich im Corr-System zurücklassen wollten, um den Verdacht auf die Blauen Nogk zu lenken.«

»Warum behaupten Sie nicht gleich, daß die Nogk sich mit den Nögk verbündet haben, um gegen die Kobaltblauen vorzugehen?« fragte Riker.

Sharp zuckte mit den Schultern. »Das wäre auch eine Möglichkeit«, sagte er. »Müssen wir in diesem Fall nicht alle Eventualitäten in Betracht ziehen? Nur so finden wir vielleicht heraus, wer tatsächlich für dieses Verbrechen verantwortlich ist und über eine Waffe verfügt, die eine belebte Welt binnen weniger Stunden in eine Aschewüste verwandeln kann.«

Anja rieb sich fröstelnd die Oberarme. »Eine schreckliche Vorstellung, daß die Nogk, unsere Freunde, zu so einer Tat fähig sein sollten.«

Riker atmete tief durch. »Ich bin gespannt, was Oberst Huxley zu diesem Thema zu sagen hat. Wir müssen ihn unbedingt um seine Einschätzung der Lage bitten.«

In diesem Moment meldete Linderoth, daß die NARVIK den Verband erreicht hatte. Der Erste Offizier ging rasch die Berichte durch, die von den Kommandanten der anderen Schiffe geschickt worden waren. Während der Abwesenheit der NARVIK waren Kraat und das gesamte Sonnensystem von den übrigen Einheiten noch einmal gründlich abgesucht worden.

Doch es lagen keine neuen Erkenntnisse vor. Auf Kraat existierte kein Leben mehr. Und von der Wurmlochstation fehlte auch weiterhin jede Spur.

Trotzdem ging Riker die Daten zusammen mit seiner Mannschaft noch mehrmals durch und ließ auch den Hyperkalkulator die Informationen in mehreren Durchgängen sichten.

Neue Einsichten ließen sich dadurch jedoch nicht gewinnen. Wer für die Vernichtung Kraats und die Ermordung seiner Bewohner verantwortlich war, ließ sich momentan ebensowenig klären wie die Frage, was das für eine Waffe gewesen sein mochte, die der unbekannte Angreifer eingesetzt hatte – und die dabei Unmengen von Hyperwellen freigesetzt hatte.

Schließlich blieb dem Konteradmiral nichts anderes übrig, als einzusehen, daß der Spezialverband im Corr-System nichts mehr zur Klärung der Situation beitragen konnte. Schweren Herzens befahl er den Kommandanten des Kampfverbandes, die Rückreise nach Babylon anzutreten.

8.

Von einem Moment auf den anderen schalteten sich sein Bewußtsein und seine Sinne ein.
Er war hellwach.
Und doch begriff er nicht, was die Signale zu bedeuten hatten, die auf ihn einströmten. Sie trafen in seinem Innern auf keine Resonanz, lösten keine Erinnerung aus, verhallten, ohne eine Assoziation hervorzurufen.
Verzweiflung stieg in ihm auf, als er sich der in ihm herrschenden Leere bewußt wurde. Er war ein ausgeleertes Gefäß, in dem keine Reste verblieben waren. Nein, er war noch viel weniger. Er war nicht einmal ein Gefäß. Er war ein Nichts. Er existierte gar nicht...
Voller Panik und als folgte er einem Instinkt, versuchte er sich auf seine Sinneseindrücke zu konzentrieren – das einzige, was seine Leere irgendwie ausfüllte.
Doch er war unfähig, das milchige, von innen heraus leuchtende Weiß zu deuten, das ihn umgab. Noch hatte er keine Vorstellung davon, was es mit den dumpf wabernden Lauten auf sich hatte, die ihn durchdrangen und zum Vibrieren brachten. Ein undefinierbarer Geruch füllte die weiße Welt aus. Ein Geruch, der jedoch nicht die leiseste Assoziation in ihm weckte.
Plötzlich stutzte er.
Ein Zwillingsschatten huschte an ihm vorbei und verschwand wieder – doch nur, um im nächsten Moment am gegenüberliegenden Rand seines Blickfeldes wieder aufzutauchen. Diesmal gelang es ihm, den beiden Körpern für einen kurzen Moment mit dem Blick zu folgen, bis sie wieder aus seinem Blickfeld wegtrieben.
Fieberhaft wartete er, und als die beiden an derselben Stelle

wie zuvor wieder auftauchten, fixierte er sie, damit ihm keine Einzelheit entging.

Die bläulich leuchtenden Gestalten steckten in gelben Anzügen. Die Köpfe waren mit Fühlern ausgestattet, mit handtellergroßen, segmentierten Augen. Und im unteren Drittel ragten bizarre Beißzangen aus dem blauen Gesicht.

Dann waren die Gestalten auch schon wieder verschwunden.

Die Wesen hatten lange Extremitäten besessen. Um zu prüfen, ob er ebenfalls über solche Gliedmaßen verfügte, bewegte er sich.

Ein Armpaar tauchte vor ihm auf, während im Hintergrund wieder die beiden Gestalten vorüberzogen.

Er erschrak. Etwas stimmte nicht mit seinen Armen! Seine Hände hatten fünf Finger und nicht vier, wie die Zwillingsgestalten. Und seine Haut war nicht blau, sondern bläßlich rosa.

Die Bewegung seiner Arme hatte offenbar etwas ausgelöst, denn als die beiden Gestalten nun wieder in seinem Blickfeld erschienen, bewegten sie sich wesentlich langsamer.

Einem Instinkt folgend ruderte er leicht mit den Armen, bis die beiden reglosen Wesen direkt vor ihm schwebten.

Verzweifelt versuchte er, sich an irgend etwas zu erinnern. Doch da war nichts. Der Anblick der Gestalten rief keinerlei Echo in ihm hervor.

Plötzlich begannen sich die beiden Wesen zu regen. Offenbar hatten sich ihr Bewußtsein und ihre Sinne soeben eingeschaltet, genauso wie es ihm vor kurzem widerfahren war.

Orientierungslos glotzten die Gestalten mit ihren seltsamen dunklen Augen in das weiße Licht und vollführten beängstigende Fangbewegungen mit ihren Beißzangen. Sie ruderten unkoordiniert mit den Armen und Beinen, woraufhin sie sich zu drehen begannen.

Eines der Wesen schwebte plötzlich kopfüber in dem weißen Licht, während das andere um seine Körperachse rotierte.

Der Anblick brachte ihn dazu, seltsame Geräusche auszustoßen, die explosionsartig aus ihm hervorplatzten. Es waren abgehakte, wiehernde Laute, die sofort verebbten, als ihm das Erstaunen darüber die Kehle zudrückte.

Unwillkürlich tastete er in seinem Gesicht nach der Quelle, der dieser seltsame Laut entsprungen war.

Seine Hand zuckte erschrocken zurück, als er statt der erwarteten Beißzangen eine warme, feuchte Öffnung im unteren Drittel seines Gesichts ertastete.

Er bewegte den Kiefer und versuchte, sich den beiden Wesen mit Lauten mitzuteilen. Da er jedoch keine Töne artikulieren konnte und auch nicht wußte, was er von sich geben sollte, drang nur ein hohles Stöhnen aus der feuchten Gesichtsöffnung hervor.

Plötzlich bemerkte er, daß er sich den beiden Wesen näherte. Eine Bewegung seinerseits oder eine solche der sich orientierungslos gebärdenden blauen Geschöpfe hatte dazu geführt, daß sie aufeinander zuschwebten.

Eine undefinierbare Furcht stieg in ihm auf. Diese Wesen waren so anders als er. Da er keine Erinnerungen besaß, konnte er nicht abschätzen, was er von ihnen zu erwarten hatte. Die Furcht vor den unbekannten Fremden wuchs, je näher er den Geschöpfen kam.

Als er auf Armeslänge an die Gestalten herangekommen war, hatte sich seine Furcht so sehr gesteigert, daß er sich voller Panik von der um ihre Körperachse rotierenden Gestalt abstieß. So weit wie nur irgend möglich wollte er sich von diesen Fremdwesen entfernen.

Sein Körper schoß wie ein Pfeil mit dem Kopf voran durch das weiße Nichts.

Er wollte zu den Wesen zurückblicken, um zu prüfen, ob sie ihn vielleicht verfolgten.

Doch da bemerkte er vor sich in dem grellweißen Nichts plötzlich eine Veränderung.

Das Weiß hatte eine feine Nuancierung angenommen und schillerte.

Im selben Moment, in dem er begriff, daß er auf eine Begrenzung zuschwebte, hatte er diese auch schon erreicht und stieß hindurch.

Er spürte ein leichtes Kribbeln, während sein Körper wie eine Nadel durch die Energiehaut hindurchdrang.

Die Blase platze, das weiße Licht erlosch, und er stürzte in eine andere, fremde Welt, die voller Lärm, Gestank und schmerzhaften Sinneseindrücken war.

*

JCB prallte hart auf den Boden, und mit dem plötzlich einsetzenden Schmerz kehrte auch seine Erinnerung zurück. Das Entsetzen und die Verzweiflung, die er in dem Labor im Pyramidenkeller empfunden hatte, hatten ihn wieder gepackt und überblendeten die Schmerzimpulse, die seine vom Sturz in Mitleidenschaft gezogenen Knochen aussandten.

Das Labor und dessen gesamte Einrichtung war in einem Meer aus Flammen untergegangen, das schließlich auch nach der Energiekugel gegriffen hatte, die Tantal, Treenor und ihn umschlossen hatte.

Alles um ihn herum war in weißem Licht ertränkt worden. Und als er wieder zu sich kam, schwebte er erinnerungs- und orientierungslos in einer Energieblase...

Für JCB war es naheliegend anzunehmen, daß der Schutzschirm, der sie vor den Hyperwellen hatte abschirmen sollen, und die weiße Energieblase, in der er erwacht war, ein und dieselbe Erscheinung waren.

Als er sich nun jedoch in der hohen Halle benommen umsah und all die fremdartigen Apparaturen, Maschinentürme und technischen Anlagen sah, kamen ihm Zweifel. Dies war eindeutig nicht das Labor im Keller der Universitätspyramide auf Kraat!

Plötzlich fühlte sich JCB gepackt. Er wurde emporgezogen und hinter einen Maschinenblock gezerrt.

»Tantal!« zischte er, als er erkannte, wer ihn so unsanft auf die Beine gerissen hatte.

Der Kobaltblaue legte seinem terranischen Freund mahnend einen Finger auf die Lippen. »Keinen Mucks«, preßte er gedämpft zwischen seinen Mandibeln hervor.

Treenor, der neben Tantal kauerte, deutete eindringlich nach oben, und als JCB der angegebenen Richtung mit dem Blick folgte, sah er auf einer Galerie über ihnen einen blauhäutigen Nogk.

Er trug eine dunkle Uniform und hatte sich einem Apparat zugewandt, hinter dessen Verkleidung Rauch hervorquoll.

Als JCB die schwarzen Flecken auf der blauen, vierfingrigen Hand des Außerirdischen bemerkte, wußte er schlagartig, warum Tantal und Treenor ihre Fühler schweigen ließen. Sie mußten befürchten, daß der Nögk auf der Galerie ihren telepathieartigen Bilderstrom aufschnappte und so auf die drei Gefährten aufmerksam wurde.

JCB sah sich schmerzgepeinigt um und bemerkte nun auch die anderen Nögk, die sich weiter entfernt in der Halle aufhielten.

Einige von ihnen hatten sich mit Feuerlöschern ausgerüstet und deckten qualmende Maschinenteile mit weißen Löschschaum ein. Roboter gingen ihnen bei den Löscharbeiten zur Hand, indem sie die aufgeheizten Maschinenverkleidungen entfernten, hinter denen die Brände schwelten.

Offenbar waren die Gefährten nur deshalb noch nicht entdeckt worden, weil die Nögk zu sehr mit den überstrapazierten Apparaten beschäftigt waren.

»Wo sind wir hier überhaupt?« flüsterte JCB und rieb sich den Ellenbogen, den er sich bei dem Sturz geprellt hatte.

»Vermutlich in einer Anlage der Nögk«, gab Tantal vage zurück, der auch nicht schlauer zu sein schien als sein terranischer Freund.

JCB grinste sarkastisch. »Danke für diese erschöpfende Antwort.«

Der Hauptgefreite atmete tief durch. Er war froh, daß er den Atemluftbefeuchter nicht verloren hatte. Ansonsten hätte die trockene, nach Qualm und verschmorten elektronischen Apparaturen riechende Luft jetzt einen nicht zu unterdrückenden Hustenreiz in ihm ausgelöst, der unweigerlich die Aufmerksamkeit der Fremden auf sie gezogen hätte.

Erst jetzt bemerkte JCB, daß sie sich im Zentrum der technischen Anlage befanden. Nachdem er die Energieblase durchstoßen hatte, waren sie aus einiger Höhe zwischen die klobigen

Maschinenblöcke gestürzt, von denen einer ihnen jetzt als Deckung diente.

Während er spürte, wie sich eine Beule auf seiner Stirn bildete, musterte er die sie umgebenden Apparaturen genauer.

Die klobigen Maschinenblöcke verteilten sich in regelmäßigen Abständen um einen Freiraum in der Mitte der Halle herum. Aus den Blöcken ragten lange Ausleger, die in tellerförmigen Aufsätzen endeten und den Raum kugelförmig umgaben.

In seinem Zentrum hatte sich die weiße Energieblase befunden, hier waren die Gefährten vorhin in die Tiefe gestürzt.

JCB furchte nachdenklich die Stirn. Die Energieblase, die sich im Pyramidenkeller auf Kraat gebildet hatte, mußte mitsamt ihren Insassen irgendwie in diese Nögk-Anlage gelangt sein.

Ruckartig wandte er den Kopf, um seinen Freunden seine Überlegung mitzuteilen.

Doch Tantal legte ihm wieder einen Finger auf die Lippen und nickte gewichtig. Offenbar waren er und Treenor zu derselben Schlußfolgerung gelangt wie er.

Doch was nützte ihnen diese Erkenntnis? JCB machte sich nichts vor. Sobald sich die Aufregung der Nögk gelegt haben würde, würde man die ungebetenen Gäste bestimmt entdecken.

Allerdings sah es nicht danach aus, als sollten die Blauen die überbeanspruchten Maschinen so schnell wieder zum Abkühlen bringen.

Das Gegenteil schien der Fall, denn einige der Maschinentürme, die mit Galerien verbunden waren, hatten inzwischen zu glühen angefangen, während aus anderen Apparaten Flammen schlugen, obwohl sie mit Löschschaum bedeckt waren.

»Wir sollten zusehen, daß wir von hier verschwinden«, zischte JCB, als das durchdringende Heulen einer Sirene durch die Halle schallte.

Tantal nickte zustimmend, während Treenor sich bereits nach einem Fluchtweg umsah.

Da wurde die Halle plötzlich von einer gewaltigen Detonation erschüttert.

Ein Maschinenblock im hinteren Teil der Anlage war von einer sich in seinem Innern explosionsartig ausbreitenden Energieentladung zerrissen worden. Die Trümmerteile jagten von der Druckwelle getragen wie Projektile durch die lärmerfüllte Halle, durchstießen die Gehäuse anderer Maschinen und durchschlugen die Leiber der Nögk, die das Pech hatten, ihnen im Weg zu stehen.

Der Blaue hoch über den Gefährten, die hinter ihrem klobigen Maschinenblock sicher waren, wurde von der fauchenden Druckwelle erfaßt und von der Galerie geschleudert.

Nachdem die Schockwelle vorübergejagt war, deutete Treenor gehetzt nach links.

Dort ist ein Ausgang! signalisierte er aufgeregt.

Hastig ließ JCB den Blick durch die Halle schweifen, um zu überprüfen, ob sie von einem Nögk gesehen werden konnten, wenn sie ihre Deckung verließen.

Doch so sehr er auch spähte, er konnte auf den demolierten Galerien und zwischen den ramponierten Maschinentürmen nirgendwo einen lebenden Feind erblicken.

Und wie es aussah, hatte auch kein Roboter die Explosion unbeschädigt überstanden. Einer der Maschinentürme glühte so stark, daß JCB befürchten mußte, er könne ebenfalls jeden Augenblick explodieren.

»Die Luft ist rein!« rief er seinen Gefährten zu und kam hinter der Deckung hervor. »Beeilen wir uns, ehe sich diese Halle in ein Inferno verwandelt!«

Begleitet von dumpfem Rumoren und dem kläglichen Heulen der nicht mehr ganz einwandfrei arbeitenden Sirene rannten Tantal und Treenor, die JCB wieder in ihre Mitte genommen hatten, los.

Ein kurzer Gedanke durchzuckte den Hauptgefreiten, während die Kobaltblauen in einen Korridor einschwenkten, der an Maschinenaggregaten vorbei auf ein großes geschlossenes Schott zuführte.

»Glaubt ihr, die Explosion hier könnte irgendwie mit dem Auftauchen der Energiekugel zu tun haben, in der wir eingeschlossen waren?« rief er seinen Gefährten zu.

Wenn Tantal und Treenor vorgehabt hatten, auf die Frage einzugehen, mußte ihnen die Antwort im Hals oder in den Fühlern steckengeblieben sein, denn sie gaben weder einen Laut noch einen Bilderstrom von sich.

Statt dessen blieben sie plötzlich wie angewurzelt stehen.

Im nächsten Moment wußte JCB auch warum.

Das Schott hatte sich geöffnet, und eine Gruppe Nögk, von Robotern gefolgt, stürmten in die Halle – direkt auf die Gefährten zu.

9.

»Unsterblichkeitsprogramm?«
Das Wort hing wie ein Damoklesschwert im Raum. Der Mann, der es so ungläubig ausgestoßen hatte, war beileibe kein Zeitgenosse, der leicht zu überraschen war. Als Gründer und Leiter der Galaktischen Sicherheitsorganisation war er mit Dingen und Ereignissen konfrontiert worden, die viele Menschen ins Reich der Fabel verweisen würden. Dennoch tat er sich zuweilen schwer, Tatsachen zu akzeptieren. Zutreffender wäre gewesen zu sagen, er erweckte diesen Eindruck. Das lag an seiner bisweilen unbeholfenen, sogar linkischen Art, mit der nicht jedermann zurechtkam.
So war es auch in diesem Fall.
»Sie haben ganz richtig gehört, Mister Eylers«, sagte Terence Wallis.
»Unsterblichkeitskandidaten durch Muun-Kristalle?« Bernd Eylers schien den Zwischenruf gar nicht gehört zu haben. Er ließ den Blick über die Anwesenden gleiten, angefangen bei Dhark und Shanton, über Tschobe, Grappa und Bruder Lambert, bis hin zu Stormond und Atawa. »Und zu denen soll ausgerechnet ich gehören? Wenn ich mich hier umsehe, bemerke ich keinerlei Verblüffung. Das läßt mich davon ausgehen, daß das Thema vor meinem Eintreffen bereits ausführlich erörtert wurde.«
»So ist es«, bestätigte Dhark.
»Also sind alle hier Versammelten Kandidaten für dieses Programm.«
Binnen Sekunden überwand der GSO-Chef seine Überraschung zugunsten logischer Schlußfolgerungen. Dhark überraschte das nicht. Nicht von ungefähr hatte Eylers auf Artus'

und des Checkmasters Agenda für die Auswahl geeigneter Kandidaten ziemlich weit oben gestanden. Wer den schlanken Mann mit den hellgrünen Augen unterschätzte, beging einen großen Fehler. Das traf nicht nur auf seine geistigen Fähigkeiten zu, sondern auch auf seine körperlichen.

Robert Saam nickte. »Meine Gruppe hat sich bereits mit den medizinischen Unterlagen eines jeden von Ihnen befaßt. Natürlich benötigen wir weitere Daten, auch von Ihnen, Mister Eylers.«

»Ist das so?«

»Ja.«

»Wer hat die Auswahl getroffen? Sie, Dhark?«

»Nein, das hätte ich als Anmaßung empfunden. Der Checkmaster und Artus haben eine leidenschaftslose Analyse aller in Frage kommenden Personen durchgeführt und völlig überparteilich entschieden.«

»Gut.«

»Darf ich das als Einverständnis auffassen?« setzte Wallis nach.

Anstelle einer Antwort griff der GSO-Chef in eine Innentasche seiner leichten Freizeitkleidung. Er zog ein handtellergroßes Gerät hervor und schaltete es ein. Ein rotes Lämpchen signalisierte Einsatzbereitschaft. Bevor die Versammelten begriffen, was er tat, löste Eylers sich aus der Gruppe und machte sich an die Untersuchung des Büros.

Wallis straffte seine Gestalt. »Darf ich fragen, was dieser Auftritt zu bedeuten hat?«

Eylers gab keine Antwort. Stoisch fuhr er in seiner Tätigkeit fort, was ihm eine Reihe verständnisloser Blicke bescherte.

»Haben Sie eine Ahnung, was das soll, Ren?« fragte das Staatsoberhaupt von Eden.

»Ich bin so ratlos wie Sie, Terence. Aber lassen wir Eylers gewähren. Wir kennen ihn. Ich bin sicher, er hat einen Grund für sein merkwürdiges Verhalten, den er uns anschließend nennen wird.«

Der ehemalige Sicherheitschef der GALAXIS ließ sich von dem Gespräch der Männer nicht ablenken. Systematisch widmete er sich jedem Einrichtungsgegenstand in dem nüchtern ausgestatteten Büro. Zuletzt unterzog er den Hyperkalkulatoranschluß und die Funkeinrichtung einer genauen Untersuchung. Danach schaltete er sein Handgerät aus und verstaute es wieder.

»Sind Sie fertig?« fragte Wallis genervt.

»Bin ich.«

»Heraus mit der Sprache.« Dhark verschränkte die Arme vor der Brust. »Was haben Sie da eben gemacht, Bernd?«

»Ich habe mich davon überzeugt, daß dieses Büro tatsächlich so abhörsicher ist wie von Mister Wallis behauptet. Er hat sich nicht getäuscht. Das Gespräch, das hier stattfindet, ist vor den Ohren der Öffentlichkeit sicher.«

Der Milliardär faßte Eylers ins Auge. »Selbstverständlich ist es das. Ihren zirkusreifen Auftritt hätten Sie sich sparen können. Wer sollte uns schon abhören wollen?«

»Bei dem, was soeben besprochen wurde?« Auf Eylers' Stirn bildete sich eine steile Falte. »Ihnen, und damit meine ich ausnahmslos Sie alle, scheint nicht klar zu sein, mit was für einem gewaltigen Problem Sie konfrontiert sind.«

»Wegen Robert Saams Unsterblichkeitsprogramms?« fragte Dhark.

»Genau deswegen.«

Ein ungutes Gefühl bemächtigte sich des Commanders. Eylers hatte sich noch nicht zu dem Angebot geäußert. Es klang fast so, als wollte der GSO-Chef ebenfalls ablehnen.

»Fassen Sie dieses sogenannte Problem für uns Kurzsichtige doch einfach in verständliche Worte«, knurrte Shanton. »Wenn ich schon als Dummkopf dastehe, will ich zumindest wissen, warum.«

Eylers warf dem Ingenieur einen giftigen Blick zu. »Das hat nichts mit Dummheit zu tun. Es geht ausschließlich um die Tragweite dessen, was Sie beabsichtigen. Vorausgesetzt, ihr Vorhaben läßt sich überhaupt in die Tat umsetzen.«

»Daran besteht kein Zweifel, da das Verfahren bereits angewendet wurde«, versicherte Saam.

»Um so dringlicher ist es, das Programm absolut geheimzuhalten, zumindest vorübergehend. Können Sie sich vorstellen, was passiert, wenn publik wird, daß die Möglichkeit besteht, einzelne Menschen unsterblich zu machen? Es wird zu einem milliardenfachen Aufschrei kommen. Ich sage Ihnen galaxisweite soziale Unruhen voraus.«

»Sehen Sie nicht ein wenig zu schwarz?« fragte Bruder Lambert.

»Ganz bestimmt nicht. Das sollten gerade Sie wissen, Kurator. Der Wunsch nach Erlösung vor dem Tod ist praktisch in jedem intelligenten Wesen vorhanden. Sobald bekannt wird, daß dieser Wunsch einigen wenigen erfüllt werden kann, fordern alle anderen das gleiche Recht für sich ein.«

»Dieser Wunsch bleibt allein deshalb unerfüllbar, weil die Menge der mir zur Verfügung stehenden Muun-Kristalle begrenzt ist«, tat Wallis das Begehren ab. »Außer den Kristallen, die sich in meinem Besitz befinden, gibt es unseres Wissens keine weiteren Lagerstätten.«

»Für wie viele Menschen würden sie ausreichen?« wollte Grappa wissen. »Wie viele Begierige ließen sich damit unsterblich machen?«

»Theoretisch ein paar Milliarden, aber das ist nur eine gewagte Schätzung. Nicht einmal Robert kann verläßliche Zahlen nennen. Doch das Verfahren ist aufwendig und deshalb teuer. Die Kristalle machen es zwar möglich, doch sie sind nur ein Aspekt eines komplexen Prozesses. Hinzu kommt ein weiterer Faktor, den wir nicht abschätzen können. Wir wissen nicht, ob eines Tages Nachbehandlungen nötig werden, die den Einsatz weiterer Kristalle erforderlich machen.«

Eylers blickte skeptisch drein. »Deshalb gehen Sie möglichst sparsam mit Ihren Vorräten um?«

»Eine andere Handlungsweise wäre fahrlässig. Schließlich habe ich mir die Kristalle eine Menge kosten lassen.«

»Das ist der springende Punkt. Benehmen Sie sich nicht so naiv, Wallis«, versetzte Eylers. »Das sind Sie nämlich nicht. Ihnen können die sozialen Implikationen dieses Projekts nicht entgehen. Sie wissen genau, wie die Öffentlichkeit das sehen wird, wenn sie davon erfährt. Ein einzelner Mann, noch dazu ein besonders reicher, entscheidet über Leben und Tod. Fast alle

Menschen werden das als unsozial empfinden und eine demokratische Kontrolle über dieses Mittel fordern.«

»Eden ist eine Demokratie!« stieß Wallis aus.

»In der Sie siebenundneunzigkommafünf Prozent der Stimmen halten.«

»Die Terence sich verdient hat«, sprang Saam für seinen Chef in die Bresche. Er machte eine ausholende Geste. »Er allein hat all das im wahrsten Sinne des Wortes aus dem Boden gestampft. Ohne ihn wäre dieser Planet nicht besiedelt.«

»Das zweifle ich nicht an. Ich versuche die Dinge nur aus der Warte des Großteils der Bevölkerung zu sehen. Auf die meisten wirkt das System Wallis nun mal wie eine Plutokratie. Herrschaft wird durch Vermögen legitimiert, politische Rechte werden anhand des Vermögens vergeben. Und ich spreche nicht nur von den Menschen, sondern auch von anderen galaktischen Völkern, besonders von unseren Verbündeten. Sie könnten sich übervorteilt fühlen.«

»Von einer Plutokratie kann keine Rede sein. Sie haben Roberts Worte gehört. Eden ist eine Demokratie, und zwar nicht nur auf dem Papier, sondern de facto.«

»Versuchen Sie das mal den Menschen klarzumachen, denen es nicht so gut geht wie den drei stimmberechtigten Bewohnern Edens.«

»Mir ist klar, daß diejenigen, die nicht zu den Ausgewählten gehören, meine Argumentation einen Kehricht interessiert. Dabei nenne ich nur Tatsachen. Nirgendwo geht es den Menschen besser als auf Eden – auch den gewöhnlichen Einwohnern ohne politische Rechte. Deshalb möchte jeder herkommen. Das wiederum versetzt uns in die glückliche Lage, streng zu selektieren – was die hohe Produktivität und den hohen Wohlstand auf Eden nach sich zieht.«

Das Gespräch glitt in eine Richtung ab, die Dhark nicht behagte. Sämtliche anwesenden Kandidaten hatten zugestimmt, mehr oder weniger begeistert. Eylers hingegen brachte Einwände vor, die fast wie Vorwürfe klangen. Dabei waren seine Ausführungen nicht von der Hand zu weisen. Er zeichnete die Folgen des Verfahrens genau so, wie auch Ren sie voraussah.

Was sie debattierten, war ein zweischneidiges Schwert, das man von dieser wie von jener Seite betrachten konnte. Entsprechend ließ sich die Kontroverse nicht argumentativ klären. Es würde immer verschiedene Standpunkte geben, ohne daß der eine völlig richtig und der andere absolut falsch war.

»Fakt ist, daß Wallis nicht anders handelt, als wir es auf der Erde auch stets taten«, sagte Dhark diplomatisch. »Jedermann hat das Recht, seinen Besitz mit denen zu teilen, die er aussucht – oder eben nicht.«

»Ich spreche dem gar nicht zuwider. Aus seiner Warte mag er ja durchaus recht haben, aber die Menschen außerhalb von Eden werden das nicht so sehen und sich zurückgesetzt fühlen.«

»Es muß eine Auswahl getroffen werden«, ergriff Stormond das Wort. »Wäre der Menschheit mehr gedient, wenn niemand die Unsterblichkeit durch diese Kristalle erlangen würde?«

»Wir haben leicht reden, schließlich gehören wir zu den Glücklichen«, grübelte Grappa. »Ich frage mich, wie unsere Kameraden, unsere Freunde in der POINT OF reagieren würden, wenn sie von diesem Gespräch und seinem Hintergrund erführen.«

»Als Freunde würden sie uns die Unsterblichkeit nicht mißgönnen.«

»Trotzdem würden Begehrlichkeiten wach.«

»Das ist genau das, wovon ich dauernd spreche.« Unwillkürlich hob Eylers die Stimme an. »Andere Menschen, die uns nicht persönlich kennen, würden aus ihrem Herzen keine Mördergrube machen. Was interessieren den kleinen Mann auf der Straße die Verdienste, die Dhark sich um die Menschheit erworben hat, wenn es um die Unsterblichkeit geht? Was interessiert es irgendwen, was Sie geleistet haben, Grappa, oder Sie Shanton? Sie, wir alle, haben nichts anderes getan als unsere Pflicht, ebenso wie jeder Deckschrubber auf einem abgetakelten Prospektorenraumer. So wird der Tenor lauten. Machen Sie sich nichts vor, meine Herren und die Dame, hier geht es nicht um so etwas Profanes wie Geld. Es geht um *das ewige Leben*.«

»Sie spielen auf den Neidfaktor an«, sagte Saam.

»Dieser sogenannte Neidfaktor hat häufig einen berechtigten

Hintergrund. Zumindest sehen das die Benachteiligten so. Wenn zu dem großen Wohlstand auf Eden für einige wenige die Unsterblichkeit hinzukommt, wird der Neid der anderen katastrophale Folgen für die Gesellschaft nach sich ziehen. Die Unsterblichen werden zu Außenseitern der Galaxis werden. Zu Vogelfreien womöglich, die gejagt und ihres unsterblichen Lebens nicht mehr glücklich werden.«

Eylers' leidenschaftliche Ansprache ging an einigen Anwesenden vorbei, bei anderen löste sie Nachdenklichkeit aus. Dhark schürzte die Lippen.

»Sie lehnen die Unsterblichkeit ab, Bernd?«

»Nicht unbedingt. Wie Stormond richtig bemerkt, wäre damit niemandem gedient. Wie ich die Sache sehe, bedeutet Saams Programm ja keine Belohnung für geleistete Dienste. Die Unsterblichkeit stellt nur sicher, daß die fähigsten Köpfe auch weiterhin im Interesse der ganzen Menschheit wirken können. Das konstatiere ich unabhängig davon, ob ich in das Programm aufgenommen werde oder nicht. Ich weise nur eindringlich auf die Notwendigkeit hin, den gesamten Themenkomplex absolut geheimzuhalten.«

Dhark stimmte Eylers im Prinzip zu, doch er sah Schwierigkeiten. »Auf Dauer läßt sich Geheimhaltung bei solch einem sensiblen Thema nicht gewährleisten. Irgendwann wird den Menschen das Ende unseres Alterungsprozesses auffallen.«

»Darin sehe ich nicht das eigentliche Problem«, meldete sich Tschobe zu Wort.

»Sondern?« wollte Atawa wissen.

Der Massai drehte den Kopf. Seine Miene war mürrisch. Der Zwischenruf schien ihn aus dem Konzept gebracht zu haben. »Die Frage, ob ein einzelner Mann wie Wallis die alleinige Entscheidungsgewalt darüber haben darf, wer unbegrenzt weiterleben darf und wer sterben muß wie alle anderen, ist von so großer Tragweite, daß ich mir nicht anmaße, sie zu beantworten.«

»Ich auch nicht«, räumte Stormond ein. »Doch das hindert mich nicht daran, die dargebotene Chance zu ergreifen. Kaum jemand würde sie ausschlagen. Ich wäre dumm, wenn ich es täte. Waren wir uns, abgesehen von Jeffrey, nicht einig? Das gilt auch für Sie, Tschobe.«

Der Arzt nickte düster.

»Ich glaube, Manu wollte, als er eben unterbrochen wurde, auf etwas ganz anderes hinaus«, erinnerte Dhark.

Abermals nickte der Schwarze. Er blickte keinen der anderen an. »Es ging mir darum, daß das Anhalten unseres Alterungsprozesses auffallen würde, wie vorhin festgestellt. Das muß jedoch nicht sein.«

»Und wie wollen Sie das verhindern?« fragte Bruder Lambert. »Indem wir uns in unseren Häusern verstecken?«

»Natürlich nicht. Es sind Maßnahmen vorstellbar, die kaschieren, daß wir nicht mehr altern. Man könnte künstlich die eigene Alterung vortäuschen, beispielsweise durch die Verwendung von Masken. Man kann Androiden konstruieren, die man als eigene Kinder ausgibt und deren Platz man später irgendwann selbst einnimmt. Das dürfte funktionieren.«

Unwillkürlich dachte Dhark an Margun und Sola, die auf diese Weise vorgingen.

Da nicht alle Anwesenden in die wahre Identität der als Laetus und Nauta bekannten Worgunmutanten eingeweiht waren, nannte er keine Namen.

»Ich kenne zwei Unsterbliche in einer anderen Galaxis, die ihre Langlebigkeit auf diese Weise verschleiern«, blieb er vage. »Es funktioniert tatsächlich, Manu, aber es sind eben nur zwei. Wallis hingegen hat schon mehreren Menschen die Unsterblichkeit geschenkt, und wir sollen noch dazukommen. Die Gruppe wird zu groß für ein solches Verfahren. Irgendwann würde sich einer von uns verraten, und die Wahrheit käme heraus. Die Konsequenzen wären dann noch weitaus verheerender, als Eylers sie geschildert hat. Man würde keinem von uns mehr etwas glauben. Ein permanentes Mißtrauen würde sich ausbreiten, weil jeder in seinem Nachbarn einen möglichen Unsterblichen sähe.«

»Ihre Vorbehalte ernüchtern mich ein wenig«, gestand Wallis. »Hier auf Eden gab es bisher keine Probleme. Aber es stimmt, wir sind auch nur ein paar Unsterbliche und fallen nicht auf.

Außerdem stehen wir nicht so im Licht der Öffentlichkeit wie Ren.«

»Wir brauchen eine Lösung für dieses Problem«, forderte Dhark. »Und zwar eine, die ausschließt, daß sich die Menschen gegen uns wenden, nachdem sie von unserer neuen Unsterblichkeit erfahren haben.«

»Da sehe ich schwarz«, unkte Stormond. »Ohne Eylers hätte ich die Verfahrenheit der Situation überhaupt nicht erkannt. Das trifft auf die meisten in dieser Runde zu, wie ich feststelle. Kein Wunder, wir haben es mit einem Vorgang zu tun, mit dem die Menschheit und auch andere Völker zum erstenmal konfrontiert werden. Ich fürchte, es gibt keine praktikable Lösung.«

»Doch! Wir müssen anders vorgehen.«

Sämtliche Blicke richteten sich auf den GSO-Chef. Dhark nickte ihm auffordernd zu.

»Raus mit der Sprache. Was schwebt Ihnen vor?«

»Wallis sprach eben das Problem an, daß Sie stark im Licht der Öffentlichkeit stehen.«

»Das läßt sich auch nicht so schnell ändern.«

»Braucht es auch nicht. Im Gegenteil, wir machen uns diesen Umstand zunutze.«

»Ich kann Ihnen nicht ganz folgen.« Shanton stemmte seine massigen Unterarme auf die Tischplatte. »Werden Sie deutlicher.«

»Wir stellen die Unsterblichen noch stärker in den Mittelpunkt als bisher. Wir bauen sie mittels dauerhafter Propaganda zu Ikonen auf.«

Shanton schniefte vernehmlich. »Das klingt nach einer billigen Kaufhausstrategie – und nach Manipulation.«

Eylers' Miene verfinsterte sich zusehends. Wieder griff Dhark ein.

»Lassen Sie den Mann ausreden, Chris. Danach können wir immer noch über ihn herfallen.«

»Ich hoffe, das meinen Sie nicht ernst«, sagte Eylers in seiner linkischen Art. Er schien unschlüssig, ob er die Drohung für bare Münze nehmen sollte. »Wie auch immer, wir müssen der Öffentlichkeit die herausragende Bedeutung dieses Personenkreises begreiflich machen. Natürlich geht das nicht mit der Holzhammermethode. Es muß geschickt vonstatten gehen, unmerklich. Dann werden die Menschen es irgendwann hinnehmen, daß jene Wenigen die Unsterblichkeit erlangen, sie selbst aber nicht.«

»Sie sprechen davon, die Menschen zu manipulieren? Sie zu belügen?« Grappa schüttelte den Kopf. »Das lehne ich rundweg ab.«

»Unsinn! Ich habe nicht vor, irgendwen zu belügen. Die Leistungen der hier Versammelten sind herausragend, da braucht man nichts zu beschönigen. Jeder von Ihnen hat sein Leben zigfach für die Menschheit eingesetzt. Das muß hervorgehoben werden.«

»Ich weiß nicht recht...« begann Shanton.

»Aber ich weiß«, fiel ihm Wallis ins Wort. »Die Idee ist nicht nur gut, sie ist brillant. Was meinst du, Robert?«

Saam nickte bedächtig. »Ich bin ganz deiner Meinung, Terence.«

»Und Sie, Ren? Wie stehen Sie zu Eylers' Vorschlag?«

Dhark war nicht völlig überzeugt, denn bei Eylers' Idee verschwammen die Grenzen. Er hatte stets im Sinne der Menschen gehandelt, die ihn einst zum Commander der Planeten gemacht hatten. Er dachte nicht daran, diese Menschen hinters Licht zu führen. Sie sprachen hier von einer Grauzone. Es war schwierig, genau zu trennen, inwieweit die Absichten des GSO-Chefs moralisch vertretbar und in Ordnung waren und ab welchem Punkt man Gefahr lief, manipulative Mittel anzuwenden. Er würde schon darauf achten, daß es so weit nicht kam.

»Ich möchte zunächst fragen, wie diese, ich nenne sie einmal Öffentlichkeitsarbeit, funktionieren soll. Wie sollen wir den Menschen nahebringen, was Sie vorhaben, Bernd?«

»Darüber muß ich ausgiebig nachdenken. Ich bin ja eben erst mit dem Problem konfrontiert worden. Wir benötigen verläßliche Leute in den richtigen Positionen.«

»Eine Person genügt«, warf Wallis mit einem Lächeln ein. »Ich kenne genau den richtigen Mann für diese Aufgabe, nämlich Sam Patterson.«

Dhark horchte auf. Mit Patterson warf Wallis einen weiteren großen Namen in die Runde. Ringsum setzten Diskussionen ein. Dhark hörte nur mit einem Ohr hin. Er dachte über den Vorschlag nach. Patterson war der Besitzer des Medienkonzerns Terra-Press und seit vielen Jahren mit Terence Wallis befreundet. Er hatte seinen Geschäfts- wie auch seinen Wohnsitz schon vor Jahren von der Erde nach Eden verlegt, seine Redaktionszentrale aber seinerzeit in Alamo Gordo belassen. Nachdem Terra-Press Babylon verstaatlicht worden war, hatte er über alle noch freien Kanäle Position gegen Henner Trawisheims Diktatur bezogen.

»Patterson ist zweifellos ein aufrechter und integrer Mann«, brachte Dhark das Stimmendurcheinander zum Verstummen.

»Deshalb bin ich gleich auf ihn gekommen«, bestätigte Wallis. »Sam spricht eine offene und klare Sprache. Er ist ehrlich und aufrichtig, und das erwartet er auch von anderen. Lügner und Lügen sind nicht sein Metier. Er hat genau die für unsere Zwecke richtige Position inne.«

»Sie meinen, auf Patterson ist Verlaß?« fragte Atawa.

»Ich kann mir keinen geeigneteren Kandidaten vorstellen. Nach dem Umsturz ist er wieder alleiniger Besitzer von Terra-Press Babylon. Er hat daher die Möglichkeit, seine Medienmacht ganz unauffällig in die richtige Richtung zu nutzen.«

»Das verstehen Sie nicht als Manipulation?« wunderte sich Grappa.

»Ehrlich gesagt – nein.«

»Ich schon. Als Kinder haben meine Geschwister und ich ständig versucht, einander durch kleine Tricks zu etwas zu bringen. Genauso kommt mir das hier vor.«

»Ich bin sicher, bei Patterson sind wir an der richtigen Adresse«, überging Wallis die Bedenken des Mailänders.

Die pummelige Biologin kniff die Augen zusammen. »Fürchten Sie nicht, Patterson wird ebenfalls die Unsterblichkeit verlangen, wenn Sie ihn einweihen?«

»Nein. Ich habe auch nicht vor, ihn in das Programm aufzunehmen. Er ist mein Freund, und seine Töchter werden irgendwann weiterhin auf Eden leben wollen. Es ist gar nicht nötig, daß ich Sam jedes Detail auf die Nase binde. Es genügen Andeutungen darüber, daß Wallis Industries an einem Unsterblichkeitsprogramm für einen ausgewählten kleinen Kreis arbeitet und man die Menschheit auf so etwas vorbereiten muß.«

»Er wäre fehl an seinem Platz, wenn er der Sache nicht intensiv nachginge, Freundschaft hin oder her«, gab Dhark zu bedenken.

»Mag sein. Die Zeit wird es weisen. Und sollte Sam sich ebenfalls Hoffnungen darauf machen, in das Programm aufgenommen zu werden, werde ich ihm zumindest nicht entschieden widersprechen. Ich lasse auf mich zukommen, was daraus wird.«

Shanton wölbte eine Augenbraue. »Ein bißchen naiv, finden Sie nicht?«

Wallis setzte ein spöttisches Grinsen auf. Er brauchte es nicht zu kommentieren, um den Sinn zu verdeutlichen. Mit Naivität wäre er nicht in seine gegenwärtige Position gelangt. Er war ein gewiefter Geschäftsmann, der genau wußte, was er tat.

Obwohl alle Argumente vorgetragen waren, hielt die Diskussion noch eine Weile an. Nicht alle waren mit ihrem Ergebnis einverstanden. Das galt besonders für Grappa und Shanton.

»Wir können das Thema totreden«, sagte Wallis schließlich und taxierte den Mailänder. »Dadurch lasse ich mich aber nicht von meinem Standpunkt abbringen. Halten Sie mich meinetwegen für arrogant, aber ich finanziere das Unsterblichkeitsprogramm. Das gilt sowohl für die Forschung als auch für die Muun-Kristalle und die eigentliche Behandlung. Daher bleibt der alleinige Zugriff auf das Projekt ohne Wenn und Aber in meinen Händen.«

Ein Lächeln huschte über Regina Saams Gesicht, und Robert nickte.

Die Gruppe Saam stand, soviel war Dhark klar, hundertprozentig hinter Wallis, der ihre Arbeit finanzierte. Die Eheleute sowie George Lautrec und Saram Ramoya waren die einzigen, die wußten, wie das Verfahren funktionierte. Sie allein vermochten die Behandlung durchzuführen. Ohne sie war sogar ihr Chef aufgeschmissen. Sorgen brauchte Wallis sich indes nicht zu machen, denn er war sich der Loyalität seiner Mitarbeiter sicher.

»Robert, möchtest du unseren Freunden nun erklären, wie die Behandlung vonstatten geht? Ich bin sicher, sie sind trotz aller Kontroversen neugierig, was sie erwartet.«

Saam ergriff die Hand seiner Frau. »Ich lasse Regina den Vortritt. Die theoretischen Grundlagen fallen in ihren Fachbereich Biologie.«

»Im Grunde ist alles ganz einfach, auch wenn es sich für einen Laien kompliziert anhören mag«, begann die Schweizerin ohne Umschweife. »Sie alle werden in einem Körperzellenanalysator untersucht. Das Gerät wird von einem leistungsfähigen Hyperkalkulator gesteuert, der speziell für diesen Zweck entwickelt wurde. Es analysiert das Erbgut in jeder einzelnen Zelle Ihres Körpers.«

»Die DNS also, wenn ich richtig informiert bin«, warf Grappa ein.

»Richtig, die Desoxyribonukleinsäure. Dazu muß man wissen, daß unser Alterungsprozeß bereits um das fünfundzwanzigste Lebensjahr herum einsetzt, nachdem der menschliche Körper vollständig ausgewachsen ist. Unsere alten Körperzellen werden vom Körper ständig aufgelöst und durch neue ersetzt, die durch Zellteilung entstehen. Nach etwa sieben Jahren ist eine vollständige Erneuerung eingetreten.«

Grappa starrte die Biologin verblüfft an. »Wollen Sie damit sagen, daß wir nach jeweils sieben Jahren stets einen völlig neuen Körper haben, in dem keine der früheren Zellen mehr vorhanden ist?«

»So ist es.«

»Aber das...« der Ortungsspezialist suchte nach Worten, »... das ist unlogisch. Träfe es zu, würden wir niemals alt werden, weil unser Körper ja ständig verjüngt würde. Wir besäßen gewissermaßen unser eigenes biologisches, körperinternes Unsterblichkeitsprogramm.«

»Richtig, und doch wieder nicht.«

»Weil die Natur leider nicht perfekt ist«, erklärte Rani Atawa. »Denn die natürliche Vorsorgemaßnahme funktioniert nur eingeschränkt. Bei diesem höchst komplizierten Vorgang, bei dem das Erbgut einer sich teilenden Zelle dupliziert wird, kommt es immer wieder zu kleinen Kopierfehlern, die nicht behoben werden. Dadurch verändert sich die DNS im Laufe der Zeit, leider immer zum Schlechteren hin.«

»Da gibt es Leute, die stehen auf dem Standpunkt, wir würden der Natur ins Handwerk pfuschen. Dabei macht sie das selbst«, grummelte Shanton.

»Leider«, fuhr Regina Saam mit der Erklärung fort. »Denn die Folge dieser Kopierfehler ist unser Alterungsprozeß, der schließlich zum Tode führt. Mit dem von uns entwickelten Verfahren können wir dem Verfall jedoch ein Schnippchen schlagen. Der Körperzellenanalysator vergleicht dazu das Erbgut jeder einzelnen Zelle und errechnet die ideale DNS für den jeweiligen Körper. Mit dieser DNS-Folge werden winzig kleine Nanoroboter programmiert, deren wichtigster Bestandteil Muun-Kristalle sind. Sie werden injiziert und wandern selbsttätig durch den Körper, und zwar nicht nur durch das Blut, sondern durch sämtliche Körperzellen.«

Dhark merkte auf. Endlich wurden die Zusammenhänge angesprochen, wozu die Muun-Kristalle überhaupt benötigt wurden. »Ich nehme an, die Nanoroboter werden von einem Steuerelement gelenkt.«

»Richtig. Dabei handelt es sich um ein münzgroßes Gerät, das unter die Brustmuskulatur geschoben wird. Es steuert die Nanoroboter und verhindert, daß sie mit Körperflüssigkeiten und Ausscheidungen den Körper verlassen«, dozierte Regina Saam.

»Was geschieht bei Verletzungen, bei denen es zu einem Blutverlust kommt?« fragte Shanton.

»In einem solchen Fall kann man den Verlust eines Teils der Nanoroboter nicht ausschließen. Darüberhinaus sollten diese Mikromaschinen jedoch nicht verloren gehen.«

»Das klingt recht zuversichtlich«, sagte Bruder Lambert. »Wie können Sie so sicher sein?«

»Selbstverständlich haben wir bei den bisherigen Unsterblichen ständige Kontrollen durchgeführt, besonders in der Frühphase. Daher verfügen wir über einige Erfahrungswerte.«

»Aber über keine Langzeitstudien.«

»Natürlich nicht. Aber die werden wir im Laufe der Zeit erlangen«, antwortete Saam irritiert. »Hegen Sie Zweifel an der Wirksamkeit des Verfahrens, Kurator?«

»Nein, Mister Saam.«

»Gut. Die wären nämlich unbegründet.«

Dhark unterdrückte einen Widerspruch. Bisher war alles glattgelaufen. Daran zweifelte er nicht. Auch auf Dauer mochten die Erfolgsaussichten gut sein, trotzdem fand er es ein wenig vermessen, für die langfristige Verläßlichkeit des Programms zu garantieren.

Aber so war Saam nun einmal. Daß er voll und ganz von dem Projekt überzeugt war, belegte allein die Tatsache, daß er es nicht mitten in der Entwicklung in eine Ecke gestellt und vergessen hatte.

So pflegte er nämlich mit Forschungsarbeiten umzugehen, die nicht so funktionierten, wie er sich das vorstellte.

»Bisher ist es bei den Unsterblichen noch zu keinem Verlust von Nanorobotern gekommen?« wollte Dhark wissen. »Beziehungsweise, wie können Sie sicher sein, daß es nicht vielleicht doch so ist?«

»Das hätte die Steuereinheit gemeldet.«

»Verstehe. Wie anfällig ist dieses Steuergerät?«

Regina lächelte. »So gut wie gar nicht, und es hat eine ziemlich hohe Lebensdauer. Um ganz sicher zu gehen, sollte es etwa alle hundert Jahre ausgetauscht werden. Selbst das ist eine nicht zwangsläufig notwendige Maßnahme, sondern dient nur der Prävention. Der Energievorrat der Steuereinheit reicht übrigens für rund einhundertfünfzig Jahre.«

»Angenommen, man hat doch noch Bedenken und möchte noch ein paar Jahre abwarten«, meldete sich Tschobe zu Wort. »Wie verhält es sich mit diesen Jahren? Ich meine…«

»Sie sind verloren. Ich weiß, worauf Sie hinauswollen«, sprudelte es aus Saam heraus. »Wir können jederzeit nur mit der idealen aktuellen DNS arbeiten. Die so Behandelten wirken zwar frischer und jugendlicher als vorher, werden aber nicht wirklich jünger. Man behält das Lebensalter bei, in dem man die

Unsterblichkeit erlangt. Spielen Sie etwa mit dem Gedanken, noch zu warten?«

Tschobe schüttelte den Kopf. »Nein, ich bin fest entschlossen.«

»Gut. Terence' Anwalt A.B.C.D.E. Fortrose beispielsweise wird immer ein Mann Anfang Siebzig bleiben.«

»Was ihm durchaus nichts ausmacht«, bemerkte Wallis grinsend. »Wie pflegt Fortrose zu sagen? Besser ein lebendiger alter Knacker als ein toter Jungspund.«

Alle lachten. Nur Eylers blieb ernst.

»Was passiert nach Unfällen?« Er spielte auf seine Armprothese an, von der nur wenige Menschen wußten. »Angenommen, man verliert bei einem Unfall einen Arm oder ein Bein. Regeneriert sich die Wunde?«

»Nein, verlorene Gliedmaßen wachsen nicht nach. Lediglich bei kleineren Verletzungen erfolgt eine narbenfreie Regeneration.«

»Tröstlich. Gottgleiche Fähigkeiten verleiht uns das Unsterblichkeitsprogramm also nicht.« Eylers schien darüber beinahe erleichtert.

»Alle Behandelten sind künftig jedoch praktisch immun gegen die meisten Krankheiten. Sogar Mister Shantons Leber, von der ich annehme, daß sie durch häufigen Alkoholgenuß schwere Schäden davongetragen hat, wird vollständig heilen. Nach maximal sieben Jahren ist sie wie neu.«

»Das geht Sie einen Kehricht an.« Shanton warf Saam einen vernichtenden Blick zu.

Der Norweger fuhr sich verwirrt durch sein strubbeliges Haar. »Ich wollte nicht indiskret sein. Ich habe nur ausgesprochen, was ohnehin alle Anwesenden wissen.«

»Sonst noch etwas, das Sie an mir auszusetzen haben?« fragte Shanton grimmig.

»Ich setze nichts aus, ich spreche nur Tatsachen an. So auch diese: Auf Ihr Übergewicht hat die Behandlung keine Auswirkungen. Es wird sich nur dann reduzieren, wenn Sie deutlich weniger Kalorien zu sich nehmen.«

Shanton schnappte empört nach Luft.

»Andererseits ist eine Gewichtsabnahme gar nicht mehr nötig. Die Nanoroboter in Ihrem Körper beseitigen sämtliche Folgen Ihres Übergewichts wie Arterienverkalkung oder Gelenkdegeneration zuverlässig.«

»Das ist doch nicht zu fassen.« Der Ingenieur starrte Wallis an. »Macht er das mit Absicht?«

Wallis räusperte sich vernehmlich. »Es ist genug, Robert. Deine Ausführen waren sehr... plastisch. Inzwischen haben alle begriffen, worauf du hinauswillst.«

Saam zuckte mit den Schultern. Er war sich keiner Schuld bewußt. Dhark erinnerte sich, daß Saam vor ein paar Jahren der Ruf vorausgeeilt war, ein wenig weltfremd zu sein. Nach seiner Hochzeit mir Regina hatte sich das ziemlich gelegt. In manchen Momenten jedoch, so wie gerade eben, bekam man den Eindruck, daß das junge Genie gar nicht mitbekam, was es im zwischenmenschlichen Bereich von sich gab.

»Da wir nun alles lang und breit diskutiert haben«, drängten sich Wallis' Worte in Dharks Gedanken, »sollten wir zum praktischen Teil übergehen. Regina wird sich Ihrer jetzt nacheinander annehmen. Wer wagt den Schritt als erster? Wie wäre es mit Ihnen, Ren?«

Der weißblonde Raumfahrer gab sich einen Ruck. Einer mußte schließlich den Anfang machen. »Warum nicht?«

Wallis lächelte. »Wie der Onkel Doktor in früheren Zeiten zu seinen Patienten zu sagen pflegte – keine Sorge, es tut nicht weh.«

Dhark konnte darüber nicht lachen. Trotz der Aussicht auf ein unsterbliches Leben und aller Beteuerungen, die Prozedur sei ungefährlich, blieb ein Rest von Zweifeln. Das lag vermutlich in der menschlichen Natur.

10.

Er hatte sich das Verfahren spektakulärer vorgestellt. Dhark wurde in eine Art Röhre geschoben, wie sie früher für eine Ganzkörper-Computertomographie verwendet worden war. Blaues Licht erfüllte das Innere des Körperzellenanalysators. Es schuf eine unwirkliche Atmosphäre und machte schläfrig. Dhark widerstand dem Drang, die Augen zu schließen und sich seiner Müdigkeit hinzugeben. Er wollte mit wachen Sinnen miterleben, was mit ihm geschah. Es war nicht viel, was er von dem Vorgang mitbekam.

Er vernahm lediglich ein unterschwelliges, kaum hörbares Summen, dann beförderte ihn die Automatik schon wieder aus der Röhre hinaus.

»War das alles?« fragte er verwundert.

Regina Saam beugte sich über ihn. »Was haben Sie erwartet?«

»Ich weiß es nicht«, gestand Dhark ein wenig ratlos.

»Terence sagte doch, daß es nicht wehtut. Der Analysator hat gerechnet, während Sie schliefen. Die Auswertung ist gleich abgeschlossen.«

»Ich war wach. Ich habe nicht geschlafen.«

»Wie lange steckten sie in der Maschine?«

»Hm«, machte Dhark nachdenklich. »Da drin verliert man schnell jedes Zeitgefühl. Fünf Minuten, schätze ich. Zehn vielleicht, aber mehr auf keinen Fall.«

»Es waren knapp drei Stunden.«

»Das ist unmöglich.«

»Ganz gewiß nicht. Sie haben von der Zeitspanne nichts mitbekommen, weil Sie sich, wie bereits erwähnt, in einem Schlafzustand befanden.«

Dhark mochte es kaum glauben. Er hätte geschworen, nur

wenige Minuten im Inneren der Röhre verbracht zu haben, während derer er bei wachem Bewußtsein gewesen war.

»Auch gut. Und wie geht es nun weiter?«

»Sie können sich erheben und dort drüben auf die Operationsliege legen.«

»Darf ich mich anziehen?«

»Sie dürfen, aber der Oberkörper bleibt frei.«

»Wie Frau Doktor wünschen«, murmelte Dhark.

Die Biologin wandte sich grinsend von ihm ab und richtete ihre Aufmerksamkeit auf eine Reihe von Apparaturen. Kurz machte sie sich an dem Hyperkalkulator zu schaffen, dann widmete sie sich einer holographischen Darstellung zahlreicher Listen, die tabellarisch von unten nach oben liefen.

Dhark erhob sich.

Nachdem er Hose und Schuhe angezogen hatte, legte er sich auf den zugewiesenen Tisch.

Mit den Geräten ringsum konnte er nicht viel anfangen. Als Mensch fühlte man sich chromblitzenden Instrumenten stets ausgeliefert wie ein Versuchskaninchen. In medizinischen Labors hatte er sich nie besonders wohlgefühlt. Er beobachtete Regina bei ihrer Tätigkeit. Obwohl er nicht genau wußte, was sie tat, war offensichtlich, daß sie zielstrebig und routiniert vorging. *Routiniert.* Dhark lachte stumm in sich hinein. Wenn es um die biologische Unsterblichkeit ging, war der Begriff Routine zweifellos der Begriff, den man damit am wenigsten in Zusammenhang bringen konnte.

»Die Analyse ist abgeschlossen«, sagte die Biologin. Sie ließ von den flimmernden Zahlenkolonnen ab und trat vor die Liege.

»So schnell?«

»Das ist fast schon Routine.«

Dhark lachte auf.

»Was ist daran so amüsant?«

»Nichts. Erstaunlich würde es besser treffen. Oder unglaublich. Ihre Röhre hat jede einzelne der Milliarden Zellen meines Körpers untersucht?«

»Der *Analysator*«, Regina betonte die Bezeichnung des Apparats, »ist ziemlich schnell, das ist richtig. Er hat die DNS-Struktur Ihrer sämtlichen Zellen verglichen und die ideale berechnet. Wir kommen nun zu dem eigentlichen Eingriff.«

»Werde ich wieder nichts davon mitbekommen?«

»Sie meinen, ob Sie wieder schlafen, ohne es zu bemerken? Nein. Für den kleinen Eingriff genügt eine örtliche Betäubung. Entspannen Sie sich.«

Dhark nickte. Die Biologin nahm eine Schaltung an einer Bedienungseinheit neben der Liege vor. Geräuschlos schossen zwei Greifarme auf den Patienten zu. Der eine war mit einem Skalpellaufsatz und einer haarfeinen Kanüle versehen. Die Injektionsnadel verharrte einen Moment, bevor sie in seine Brust stach. Er merkte den Einstich kaum. Den folgenden Schnitt spürte er gar nicht. Die lokale Betäubung wirkte bereits.

»Fühlen Sie sich wohl?« fragte Regina Saam.

Dhark lauschte in sich hinein. »Ja.«

»Kein Schwindelgefühl? Kein Druck auf der Brust?«

»Nein.«

»Gut.« Die Biologin tippte mit dem Finger auf eine Schaltfläche.

In der nächsten Sekunde senkte sich der zweite Greifer. Erst jetzt bemerkte Dhark den kleinen Gegenstand, der von winzigen Metallklauen gehalten wurde. Das Steuergerät war wirklich nicht größer als eine kleine Münze und allenfalls ein paar Millimeter dick. Behutsam wurde es durch den offenen Schnitt, aus dem nur wenige Blutstropfen sickerten, in seinen Brustkorb eingepflanzt. Die Greifarme huschten zurück in ihre Verankerung. An ihre Stelle trat ein weiterer.

»Der Schnitt wird verklebt. Danach kommt die letzte Phase, die entscheidende.«

»Und wenn noch etwas schiefgeht?«

»Wie Robert bereits sagte. Es kann und wird nichts schiefgehen.«

Dhark ließ die Prozedur schweigend über sich ergehen. Er starrte nachdenklich zur Decke hinauf. Es war ein eigentümliches Gefühl zu wissen, was für ein Gerät nun unter seinem Brustbein steckte. Ein Greifer wischte die Blutreste von seiner Brust.

»Und jetzt die Injektion der Nanoroboter.«

Kaum hörbar zischte eine Hochdruckkanüle. Unwillkürlich zuckte Dhark zusammen. Für das menschliche Auge unsichtbare Mikromaschinen ergossen sich in seinen Organismus. Plötzlich wurde ihm bewußt, wie hilflos er den winzigen Invasoren ausgeliefert war. Wenn sie entschieden, irgendwelchen Unsinn in seinem Inneren anzustellen, besaß er kein Mittel, sich dagegen zu wehren. Die Vorstellung war unheimlich.

Es sind programmierte Maschinen, die unter Überwachung stehen, schärfte er sich ein. *Sie leben nicht. Sie entscheiden nicht. Sie sind harmlos, ganz und gar harmlos. Und nützlich.*

Er schloß die Augen und konzentrierte sich auf sein Inneres, darauf wartend, eine Veränderung zu empfinden. Nichts geschah. Nichts, was er wahrgenommen hätte. Es war, als sei überhaupt nichts geschehen. Vielleicht hatte es nicht geklappt.

»Die Nanoroboter beginnen bereits zu wirken. Sehen Sie sich den Schnitt an.«

Dhark schlug die Augen auf. Er entdeckte kein Blut, keine Wunde. Der Schnitt, den das Skalpell gesetzt hatte, war verschwunden, als hätte er nie existiert. Was wie ein Wunder erschien, war nichts anderes als der Einsatz modernster Technologie. Und das Wirken von Muun-Kristallen, das kein Mensch hatte voraussehen können. Zumindest niemand außer Wallis und seinen Koryphäen.

»Gut, daß ich es mit eigenen Augen sehe. Würde mir das jemand erzählen, würde ich ihn für verrückt erklären.«

»Da sind Sie nicht der einzige. Wie fühlen Sie sich?«

Abermals horchte Dhark in sich hinein. Er fühlte sich kein bißchen anders als vor der Injektion der Nanoroboter. Daß die Dinge aber nicht mehr so waren wie zuvor, daß sie wahrscheinlich nie wieder so sein würden, bewies das Verschwinden der Schnittwunde. Nicht der Ansatz einer Narbe war zurückgeblieben.

»So wie immer. Tut mir leid, etwas anderes kann ich Ihnen nicht sagen.«

»Gut so. Denn das beweist den Erfolg unseres kleinen Eingriffs.«

»Ich bin jetzt also tatsächlich unsterblich?«
»Ja.«
Das kurze Wort hallte in Dharks Kopf nach wie der Klang einer Glocke.

*

Rani Atawa und Tino Grappa stellten ihre Fähigkeiten bei einer Partie Snooker unter Beweis, aufmerksam beobachtet von Shanton, Tschobe und Stormond. Sie alle waren jetzt Unsterbliche, dachte Dhark, der ein wenig abseits stand. Viel zu viele Tage waren vergangen, in denen sie sich dem Müßiggang hingegeben und gelegentliche Untersuchungen über sich hatten ergehen lassen. Tage, die, je weiter sie fortgeschritten waren, Dharks Empfinden nach stetig langsamer verrannen. Er versuchte zu begreifen, was mit ihm los war. Am ehesten ließ es sich mit Langeweile umschreiben. Niemand achtete auf ihn, als er den Billardraum verließ.

Vor ihm lag der Salon von Terence Wallis' Landhaus, auch *Wallis Castle* genannt. Niemand hielt sich darin auf. Dhark mochte den geschmackvollen Salon, seinen Stil, die Ausstattung und Aufteilung, die rostroten Wildlederpolstermöbel, die kleine Bühne mit der Harfe und dem tiefroten Klavier, die lange Theke vor der verspiegelten Barschrankwand und die mit Hartholzbalken durchzogenen Natursteinmauern. Ganz besonders die Natursteinmauern. Heute jedoch hatten sie etwas Erdrückendes.

Dhark schritt über den schweren grauen Teppich, der jeden seiner Schritte dämpfte. Er blieb erst vor der Tür stehen, die hinaus auf die Terrasse führte. Sie stand weit offen. Für einen Moment war er versucht, über die vier Stufen in den Park zu gehen. Unübersichtlich erstreckte sich die Grünanlage vor ihm, scheinbar bis an den Fuß der atemberaubenden Bergkulisse reichend. Dhark entschied sich anders, als er Wallis und Bruder Lambert zwischen den Blumenbeeten spazieren sah. Sie waren in ein angeregtes Gespräch vertieft.

Auch ohne Zeuge ihrer Unterhaltung zu werden, konnte er sich vorstellen, worum es ging.

Um Politik. Um die Zukunft der Menschheit. Um nichts Geringeres.

Sie besprachen die Entwicklung der zukünftigen Beziehungen zwischen Terra und Eden. Er kannte Wallis inzwischen lange und gut genug, um zu wissen, daß die beiden Männer keine Belanglosigkeiten austauschten. Mehr noch, er war mit den Bahnen vertraut, in denen der Milliardär dachte. Dhark hätte darauf gewettet, daß Wallis längst einen Plan entwickelt hatte, um den Kurator möglichst lange an der Macht zu halten, und das trotz der Demokratie auf der Erde.

»So sehr in Gedanken versunken, daß Sie mich nicht bemerken?«

Dhark sah auf, als Eylers eintrat. Der GSO-Chef kam aus dem Park. Er machte einen nachdenklichen Eindruck, als er sich neben Dhark stellte.

»Sie beobachten die beiden?« fragte Eylers.

»Habe ich Anlaß dazu?« Dhark schüttelte den Kopf. »Ich beobachte die Landschaft. Ich hatte eben das Gefühl, daß mir hier drin die Decke auf den Kopf fällt. Und was haben Sie dort draußen gemacht? Wallis und Lambert belauscht?«

Eylers zögerte. Unbeholfen trat er von einem Fuß auf den anderen. »Es wäre vielleicht besser, ich täte es. Sie glauben doch auch nicht, daß die beiden sich übers Wetter unterhalten.«

»Nein.«

»Ich nehme an, Sie beschäftigt dasselbe wie mich.«

Die umständliche Art und Weise des Gesprächs behagte Dhark nicht. »Hören Sie, Bernd, ich mag dieses Gerede um den heißen Brei nicht. Sprechen Sie aus, was Sie auf dem Herzen haben, oder lassen Sie es.«

»Ich mache mir Sorgen.«

»Als neuerdings Unsterblicher?« Seine Bemerkung entlockte dem GSO-Chef tatsächlich ein Lächeln.

»Ich mache mir keine Sorgen um mich, sondern darum, was Wallis und Bruder Lambert besprechen. Ihr Freund legt großen Wert auf dauerhaft unveränderte Verhältnisse.«

»Und?«

»Das da draußen sind Politiker. Ich bin sicher, sie planen

soeben die Zukunft der Menschen und ihrer Hauptwelten. Wallis wird auf unbestimmte Zeit das Staatsoberhaupt auf Eden bleiben, möglicherweise für immer. Er versteht sich leidlich gut mit Bruder Lambert. Was läge also näher, als daß er versuchte, den Kurator ebenfalls so lange wie möglich an der Macht zu halten?«

»Das sind Spekulationen«, wich Dhark aus.

»Nun sind Sie es, der um den heißen Brei herumredet.«

»Mag sein.« Dhark nickte. »Nein, Sie haben recht. Sagt Ihnen das Ihre Geheimdienstnase?«

»Mein gesunder Menschenverstand sagt es mir. Ich traue den beiden nicht.«

Dhark war überrascht. »Sehen Sie nicht etwas zu schwarz? Lambert hat die Erde niemals aufgegeben, nicht zu Zeiten der Erdvereisung und nicht in den dunkelsten Stunden der Besetzung durch die Eisläufer. Und Wallis hat Ihnen soeben die Unsterblichkeit geschenkt. Dankt man das einem Mann mit Mißtrauen?«

»Das eine hat mit dem anderen nichts zu tun.«

Nein, das hatte es nicht. Dhark seufzte. »Wahrscheinlich will ich mir selbst etwas vormachen. Sie können mir glauben, wenn ich Ihnen sage, daß ich es nicht gut finde, wenn zwei Unsterbliche versuchen, das Schicksal der Menschheit zu bestimmen.«

»Das glaube ich Ihnen.«

»Trotzdem ist es vielleicht besser so. Die Menschheit, besonders jene auf Babylon, muß sich von Trawisheims Diktatur erholen. Das geht nicht von heute auf morgen. Um das Vertrauen in die Politik wiederzugewinnen, bedarf es verläßlicher Strukturen und unbeirrbarer Männer, die es gewohnt sind, sich für Ihre Ziele einzusetzen.«

»Das klingt gut«, sagte Eylers tonlos, »könnte aber auch ein erst wenige Monate altes Zitat des Cyborgs sein.«

Dhark wollte harschen Widerspruch einlegen. Er verbiß ihn sich. So falsch lag der Geheimdienstchef nicht. Dennoch war Dhark gewillt, Lambert und Wallis eine Chance für einen geordneten Wiederaufbau und einen gemeinsamen Weg in die Zukunft zu geben. Daß er ohnehin keine Handhabe dagegen hatte, stand auf einem ganz anderen Blatt. Aber er vertraute Lambert und Wallis.

»Machen Sie sich nicht allzu viele Sorgen«, sagte Eylers, als würde er die Gedanken des ehemaligen Commanders lesen. »Was immer Lambert und Wallis aushecken, sie machen es nicht unbeobachtet. Ich werde die Entwicklung von Terra, Eden und Babylon mit wachen Augen verfolgen. Speziell dafür steht die Gründung einer neuen GSO-Abteilung unmittelbar bevor. Eine Entwicklung wie unter der Regierung Trawisheim werde ich kein zweites Mal hinnehmen.«

»Finden Sie nicht, daß auch diese Ankündigung konspirativ klingt?«

»Durchaus nicht. Sie drückt nichts anderes aus als meine Wachsamkeit. Die Menschheit kann sich auf mich verlassen, und Sie können das ebenfalls.« Eylers durchquerte den Salon. »Begleiten Sie mich nach hinten zu den anderen?«

Wortlos schloß Dhark sich dem Sicherheitschef an. Und er dachte daran, daß vermutlich auch die beiden Männer da draußen der Meinung waren, die Menschheit könne sich auf sie verlassen.

*

Wenig später kamen Wallis und Lambert zurück ins Haus. Sie waren in aufgeräumter Stimmung. Dhark registrierte, daß Eylers sie unauffällig ansah.

»Wir haben Sie vermißt.«

»Ich habe dem Kurator meinen bescheidenen Garten gezeigt, Ren«, antwortete Wallis.

»Wirklich eine prächtige Anlage. Ich bin sehr angetan davon«, versicherte Lambert.

Kein Wort vom Inhalt des Gesprächs. Um Eylers' Mundwinkel zuckte es. *Die Geheimniskrämerei der beiden Staatsoberhäupter ist natürlich Wasser auf seine Mühlen,* dachte Dhark. Er selbst ging mit ihnen nicht so hart ins Gericht wie Eylers. Hoffentlich würde nicht der Tag kommen, an dem er das bereute. *Unsinn!* Dhark schüttelte seine Vorbehalte ab.

»Ich habe Sie draußen gesehen, Mister Eylers. Sie haben meinen Garten ebenfalls begutachtet?« Lag da ein unterschwelliges Lauern in Wallis' Stimme?

»Ja, habe ich. Ich schließe mich dem Kurator an. Der Park ist prächtig.«

»Ich führe Sie später gern herum.«

Eylers winkte ab. »Nett von Ihnen, aber es wird Zeit für mich. Ich habe genug ausgeruht und dem Nichtstun gefrönt. Sie wissen ja, wer rastet, der rostet. Wenn ich noch lange auf Eden verweile, finde ich gar nicht mehr in meinen Job zurück. Ich werde mich auf den Weg nach Babylon machen.«

»Mister Eylers spricht aus, was mir schon den ganzen Tag durch den Kopf geht«, sagte Stormond.

»Sie wollen uns ebenfalls verlassen?« fragte Wallis.

»Auch auf mich wartet Arbeit. Ich hoffe, Oberst Vegas hat noch keine Vermißtenmeldung aufgegeben«, scherzte der Hyperkalkulatortechniker. »Ich werde mir eine gute Geschichte zurechtlegen, die meine Abwesenheit erklärt. Außerdem möchte ich wissen, wie es Jeffrey geht.«

Dhark konnte verstehen, daß Stormond nach seinem Freund Kana sehen wollte, der die Unsterblichkeit abgelehnt hatte. Einigen von ihnen war Kanas Verweigerung noch immer unbegreiflich, obwohl er die Gründe dafür ausführlich dargelegt hatte.

»Gute Idee«, sagte Wallis. »Kümmern Sie sich ein wenig um Kana. Achten Sie darauf, daß er sich nicht verplappert.«

»Das wird er nicht, dafür garantiere ich.«

»In Ordnung.«

Dhark sah den richtigen Moment gekommen, sich ebenfalls auf den Weg zu machen. Wallis betrachtete ihn.

»Auch Sie wollen los, nicht wahr, Ren? Mir ist Ihre Unruhe bereits gestern aufgefallen.«

»Sie kennen Dhark doch«, sagte Shanton. »Er hält es niemals lange an einem Ort aus.«

»Das ändert sich vielleicht. Unsterbliche haben mehr Zeit als andere Leute. Womöglich verliert Ren sogar den Drang, ständig wie ein Vagabund durchs Weltall zu ziehen.«

Shanton lachte hell auf. »Um seßhaft zu werden? Daran glaube ich nicht.«

Dhark räusperte sich.

»Verzeihung, Ren. Wir reden über Sie, als seien Sie nicht zugegen«, entschuldigte sich Wallis. »Damit scheint sich unser gemütliches Zusammensein dem Ende zu nähern.«

»Nur vorübergehend. Wie Sie eben so treffend feststellten, haben wir dank unserer Unsterblichkeit in Zukunft reichlich Zeit, uns wiederzusehen. Was sind schon hundert Jahre, selbst wenn ich mich wirklich wieder auf Vagabundentour begebe?«

Wallis lachte. »Sie haben recht, Ren. Wie ich Ihre Kameraden kenne, wollen die ebenfalls aufbrechen, wenn Sie Eden verlassen.«

»Nicht nötig. Die Mannschaft der POINT OF hat eigentlich nichts zu tun. Wir hängen derzeit ja gewissermaßen arbeitslos in der Luft. Außerdem hat die Besatzung nach dem hinter uns liegenden Einsatz in Orn noch jede Menge Urlaub verdient. Das gilt für jeden einzelnen.« Dhark maß seine Leute. »Bleiben Sie ruhig hier, und genießen Sie noch ein wenig Edens Gastfreundschaft. Sofern Sie nichts dagegen haben, Terence.«

Wallis breitete die Arme aus. »Mein Heim ist das Heim Ihrer Leute, solange sie es beanspruchen.«

»Wohin wollen Sie, Dhark?«

»Nach Anfang, Chris. Ich möchte den Nomaden einen Besuch abstatten.«

»Aus einem bestimmten Grund?«

Dhark überlegte kurz, ob er seine Sorge für sich behalten sollte. Er entschied sich dagegen. Die anwesenden Besatzungsmitglieder seines Schiffs durften wissen, was ihn antrieb. Für neue Unsterbliche wie ihn selbst galt das erst recht.

»Ich möchte nach dem Rechten sehen, nachschauen, was die Nomaden treiben. Sie verfügen jetzt über Worgun-Technologie. Damit bieten sich ihnen Möglichkeiten, die ihnen zuvor nie zur Verfügung standen.«

»Sie befürchten, die Karrorr treiben Schindluder damit?«

Dhark wand sich. Er wollte sich sein Unbehagen nicht eingestehen, doch es ließ sich nicht vertreiben. Dabei hatten sich die

Nomaden in Orn als gute Verbündete und selbstlose Kämpfer erwiesen, und das nicht zum erstenmal. Es gab keinen Grund, an ihrer Verläßlichkeit zu zweifeln. Dennoch schaffte Dhark es nicht, seine innere Stimme zum Verstummen zu bringen.

»Die Nomaden sind unsere Freunde«, sagte er. »Ich bin einfach nur neugierig, was sie mit der Worgun-Technologie anfangen. Deshalb gedenke ich ihnen einen reinen Freundschaftsbesuch abzustatten.«

»Gute Idee«, fand Shanton. »Ich begleite Sie. Mir fällt nämlich allmählich auch die Decke auf den Kopf. Nichts für ungut, Wallis.«

»Weltraumvagabunden, ich sage es ja.«

»Dazu zähle ich mich auch.« Grappa gähnte, um seine Langeweile zu demonstrieren. »Gegen einen kleinen Besuch auf Anfang habe ich nichts einzuwenden. Wenn Sie also nichts dagegen haben, Commander?«

»Habe ich nicht. Das gilt selbstverständlich für jeden von Ihnen.«

Tschobe nickte mit steinerner Miene, und Atawa schloß sich ihren Kameraden an. Es hielt sie nicht länger auf Eden. Dhark hätte es sich denken können. Untätiges Rumsitzen lag der Mannschaft der POINT OF nicht. Schon nach wenigen Tagen waren sie des Nichtstuns überdrüssig. Da ging es seinen Leuten wie ihm selbst. Trotz allem, was sie in den vergangenen Jahren erlebt hatten und das einem normalen Menschen fürs ganze Leben genügt hätte, wurden sie von einer inneren Unruhe getrieben.

Wallis verschränkte die Arme vor der Brust. »Wie hätte ich glauben können, Ihre Leute würden Sie allein losziehen lassen, Ren?«

»Wie konnte ich selbst bloß auf diese Idee kommen?«

»Sie alle sind also zum Aufbruch entschlossen?« fragte Bruder Lambert. Er erhielt ausnahmslos Bestätigungen. »Wie wollen Sie nach Anfang gelangen?«

»Ich kümmere mich darum.« Wallis aktivierte das kleine Tischvipho und wies sein Büro an, die Reise der fünf Personen zu organisieren.

Er orderte ausdrücklich eines seiner Luxusreisemodule.

»Unbedingt nötig ist das nicht, Terence«, sagte Dhark.

»Aber auch nicht tragisch«, meinte Grappa lächelnd. »Nichts gegen unsere gute alte POINT OF, aber gelegentlich habe ich gegen ein bißchen Luxus nichts einzuwenden.«

Dhark wunderte sich. »Das sind ja ganz neue Töne, Tino. Sie verweichlichen hoffentlich nicht. Wenn nötig, lasse ich an Ihrer Ortungszentrale einen gepolsterten Sessel mit eingebauter Nakkenmassage einbauen.«

»Nicht nötig.« Der Mailänder verzog zerknirscht das Gesicht. »Wir geben uns mit einem Ihrer Standardmodule zufrieden, Mister Wallis. Streichen Sie das Luxusmodul.«

»Kommt nicht in Frage. Ich bestehe darauf. Außerdem bin ich sicher, Ihr Commander wollte Sie nur ein wenig hochnehmen. Eine Reise direkt nach Anfang ist ohnehin nicht möglich. Die Heimat der Nomaden ist noch nicht an das Transmitternetz angeschlossen. Sie werden daher bis zu der Transmitterstation springen, die Anfang am nächsten liegt.«

»Wie lange werden wir unterwegs sein?«

»Bis zur Relaisstation ungefähr vierzig Minuten. Ich sorge dafür, daß Sie dort von einem Schiff der Nomaden abgeholt werden.«

»Ich danke Ihnen, Terence.«

»Und ich hoffe, Sie bald wieder auf Eden begrüßen zu dürfen, Ren. Auch wenn ich nicht allzu sehr damit rechne.«

»Wieso nicht?«

»Weil es da draußen eine Milliarde Galaxien gibt. Ich bin sicher, die ganzen Verrückten von der POINT OF sind nach Drakhon, Orn und Andromeda schon auf die nächste Galaxis gespannt.«

Dhark lachte. »Wir werden sehen. Nochmals danke – für alles.«

Wallis nickte knapp.

11.

Die Verbindung zwischen Terra und Eden war die Keimzelle des Transmitternetzes gewesen. Was als kühne Vision begonnen hatte, hatte längst Gestalt angenommen. Das Netz wurde stetig ausgebaut. Die Verbindung zu den mit den Menschen befreundeten Nogk ging in die entscheidende Bauphase. Man rechnete damit, daß Quatain in wenigen Monaten auf diesem Weg zu erreichen war. Inzwischen war ins Auge gefaßt worden, die Rateken an das Transmitternetz anzuschließen, und Wallis spann seinen Traum weiter.

Eines Tages sollten zeitraubende Weltraumreisen in Raumschiffen der Vergangenheit angehören, zumindest zwischen den großen, handeltreibenden Nationen der Milchstraße. Zu denen gehörten auch die Nomaden, die auf dem Planeten Anfang heimisch geworden waren.

Die Canoiden hatten die Sauerstoffwelt auf diesen Namen getauft, weil sie für die Karrorr einen wirklichen Neubeginn markierte.

Eine Heimkehr nach Drakhon gab es für sie nicht. Sie waren zu seßhaften Bewohnern der Milchstraße geworden.

In Gedanken ging Dhark die Daten ihrer Zielwelt durch, die über keine eigene Fauna verfügte. Vielleicht würde sich später einmal die Gelegenheit ergeben, Tiere von der Erde auf Anfang anzusiedeln, so die Nomaden das wünschten. Diese lebten auf dem zweiten von vier mondlosen Planeten, die die gelbe Sonne Neu-Karr umkreisten. Die Wasser- und Landanteile von Anfang waren etwa gleich groß. Neben drei voneinander getrennten Kontinenten gab es besonders auf der Nordhalbkugel eine Vielzahl von Inseln. Riesige Wälder und von mächtigen Flüssen durchzogene Steppen und Savannen prägten das Bild der Kontinente, dazu mehrere Mittelgebirgsketten, deren höchste Erhebungen allerdings einen Kilometer nicht überschritten.

Anfang hatte sich als geeignete neue Heimat für die Karrorr erwiesen, in der sie sich gleich wohlgefühlt hatten. Es war eine ganze Weile vergangen, seit Dhark seinen Fuß auf den Planeten gesetzt hatte, der im Leerraum etwa 120 Lichtjahre vom Perseus-Arm der Milchstraße entfernt zu finden war.

Während Dhark seinen Gedanken nachhing, unterhielten sich Shanton, Grappa und Atawa in gedämpfter Lautstärke. Er bekam mit, daß sich ihr Gespräch um die Unsterblichkeit drehte, die Wallis ihnen verliehen hatte, und um die Leichtigkeit, mit der sie sie erlangt hatten. Richtig fassen konnten sie immer noch nicht, was ihnen auf so wundersame Weise widerfahren war. Dhark konnte es ihnen nicht verdenken. Es würde eine Weile dauern, bis sie dieses Geschenk in seiner ganzen Tragweite würden begreifen können.

Tschobe saß schweigsam in einem Polstermöbel des luxuriös ausgestatteten Reisemoduls. Er wirkte merkwürdig verschlossen, fast so wie in früheren Zeiten. Seine Paragabe, einen Gesprächspartner mittels leicht hypnotischer Begabung zu beeinflussen, wenn er ihn direkt ansah, hatte er beim Kampf um die Rückkehr der Synties unwiederbringlich verloren. Die schlohweißen Haare, die seither sein Haupt zierten, wirkten noch immer wie ein Anachronismus, wenn man sein früheres Aussehen kannte.

»Sie sind so still, Manu. Woran denken Sie?«

»Ich bin ein wenig müde. Merkwürdig. Wir haben doch in den vergangenen Tagen nichts anderes getan, als uns zu erholen.«

»Wir waren lange unterwegs und haben eine Menge Kräfte gelassen. Es wird noch ein wenig dauern, bis unsere Akkus wieder voll aufgeladen sind.«

»Ja, das mag zutreffen.« Tschobe legte den Kopf in den Nakken, als sei er nicht an einer Unterhaltung interessiert.

»Eine kleine Erfrischung, Mister Dhark?«

Zwei Flugbegleiterinnen von Wallis Industries – ihre Namensschilder wiesen sie als Marianne und Sheryl aus – traten lächelnd aus dem Servicebereich hervor. Sie servierten kleine Snacks und Getränke. Die beiden Stewardessen waren äußerst attraktiv. Was das anging, war und blieb Wallis ein alter Schwerenöter.

Er hatte sich schon immer gern mit schönen jungen Frauen umgeben.

»Nur ein Wasser, danke.«

»Wie Sie wünschen.« Marianne schenkte Dhark ein Glas Mineralwasser ein und bedachte ihn mit einem freundlichen Lächeln.

Seine Begleiter griffen beherzter zu. Grappa ließ sich sogar ein Glas Champagner reichen. Er genoß die Reise in dem luxuriösen Beförderungsmittel sichtlich. Nur Tschobe lehnte alles ab. Er starrte einen imaginären Punkt an der Wand an, als gäbe es dort etwas Besonderes zu sehen. Dhark beteiligte sich an der Unterhaltung der anderen. Tatsächlich war, wie Wallis es vorausgesagt hatte, der Blick schon wieder in die Zukunft gerichtet. Es war der Mailänder, der die Frage aufwarf, was man nach dem Besuch auf Anfang zu unternehmen gedenke.

»Die POINT OF braucht Bewegung. Sonst rostet sie ein.«

»Das alte Mädchen kann eine Verschnaufpause brauchen, genau wie wir«, widersprach Shanton.

»Meine Verschnaufpause war lang genug. Ich bin wieder voll im Saft, und das hat nichts mit den Winzlingen zu tun, die jetzt durch unsere Blutbahn schießen. Allerdings nehme ich gern Rücksicht auf diejenigen, die etwas länger brauchen, um sich zu erholen.«

Shanton kniff die Augen zusammen. »Ist das etwa auf mich gemünzt? Von mir aus kann es sofort losgehen. Meinetwegen können wir morgen in die POINT OF steigen und starten.«

»Und wohin?« fragte Dhark schmunzelnd.

Der Ingenieur wedelte unschlüssig mit den Händen. »Irgendwohin halt. Bisher ist uns immer etwas eingefallen.«

Dhark schüttelte den Kopf. »Ich sehe das anders, Chris. Wir hatten stets ein Ziel, das von den Umständen und gewissen Ereignissen vorgegeben wurde. Das ist im Augenblick nicht der Fall. Es gibt keine Bedrohung, der wir uns stellen müßten.«

»Man soll den Tag nicht vor dem Abend loben«, ließ sich Tschobe zu einer orakelhaften Bemerkung verleiten.

»Nicht so schwarzsehen, bitte«, maßregelte ihn Atawa. »Ich glaube, wir haben es uns verdient, endlich einmal positiv in die Zukunft schauen zu können. Oder wenn nicht verdient, dann zumindest hart erkämpft.«

»Was auf dasselbe hinausläuft«, stimmte Dhark der Biologin zu. »Ja, es ist wirklich an der Zeit, zumindest für eine Weile die Früchte unserer Arbeit genießen zu können, ohne wieder auf einer gefährlichen Mission Kopf und Kragen riskieren zu müssen.«

»Vielleicht sind wir dafür nicht geschaffen.« Grappa nippte an seinem Champagner und leckte sich mit der Zungenspitze wohlig über die Lippen.

»Ist das Ihr Ernst?«

»Die Ereignisse der zurückliegenden Jahrzehnte scheinen uns zu Pessimisten gemacht zu haben. Ist ja auch kein Wunder. Wir haben schließlich unsere Erfahrungen gesammelt. Es kann doch sein, daß das Schicksal für gewisse Leute einfach kein normales, ruhiges Leben vorgesehen hat.«

»Und diese gewissen Leute sind Ihrer Meinung nach also wir?«

»Na klar. Wir und – wie drückte Wallis sich aus? – all die anderen Verrückten von der POINT OF.«

»Die Vorstellung scheint Ihnen zu gefallen«, wunderte sich Shanton.

»Mehr noch, sie amüsiert mich.«

Shanton schüttelte theatralisch den Kopf. »Nicht zu fassen. Der Bursche freut sich auch noch über den Ärger, mit dem wir ständig konfrontiert werden.«

»Mal ganz ehrlich, Sie denken doch nicht viel anders als ich.« Grappa schmunzelte. »Wenn Sie behaupten, Sie lägen lieber daheim auf dem Sofa, als mit der POINT OF durch die Galaxis zu fliegen, würde ich Ihnen kein Wort glauben. Sie möchten nicht eine der Missionen, die hinter uns liegen, missen. Da geht es Ihnen genau wie mir. Geben Sie es ruhig zu, ich weiß es sowieso.«

»Hört, hört!« Shanton hob die Stimme an. »Er weiß es. Was sagt man dazu? Er will mehr über mich wissen als ich selbst, dieser kleine Hobbypsychologe.«

»Und hat er recht, Chris?« fragte Dhark mit Unschuldsmiene.

Shanton blickte in die Runde. »Da soll mich doch der Teufel holen! Ich habe den Eindruck, hier läuft gerade der abgesprochene Versuch, mich auf die Schippe zu nehmen.«

Grappa widmete sich grinsend seinem Champagner. Beiläufig registrierte Dhark, daß eine ihrer Reisebegleiterinnen im Servicebereich verschwand.

»Sie kennen uns, Chris. Auf eine solche Idee käme keiner von uns. Aber wenn Sie wirklich Wert darauf legen, zu Hause zu bleiben, stelle ich Sie vor Antritt unserer nächsten Mission frei. Sie können es sich dann während unserer Abwesenheit zu Hause schön gemütlich machen.«

»Das wird ja immer schöner. Ohne mich würdet ihr schon in der Oortschen Wolke in technische Schwierigkeiten geraten. Ganz zu schweigen von anderen Galaxien«, empörte sich der Ingenieur. Er schnippte hektisch mit den Fingern. »Jetzt hätte ich auch gern etwas zu trinken.«

Bevor Sheryl seinem Wunsch nachkommen konnte, kehrte Marianne aus dem Servicebereich zurück. Sie kam Dhark ein wenig verstört vor. Sie begab sich zu ihrer Kollegin und flüsterte ihr etwas ins Ohr.

»Stimmt etwas nicht?« wollte Dhark wissen.

»Es gibt ein kleines technisches Problem, aber es besteht kein Grund zur Besorgnis.«

»Was denn für ein Problem?«

»Wir haben über die Kommunikationsanlage eine Nachricht des Leitenden Ingenieurs empfangen, der für diese Station der Transmitterstrecke zuständig ist«, sagte Marianne. »Wir haben die letzte Relaisstation vor unserem eigentlichen Ziel erreicht. Durch einen Fehler wurden wir jedoch nicht automatisch weitergeleitet.«

»Die Tücken der modernen Technik«, seufzte Shanton. »Irgendwie tröstlich, daß nicht einmal der gute Wallis davon verschont bleibt.«

»Was bedeutet das für uns?« fragte Dhark. »Haben wir mit einer längeren Verzögerung zu rechnen?«

»Der Ingenieur hat uns versichert, daß es gleich weitergeht. Es wird nur ein paar Augenblicke dauern.«

»Alles kein Problem. Nur die Ruhe bewahren«, demonstrierte Grappa Gelassenheit.

Dhark stimmte ihm zu. Der Großteil der Strecke lag hinter ihnen. Etwas mehr als eine halbe Stunde war seit ihrem Start von Eden verstrichen, und die Reise war so ereignislos verlaufen wie gewohnt. Eine kurze Reiseunterbrechung bedeutete keinen Beinbruch, und Anlaß zu Besorgnis bestand nicht. Das Transmitternetz war gegen alle Eventualitäten gesichert. Redundante Systeme sorgten für einen gefahrlosen Ablauf der Transportvorgänge. Sie verhinderten, daß Güter verlorengingen oder Passagiere zu Schaden kamen. Das galt für Luxusreisemodule gleichermaßen wie für schnöde Frachtbehälter.

Fiel wirklich einmal etwas aus, was so gut wie nie vorkam, sprang automatisch ein zweites System ein und übernahm zeitverlustfrei die Tätigkeit.

»Bei einer Reise über viele Lichtjahre regt sich niemand über ein paar Minuten Verspätung auf. Keiner von uns hätte an diese Art der Beförderung auch nur einen Gedanken verschwendet, als wir ins Weltall aufbrachen.«

»Stimmt, aber mit zunehmender Technisierung schreitet auch die Bequemlichkeit voran«, sagte Shanton. »Wir sind das beste Beispiel dafür. Wir würden lieber direkt auf Anfang herauskommen, statt das letzte Stück mit einem Raumschiff überbrükken zu müssen. Wenn Anfang einen eigenen Anschluß ans Transmitternetz hat, geht die Reise noch schneller vonstatten.«

Grappa schob sein inzwischen leeres Glas von sich. »Apropos Raumschiff. Ich hoffe, Wallis hat nicht vergessen, die Nomaden über unsere bevorstehende Ankunft zu unterrichten. Sonst können wir lange warten.«

Shanton kicherte. »Wallis und etwas vergessen? Das werden wir nicht erleben.«

Dhark merkte auf, als sich die Tür des Reisemoduls öffnete. Die beiden Begleiterinnen zeigten sich erleichtert.

»Na also«, sagte Marianne. »Das hat wirklich nicht lange gedauert. Wir haben unser Ziel erreicht.«

»Lassen wir die Nomaden, die uns abholen, nicht warten.« Dhark machte eine auffordernde Handbewegung.

An der Spitze der kleinen Gruppe verließ er das Modul und fand sich in einer der typischen Relaisstationen der Transmitterstrecke wieder, die in ausgehöhlten Asteroiden untergebracht waren. Außer den eigentlichen Transmittern, deren Bedienungseinrichtungen und ein paar freien Stellflächen fielen keine Besonderheiten auf. Die metallischen Kammern waren direkt in das Felsgestein eingearbeitet, das an manchen Stellen noch zu sehen war. Zu Dharks Überraschung waren es keine Nomaden, die ihn draußen erwarteten, sondern ein halbes Dutzend Männer, die die Technikeruniformen von Wallis Industries trugen.

»Großer Bahnhof für den Commander und seine Verrückten von der POINT OF«, flüsterte Grappa grinsend.

»Ein Glas Champagner zuviel, Tino?« Dhark war der Aufmarsch der Techniker unangenehm. Er konnte darauf verzichten, auf diese Weise begrüßt zu werden. Es war ihm sogar peinlich. Einer der Techniker trat auf ihn zu und musterte ihn aus großen Augen. Auch die anderen Uniformierten starrten ihn ungläubig an.

»Ren Dhark?«

»Der bin ich.« Offenbar waren die Männer nicht darüber unterrichtet, wer in dem Modul von Eden nach Anfang reiste. »Ihr Name lautet?«

»Verzeihung«, beeilte sich der Techniker zu sagen. »Kees van Friemel, Leitender Ingenieur. Ich muß mich für die Unannehmlichkeiten entschuldigen, die Ihnen und Ihren Begleitern entstehen.«

»Ich verstehe nicht. Welche Unannehmlichkeiten?«

»Der abschließende Transportvorgang wurde nicht durchgeführt.«

»Was?« entfuhr es Grappa. »Heißt das, wir befinden uns immer noch in der vorletzten Relaisstation?«

»So ist es.«

»Gestrandet? Wollen Sie das damit ausdrücken?«

»Es handelt sich lediglich um eine kurze Verzögerung«, bedauerte van Friemel.

»Das habe ich doch eben schon einmal gehört.«

»Beruhigen Sie sich, Tino«, legte Dhark dem Mailänder nahe. Er wandte sich an den Techniker. »Was ist denn passiert? Handelt es sich bei der Störung um einen ernsten Vorfall?«

»Ich fürchte, darauf habe ich keine Antwort«, gab van Friemel zerknirscht zu. »Wir haben eben eine Systemdiagnose durchgeführt, ohne eine Erklärung zu finden.«

»Das gibt es doch nicht«, brummte Tschobe. »Wo ein Schaden auftritt, läßt er sich auch feststellen.«

»In unserem Fall aber nicht. Der Transmitter arbeitet einfach nicht mehr, obwohl die Anlage laut unseren Untersuchungen fehlerfrei ist und ausreichend Energie hat.« Der leitende Ingenieur wirkte ratlos. »Sicher, irgendwo gibt es einen Fehler, das ist mir auch klar. Aber meine Männer und ich sind nicht in der Lage, ihn zu finden. Ich befürchte, daß er sich auf die gesamte Transmitterstrecke auswirkt. Es könnte zu massiven Staus im Personen- und Warenverkehr kommen. Hier sehen wir das Dilemma ja mit eigenen Augen. Mister Wallis wird mir den Kopf abreißen.«

»Das wird er nicht, wenn Sie das gute Stück bemühen und die Sache klären«, sagte Shanton.

»Sie sind doch der berühmte Chris Shanton?«

»So berühmt anscheinend nicht, wenn Sie nachfragen müssen«, antwortete der Ingenieur. »Aber ja, ich bin es.«

Van Friemels Ratlosigkeit wich Erleichterung. »Ich habe wirklich keine Ahnung, was hier los ist, Mister Shanton. Eine Panne wie diese ist mir noch nie untergekommen. Es ist mir zwar ausgesprochen peinlich, aber würden Sie vielleicht einen Blick auf die Anlage werfen?«

»Was meinen Sie, Dhark? Soll ich mal nachsehen?«

»Sicher, Chris, gehen Sie nur. Wenn sich einer mit Transmittern auskennt, dann Sie. Ich gehe davon aus, daß das Problem in Kürze behoben ist.«

»Ich auch. Wäre doch gelacht, wenn wir das nicht hinkriegen, van Friemel, was meinen Sie?«

»Mit Ihrer Hilfe ganz bestimmt, Mister Shanton.«

»Also kommen Sie. Begeben wir uns an die Arbeit.«

»Da wir anderen dabei ohnehin keine Hilfe darstellen, warten wir im Modul auf Sie, Chris«, schickte Dhark ihm hinterher. Er verspürte wenig Neigung, sich im Inneren des trostlosen Asteroiden umzusehen.

Während Shanton sich mit den Technikern entfernte, begaben Dhark, Tschobe, Grappa und Atawa sich wieder ins Innere ihres Reisemoduls.

*

»Wirklich köstlich«, lobte Grappa die von Marianne und Sheryl aufgetragene Mahlzeit.

»Abwarten macht anscheinend sehr hungrig«, bemerkte Rani Atawa.

»Wieso?«

»Weil das bereits Ihre zweite Portion ist. Alle Achtung, ich bekomme nicht mal eine verdrückt.«

Auch Dhark ließ sich das Essen munden, das die Flugbegleiterinnen gezaubert hatten. Die kleine Bordküche war bestens bestückt.

Wallis legte großen Wert darauf, seine Reisegäste – und mochte der Flug noch so kurz sein – mit einigen kulinarischen Leckerbissen zu verwöhnen.

Entsprechend waren frisches Fleisch und verschiedene Gemüsesorten an Bord. Konserven hingegen wurden so gut wie keine mitgeführt. Wozu auch, solange es frisch zubereitete Lebensmittel von erlesener Qualität gab?

»Hier drin könnte ich glatt einziehen«, meinte Grappa zwischen zwei Bissen.

»Denken Sie daran, daß Sie jeden Tag auf dem selben Kurs unterwegs wären«, gab Dhark zu bedenken. »Ganz davon abgesehen, daß für einen Ortungsspezialisten hier nicht die geringste Verwendung besteht.«

»Das habe ich nicht bedacht. Die Alternative ist, wir lassen die Vorräte der POINT OF künftig von Terence Wallis aufstokken. Und wir nehmen diese beiden bezaubernden Damen mit, damit sie uns weiterhin bekochen.«

»Das würde Ihnen so gefallen, Tino.«

»Das will ich nicht leugnen.«

Dhark konnte sich nicht erinnern, wann er Grappa zuletzt so entspannt und vergnügt gesehen hatte. Auf dem Schiff ging der Mailänder in seiner Arbeit auf. Viel Freizeit hatte niemand, wenn sie unterwegs waren, aber selbst in den kurzen Phasen, die den Besatzungsmitgliedern zur persönlichen Verfügung standen, fühlte Grappa sich selten wohl.

Im Moment war das anders. Schon in Wallis' Landhaus war er aus sich herausgegangen.

»Platz genug an Bord haben wir doch, Commander.«

»Ich glaube nicht, daß Wallis uns die beiden Damen für einen Flug durch die Galaxis überlassen würde. Das übersteigt unsere Gehaltsliste bei weitem.«

»Das bricht mir das Herz.« Grappa ließ die Mundwinkel hängen. »Ich habe mich schon so an Ihre Gesellschaft gewöhnt, daß ich mir kaum noch vorstellen kann, wie es ohne Sie sein soll, Sheryl.«

»Sie sind, soweit wir informiert sind, jederzeit bei Mister Wallis willkommen«, sagte Marianne. »Dort dürfte es nicht schwierig sein, Sheryl ausfindig zu machen.«

»Das ist ein Wort, was, Commander?«

»Allerdings, Tino.« Dhark lächelte amüsiert in sich hinein.

»Vielleicht verstecke ich mich ja, wenn ich höre, daß ein gewisser heißblütiger Italiener Eden besucht«, sagte Sheryl.

»Das würden Sie wirklich tun?«

»Schon möglich. Aber keine Sorge, allzu gut würde ich mich nicht verstecken.«

»Dann finde ich Sie«, säuselte Grappa.

Die Schäkerei fand ein jähes Ende, als Shanton mit van Friemel und dessen Technikern das Modul betrat. Sie trugen betretene Mienen zur Schau. Besonders Shanton machte einen frustrierten Eindruck.

»So etwas ist mir noch nicht passiert«, maulte er mit einer Leichenbittermiene.

»Sie haben keinen Fehler gefunden, Chris?«

»Nicht den geringsten. Das verstehe ich nicht. Es ist, als gäbe es keinen Fehler. Der Transmitter müßte normal arbeiten.«

»Das macht er aber nicht.«

»Nein. Fragen Sie mich nicht, woran es liegt. Ich habe wirklich keine Ahnung.«

Nun war auch Dhark verwirrt. Wenn nicht einmal der in dieser Materie so bewanderte Shanton einen Grund für die Fehlfunktion entdeckte, war nicht verwunderlich, daß das van Friemel und seinen Leuten erst recht nicht gelang.

»Wie sagte Grappa vorhin? Vielleicht hat das Schicksal für manche Leute kein ruhiges Leben vorgesehen«, erinnerte Tschobe.

»Wir befinden uns aber nicht in Gefahr«, wiegelte Atawa ab. »Wenn ich richtig informiert bin, kann man in einem solchen Reisemodul eine ganze Weile autark überleben.«

»Das ist richtig«, bestätigte Marianne. »Zumindest für ein paar Tage.«

»So lange werden wir mit Sicherheit nicht auf Hilfe warten müssen. Es wird Wallis schnell auffallen, wenn seine Haupttransmitterstrecke unterbrochen ist.«

»Blumig ausgedrückt, Tino«, sagte Dhark. »Wir warten nicht mal darauf, daß Terence von sich aus hellhörig wird. Wir stellen eine Hyperfunkverbindung nach Eden her. Vielleicht kann man uns von dort aus helfen. Andernfalls soll Wallis ein Schiff in Bewegung setzen, das uns abholt.«

»Leichter gesagt als getan«, brachte van Friemel kleinlaut hervor.

»Denken Sie, auf die Idee wären wir nicht gekommen?« fügte Shanton hinzu. »Es kommt keine Verbindung zustande. Fragen Sie bloß nicht, aus welchem Grund, Dhark. Das erschließt sich uns nämlich genausowenig wie der Ausfall des Transmitters. Die Hyperfunkanlage ist vollkommen in Ordnung. Wir haben alles doppelt geprüft. Deshalb waren wir auch so lange weg.«

Dhark warf einen Blick auf sein Armband. Eine Stunde war vergangen, seitdem Shanton das Modul verlassen hatte. Bei der gemütlichen Plauderei hatte der Commander das Verstreichen der Zeit gar nicht bemerkt. »Wir können uns also nicht auf Eden bemerkbar machen?«

»Weder auf Eden noch sonst irgendwo.«

»Suchen Sie weiter nach dem Fehler, Chris.«

»Nichts anderes habe ich vor.«

»Gut. Niemand weiß so gut wie Sie, daß es einen geben muß. Ich verlasse mich auf Sie.«

»Ich fürchte nur, daß ich diesmal mit meinem Latein am Ende bin. Na ja, schauen wir mal. Auf Ihre und die Hilfe Ihrer Leute kann ich zählen, van Friemel?«

»Selbstverständlich, Mister Shanton. Meine Jungs haben sowenig Lust wie ich, auf dieser Station im interstellaren Leerraum zu versauern.«

»Ich fasse mal zusammen«, sagte Tschobe mit düsterer Stimme. »Dieser Käfig bewegt sich in keine Richtung, weder vor noch zurück nach Eden. Zudem haben wir keine Möglichkeit zur Kommunikation nach außen. Wir können also niemanden auf unser Schicksal aufmerksam machen.«

Dhark merkte, daß sich Unruhe breitmachte. Besonders Marianne und Sheryl wurden bleich. Eine solche Panne hatten die beiden Flugbegleiterinnen noch nicht erlebt. Wahrscheinlich hatte man bis heute nicht einmal damit gerechnet, daß sich ein Ausfall gleich zweier wichtiger Systeme überhaupt ereignen könne.

»Es besteht kein Grund zur Panik«, beruhigte er die Gemüter. »Auf Eden dürfte die Unterbrechung der Transmitterverbindung längst aufgefallen sein. Also wird man versuchen, uns anzufunken, und feststellen, daß auch der Hyperfunk nicht funktioniert. Früher oder später wird daher auch ohne unser Zutun ein Raumschiff hier auftauchen, um nach dem Rechten zu sehen.«

Er war sicher, daß Wallis bereits über den Systemausfall informiert war. Und der würde Himmel und Hölle in Bewegung setzen, um seine Reisegäste möglichst schnell aus ihrer unangenehmen Lage zu befreien.

12.

Die Stadt lag hinter Priff Dozz, nun erstreckte sich vor ihm der nur einen Kilometer vom Stadtrand entfernt liegende Raumhafen. Immer wieder staunte der Berater des Rudelführers Pakk Raff über die Entwicklung seit der ersten Landung der Karrorr auf Anfang. Mit Unterstützung der von Terence Wallis gelieferten Großserienroboter waren sie darangegangen, sich eine neue Heimat zu erschließen. Längst war aus der ursprünglichen Keimzelle, einem der Verwaltung dienenden, provisorischen Leichtbau, eine beeindruckende Stadt entstanden, hatte sich die gerodete und betonierte Fläche in der Wildnis zu einem modernen Raumhafen mit Start- und Landefeldern, Abfertigungshallen und Lagerhallen gemausert.

Aus logistischen Gründen hatten die Karrorr die Entscheidung getroffen, ihren Transmitterbahnhof an der Peripherie des Raumhafens anzusiedeln. So waren bei der Abwicklung von Reisenden und Verkehrsströmen kurze Wege vorgegeben. Schiffsbewegungen und Transmitterverkehr sollten harmonisch aufeinander abgestimmt werden, um in allen Bereichen größtmögliche Effizienz erzielen zu können. Obwohl der Bahnhof noch eine Baustelle war, war Priff Dozz stolz auf die Leistung seines Volkes.

Er legte den Gleiter in eine Kurve, und eine mittelhohe Gebirgskette westlich der Stadt geriet in sein Blickfeld. Am fernen Horizont schimmerten die leicht schneebedeckten Gipfel silbern im Licht des noch jungen Tages. Priff Dozz genoß den Anblick der Grate, die sich wie Quecksilberstreifen vor dem klaren Himmel abzeichneten. Die Bergkette erstreckte sich ein wenig nach Süden, um dann mit einem scharfen Knick weiter nach Osten zu laufen. In der so von Bergen eingefaßten Ebene lag der

Raumhafen. Ein paar Kreuzraumer waren dort vertäut, unter ihnen die KRIEGSBRAUT, die FREIHEIT und die REISSZAHN.

Priff Dozz riß sich vom Anblick der Schiffe los und richtete seine Aufmerksamkeit auf die Baustelle. Seit seiner letzten Inspektion war ein weiterer Bauabschnitt in Angriff genommen worden. Bei dem Tempo, mit dem die Arbeiten voranschritten, hatte er manchmal den Eindruck, dem Wachsen des Bahnhofs zusehen zu können. Eine Weile blieb er mit geringer Fluggeschwindigkeit in der Luft, um sich einen genauen Überblick zu verschaffen. Schließlich landete er.

Hunderte von Robotern waren im Einsatz, geleitet und instruiert von den Ingenieuren der Nomaden. Ein regelrechter Geräuschorkan von schweren Maschinen fiel über den kleinwüchsigen Karrorr her, als er aus dem Gleiter stieg und auf seinen krummen Beinen zu dem Leitenden Ingenieur hinüberging.

Watschelte, dachte Priff Dozz mit einem Anflug von Selbstironie. Es machte ihm nichts aus, daß er klein war und übergewichtig, beinahe so breit wie kurz, wie manche sich auszudrükken pflegten. Weder störte ihn sein mickriges Gebiß, mit dem er so ziemlich jedem anderen Karrorr im Kampf unterlegen war, noch seine fettig glänzende Stirnhaut oder der stets ein wenig nach vorn geschobene Oberkiefer, der beinahe verwachsen wirkte. Vor Jahren hatte er sich seiner körperlichen Attribute geschämt, inzwischen aber seinen Frieden mit ihnen geschlossen. Denn seine Fähigkeiten lagen auf ganz anderem Gebiet. In intellektueller Hinsicht konnte ihm keiner aus dem Rudel etwas vormachen. Das hatte vor langer Zeit auch sein Rudelführer Pakk Raff erkannt und ihn deshalb unter seine Fittiche genommen.

Er war der beste Berater, den Pakk Raff jemals gehabt hatte, das hatte der mächtige Rudelführer wörtlich gesagt. Darauf bildete Priff Dozz sich eine Menge ein. Mehr noch auf die Tatsache, daß Raff und er zu echten Freunden geworden waren. Wer konnte sich schon echter Freundschaft mit dem stärksten aller Rudelführer rühmen?

Diese Tatsache nötigte allen Karrorr soviel Respekt ab, daß sie gar nicht mehr auf die Idee gekommen wären, sich über den schwächlichen Dozz lustig zu machen. Alle begegneten ihm mit gebührendem Respekt.

Alle außer Bidd Nobb, dachte er mit einem bitteren Beigeschmack.

Der Leitende Ingenieur, der ihn zuvorkommend begrüßte, dafür um so mehr. Priff Dozz hatte schon oft mit ihm zu tun gehabt. Er erkundigte sich nach dem Fortschreiten der Arbeiten und ließ sich eine ausführliche Dokumentation geben. Was er erfuhr, deckte sich mit den Beobachtungen, die er aus der Luft gemacht hatte.

»Der Rudelführer wird zufrieden sein«, versicherte er.

»Wenn der Rudelführer zufrieden ist, sind wir alle zufrieden.«

Priff Dozz lächelte in sich hinein. Pakk Raff war wesentlich umgänglicher als noch vor ein paar Jahren. Schuld daran mochte vor allem das Zusammentreffen mit den Terranern und anderen galaktischen Völkern sein. Pakk Raff war nicht mehr nur der Kämpfer früherer Zeiten, er war zu einem veritablen Diplomaten gereift, zu einem Staatsmann sogar, der einsah, daß die Karrorr auf sich allein gestellt nicht überleben konnten. Sie brauchten die Völkergemeinschaft, um erfolgreich Handel treiben zu können. Diese Veränderung als Schwäche anzusehen, wäre indes ein großer Fehler gewesen, den kein Nomade beging. Pakk Raff blieb der unangefochtene Rudelführer, der sich jederzeit durchzusetzen wußte. Es war kein Rivale in Sicht, der auf die Idee gekommen wäre, ihn herauszufordern. Ohnehin bestand kein Anlaß dazu. Unter seiner Führerschaft hatten es die Nomaden zu Wohlstand und Ansehen gebracht.

Alle waren glücklich.

Es ging ihnen gut.

Priff Dozz ließ sich herumführen. Besonders interessierte ihn der neue Bauabschnitt. Die Nomaden, denen sie begegneten, begrüßten ihn freundlich. Es tat ihm gut, ein gewisses Ansehen zu genießen. Das war ein willkommener Ausgleich für seine private Situation. In jüngster Zeit kam es daheim vermehrt zu Streitigkeiten mit seinem Weib. Bidd Nobb schien es sich in den Kopf gesetzt zu haben, jeden Tag ein bißchen mehr an ihrem herumzumäkeln. Er konnte ihr einfach nichts recht machen.

Seufzend schlackerte er mit den Ohren. Die Geste war das Äquivalent zum genervten Kopfschütteln eines Terraners.

»Stimmt etwas nicht, Berater?«

»Doch, es ist alles in Ordnung. Ich war für einen Moment mit meinen Gedanken woanders.« Er sollte sich nicht ablenken lassen. Das war nicht gut für seine Reputation.

»Also bist du mit unserer Arbeit zufrieden?«

»Voll und ganz. Das werde ich auch dem Rudelführer berichten.«

»Ich danke dir.« Die Freude war dem Ingenieur deutlich anzumerken. Auch heute noch war jeder Karrorr bestrebt, in Pakk Raffs Augen gut dazustehen. Einige Dinge änderten sich, andere hingegen nie.

Nachdem die Führung beendet war, bedankte sich Priff Dozz. Er stieg in den Gleiter und verließ die Baustelle, um seinem Rudelführer ausführlichen Bericht zu erstatten.

*

»Es ist alles in bester Ordnung. Wir brauchen uns keine Sorgen zu machen. Die Arbeiten schreiten planmäßig voran.«

»Keine Verzögerungen? Wir liegen im berechneten Zeitplan?«

»So ist es, Rudelführer.«

»Die Roboter arbeiten verläßlich?«

»Der Leitende Ingenieur ist voll des Lobes für ihre Fähigkeiten. Unsere Leute brauchen selbst kaum Hand anzulegen. Es genügt, daß sie die Arbeiten überwachen.«

Pakk Raff lehnte sich zurück. Die beiden Canoiden saßen in dem großzügig angelegten Büro, das er sich vor geraumer Zeit eingerichtet hatte. Ein Staatsmann, so hatte er gesagt, brauche eine repräsentative Umgebung, sowohl für sein Tagwerk als auch für den Empfang von Gästen und Gesprächspartnern. Priff Dozz' schnippische Bemerkung, der Rudelführer würde ein wenig verweichlichen, seit sie seßhaft geworden waren, war er mit einer launigen Bemerkung begegnet. Auch das war ein Hinweis auf seine Veränderung. Früher hätte er die kleine Spitze nicht als scherzhafte Bemerkung empfunden, sondern sich drangsaliert gefühlt. Ein paar schmerzhafte Bisse wären seinem Berater sicher gewesen. Heute konnte Pakk Raff zuweilen durchaus auch über sich selbst lachen. Die Bekanntschaft mit den Terranern hatte ihn Humor gelehrt. Dennoch hätte es nicht einer unter seinen Leuten gewagt, seine Autorität anzuzweifeln.

»Weißt du, was wir derzeit erleben, Berater?«

»Was denn?«

»Ein Wirtschaftswunder.« Das ins Zimmer fallende Sonnenlicht verlieh der schwarzen Haut des Rudelführers einen seidigen Glanz. Das Aussehen der Nomaden erinnerte die Terraner an aufrechtgehende Dobermänner ohne Fell. Ob der Vergleich zutraf, wußte Pakk Raff bis heute nicht. Er hatte noch nie einen irdischen Dobermann mit eigenen Augen gesehen.

»Ja, das stimmt. Die Daten, die wir aus Orn mitgebracht haben, öffnen uns überall Tür und Tor.«

Pakk Raff lachte schallend. »Besser noch. Wir erhalten unbegrenzten Kredit, nicht nur von Terence Wallis. Erinnerst du dich an früher, Kleiner?«

»An früher?«

»An die Zeiten, als wir uns mehr schlecht als recht über Wasser hielten. Als wir ständig unterwegs waren, auf der Suche nach Schrott oder einem wracken Beuteraumer, den wir aufbringen konnten. Wir trieben Handel, doch wir waren nicht besonders gut angesehen bei unseren Geschäftspartnern. Und was ist heute?«

»Alle reißen sich darum, mit uns Geschäfte machen zu dürfen«, sagte Priff Dozz.

»Genau. Wir sind nicht länger Bittsteller. Wir sind auf dem besten Weg zu einer neuen galaktischen Großmacht, die mit Terranern, Tel, Rateken und allen anderen konkurrieren kann, ohne sich verstecken zu müssen. In Drakhon wäre uns das nur schwerlich gelungen.«

Der Rudelführer bleckte die Zähne. Der Handel mit Schrott gehörte für alle Zeiten der Vergangenheit an. Kreuzraumer waren unterwegs, um nach neuen Welten mit lohnenden Rohstoffvorkommen Ausschau zu halten und Kontakt zu Völkern zu knüpfen, mit denen Handel möglich war. Pakk Raff war sich durchaus darüber im klaren, daß sie ein gutes Stück ihres Erfolgs den Worgun zu verdanken hatten. Margun und Sola hatten sich wirklich sehr dankbar gezeigt für die Hilfe, die die Nomaden geleistet hatten.

Zum Aufschwung trugen auch die Rohstoffe bei, die sie auf den äußeren Planeten des Edun-Systems abbauten. Wie Anfang lag Edun, der zweite von sieben Planeten einer orangefarbenen Sonne, am Perseusarm der Milchstraße, rund 120 Lichtjahre entfernt. Der Wohlstand der Nomaden stieg stetig und sicherte ihnen ein prosperierendes Gemeinwesen. Nur ein leichter Schatten lag auf alledem. Der Fortschritt ging Pakk Raff nicht schnell genug vonstatten.

»Hast du noch einmal nachgefragt, ob sich der Bau des Transmitterbahnhofs nicht beschleunigen läßt?«

»Ja, das habe ich, Rudelführer. Die Antwort lautete genauso wie beim letzten- und beim vorletztenmal.«

»Er geht schneller voran als vorab kalkuliert. Und nein, noch schneller geht es nicht«, gab Pakk Raff sich selbst die Antwort auf seine Frage.

»Warum fragst du, wenn du es weißt?«

Der Rudelführer maß seinen Berater mit einem langen Blick. Es hatte Zeiten gegeben, da wäre Priff Dozz unwillkürlich zusammengezuckt und hätte vorsichtshalber den Rückzug angetreten. Das galt heute nicht mehr, und Pakk Raff hatte keinen Grund, ihn zu maßregeln. Schließlich hatte der Kleine recht. Es war unsinnig, eine Frage stets zu wiederholen, auf die man die Antwort kannte. Trotzdem beschäftigte ihn das Thema jeden Tag, weil es sich dabei um bares Geld drehte. Je schneller der Anschluß auf Anfang fertig war, desto eher würden sich die Transportkosten für Handelsgüter drastisch verringern. Eine Beförderung mittels Transmitter war nun einmal deutlich billiger als mit Raumschiffen. Zudem sparte sie viel Zeit. Sobald Anfang an das Transmitternetz angeschlossen war, würde sich der Gewinn aus dem interstellaren Handel zwischen den Sonnensystemen entsprechend erhöhen.

»Meine Ungeduld gilt dem Wohl aller Karrorr.«

»Das ist mir bekannt, Rudelführer. Du solltest sie dennoch zügeln.«

»Ja, schon gut. Wechseln wir das Thema.«

»Wie du willst.«

»Ich hörte, du machst dir Gedanken über den Prototyp unserer neuen Raumer?«

Das Schiff, das Pakk Raff ansprach, war das erste, das die Nomaden nach den Prinzipien der Worgun-Technologie bauten. Es stand kurz vor seiner Fertigstellung und bedeutete damit einen weiteren Schritt der Karrorr auf dem Weg in die leuchtende Zukunft.

»Es verfügt über alle Waffen, die auch die Terraner besitzen«, sagte Priff Dozz. »Also beispielsweise auch Ren Dharks POINT OF.«

»Das ist mir bekannt, Kleiner.«

»Dir ist auch bekannt, daß die Wuchtkanonen nicht in dem Technikpaket enthalten sind, das wir bekommen haben.«

»Weil die Wuchtkanonen nicht von den Worgun entwickelt wurden, sondern von den Terranern.«

»Ja, eben. Sie fehlen uns. Könnten wir sie einbauen, wären unsere Schiffe noch viel wehrhafter. Wir bräuchten niemanden zu fürchten.«

»Das brauchen wir auch so nicht«, brummte Pakk Raff. »Worauf willst du hinaus?«

»Darauf, daß es Jahre dauern wird, bis es uns gelingt, die Wuchtkanonen nachzubauen.«

»Mag sein. Ich glaube aber eher, daß es uns überhaupt nicht gelingen wird.«

Für einen Moment stand Priff Dozz' Maul weit offen. Er rang tatsächlich nach Worten. Das wollte bei dem gewieften Berater schon etwas bedeuten.

Pakk Raff genoß es, den Kleinen aus dem Konzept gebracht zu haben.

»Das sagst du so leichthin, Rudelführer? Ich bin erstaunt. Ich war sicher, du würdest ebenfalls Wert darauf legen, daß wir die Wuchtkanonen in unsere neuen Raumschiffe einbauen.«

»Das ist auch so«, antwortete Pakk Raff grinsend. »Allerdings gedenke ich nicht, Jahre mit dem voraussichtlich erfolglosen Versuch eines Nachbaus zu vergeuden. Wir werden sie kaufen.«

»Kaufen?« echote Priff Dozz ungläubig. »Ren Dhark wird sie uns selbst als Freund nicht zur Verfügung stellen, auch nicht die Konstruktionsunterlagen.«

»Terence Wallis hingegen schon. Du bist heute gedanklich ziemlich unflexibel.« Pakk Raff sah, daß der Vorwurf seinen Berater wurmte. »Wir kaufen die Wuchtkanonen bei Wallis Industries.«

»Bei allem Respekt, wer hat dir denn diesen Unsinn eingeflüstert, Rudelführer?«

Pakk Raff knurrte, nun doch ein wenig gereizt. »Niemand. Das habe ich mir selbst überlegt.«

»Das wußte ich nicht. Dennoch muß ich dir widersprechen. Du stellst dir das zu einfach vor. Ich halte es für unmöglich, solch eine mächtige Waffe käuflich zu erwerben. Niemand wird sie herausrücken, auch Terence Wallis nicht.«

»Hast du die Geschichte der Menschheit studiert?«

»Was?« fragte Priff Dozz einfältig.

»Die Geschichte der Menschheit.« Sein Rudelfühler lachte kehlig. Zum zweitenmal innerhalb weniger Minuten war es ihm gelungen, den Kleinen zu irritieren. »Hast du nicht, nehme ich an.«

»Nein, habe ich nicht. Wozu soll das gut sein? Was bezweckst du mit diesem Unsinn? Ein paar wichtige Sachen weiß ich auch so über die Terraner. Auch als dein Berater muß ich mich nicht mit überflüssigem Wissen belasten. Die Vergangenheit der Menschen ist für uns nicht maßgebend, daher beschäftige ich mich nicht damit.«

»Ich habe es getan.«

Priff Dozz starrte ihn so forschend an, als hätte er ihn nie zuvor gesehen. »Du, Rudelfühler? Studiert? Aus welchem Grund? Du verwirrst mich.«

»Das merke ich, beim allmächtigen Dorrkk«, versetzte Pakk Raff vergnügt. »Die historischen Dateien anderer Völker zu studieren ist manchmal gar nicht so verkehrt. Zuweilen erfährt man Dinge, die einem sonst verborgen blieben. So wie in diesem

Fall. Ich bin nämlich auf den Ausspruch eines berühmten Menschen gestoßen. Willst du wissen, wie er lautet?«

»Sicher.«

»*Die Kapitalisten werden uns noch den Strick verkaufen, mit dem wir sie aufknüpfen.*«

»Wie bitte?«

»So drückte dieser Terraner sich aus.«

»Ich verstehe.«

»Bist du sicher?« Pakk Raff hatte vielmehr den Eindruck, daß sein Berater heute geistig nicht ganz auf der Höhe war.

»Ja, bin ich. Du münzt diesen Ausspruch auf Terence Wallis.«

»Ist er denn nicht der größte Kapitalist, dem du und ich jemals begegnet sind? Auf wen träfen diese Worte mehr zu als auf Wallis?«

»Pakk!« stieß Priff Dozz aus. »Was geht in deinem Kopf vor. Aufhängen? Wie kommst du bloß auf so etwas? Hast du etwa vor, Terence Wallis zu töten oder einen Krieg gegen Eden zu führen?«

Der Rudelführer schlackerte heftig mit den Ohren. Heute brachte ihn der Kleine wirklich um den Verstand. »Wieso sollte ich auf die Idee kommen, Terence Wallis zu töten? Er ist der beste Verbündete, den wir jemals hatten.« Pakk Raff leckte sich genüßlich über die Lippen. »Denk doch nur an den erlesenen Champagner, den er uns dauernd liefert. Bringt man solch einen Verbündeten um?«

»Nein, ganz sicher nicht. Das Argument mit dem Champagner ist wirklich schlagend.«

Die beiden Canoiden lachten. Priff Dozz beruhigte sich als erster wieder.

»Ich habe mich nur über deine Ausdrucksweise gewundert. Aufhängen, also wirklich, Pakk.«

»Wie gesagt, handelt es sich lediglich um ein Zitat. Ich wollte damit nur ausdrücken, daß ich keinen Zweifel hege. Wallis wird uns die Wuchtkanonen für unsere neuen Schiffe geben. Wenn Kapitalisten ihre todbringenden Waffen schon an ihre eigenen Feinde verkaufen, wird Wallis uns als seinen Freunden dieses Geschäft ganz bestimmt nicht abschlagen.«

Priff Dozz blieb skeptisch, wie seine Körpersprache verriet. »Das klingt mir zu einfach.«

»Manchmal ist der einfache Weg der beste Weg.«

»Ich frage mich, ob ich mir Sorgen um dich machen muß, Rudelführer. Zuerst beschäftigst du dich mit terranischer Historie, und dann bekommst du philosophische Anwandlungen. Wenn das so weitergeht, mauserst du dich zu einem guten Berater.«

»Während du zum Anführer über das Rudel wirst? Das würde dir wohl so gefallen, Kleiner.«

»Es käme auf einen Versuch an, Großer«, scherzte Priff Dozz.

»Hatten wir das nicht schon einmal? Ich weiß genau, woran du denkst.« Pakk Raff verschärfte seinen Tonfall, als er die schöne Dell Wudd vor sich sah, die sein Berater mittels eines Gehirnwellenmanipulators schon einmal auf seine Seite gebracht hatte, bevor sie schließlich reumütig zu dem Rudelführer zurückgekehrt war. »Die Führung des Rudels und ein gewisses Weibchen sind ein paar Nummern zu groß für dich.«

»Wie recht du hast, mein Rudelführer«, fügte sich Priff Dozz mit hängender Schnauze.

»Klug von dir, das einzusehen.«

Das Sprechgerät auf Pakk Raffs Schreibtisch schlug an. Er hieb auf eine Taste.

»Was gibt es?«

»Knapp Bozz ist soeben eingetroffen und möchte zu dir vorgelassen werden«, verkündete eine weibliche Stimme. »Er bringt eine Nachricht vom Raumhafen.«

Pakk Raff sah seinen Berater an. »Du warst doch vorhin am Raumhafen. Weißt du etwas davon?«

»Nein. Ich habe Knapp Bozz nicht gesehen.«

»Er soll reinkommen«, wies Pakk Raff seine Vorzimmerdame an.

Im nächsten Moment öffnete sich die Tür, und der Offizier von der FREIHEIT betrat den Raum.

Pakk Raff bemerkte, daß seine beiden Besucher sich einen kurzen Blick zuwarfen.

Vor Jahren hatte Priff Dozz den anderen im Zweikampf besiegt, was Knapp Bozz bis heute nachhing und ihm immer noch gelegentliche Spitzen seitens seiner Offizierskameraden bescherte.

»Was ist so wichtig, daß du persönlich vom Raumhafen herkommst?«

»Von Eden ist ein überraschender Funkspruch hereingekommen. Terence Wallis bittet darum, daß wir ein Raumschiff zur nächstgelegenen Relaisstation der Transmitterstraße schicken.«

»Wozu?«

»Wir sollen Ren Dhark und einige Begleiter von dort abholen. Sie kommen über Transmitter von Eden, um Anfang einen Besuch abzustatten.«

»Ren Dhark?« wunderte sich Priff Dozz. »Was führt ihn zu uns?«

»Das hat uns Wallis nicht mitgeteilt«, bedauerte der Offizier.

»Es ist völlig egal, was ihn herführt.« Pakk Raff freute sich darauf, den Terraner wiederzusehen, der ihm und den Karrorr ein echter Freund geworden war. »Hauptsache, er läßt sich endlich wieder einmal bei uns sehen. Er wird uns schon verraten, was ihn hertreibt.«

»Sollen wir ein Schiff losschicken?« fragte Knapp Bozz.

»Nein«, entschied der Rudelführer. »Veranlasse, daß die FREIHEIT startklar gemacht wird. Ich werde unseren Gast persönlich von der Relaisstation abholen. Und beeile dich ein bißchen. In einer Stunde will ich starten. Freunde läßt man nicht warten.«

»Verstanden, Rudelführer.« Knapp Bozz stürmte aus dem Büro.

Priff Dozz sah ihm nachdenklich hinterher. »Dieser Besuch erstaunt mich ein wenig.«

»Wieso denn?«

»Weil er so überraschend kommt. Dhark scheint sich spontan dazu entschlossen zu haben, sonst hätte er sich ein paar Tage vorher angemeldet. Hoffentlich bringt er keine schlechten Nachrichten.«

»Manchmal bist du ein ungenießbarer Pessimist, Kleiner.«

»Eher ein Realist, Großer. Vorausschauend, wie es ein Rudelführer von einem guten Berater erwarten kann. Ich nehme an, ich soll dich begleiten.«

»So ist es. Auf diese Weise erfährst du am schnellsten, was Ren Dhark zu uns führt. Dann hat deine Unkerei ein Ende.«

»Möge der allmächtige Dorrkk deine Worte bestätigen, Rudelführer.«

Pakk Raff bellte vorfreudig. Er dachte nicht daran, sich von irgendwelchen düsteren Vorahnungen seines Beraters anstecken zu lassen. Es mußte schon mit dem Bubbakk zugehen, wenn der bevorstehende Freundschaftsbesuch einen faden Beigeschmack enthalten sollte.

13.

»Ich gebe auf.« Shanton wühlte verzweifelt in seinem Kinnbart. »Ich hätte nie gedacht, daß ich das einmal sagen muß. Dieses Problem übersteigt meine Fähigkeiten. Ich komme nicht klar damit. Wir haben es von allen Seiten beleuchtet und dennoch nicht den geringsten Hinweis gefunden.«

»Wie ist das möglich?« fragte Dhark.

»Wenn ich das nur wüßte. Bei einem technischen Versagen gibt es Anhaltspunkte, und zwar immer. Hier ist das nicht der Fall.«

»Ihre Kollegen sind ebenso ratlos?«

»Das sehen Sie ja.«

Kees van Friemel stand mit hängenden Schultern da. Er fühlte sich nicht besser als Shanton. Seine Leute hatten sich bereits zurückgezogen. Sie gingen Routineaufgaben nach, waren aber nicht wirklich bei der Sache. Die Situation war bedrückend, weil sich nicht absehen ließ, wie es weiterging. Denn eine anfängliche Einschätzung hatte sich als falsch erwiesen. Terence Wallis hatte kein Raumschiff geschickt, das die Gestrandeten an Bord nahm.

»Wallis läßt uns hier versauern«, sagte Tschobe. »Das Transmitternetz in allen Ehren, aber diese Reiseart verliert bei mir erheblich an Sympathie. Schläft Wallis, oder wieso unternimmt er nichts?«

»Mister Wallis würde umgehend aktiv werden, wenn er Nachricht vom Ausfall der Hyperfunkverbindung erhielte«, sprang van Friemel für seinen Chef in die Bresche.

»Ich halte jedenfalls vergeblich nach ihm oder einem seiner Schiffe Ausschau«, bemerkte Tschobe nur.

»Ich stimme van Friemel zu. Es gibt also zwei Möglichkeiten«, spekulierte Shanton. »Entweder weiß Wallis nichts von dem Hyperfunkausfall, oder irgend etwas hindert ihn daran, uns zu Hilfe zu eilen.«

»Die erste Möglichkeit schließe ich aus«, sagte Dhark.

»Ich auch. Das ist ja das Schlimme. Das bedeutet nämlich, daß Wallis uns keine Hilfe schicken *kann*. Hat er womöglich keinen Zugriff mehr auf die Transmitterstrecke?«

»Er würde trotzdem ein Schiff schicken.«

»Hat er womöglich auch keine Möglichkeit, seine Schiffe in Bewegung zu setzen?« ging Shanton noch einen Schritt weiter.

»Was wollen Sie damit sagen, Chris?«

»Nichts Bestimmtes, Dhark. Ich habe nur so eine seltsame Ahnung, die ich selbst nicht konkretisieren kann.«

»Malen Sie nicht den Teufel an die Wand.« Van Friemel deutete mit dem Daumen über die Schulter. »Das sind gute Männer da draußen, aber bevor ihre Arbeit sie in diese Station führte, hatten sie nie im Weltraum zu tun. Die Situation wird sie ziemlich schnell überfordern, wenn wir von allem abgeschlossen bleiben. Daran werden auch die Aufgaben nichts ändern, die ich ihnen gegeben habe.«

»Ich gehe weiterhin nicht davon aus, daß unser Zwangsaufenthalt hier von längerer Dauer sein wird.« Dhark fragte sich, wie er so sicher sein konnte. Sie waren jetzt bereits seit drei Tagen Gefangene der Relaisstation. In ihrer Lage war das schon eine extrem lange Zeitspanne, mit der niemand jemals hatte rechnen können.

Marianne kam aus dem Servicebereich. Sie hatte ein kleines Mahl zubereitet. Sheryl servierte Getränke. Die Gesichter der beiden Flugbegleiterinnen verrieten nichts Gutes.

»Hiermit sind unsere Vorräte aufgebraucht«, eröffnete Marianne eine weitere schlechte Nachricht. »Sie wissen, daß wir so gut wie keine Konserven an Bord haben.«

»Wie lange reichen die?« fragte Dhark alarmiert. Über die Versorgung hatte sich bislang keiner von ihnen Gedanken gemacht, dabei konnte sie von entscheidender Bedeutung sein. Von jeglichem Nachschub abgeschnitten, drohte den im Leerraum Gestrandeten der Hungertod.

»Einen, höchsten zwei Tage. Es ahnte doch niemand, daß wir in eine Lage geraten könnten, in der wir auf Dosenfutter angewiesen sind.«

»Wie sieht es mit Ihren Vorräten aus, van Friemel?«

»Ein paar Konserven haben wir, aber ebenfalls nicht besonders viele. Stationen wie diese werden ständig über die Transmitter versorgt. Es gibt deshalb keine großen Vorratslager.«

»Das wird Wallis wohl ändern, nachdem man unsere Gerippe gefunden hat«, bemerkte Grappa mit beißendem Zynismus. »Gerade erst unsterblich geworden, und dann verhungert man. Das nennt man vermutlich eine Glückssträhne.«

»Tino!« zischte Dhark.

»Schon gut, Commander. Vielleicht sollten Shanton und van Friemel noch ein bißchen weiterfriemeln.«

»Es hat sich ausgefriemelt«, entgegnete Shanton humorlos. »Finden wir uns damit ab, daß uns die Hände gebunden sind. Wir sind auf Außenstehende angewiesen. Sollte Wallis aus welchen Gründen auch immer daran gehindert werden, uns zu helfen, besteht noch eine weitere Aussicht auf Rettung.«

»Welche?« fragte Atawa mit einem Unterton, der ziemlich desillusioniert klang.

»Die Nomaden«, sagte Dhark. »Wenn sie von unserem Verschwinden erfahren, machen sie sich auf die Suche nach uns. Es gibt also keinen Grund, den Kopf in den Sand zu stecken. Wir haben Freunde, auf die wir uns verlassen können. Dabei können wir durchaus selbst etwas zu unserer Rettung beitragen, nämlich indem wir den Mut bewahren.«

»Der Commander hat recht«, fand Grappa. »Aufgeben ist nicht unsere Art. Wir haben schon in viel vertrackteren Lagen gesteckt. Bisher gab es noch immer einen Ausweg. Das wird diesmal nicht anders sein.«

Dhark nickte. Das war wieder der Grappa, der auch in heiklen Situationen eine geradezu stoische Ruhe bewies.

14.

Erhaben und mächtig lag die FREIHEIT im Sonnenlicht. Es spiegelte sich in der Außenhülle. Rings um den 270 Meter langen Kreuzraumer, dessen Balken einen quadratischen Querschnitt von dreißig Metern aufwiesen, spielte sich keinerlei Aktivität ab. Das Startfeld war verlassen. Das bedeutete, daß Knapp Bozz dem Befehl seines Rudelführers eilends nachgekommen war. Die Startvorbereitungen waren abgeschlossen. Pakk Raff hatte nichts anderes erwartet.

»Wir landen gleich neben dem Einstieg«, wies er den Piloten an, der Priff Dozz und ihn die kurze Wegstrecke von der Stadt zum Raumhafen chauffiert hatte.

Während der Nomade an den Steuerkontrollen eine Schleife zog, fiel Pakk Raffs Blick auf die FORTSCHRITT. Sie war das Schiff, auf dem die Hoffnungen der Karrorr bisher noch mehr geruht hatten als auf allen anderen, da sie mit modernsten Transitionstriebwerken von Wallis Industries bestückt war. *Aber das wird sich bald ändern – und dann fehlen,* dachte er, *nur noch die Wuchtkanonen der Terraner.* Die Überzeugung, die er seinem Berater gegenüber zum Ausdruck gebracht hatte, war aufrichtig.

Er war sicher, in absehbarer Zeit in den Besitz auch dieser mächtigen Waffensysteme zu kommen.

»Vielleicht solltest du Ren Dhark darauf ansprechen«, sagte Priff Dozz, der seine Gedanken erriet.

»Nein, ich halte mich an Wallis. Ich möchte Ren nicht mit einer solchen Bitte belasten. Er ist ein guter Freund, aber er hat auch hohe moralische Vorstellungen. Er würde vor einem solchen Technologietransfer zurückschrecken. Ich will ihn nicht in eine Zwickmühle bringen.«

»Bedeutet das, daß du Wallis keine so hohen moralischen Vorstellungen zugute hältst?« fragte der Berater schnippisch.

»Du solltest bedenken, daß die Wuchtkanone aus Robert Saams Ideenschmiede stammt. Und die gehört zu Wallis Industries. Daher ist Wallis der richtige Ansprechpartner, nicht Dhark.«

»Das klingt für mich nach einer Ausflucht, um deinem Freund nicht zu nahe zu treten, Rudelführer.«

Pakk Raff wurde einer Antwort enthoben, als der Gleiter neben dem Kreuzraumer aufsetzte. Zwei uniformierte Nomaden warteten im offenstehenden Schleusentor.

»Komm schon, Kleiner. Es geht endlich wieder los.«

»Du kannst es anscheinend gar nicht erwarten, die FREIHEIT zu besteigen.«

Der Rudelführer und sein Berater schwangen sich aus dem Gleiter. Pakk Raff legte den Kopf in den Nacken und ließ den Blick über die Schiffshülle wandern. Es stimmte. Den Kreuzraumer zu betreten verlieh ihm ein gutes Gefühl.

»Ja, ich werde es genießen, mal wieder durchs Weltall zu fliegen, statt in meinem Büro zu sitzen und administrativen Aufgaben nachzugehen«, gab er zu.

»Dann gewöhne dich nicht zu sehr daran. Wir machen nur einen kurzen Ausflug. Wir hüpfen gewissermaßen vor unsere Haustür und gleich wieder zurück.«

»Anscheinend bist du heute mit allen Mitteln bemüht, mir die Laune zu verderben, Kleiner. Aber das gelingt dir nicht.«

Sie stiefelten an den beiden Nomaden vorbei und liefen Richtung Zentrale. Pakk Raff nahm die Eindrücke mit allen Sinnen in sich auf. In diesem Moment fand er so sehr wie nie zuvor, daß die Luft in einem Raumschiff eine ganz besondere Note hatte, die sich mit nichts anderem vergleichen ließ. Sie roch nach Abenteuer und Freiheit. Er lächelte. Wie zutreffend der Schiffsname doch gewählt war. Mit seinen feinen Ohren vernahm er unterschwellige Geräusche aktiver Aggregate, die den groben Hörwerkzeugen eines Terraners verborgen geblieben wären. Sie zeigten ihm, daß die Startvorbereitungen abgeschlossen waren.

Er brauchte bloß noch den Startbefehl zu geben, und die FREIHEIT würde sich in den Weltraum erheben.

Für einen kurzen Hüpfer vor die Haustür, wie sein Berater sich ausgedrückt hatte.

»Besser als nichts«, murmelte Pakk Raff.

Die Offiziere salutierten, als ihr Rudelführer die Zentrale betrat.

»Wir sind bereit zum Start«, meldete der Kommandant Plepp Riff, dem ein halbes Ohr fehlte. Es war einst einer Beißattacke Pakk Raffs zum Opfer gefallen.

Außer dem Kapitän waren der neue Navigator Tukk Pott, der Funkoffizier Ross Nokk und der Erste Ortungsoffizier Parr Jipp zugegen. Sie hatten ihre Stationen eingenommen. Dazu kamen Jazz Corr und der als Mannschaftssprecher fungierende Karr Sutt, sowie ein paar weitere Offiziere und untergeordnete Techniker.

»Gut, Kommandant. Es kann losgehen. Du kannst den Start veranlassen.«

Pakk Raff ließ sich in den Sitz sinken, der für ihn reserviert war. Priff Dozz nahm neben ihm Platz. Für den Rudelführer und seinen Berater waren in jedem Schiff zusätzliche Sitzmöglichkeiten eingerichtet. Pakk Raff beobachtete die Offiziere schweigend. Sie führten ihre Routineaufgaben ruhig und souverän aus. Der Kapitän gab seine Befehle, und Sekunden später erhob sich die FREIHEIT in die Luft. Erst gemächlich, dann stetig schneller wurde der Raumhafen mit seinen Landefeldern kleiner. Die nahe Stadt blieb zurück und war bald nicht mehr zu sehen.

Ein wohliger Schauer streifte Pakk Raff, als Anfang vor dem schwarzen Hintergrund des Weltalls zu einer großen Kugel wurde, zu einem Ball, zu einer kleinen Murmel.

»Kurs setzen auf den Rand des Sonnensystems«, ordnete er an.

»Verstanden, Rudelführer.« Plepp Riff gab den Befehl an den Navigator weiter.

Tukk Pott bestätigte, und gleich darauf verschwand Anfang seitlich von den Bildschirmen. Dafür zeichnete sich an anderer Stelle Neu-Karr als leuchtend gelbe Scheibe ab.

»Wohin fliegen wir?« fragte Plepp Riff.

Priff Dozz nannte den Zielasteroiden, in dem die Relaisstation der Transmitterstrecke untergebracht war. »Wie viele Sprünge benötigen wir bis zu unserem Ziel?«

»Nur einen einzigen«, kam Pakk Raff dem Kommandanten zuvor. »Das ist für die edenschen Transitionstriebwerke kein Problem.«

Was Raumfahrt anging, dachte sein Berater zuweilen noch in altmodischen Dimensionen. Die Transitionstriebwerke von Eden waren wesentlich leistungsstärker als die Wurmlochantriebe, die die Nomaden dafür eingetauscht hatten. Jeder an Bord wußte das, auch Priff Dozz, doch der Kleine vergaß es zuweilen.

Die FREIHEIT bewegte sich mit Unterlichtgeschwindigkeit durchs All. Im Augenblick störte die langsame Fortbewegungsart den Rudelführer nicht. Er war dankbar für jede Minute, die er an Bord des Schiffes verweilen konnte. Vielleicht sollte er gelegentlich selbst an einer Handelsreise oder einem Forschungsflug teilnehmen, überlegte er. Das wäre eine willkommene Abwechslung zu seinen sonstigen Tätigkeiten als Politiker und Geschäftsmann. Dann aber würde er nichts dagegen haben, wie in den alten Zeiten mit hoher Geschwindigkeit durchs All zu rasen.

»Wir werden nach und nach alle alten Raumschiffe auf SLE und Sternensog umbauen, auch dieses hier«, kündigte er an.

»Das ist mit den technischen Dateien, die wir von den Worgun erhalten haben, kein Problem«, sagte Priff Dozz.

»Unsere Schiffe werden dann sehr viel schneller unterwegs sein. Das kommt jeder Handelsfahrt zugute.«

»Zumindest solange, bis unser Bahnhof fertig ist und wir an das Transmitternetz angeschlossen sind. Danach benötigen wir die Schiffe nicht mehr für die Abwicklung unserer Geschäfte.«

Du irrst dich, dachte Pakk Raff, ohne den Gedanken auszusprechen. Er selbst war schließlich der größte Verfechter eines schnellstmöglichen Zugriffs auf die Transmitterverbindung. Dennoch war er der Meinung, daß es niemals ganz ohne Raumschiffe gehen würde. Sie mochten für den Handel an Bedeutung verlieren, und doch konnte man nicht auf sie verzichten, weil man sonst jegliche Wehrhaftigkeit aufgegeben hätte. Doch Pakk Raff hatte einen weiteren Grund, Raumschiffen die unverbrüchliche Treue zu halten. Das hatte er auf dem Raumhafen gemerkt, und das merkte er jetzt erst recht.

»Nur mit Transmittern zu reisen, wäre eintönig und langweilig. Hier an Bord hingegen kann man sich noch wie ein freier Nomade auf Kaperfahrt fühlen.«

»Entdecke ich da ein neues Gesicht an dir, Rudelführer? Das eines hoffnungslosen Romantikers?«

Pakk Raff stieß einen kehligen Laut aus. Das fehlte noch, daß seine Leute ihn für einen Romantiker hielten. Er wußte, daß Romantik bei den Terranern zumeist als positiv empfunden wurde. Bei den Karrorr war sie höchstens für die Weibchen gut. Wer einem Kämpfer wie Pakk Raff romantische Anwandlungen nachsagte, konnte ihn auch gleich als Weichei darstellen.

»Nimm dich in acht, Berater«, zischte er. »Du bewegst dich auf dünnem Eis.«

»Ich meinte es nicht ernst, Rudelführer«, beeilte Priff Dozz sich zu sagen. »Ich habe extra leise gesprochen. Sieh dich nur um, niemand außer dir hat meine Worte vernommen.«

Unauffällig ließ Pakk Raff den Blick über die Offiziere und Techniker gleiten. Es stimmte. Niemand achtete auf ihn und den Kleinen. Seine Leute gingen ihren Routineaufgaben nach, ohne Zeugen der Unterhaltung geworden zu sein.

»Glück für dich, mein Freund. Diesmal zumindest. Aber du solltest es nicht überstrapazieren.«

Priff Dozz' Reaktion zeigte, daß er sich die Warnung zu Herzen nahm. Er ließ die Schnauze hängen und sank tiefer in seinen Sitz, als wollte er sich darin verstecken.

»Wie lange dauert es noch bis zum Erreichen des Transitionspunkts?« wechselte er das Thema.

»In zwei Minuten gelangen wir bei den Sprungkoordinaten an«, antwortete Tukk Pott.

Pakk Raff machte es sich in seinem Sitz gemütlich. Der Sprung würde sie bis dicht an den Asteroiden heranbringen. Die Übernahme ihrer Gäste war eine Sache von wenigen Minuten.

Er wünschte, etwas länger im Weltraum verweilen zu können. Er nahm sich vor, dieses Versäumnis der jüngeren Vergangenheit möglichst bald nachzuholen. Zunächst jedoch war er neugierig, ob es sich bei Ren Dharks Visite wirklich nur um einen Freundschaftsbesuch handelte oder ob mehr dahintersteckte. Priff Dozz hatte durchaus recht. Es war ungewöhnlich, daß Dhark auftauchte, ohne sich vorher anzukündigen. Andererseits hatte der Rudelführer seinen terranischen Freund als einen Menschen kennengelernt, der häufig auf seinen Bauch hörte und spontane Entscheidungen traf.

»Wir haben den Sprungpunkt erreicht«, drängte sich Plepp Riffs Meldung in seine Gedanken.

»Gut, Kommandant.« Pakk Raff schielte zu der kleinen Darstellung von Neu-Karr, die im nächsten Moment von den Bildschirmen verschwinden würde. »Navigator, Sprung ausführen.«

Tukk Pott bestätigte. Er nahm ein paar Schaltungen vor – und erstarrte.

»Was ist los?« wollte Plepp Riff wissen.

»Transition wurde nicht durchgeführt.«

»Das sehe ich. Erklärung?«

Pakk Raff starrte auf den Bildschirm. Das Zentralgestirn stand unverändert an der gleichen Stelle wie zuvor. Er richtete sich in seinem Sitz auf. War ein simpler Fehler der Maschinen eingetreten? Die Wahrscheinlichkeit war verschwindend gering. Sämtliche Systeme der FREIHEIT waren gerade erst gründlich überholt worden.

»Ich weiß es nicht. Die Sprungtriebwerke haben nicht reagiert«, krächzte der Navigator.

»Rudelführer?«

»Erneut versuchen!«

»Du hast es gehört, Navigator.«

»Ich bin schon dabei.«

Wieder wurde Tukk Pott aktiv. Er schaltete und betrachtete die Anzeigen vor sich, die den Erfolg seiner Bemühungen hätten kommentieren sollen. Sie taten es nicht. Unverändert glotzten sie ihn an. Pakk Raff brauchte keine Meldung, um zu erkennen, daß auch der zweite Sprungversuch gescheitert war. Denn immer noch stand Neu-Karr als kleine gelbe Scheibe am Rand des Bildschirms. Er brauchte keinen Befehl zu geben. Plepp Riff reagierte schnell und umsichtig.

Er scheuchte die Techniker auf und ließ eine Verbindung zum Maschinenraum herstellen.

»Was ist da unten los?« verlangte er zu wissen.

»Hier ist alles in Ordnung, Kommandant«, erhielt er zur Antwort. »Worauf zielt deine Frage ab?«

»Darauf, daß wir zweimal erfolglos versucht haben zu transitieren.«

»Das ist unmöglich.«

»Unmöglich?« grollte der Kommandant. »Muß ich in den Maschinenraum kommen und selbst nach dem Rechten sehen?«

»Wir kümmern uns sofort darum. Sobald wir einen Fehler entdecken, melde ich mich.«

Plepp Riff unterbrach die Verbindung. In der Zentrale machten sich die Techniker bereits über die Maschinen her. Sie führten eine Schnelldiagnose sämtlicher Betriebssysteme durch. Von mehreren Recheneinheiten wurden die Verkleidungen entfernt, um einen näheren Blick in die technischen Innereien der Apparaturen werfen zu können.

»Das fehlt gerade noch«, sagte Priff Dozz seufzend. »Wie es aussieht, müssen unsere Besucher sich ein wenig gedulden.«

»Wenn es nur das wäre. Ich fürchte, da steckt mehr dahinter.«

»Was meinst du damit, Pakk?«

Der Rudelführer ahnte Ungemach voraus. »Sämtliche Systeme der FREIHEIT wurden kürzlich überprüft und gewartet. Ich hatte strikte Anweisung gegeben, strengstes Augenmerk auf die verschiedenen Triebwerke zu legen.«

»Also hat anscheinend jemand bei der Arbeit geschlafen.«

»Nein, Priff, unsere fähigsten Techniker waren mit den Wartungstätigkeiten betraut. Alles war in bester Ordnung. Hier stimmt etwas nicht.«

»Was willst du damit sagen?«

»Ich wünschte, ich hätte eine Erklärung.«

»Du denkst doch nicht etwa, jemand habe das Transitionstriebwerk der FREIHEIT sabotiert?« malte Priff Dozz den Bubbakk an die Wand. »Wer sollte so etwas tun, und aus welchem Grund?«

»Vielleicht damit wir nicht in der Lage sind, Dhark und seine Begleiter aus der Relaisstation abzuholen.«

»Das würde bedeuten, daß die Terraner in Gefahr sind. Das glaube ich nicht. Ich kann mir auch niemanden vorstellen, der dafür in Frage käme.«

Pakk Raff zermarterte sich ebenfalls ergebnislos den Kopf, während er das Treiben der Techniker beobachtete. Auf sie kam es nun an. Die Offiziere waren zur Untätigkeit verdammt, bis ein Fehler gefunden wurde. Plepp Riff stapfte durch die Zentrale. Ihm war anzumerken, daß ihn dieser Ausfall besonders nervte, weil just zu dem Zeitpunkt sein Rudelführer an Bord war.

»Immer noch nichts?« fragte er immer wieder. Sein Tonfall wurde dabei zunehmend aggressiver.

Ein ums andere Mal bekam er negative Auskünfte. Auch der Maschinenraum meldete sich nicht. Aus schierer Verzweiflung ließ der Kommandant zwei weitere Sprungversuche durchführen. Die Transitionen unterblieben, ohne daß Fehleranzeigen erfolgten. Allem Anschein nach waren die Triebwerke völlig in Ordnung, nur reagierten sie einfach nicht auf die Eingaben. Die Nomaden standen vor einem Rätsel.

»Gleich mache ich meine Drohung wahr und gehe hinunter in den Maschinenraum.«

»Ich glaube nicht, daß das etwas bringt«, orakelte Pakk Raff düster.

»Aber irgend etwas müssen wir tun«, forderte Priff Dozz. »Wir können uns doch nicht von unbekannten Kräften diktieren lassen, ob wir transitieren oder festsitzen. Fakt ist, die Sprungtriebwerke geben keinen Mucks von sich. So etwas passiert nicht ohne konkrete Ursache. Und wo eine Ursache ist, da läßt sie sich auch finden.«

»Du hast leicht reden, Berater. Das ist es ja, was du am besten kannst. Wenn du so schlau bist, verrate meinen Leuten, wonach sie suchen sollen.«

»Was erlaubst du dir, Kommandant?« Priff Dozz fletschte

seine mickrigen Zähne, ohne damit besonderen Eindruck zu schinden.

»Es reicht!« fuhr Pakk Raff dazwischen, bevor die Lage eskalierte und die beiden Streithähne sich an die Kehlen gingen. Er fragte sich, was in seinen Berater gefahren war. Niemand wußte besser als er, daß Frustration bei den Karrorr leicht in Aggressivität umschlug, doch in dieser Hinsicht war Priff Dozz aufgrund seiner körperlichen Unterlegenheit zumeist sehr zurückhaltend.

»Hast du dich wieder beruhigt?«

»Ich war nie ruhiger als jetzt gerade«, behauptete Priff Dozz mit mahlendem Kiefer.

»Das ist auch besser so. Und du kontaktiere noch einmal den Maschinenraum, Plepp Riff. Ich will endlich wissen, woran wir sind. Besteht die Aussicht, daß wir auf absehbare Zeit springen können, oder schleichen wir wie geprügelte Hunde zurück nach Hause?«

Der Anruf des Kommandanten erwies sich als der nächste Reinfall. Im Maschinenraum war – scheinbar – alles in Ordnung. Nirgendwo gab es einen Schaden, der eine Erklärung geliefert hätte. Die Techniker waren der Verzweiflung nahe. Sie standen vor einem Rätsel. Schließlich ordnete Pakk Raff einen letzten Sprungversuch ein. Vielleicht endete dieser Spuk ebenso unbegreiflich, wie er begonnen hatte. Seine Hoffnung auf eine erfolgreiche Transition war minimal.

»Nichts«, konstatierte Tukk Pott. »Ich kann machen, was ich will. Der Sprungantrieb gibt nicht das geringste Lebenszeichen von sich. Es ist beinahe als ob...«

»Was?« forderte Priff Dozz ihn zum Weiterreden auf.

»Was mir durch den Kopf geht, ist albern.«

»Ich will es trotzdem hören«, verlangte der Berater.

»Also schön. Es ist, als wären das keine Sprungtriebwerke da unten im Maschinenraum, sondern leere Hüllen ohne jegliche Funktion. Oder als würde das, wofür sie geschaffen sind, nicht existieren.«

Pakk Raff schlackerte mit den Ohren. »Du meinst, als würden Transitionen nicht existieren? Vielleicht existieren wir ja auch nicht, sondern bilden uns das alles nur ein.«

»Ich sagte doch, es hört sich albern an«, sagte Tukk Pott kleinlaut.

»Allerdings.«

Priff Dozz rieb sich gedankenverloren über die Schnauze. Er gab nachdenkliche Geräusche von sich.

»Hast du vielleicht eine andere Meinung dazu, mein Berater?«

»Um mir ebenfalls einen Rüffel abzuholen? Nein, sicher nicht.«

»Hast du einen Vorschlag?«

»Ich hätte einen, aber er würde dir nicht gefallen«, fürchtete Priff Dozz.

Pakk Raff fauchte. »Wahrscheinlich denselben wie ich. Da wir hier nicht wegkommen, bleibt uns nur eine Möglichkeit. Ohne Transitionen ist der Asteroid mit der Relaisstation für uns unerreichbar. Uns bleibt nichts anderes übrig, als zurück nach Anfang zu fliegen und in ein anderes Schiff umzusteigen.«

Sein Berater machte eine zustimmende Geste.

»Das wirft kein gutes Licht auf uns. Was sollen unsere terranischen Gäste nur von uns denken?«

»Sie werden es überleben, Pakk. Ich bin sicher, sie haben Verständnis für unsere Verspätung, wenn du ihnen erklärst, was passiert ist.«

Die Verzögerung wurmte Pakk Raff dennoch. Zu gerne hätte er jemanden für den Ausfall verantwortlich gemacht, doch wie es aussah, trug niemand die Schuld daran. Und wenn doch? Zweifel erwachten in dem Rudelführer. Geschahen hinter seinem Rücken womöglich Dinge, von denen er keine Ahnung hatte?

»Komm mal her, Kleiner.«

»Was ist denn los?«

Pakk Raff sah sich in der Zentrale um. Die Karrorr achteten nicht auf sie. Sie waren nach wie vor mit der Suche nach der Ursache des Triebwerksausfalls beschäftigt.

»Hältst du es für möglich, daß jemand gegen mich opponiert?«

»Wer sollte das sein?«

»Das frage ich dich. Wozu habe ich dich schließlich? Wenn

ich auf jemandes Meinung Wert lege, dann auf die deine, das weißt du. Also, was denkst du, könnte jemand versuchen, sich zum neuen Rudelführer aufzuschwingen?«

Priff Dozz starrte ihn verständnislos an. »Ich verstehe deine Befürchtung nicht. Sie ergibt überhaupt keinen Sinn. Wenn wirklich ein Karrorr diesen Plan hegen sollte...«

»Ja?«

»Was würde es ihm dann bringen, das Transitionstriebwerk der FREIHEIT lahmzulegen? Welchen Vorteil könnte er sich davon versprechen? Schließlich bist du dadurch nicht aus der Welt, sondern kehrst unbeschadet nach Anfang zurück.«

»Hm«, machte Pakk Raff. »Unbeschadet. Und wenn nicht?« Er fuhr zu dem Ortungsoffizier herum. »Gibt es Schiffsbewegungen in unserer Nähe?«

Parr Jipp beugte sich über seine Instrumente und nahm ein paar rasche Messungen vor. »Negativ, Rudelführer.«

»Bist du sicher?«

»Ja, Rudelführer, ganz sicher. Es hält sich kein einziges Schiff in der Nähe auf.«

»Was ist los mit dir?« Priff Dozz schüttelte seinen Rudelführer. »Beherrsche dich. Du benimmst dich unmöglich. Die anderen werden schon aufmerksam.«

»Ist ja schon gut. Ich war sicher, daß der Wind aus dieser Richtung weht. Trotzdem geht etwas nicht mit rechten Dingen zu, das garantiere ich dir.«

Pakk Raff sollte die Bestätigung für seine Ahnung schneller erhalten, als ihm lieb sein konnte.

*

»Wir kehren um«, entschied der oberste Nomade. In seinem Inneren hielten sich Zorn und Ratlosigkeit die Waage. Er fühlte sich hilflos, und das war etwas, das er gar nicht ertragen konnte. Es hatte ihm nie etwas ausgemacht, einer Bedrohung aktiv zu begegnen. Als Karrorr war er schließlich ein Kämpfer. Aufgezwungene Untätigkeit hingegen machte ihm gleichermaßen psychisch wie körperlich zu schaffen. Sie zehrte an ihm.

Sie laugte ihn aus.

Plepp Riff gab dem Navigator einen Wink. »Bring uns nach Hause, mit allem, was wir haben.«

Der Nachsatz klang beinahe zynisch. Pakk Raff machte dem Kapitän deswegen keinen Vorwurf. Die Worte entsprachen seinem Gemütszustand.

»Verstanden, Kommandant.« Tukk Pott setzte einen neuen Kurs, der die FREIHEIT zurück zum Heimatplaneten führte.

»Anfang anfunken und auf unsere Rückkehr vorbereiten! Die REISSZAHN soll bereitgemacht werden. Gleich nach unserer Landung steigen wir in sie um und starten. Ich will keine weitere Zeit verlieren, um Ren Dhark und seine Begleiter abzuholen.«

»Verstanden, Rudelführer.«

Während Ross Nokk seine Funkbude in Betrieb nahm, ließ Pakk Raff sich wieder auf seinem Platz nieder. Auch Priff Dozz setzte sich. Er beäugte seinen Rudelführer von der Seite her.

»Meinst du, ich merke nicht, wie du mich anstarrst?« brummte Pakk Raff ärgerlich.

»Ich mache mir ein wenig Sorgen um dich, Großer.«

»Sorgen darfst du dir getrost machen, aber verschwende sie nicht an mich.«

»Sondern daran, daß, wie du es ausdrückst, etwas nicht mit rechten Dingen zugeht?«

»Genau.«

»Aus eben diesem Grund mache ich mir aber Sorgen um dich. Wir haben einen technischen Ausfall zu beklagen, mehr nicht. Das ist ärgerlich, kann aber jederzeit passieren. Du jedoch machst einen Staatsakt daraus und witterst eine Verschwörung. Oder Schlimmeres sogar.«

»Warte ab. Beim allmächtigen Dorrkk, du wirst dich noch wundern«, antwortete Pakk Raff so leise, daß es kaum zu verstehen war. Er hatte ein so eigenartiges Gefühl wie selten zuvor in seinem Leben. Es war, als sähe er düstere Wolken einer ungreifbaren Bedrohung auf sich zukommen. Sie warf ihre Schatten voraus. Nein, das Versagen des Transitionstriebwerkes war keine herkömmliche Panne.

»Ich wundere mich schon jetzt, und zwar darüber, daß ein gestandener Kämpfer wie du mir mit Ammenmärchen kommt. Aber das gibt sich wieder, sobald wir mit der REISSZAHN unterwegs sind und unsere Besucher an Bord nehmen. Ich bin sicher, dann wirst du über dich selbst lachen.«

Vielleicht hatte sein Berater recht, dachte Pakk Raff. Er benahm sich in der Tat ein wenig seltsam. Daß seine Sorgen jedoch sehr wohl begründet waren, wußte er, als Ross Nokk sich von seinen Kontrollen erhob. Der Funkoffizier wirkte verwirrt. Sein Maul öffnete und schloß sich wieder.

»Was ist los, Ross Nokk?« Scharf schnitt die Stimme des Rudelführers durch die Zentrale.

Augenblicklich waren sämtliche Offiziere alarmiert. Alle Blicke richteten sich auf den Funker, der sich nun wieder auf seinen Platz fallen ließ. Er nahm eine Reihe hektischer Schaltungen vor.

»Ich verstehe das nicht. Das... das ist nicht möglich«, stammelte er.

»Was hat er?« wunderte sich Priff Dozz.

»Ich habe es dir vorausgesagt, Kleiner«, raunte Pakk Raff seinem Berater zu. »Da haben wir den nächsten unerklärlichen Zwischenfall.«

»Ich erreiche Anfang nicht«, erstattete der Funkoffizier Meldung.

»Deine Funkanlage ist nun ebenfalls ausgefallen?« fragte Plepp Riff.

»Ja... ich meine, nein«, stotterte Ross Nokk. »Ich erhalte keinerlei Fehlermeldung, trotzdem komme ich nicht nach Anfang durch.«

»Glaubst du immer noch, daß alles mit rechten Dingen zugeht, Priff?« fragte Pakk Raff.

»Nein, Großer, du hattest recht. Hier stimmt etwas ganz und gar nicht.« Priff Dozz wandte sich an den Funker. »Ich nehme an, du hast die Hyperfunkanlage benutzt?«

»Was denn sonst?«

»Versuche es auf UKW.«

»Auf Ultrakurzwelle? Was versprichst du dir davon?«

»Mach einfach, was der Berater dir sagt!« fuhr Plepp Riff den Funker an.

Der stürzte sich in die Arbeit. Er schaltete die Anlage um und rief Anfang auf UKW-Basis.

»Was schwebt dir vor, Priff?« wollte Pakk Raff wissen. »Hast du eine Erklärung für die Vorgänge?«

»Leider nein. Aber wenn schon der Hyperfunk nicht funktioniert, ist es zumindest einen Versuch wert, es auf andere Weise zu versuchen.«

Die Geduld der Nomaden wurde auf eine harte Probe gestellt. Die Laufzeit der Wellen bedingte eine entsprechende zeitliche Verzögerung bei der Übertragung der Funksendung. Dabei stand nicht fest, ob sie überhaupt zustande kam. Schließlich machte Ross Nokk eine freudige Geste.

»Es klappt«, verkündete er erleichtert. »Ich bin durchgekommen und habe Antwort erhalten.«

»Gute Idee, Priff«, lobte der Rudelführer seinen Berater. »Durchgeben, daß wir auf dem Rückflug sind. Die REISSZAHN bereitmachen lassen für einen sofortigen Start.«

Der Funker bestätigte. »Order ist abgesetzt.«

»Untersuche die Hyperfunkanlage.« Der Kommandant stellte Ross Nokk zwei Techniker zur Unterstützung zur Verfügung. »Ich will nicht denselben Reinfall erleben wie bei unserem Sprungtriebwerk. Ich erwarte eine Erklärung für den Hyperfunkausfall und die Beseitigung der Störung.«

Der Funker und die Techniker machten sich an die Arbeit. Wieder hatte Pakk Raff diese bedrückende Ahnung, daß sie keinen Erfolg erzielen würden. Er hoffte, sich zu irren. Minuten verstrichen, in denen die FREIHEIT sich vom Rand des Sonnensystems zurückzog und Richtung Anfang flog. Jetzt hatte der Rudelführer den unbezähmbaren Wunsch, der Flug möge schneller vonstatten gehen. In der Zentrale herrschte Schweigen. Alle warteten auf eine erlösende Meldung. Sie kam weder aus dem Maschinenraum noch von der Funkbude. Als Ross Nokk endlich die Stimme erhob, war die Ernüchterung um so größer.

»Es ist viel schlimmer, als ich gedacht habe. Ich komme mit dem Hyperfunk nicht nur nicht nach Anfang durch. Ich empfange überhaupt keinen einzigen Hyperfunkspruch mehr, nicht einmal auf den offenen Kanälen.«

Pakk Raff brauchte ein paar Sekunden, um den Inhalt der Aussage in seiner ganzen Tragweite zu erfassen. Sie sahen sich mit einer Katastrophe konfrontiert, wie sie schlimmer kaum hätte sein können. Es war Priff Dozz, der aussprach, was alle in der Zentrale dachten.

»Ohne Sprungantrieb und Hyperfunk sind wir vom Universum abgeschnitten. Wir befinden uns gewissermaßen wieder in der Steinzeit. Zumindest gilt das für die FREIHEIT.«

Pakk Raff reagierte sofort. »Auf Anfang nachfragen, ob dort dieselben Phänomene auftreten. Ich will wissen, ob man zu Hause aus irgendeiner Richtung Hyperfunk empfängt.«

Wieder trat die quälende Zeitverzögerung beim Warten auf eine Antwort ein. Zum erstenmal wurde dem Rudelführer so richtig bewußt, welchen Segen die gewohnte Technologie bedeutete. Erst wenn sie, wie gerade geschehen, einmal ausfiel, erkannte man die ganze Tragweite des eingetretenen Rückschritts.

»Antwort von Anfang.« Ross Nokks Stimme zitterte vor Aufregung. »Dort hat man mit denselben Problemen zu kämpfen wie wir. Die Funkstation im zentralen Verwaltungsgebäude empfängt keinerlei Hypermeldungen.«

»Die REISSZAHN soll unverzüglich starten und eine Kurzstreckentransition durchführen. Ich will wissen, was geschieht.«

Priff Dozz hockte unbeweglich neben ihm. In seinem Gesicht zeichnete sich die Anspannung ab. Statt die Befürchtungen seines Rudelführers weiterhin lächelnd abzutun, teilte er sie. Pakk Raff flehte stumm darum, keine weiteren Hiobsbotschaften zu erhalten.

»Die REISSZAHN ist gestartet, Rudelführer.«

»Gut.«

»Gut?« raunte Priff Dozz ihm zu. »Und wenn sie ebenfalls nicht springen kann?«

»Warte es ab. Noch besteht Hoffnung.« Viel davon war Pakk Raff jedoch nicht mehr geblieben. Seine Gedanken eilten hinaus in die Unendlichkeit, die seinem raumfahrenden Volk ohne Hyperantrieb verschlossen blieb. Er dachte an den Sternensogantrieb, mit dem ihre Schiffe noch nicht ausgerüstet waren. Er dachte vor allem an den Transmitterbahnhof, dessen Bau täglich voranschritt. Unversehens erhielt diese Art zu reisen noch viel höheren Stellenwert, als man bisher gedacht hatte. Er war fest entschlossen, die Baumaßnahmen intensivieren zu lassen, ob die Ingenieure das nun für möglich hielten oder nicht.

»Wir setzen zur Landung an.«

Pakk Raff schaute zum Bildschirm hinüber, auf dem ein Ausschnitt von Anfang zu sehen war. Sie waren wieder daheim. In der Aufregung hatte er zuletzt nicht mehr darauf geachtet. Wortlos ließ er den Anflug und die Landung über sich ergehen. Während sich die FREIHEIT langsam auf ihr Landefeld senkte, fiel ihm die leere Fläche auf, auf der bei ihrem Start noch die REISSZAHN gestanden hatte. Solange Pakk Raff nicht selbst an Bord war, hatte Kupp Gitt das Kommando inne. Ständig im Schatten des Rudelführers stehend, hätte Gitt es sich sicher nicht träumen lassen, daß die ganze Nation der Nomaden vom Inhalt seiner nächsten Funkmeldung abhängig war. Sie konnte das bisherige ruhige Leben der Karrorr auf einen Schlag verändern.

Schicke die Nachricht, daß die Transition gelungen ist!

Wie von selbst wanderte Pakk Raffs Blick weiter zu dem riesigen Areal, wo der Transmitterbahnhof entstand. Die nächste Inspektion würde er selbst vornehmen, statt Priff Dozz zu schicken. Er war fest entschlossen, den Ingenieuren Feuer unterm Hintern zu machen, wie die Terraner es ausdrückten, wenn etwas dringend erledigt werden mußte.

Dann setzte die FREIHEIT auf. Der Antrieb erstarb, und Ruhe kehrte ein.

Die Atmosphäre in der Zentrale war angespannt. Gegen jede Regel hatte Plepp Riff sich während der Landung bis zuletzt nicht hingesetzt, sondern war mit verschränkten Armen durch die Zentrale gestapft. Obwohl es völlig aussichtslos war, versuchte Ross Nokk weiterhin, den Hyperfunk in Gang zu bringen. Pakk Raff ließ ihn gewähren. Die Offiziere und Funktionsträger brauchten ein Ventil.

Jeder versuchte auf seine eigene Weise, den Druck, der auf ihm lastete, abzubauen.

»Steigen wir aus?« fragte Priff Dozz. »Was hältst du davon, daß wir uns ins Verwaltungsgebäude begeben? Wir können die Geschehnisse auch von dort aus überwachen.«

Der Rudelführer zögerte, den Kreuzraumer zu verlassen. Jeden Augenblick konnte die Meldung von der REISSZAHN eintreffen. Dann wollte er nicht gerade irgendwo zwischen Schiff und Verwaltung unterwegs sein. Außerdem hielt er sich die Option offen, bei Bedarf sofort wieder starten zu können.

»Wir bleiben hier und warten ab«, entschied er.

»Wir können hier aber nichts ausrichten«, gab der Berater zu bedenken.

»Wir bleiben trotzdem an Bord«, knurrte Pakk Raff.

»Wie du meinst, Rudelführer.« Priff Dozz sank tief in seinen Sessel und schloß die Augen,

Pakk Raff wünschte, ihm wären ebenfalls ein paar Minuten der Ruhe vergönnt gewesen, doch in dieser Situation konnte er nicht einmal für einen Moment abschalten. Mit jeder Faser seines Körpers fieberte er Kupp Gitts Nachricht entgegen.

Wo blieb die Meldung der REISSZAHN?

15.

Als der Startbefehl eintraf, hielt sich Kupp Gitt in der Zentrale des Kreuzraumers auf.

Er war über die Geschehnisse im Weltall informiert und hatte sämtliche Vorkehrungen getroffen, um sofort losfliegen zu können.

Die Meldung, es sei kein Hyperfunk mehr möglich, hatte er zunächst für einen schlechten Scherz gehalten. In aller Eile ließ er das seinen Funkoffizier nachprüfen. Ungläubig erfuhr er, daß die Behauptung stimmte, was bei sämtlichen Offizieren Verstörung hervorrief.

»Wie ist so etwas möglich? Das hat es noch nie gegeben.«
»Was für einen Grund kann es dafür geben?«
»Keine Ahnung, aber wir werden es herausfinden.«

Die Stimmen der Nomaden schwirrten durch die Zentrale. Kupp Gitt sah sich gezwungen, die Offiziere zur Ordnung zu rufen.

»Beruhigt euch. Würdet ihr euch auch so benehmen, wenn sich der Rudelführer an Bord aufhielte? Wäre die Erklärung für den Ausfall des Hyperfunks so einfach, hätten Pakk Raff und die Besatzung der FREIHEIT sie bereits gefunden. Das haben sie aber nicht. Macht euch also auf Schwierigkeiten gefaßt. Ich erwarte von jedem einzelnen volle Konzentration auf seine Pflicht und keine haltlosen Spekulationen. Schon gar kein wildes Herumplärren, das mich an ein Rudel kleiner Welpen erinnert.«

Das zeigte Wirkung. Die Kämpfer besannen sich auf ihre Disziplin.

Als die Order kam, die Kurztransition zu versuchen, war Kupp Gitt klar, wie heikel die Lage war. Sein Appell an die Offiziere war nicht übertrieben ausgefallen.

Nun blieb Anfang hinter der REISSZAHN zurück. Der Kreuzraumer entfernte sich aus dem planetennahen Raum, dabei stetig beschleunigend.

»Transition vorbereiten, Pikk Ass. Sprung über ein halbes Lichtjahr genügt. Sprungvektorierung ist dir freigestellt.«

Der Navigator bestätigte. Die anderen Nomaden konzentrierten sich verbissener auf ihre Aufgabe, als es der Flug eigentlich erforderte. Sie waren das Leben im Weltraum gewohnt. Seit unzähligen Generationen waren sie durch die Weiten des Alls gezogen. Räumlich auf ein einzelnes Sonnensystem beschränkt zu bleiben war für jeden von ihnen eine Schreckensvision. Sollte jemals ein solcher Fall eintreten, wären die Konsequenzen nicht abzusehen.

Kupp Gitt behielt die Ruhe. Er ging davon aus, daß es so weit nicht kam. Die Probleme der FREIHEIT ließen sich nicht pauschalisieren. Eine intensive Untersuchung sämtlicher Systeme würde die Klärung bringen, warum der Sprungantrieb versagt hatte.

»Dann bring uns mal weg von hier«, befahl der Kommandant bewußt locker. »Transition durchführen. Mal sehen, wo wir herauskommen.«

Sekunden verrannen, ohne daß etwas geschah. Ungeduldig erwartete Kupp Gitt die Bestätigungsmeldung für den durchgeführten Sprung. Sie blieb aus. In der Zentrale breitete sich Unruhe aus.

»Was ist nun?«

»Beim allmächtigen Dorrkk, ich habe die Transition durchgeführt«, entfuhr es Pikk Ass.

»Durchgeführt?«

»Ich verbessere mich«, krächzte der Navigator. »Ich habe sie eingeleitet. Obwohl sämtliche Systeme Bereitschaft signalisierten, wurde sie nicht ausgeführt.«

»Fehleranzeigen? Schadensmeldungen?«

»Negativ, Kommandant.«

Wie bei der FREIHEIT, ging es Kupp Gitt durch den Kopf. Es war kein Wunder, daß Pikk Ass Dorrkk anrief. Das Universum schien sich gegen die Nomaden verschworen zu haben.

»Versuch wiederholen!« ordnete er an. Er wußte im voraus, daß ihnen ein weiterer Fehlschlag bevorstand.

»Negativ«, bestätigte Pikk Ass Sekunden später. »Transition ist abermals nicht erfolgt.«

Wieder riefen die Nomaden durcheinander. Diesmal unterband der Kommandant ihr Fehlverhalten nicht. Schließlich war er nicht weniger entsetzt als sie. Das unheimliche Phänomen, daß kein Hyperraumsprung möglich war, war also nicht ausschließlich auf die FREIHEIT beschränkt. Es traf ebenso auf die REISSZAHN zu. Es war daher davon auszugehen, daß es sämtliche Kreuzraumer auf Anfang betraf. Unwillkürlich fragte er sich, ob die Karrorr als einzige von dieser Katastrophe betroffen waren. Er konnte sich das nicht vorstellen. Die Transitionstriebwerke, die sie benutzten, stammten von den Menschen auf Eden und unterschieden sich nicht von denen, die die Terraner selbst benutzten. Demzufolge mußten auch deren Raumschiffe betroffen sein.

Oder, überlegte Kupp Gitt, lag es womöglich an dem Raumsektor um Neu-Karr? Vielleicht sogar speziell an diesem Sonnensystem? Vielleicht war urplötzlich eine Naturkatastrophe eingetreten, deren Beschaffenheit den Nomaden unbekannt war und die sie deshalb nicht begriffen. Doch was sollte das für ein natürliches Phänomen sein, das Transitionen verhinderte?

Der Kommandant zwang sich zur Ruhe. Es war unergiebig, sich jetzt den Kopf darüber zu zerbrechen. Dazu blieb später Zeit, besonders für die wissenschaftlichen und technischen Spezialisten.

Ihm stand eine andere unangenehme Aufgabe bevor.

Er mußte den Rudelführer über den fehlgeschlagenen Versuch unterrichten.

Er kannte Pakk Raff.

Die schlechte Nachricht würde nicht dazu beitragen, die Laune des höchsten aller Karrorr aufzuhellen.

»UKW-Verbindung zur FREIHEIT herstellen«, befahl er. »Pikk Ass, Kurs zurück nach Anfang setzen.«

*

»Da stimmt etwas nicht, Commander.« Es war nicht das erste Mal, daß Grappa diese Bemerkung vorbrachte. »Wallis kennt die Strecke, die wir benutzt haben, in- und auswendig. Selbst wenn das technische Versagen, das wir erleben, weitreichender ist als angenommen und er keine Rückmeldung erhält, in welcher Relaisstation wir hängengeblieben sind, hätte man uns dennoch bereits entdeckt.«

»Ganz meine Meinung«, stimmte Shanton dem Mailänder zu. »Ein Suchkommando hätte uns längst gefunden. Die Nomaden haben angeblich so einen feinen Geruchssinn, daß sie uns sogar im Leerraum damit erschnüffeln müßten. Wo also bleiben die Burschen nur?«

Das fragte Dhark sich auch. Inzwischen war der fünfte Tag angebrochen, an dem sie ohne Kontakt zur Außenwelt waren. Trotz unermüdlicher Bemühungen war es den Gestrandeten nicht gelungen, eine Funkverbindung herzustellen. Dhark fand es sehr bedenklich, auch nichts von den Nomaden zu hören. Sie hätten sich normalerweise längst aus eigenen Stücken auf die Suche nach der Delegation gemacht.

Auf Pakk Raff war ebenso bedingungslos Verlaß wie auf Wallis.

Was also hielt den einen wie den anderen davon ab, ihnen zu Hilfe zu eilen? Die Ungewißheit war deprimierend, genau wie die Tatsache, mit mehreren Personen auf engem Raum eingepfercht zu sein, der nicht dauerhaft dafür ausgelegt war.

Er war froh, daß sowohl das Luxusmodul als auch die in dem ausgehöhlten Asteroiden eingerichtete Station über sanitäre Anlagen verfügten. Selbst Kleidung zum Wechseln stand in bescheidenem Rahmen zur Verfügung. Der Zeitpunkt, an dem die Konserven zur Neige gingen, zeichnete sich dafür immer deutlicher ab.

Die beiden Reisebegleiterinnen Marianne und Sheryl hielten sich besser, als er es ihnen zugetraut hatte. Manu Tschobe hingegen gab sich düster und wortkarg wie zu seinen verschlossensten Zeiten. Wenn man ihn ansprach, antwortete er mürrisch und brachte kaum ein paar Worte heraus.

»Ob draußen eine Katastrophe kosmischen Ausmaßes eingetreten ist?« grübelte Grappa.

»Eine Katastrophe, die verhindert, daß wir Kontakt zur Außenwelt gelangen?« Kees van Friemel zog die Stirn in Falten.

»Das geschähe nicht zum erstenmal.«

»Wovon sprechen Sie?«

»Vom sogenannten Weißen Blitz im Jahr 2057, der bei der Transition der Galaxis Drakhon entstand. Damals wurden unzählige technische Einrichtungen der Worgun zerstört, sofern sie nicht von einem Intervallfeld geschützt waren. Das gesamte Milchstraßengebiet sowie die Graue Zone mit den darin eingebetteten Leerraum-Systemen waren damals von der Katastrophe betroffen.«

»Aber nach Drakhon gibt es keine weiteren Galaxien, die durch die Gegend transitieren und einen solchen Schock auslösen könnten«, widersprach Atawa.

Shanton wühlte nachdenklich in seinem Bart. »Das muß auch gar nicht der Fall sein. Theoretisch sind andere kosmische Vorgänge vorstellbar, die einen ähnlichen Effekt nach sich ziehen. Ich würde Grappas Überlegung nicht so einfach von der Hand weisen. Da draußen kann irgend etwas passiert sein, vor dem wir nur durch einen unglaublichen Zufall geschützt wurden.«

»Das klingt... unheimlich«, sagte Marianne. »Halten Sie so etwas tatsächlich für möglich?«

»Ja.«

»Wie hoch ist die Wahrscheinlichkeit für das Eintreten eines solchen Vorfalls?«

»Das kann ich ohne Unterstützung des Checkmasters prozentual nicht ausdrücken, aber selbstverständlich verschwindend gering.«

»Zum Glück«, seufzte Sheryl erleichtert. »Ich möchte nicht gern den Rest meines Lebens mit Ihnen allen hier drin verbringen. Verzeihung, damit wollte ich nicht sagen, daß... ich meine...«

»Schon gut, Sheryl«, sagte Dhark lächelnd. »Sie brauchen sich nicht zu entschuldigen. Ich bin sicher, keiner von uns ist scharf darauf, noch lange in dieser Konservendose zu stecken.«

»Um noch einmal auf die von Shanton kleingeredete Wahrscheinlichkeit einer kosmischen Katastrophe zurückzukommen«, warf Grappa ein. »Wie groß war sie denn damals? Wer hat jemals damit gerechnet, daß eine ganze Galaxis aus einem anderen Universum in die Nähe der Milchstraße gerissen wird?«

»Das kann man mit der heutigen Situation nicht vergleichen.«

»Und wieso nicht? Ich finde, der Vergleich ist durchaus angebracht«, verteidigte Grappa seine Überlegung.

Leider mußte Dhark ihm zustimmen. Ohne den Zugang zu irgendwelchen Informationen durften sie keine noch so schrecklich erscheinende Möglichkeit ausschließen. Mit Schaudern erinnerte er sich an die damaligen Verhältnisse. Durch die Versetzung von einem Universum in ein anderes war beispielsweise das Transitieren in Drakhon unmöglich geworden, weshalb die dortigen Völker ihre Wurmlochantriebe hatten entwickeln müssen.

»Angenommen, Hilfe bleibt auch weiterhin aus«, brachte sich Tschobe in die Unterhaltung ein. »Was unternehmen wir dann? Bleiben wir tatenlos hier hocken, bis wir verhungern und verdursten?«

»Seien Sie verdammt noch mal nicht so pessimistisch, wenn Sie schon einmal den Mund aufmachen«, knurrte Shanton.

»Manu hat recht, Chris.« Die Worte fielen Dhark nicht leicht. »Wir besitzen keine einzige Option, uns gegen dieses Schicksal zu wehren.«

Grappa klatschte wütend in die Hände. »Ich bin nicht bereit, das zu akzeptieren. Wir haben bestimmt tausendmal in der Klemme gesteckt, aber immer einen Ausweg gefunden. Darunter waren unzählige Situationen, die wesentlich bedrohlicher waren als diese hier.«

Ja, dachte Dhark, das traf zu.

Doch diesmal waren die Voraussetzungen anders als jemals zuvor.

Es gab nichts, was sie tun konnten. Sie waren völlig hilflos. Van Friemels Techniker wühlten sich Stück für Stück durch die Transmitteranlage. Dabei stand fest, daß es vergebliche Liebesmüh war.

Der entstandene Schaden welcher Art auch immer, der einen Transport unmöglich machte, befand sich nicht im Inneren der Relaisstation.

»Zumindest optisch hat sich draußen nichts verändert«, sagte van Friemel, der die Umgebung des Asteroiden überwachen ließ. Ebenso war trotz des Ausfalls des Hyperfunks die Funkstation rund um die Uhr mit einem Techniker besetzt. Van Friemel wollte keine Möglichkeit einer Kontaktaufnahme auf ungewöhnlichen Wegen außer acht lassen, auch wenn sie noch so verschwindend gering war. »Der Weltraum sieht so aus wie immer. Das belegen die Bilder, die wir auf den Außenmonitoren sehen.«

Shanton winkte ab. »Das besagt nichts. Glauben Sie, nach der Versetzung von Drakhon hätte das Weltall geglüht oder kleine Weltraumkobolde wären mit erhobenen Warnschildern durch die Galaxis geflogen? Nein, alles sah aus wie immer.«

»Das ist nicht witzig.«

»Wer weiß schon, wie lange wir noch Zeit für Witze haben?« sagte Shanton lapidar.

»Ich warte jedenfalls nicht, bis uns der letzte Tropfen Wasser ausgeht«, murrte Tschobe und erhob sich.

»Was haben Sie vor, Manu?« frage Dhark alarmiert.

»Nichts, gar nichts. Im Moment jedenfalls noch nicht. Ich sehe mich nur ein wenig in dem Asteroiden um.«

»Müssen wir uns Sorgen um ihn machen?« fragte Atawa, nachdem Tschobe den Raum verlassen hatte.

Dhark konnte ihr die Frage nicht beantworten. Im Grunde, dachte er, kam es über kurz oder lang nicht mehr darauf an. Denn viel Zeit blieb ihnen nicht mehr.

*

Ross Nokk hockte unruhig in seiner Funkbude, als der UKW-Funkspruch von der REISSZAHN eintraf. Er schaltete auf Lautsprecher, damit alle in der Zentrale mithören konnten. Erst danach nahm er den Ruf entgegen. Es war Kupp Gitt, der eine Botschaft übermittelte. Er klang zerknirscht.

»Wir haben wie gewünscht den Versuch einer Kurztransition unternommen. Er ist fehlgeschlagen, Rudelführer. Ich wiederhole fehlschlagen. Ein zweiter Versuch brachte ebenfalls keinen Erfolg, obwohl die Sprungtriebwerke laut unseren Instrumentenanzeigen in Ordnung sind. Schadensfeststellung verlief erfolglos. Wir befinden uns auf dem Rückflug nach Anfang. Kupp Gitt, Ende.«

»Möge uns der allmächtige Dorrkk beistehen!« stieß Plepp Riff aus.

Die anderen Offiziere schwiegen. Niemand wagte es, den Rudelführer anzusehen. Pakk Raff war fassungslos. Bis zuletzt hatte er gehofft, daß die FREIHEIT ein Einzelfall war. Nun erlebte er eine bittere Enttäuschung. Kein Kreuzraumer war mehr zum Sprung durch den Hyperraum fähig. Die Schiffe der Nomaden waren zu Schnecken geworden, die kaum noch von der Stelle kamen. Früher hätte Pakk Raff seinen Frustrationen freien Lauf gelassen. Er hätte etwas zertrümmert oder seine Wut an irgendwem ausgelassen, der ihm unvorsichtigerweise gerade in die Quere kam. Heute verhielt er sich nicht mehr so, aber es bereitete ihm große Mühe, die Kontrolle über sich aufrechtzuhalten.

Der Funkoffizier räusperte sich. »Soll ich Kupp Gitt eine Nachricht übermitteln, Rudelführer?«

Priff Dozz löste sich aus seiner Erstarrung. »Nicht nötig. Die REISSZAHN ist auf dem Rückflug. Ihre Besatzung kann nicht mehr tun als wir.«

Pakk Raff starrte ins Leere. Er spürte eine unwirkliche Hitze, die seinen Körper von innen heraus zu verbrennen schien. Was geschah nur mit ihm? Das war *Panik,* erkannte er. Er war dabei, in Panik zu geraten. Er wollte nicht, daß seine Leute ihn so sahen.

»Alle raus aus der Zentrale!« bellte er. »Nur du bleibst hier, Priff Dozz. Nun macht schon, laßt mich mit meinem Berater allein.«

Offiziere und Techniker sprangen von ihren Plätzen auf und sahen zu, daß sie aus der Zentrale kamen. Vielleicht erinnerten sie sich an frühere Zeiten, als ihr Rudelführer noch weniger umgänglich gewesen war. Binnen weniger Sekunden konnte sich Pakk Raff unter vier Augen mit seinem Berater unterhalten.

»Du hast ihnen einen ordentlichen Schrecken eingejagt«, raunte Priff Dozz. »Und mir auch, ehrlich gesagt.«

Pakk Raff richtete sich auf. Das Feuer in seinem Inneren kühlte ein wenig ab. Die Panik hingegen wollte nicht vergehen.

»Keine Sorge, Kleiner, ich habe mich unter Kontrolle«, versicherte er.

»Das ist gut, Großer. Ich habe nämlich den Eindruck, wir haben noch nie so einen kühlen Kopf gebraucht wie heute.«

»Deshalb vertraue ich auf dich. Wir sitzen in der Falle. Wir sind mit etwas konfrontiert, gegen das ich nicht kämpfen kann. Es gibt keinen sichtbaren Gegner, der die Schuld daran trägt, daß wir nicht mehr transitieren können. Fast könnte man meinen, der Bubbakk spiele ein grausames Spiel mit uns. Aber das hätte ich den anderen doch nicht sagen können. Was werden sie von mir denken, wenn sie merken, daß ich hilflos bin, weil mir all meine Kräfte nichts nützen?«

»Gar nichts werden sie denken, weil sie es nicht erfahren«, wirkte Priff Dozz beruhigend auf seinen Rudelführer ein.

»Du irrst dich, Kleiner.« Pakk Raff stieß einen klagenden Laut aus. »Sie erfahren es nicht jetzt gleich, aber schon bald wird jeder wissen, daß wir in unserem Sonnensystem festsitzen. Ich hätte den Sternensogantrieb früher in unsere Kreuzraumer einbauen lassen müssen, was aber nicht geschehen ist, weil unsere Techniker maulen. An Terence Wallis' Transmitterstraße sind wir ebenfalls noch nicht angeschlossen, und wer weiß, ob es nun jemals dazu kommen wird. Vielleicht können unsere Freunde mit ihren Schiffen ja auch nicht mehr bis zu uns vordringen. Ist dir klar, was das bedeutet? Keine Weltraumflüge. Kein Handel und keine Geschäfte. Wir kommen hier nicht mehr weg und werden elendig zugrunde gehen. Das wird man mir vorwerfen. Auch wenn niemand es wagt, den Vorwurf meiner Schuld auszusprechen, werden sie es denken.«

»Du übersiehst etwas, Großer.«

»Und was?«

»Die FORTSCHRITT.«

»Was ist mit ihr? Sie liegt auf dem Raumhafen und wird dieses Sonnensystem ebenfalls niemals verlassen.«

»Falsch.« Priff Dozz stieß die Luft aus. »Wie gut, daß wenigstens einer von uns den Überblick behält.«

»Ich kann dir nicht ganz folgen. Du hast es unterwegs selbst erlebt. Weder sind wir in der Lage, künftig Transitionen durchzuführen, noch können wir jemanden um Hilfe rufen, weil der Hyperfunk nicht mehr funktioniert.«

»Daß beides zusammen ausgefallen ist, ist nicht so verwunderlich, wie es auf den ersten Blick erscheint.«

»Wieso nicht?« Allmählich wurde Pakk Raff ungehalten. Andererseits keimte in ihm die zarte Hoffnung, daß sein Berater einen Ausweg sah, den er selbst nicht erkannte.

»Weil Transitionstriebwerke und Hyperfunk auf den gleichen physikalischen Voraussetzungen basieren«, erklärte Priff Dozz. »Für die Technologie der Worgun gilt das jedoch nicht. Sie hat, zumindest was ihre Antriebe angeht, einen ganz anderen Weg beschritten.«

Pakk Raff ließ die Worte in sich nachhallen. Wenn sein Berater recht hatte, stand den Karrorr trotz allem ein Schiff zur Verfügung, mit dem sie ihr System zu interstellaren Flügen verlassen konnten.

»Du kannst dir also vorstellen, daß der neue Raumer überlichtschnell fliegen kann?«

»Ich bin zuversichtlich. Für das Transitionstriebwerk, das ebenfalls noch in die FORTSCHRITT eingebaut ist, gilt das allerdings nicht. Da die Naturgesetze selbst für die Worgun gelten, wird es nicht funktionieren. Das soll uns aber nicht stören.«

»Nein, wirklich nicht.« Trotz der erfreulichen Aussicht blieb Pakk Raff skeptisch. »Das neue Schiff ist noch nicht einsatzbereit. Ich habe keine Ahnung, wann der Zeitpunkt gekommen ist, es in Betrieb zu nehmen.«

»Aber ich«, verriet Priff Dozz. »Ich habe mir die FORTSCHRITT vor ein paar Tagen angesehen. Es sind nur noch wenige Tests nötig, dann kann das Schiff starten.«

Die Eröffnung überraschte Pakk Raff. Sie zeigte ihm, daß er sich zuviel mit geschäftlichen und politischen Dingen beschäftigte. Er sollte sich mehr um einen elementaren Bestandteil der Vergangenheit und der Zukunft seines Volkes kümmern, nämlich um die Raumschiffe. Und in der Situation, in die die Nomaden so unerwartet geraten waren, ganz besonders um die FORTSCHRITT.

»Wir können unser System also in Kürze wieder verlassen?«

»Sofern beim Bau keine Fehler gemacht wurden, die uns zeitlich zurückwerfen, ja.«

»Raub mir nicht gleich wieder die Hoffnung, nachdem du sie gerade erst entfacht hast, Kleiner.«

»Das ist nicht meine Absicht. Ganz ehrlich, Großer. Ich bin guter Dinge. Du siehst, niemand wird dir Vorwürfe machen. Im Gegenteil, das Rudel wird noch eingeschworener hinter dir stehen, weil du – wenn auch unwissentlich – bereits Maßnahmen gegen eine Gefahr in die Wege geleitet hast, als diese Gefahr noch gar nicht zu sehen war. Du bleibst nicht nur der unangefochtene Rudelführer, an dem keiner deiner Leute Kritik wagen würde, du festigst deinen Status noch. Schließlich bist du es, dem wir die FORTSCHRITT mit ihren für uns neuen Antriebseinrichtungen zu verdanken haben.«

»Ich merke, was du machst, Berater. Du schmierst mir, wie die Menschen sich ausdrücken, Honig ums Maul.«

»Du magst Honig doch gerne. Aber du kennst mich. Ich nenne dir meine Einschätzungen so, wie ich selbst sie sehe. Was ich sagte, meine ich so. Wir haben zwar allen Grund, uns Sorgen zu machen. Es kommen schwere Zeiten auf uns zu. Das ist aber kein Grund, den Kopf in den Sand zu stecken. Der Hoffnungsschimmer, der in Form der FORTSCHRITT draußen vor der Stadt auf dem Raumhafen liegt, leuchtet besonders hell.«

»Wenn du das sagst, wird es wohl so sein.«

»Ganz davon abgesehen hatte ich eben den Eindruck, daß es nicht schaden kann, dich ein wenig aufzumuntern.«

»Das, mein Lieber, fällt aber eigentlich nicht in deinen Aufgabenbereich. Daher bleibt es streng unter uns beiden.«

»Du kannst dich darauf verlassen.«

Pakk Raff fletschte die Zähne. Priff Dozz' Ausführungen klangen wirklich gut. Je länger er darüber nachdachte, desto einleuchtender erschienen sie ihm. Mochte der allmächtige Dorrkk verhindern, daß es im letzten Moment doch noch zu Bauproblemen bei der Fertigstellung des neues Schiffs kam.

Denn die unheimliche Bedrohung blieb existent. Bisher hatte alles seine Richtigkeit gehabt. Es gab keine logische Erklärung dafür, daß von einem Moment auf den anderen sowohl Hyperraumsprungtechnik als auch Hyperfunk versagten. Pakk Raff war ein zu erfahrener Fahrensmann, als daß er daran glaubte, die Natur habe sich urplötzlich dazu entschieden, gewisse Naturkonstanten zu ändern. Wenn Dinge geschahen, die zum Nachteil der Nomaden gerieten, steckte nicht die Natur dahinter. Irgendwer war dafür verantwortlich, und zwar irgendwer, der sich irgendwann auch packen ließ.

Pakk Raffs kurze Phase der Schwäche war überwunden. Ein Unbekannter hatte seinem Volk den Kampf angesagt, auch wenn er sich nicht öffentlich zeigte. Eines Tages würde er ans Licht treten und seine Absichten offenbaren. Dann würde er auf einen Gegner stoßen, den er nicht erwartete. Denn Pakk Raff war bereit, sich ihm zu stellen. Der Unbekannte hatte den Krieg begonnen, gewonnen hatte er ihn aber noch lange nicht.

»Mir scheint, ich habe dich ein wenig aufgemuntert«, sagte Priff Dozz.

»Ein wenig, das ist richtig.«

»Dann habe ich im Gegenzug eine kleine Bitte an dich.«

Pakk Raff horchte auf. »Was möchtest du?«

»Nur eine Information. Mir geht nämlich dieser Spruch nicht mehr aus dem Sinn.«

»Welchen Spruch meinst du?«

»Den, den du in Zusammenhang mit Terence Wallis und den Wuchtkanonen zitiert hast. ›Die Kapitalisten werden uns noch den Strick verkaufen, mit dem wir sie aufknüpfen‹.«

»Du hast vielleicht Sorgen, Kleiner. Also schön, er stammt von einem Terraner namens Lenin.«

»Wer war dieser Lenin?«

Pakk Raff lachte laut auf. »Ich habe nicht die geringste Ahnung.«

*

Grappa hatte einen Arm um Marianne gelegt, was sie sich widerstandslos gefallen ließ. Dhark hatte sogar den Eindruck, daß sie die Zuwendung genoß. Schon zuvor war es ihm so vorgekommen, als würde es zwischen seinem Ortungschef und der Reisebegleiterin knistern. Die gelegentlichen Scherze zwischen beiden waren nur ein Indiz. Mehr noch sagten die Blicke, die sie sich zuwarfen, wenn sie glaubten, daß es keinem auffiel.

Eine Romanze zwischen den Sternen, dachte Dhark, paßte zu einem Weltraumvagabunden wie Grappa. Dummerweise kam sie zu einem denkbar ungünstigen Zeitpunkt. Er hätte dem Mailänder mehr Glück mit der jungen Frau an einem anderen Ort und unter anderen Umständen gewünscht.

»Woran denken Sie, Dhark?« fragte Shanton.

»Ich schließe Wetten mit mir selbst ab.«

»Aha, und worum dreht es sich dabei?«

»Ich wette, ob Wallis' Leute oder die Nomaden uns hier rausholen.«

»Und wer liegt Ihrer Meinung nach vorn?«

»Schwer zu sagen, Chris. Wollen Sie einsteigen?«

»Lieber nicht.« Dunkle Wolken umflorten Shantons Augen. »Ich könnte auf die Idee kommen, auf eine dritte Variante zu setzen. Wie die aussieht, brauche ich Ihnen wohl nicht zu schildern?«

Dhark horchte auf. »So gering schätzen Sie unsere Aussichten auf Rettung ein? Sie sind doch sonst kein solcher Pessimist.«

»Eben. Ich bin Realist. Aber vielleicht belehrt mich die Realität ja eines Besseren. Also schön, ich setze auf die Nomaden.«

»Na, also, Chris. So gefallen Sie mir. Wir werfen die Flinte noch lange nichts ins Korn.«

Shanton versuchte ein zuversichtliches Lächeln. Es mißlang gründlich. »Sie versuchen den anderen Optimismus zu vermitteln, Dhark. Anders würde ich Sie auch niemals einschätzen. Doch wir dürfen uns den Tatsachen nicht verschließen. Wir müssen die verbliebenen Lebensmittel rationieren, die Wasservorräte ebenso.«

Dhark biß sich auf die Lippen. Für einen Moment schloß er die Augen. Die Umsetzung von Shantons Vorschlag würde die Moral der Gestrandeten beeinträchtigen. Ein deutlicheres Signal für das unschöne Ende, das ihnen drohte, gab es nicht. Jedoch gab es auch keine Alternative, um möglichst lange durchzuhalten.

»Sie haben recht, Chris.«

»Soll ich das übernehmen?«

Dhark schüttelte den Kopf. »Das ist meine Aufgabe. Vergessen Sie nicht, ich habe Sie alle in diese Lage geführt.«

»Unsinn! So etwas will ich nie wieder hören – und sicher auch keiner der anderen. Sie wollten allein zu den Nomaden aufbrechen. Wir haben Sie freiwillig begleitet, uns Ihnen gewissermaßen aufgedrängt, obwohl Sie uns anboten, unseren Urlaub bei Wallis zu verlängern. Sollten Sie also noch einmal auf die Idee kommen, sich unseretwegen Selbstvorwürfe zu machen, sorge ich dafür, daß Ihre Rationen ganz gestrichen werden.«

Shantons Litanei schaffte es tatsächlich, Dhark ein Lächeln zu entlocken. Er rang nach Worten, um nicht sentimental zu klingen. Ein Pfeifton bewahrte ihn davor, etwas Rührseliges zu sagen.

»Was ist das?« fragte er van Friemel.

»Mein Techniker in der Funkstation. Ich habe ihn angewiesen, sich umgehend zu melden, wenn er den kleinsten Mucks empfängt.«

Dhark richtete sich auf. Hatte man sie gefunden? »Ich setze 50 Dollar auf Wallis, Chris. Halten Sie Ihr Geld bereit. Wettschulden sind Ehrenschulden.«

»Ich habe UKW-Funkkontakt«, meldete sich der Techniker über die internen Lautsprecher der Station. »Ein unbekanntes Schiff ruft uns.«

Ein unbekanntes Schiff! Dharks Gedanken jagten sich. Also weder Wallis noch die Nomaden. In ihrer Lage war das gleichgültig. Sie mußten für jeden Strohhalm dankbar sein, der sich ihnen bot. Hauptsache war, daß überhaupt jemand kam, um sie aus ihrer mißlichen Lage zu befreien. Eilig aktivierte er einen der Außenbildschirme, die die Umgebung des Asteroiden zeigten. Seine Kameraden scharten sich um ihn, als ein Objekt vor dem schwarzen Hintergrund sichtbar wurde. In Relation zu dem Asteroiden hatte es stabile Position bezogen.

»Wer sind die?« fragte Rani Atawa.

Dhark zuckte mit den Achseln. In nur wenigen hundert Metern Entfernung schwebte ein Raumschiff im All. Es erweckte keinerlei Erinnerung in ihm. Es war groß, sehr groß. Der Typ war ihm unbekannt. Welche Wesen auch immer die Besatzung stellten, auf dieses Volk war die Menschheit noch nie getroffen.

REN DHARK – Weg ins Weltall
Band 38
Hyperraum nicht zugänglich
erscheint Mitte Oktober 2012

REN DHARK im Überblick

*Mittlerweile umfaßt die REN DHARK-Saga 213 Buchtitel:
16 Bücher mit der überarbeiteten Heftreihe,
36 mit der offiziellen Fortsetzung im DRAKHON- und BITWAR-
Zyklus, 29 Sonderbände, 19 Bände aus der Reihe UNITALL,
37 der aktuellen Reihe WEG INS WELTALL, pro Staffel
jeweils sechs Ausgaben der abgeschlossenen Reihen
FORSCHUNGSRAUMER CHARR (zwei Staffeln erschienen),
STERNENDSCHUNGEL GALAXIS (neun Staffeln erschienen) und
DER MYSTERIOUS, drei Spezialbände
sowie ein umfangreiches Lexikon zur Serie.
Der nun folgende Überblick soll Neueinsteigern helfen, die
Bücher in chronologisch korrekter Reihenfolge zu lesen.*

Erster Zyklus:

2051: Handlungsabschnitt HOPE/INVASION

Band 1:	Sternendschungel Galaxis (1966 /1994)
Band 2:	Das Rätsel des Ringraumers (1966 /1995)
Band 3:	Zielpunkt Terra (1966, 1967 /1995)
Band 4:	Todeszone T-XXX (1967 /1996)
Band 5:	Die Hüter des Alls (1967 /1996)
Sonderband 4:	Hexenkessel Erde (1999)
Sonderband 7:	Der Verräter (2000)
Sonderband 1:	Die Legende der Nogk (1997 und Platinum 2004)

2052: Handlungsabschnitt G'LOORN

Band 6:	Botschaft aus dem Gestern (1996)
Band 7:	Im Zentrum der Galaxis (1997)
Band 8:	Die Meister des Chaos (1997)
Sonderband 2:	Gestrandet auf Bittan (1998)
Sonderband 3:	Wächter der Mysterious (1998)

2056: Handlungsabschnitt DIE SUCHE NACH DEN MYSTERIOUS

Band 9:	Das Nor-ex greift an (1967 /1997)
Band 10:	Gehetzte Cyborgs (1967, 1968 /1997)
Band 11:	Wunder des blauen Planeten (1968 /1998)
Sonderband 12:	Die Schwarze Garde (2001)
Band 12:	Die Sternenbrücke (1968 /1998)
Band 13:	Durchbruch nach Erron-3 (1968 /1999)
Sonderband 8:	Der schwarze Götze (2000)
Band 14:	Sterbende Sterne (1968, 1969 /1999)
Sonderband 5:	Der Todesbefehl (1999)
Sonderband 6:	Countdown zur Apokalypse (2000)
Band 15:	Das Echo des Alls (1969 /1999)
Band 16:	Die Straße zu den Sternen (1969 /2000)

Zweiter Zyklus:

2057/58: DRAKHON-Zyklus

2057: Handlungsabschnitt DIE GALAKTISCHE KATASTROPHE

Band 1:	Das Geheimnis der Mysterious (2000)
Band 2:	Die galaktische Katastrophe (2000)
Sonderband 10:	Ex (2000)
Sonderband 9:	Erron 2 – Welt im Nichts (2000)
Band 3:	Der letzte seines Volkes (2000)
Band 4:	Die Herren von Drakhon (2000)
Band 5:	Kampf um IKO 1 (2001)
Sonderband 11:	Türme des Todes (2001)
Band 6:	Sonne ohne Namen (2001)
Band 7:	Schatten über Babylon (2001)
Band 8:	Herkunft unbekannt (2001)
Sonderband 13:	Dreizehn (2001)
Sonderband 14:	Krisensektor Munros Stern (2001)
Band 9:	Das Sternenversteck (2001)
Band 10:	Fluchtpunkt M 53 (2002)
Band 11:	Grako-Alarm (2002)
Sonderband 16:	Schattenraumer 986 (2002)
Band 12:	Helfer aus dem Dunkel (2002)

Sonderband 17: Jagd auf die Rebellen (2002)

2058: Handlungsabschnitt EXPEDITION NACH ORN

Band 13: Cyborg-Krise (2002)
Band 14: Weiter denn je (2002)
Sonderband 18: Rebell der Mysterious (2002)
Sonderband 19: Im Dschungel von Grah (2003)
Band 15: Welt der Goldenen (2002)
Band 16: Die Verdammten (2003)
Band 17: Terra Nostra (2003)
Sonderband 20: Das Nano-Imperium (2003)
Band 18: Verlorenes Volk (2003)
Band 19: Heerzug der Heimatlosen (2003)
Sonderband 21: Geheimnis der Vergangenheit (2003)
Band 20: Im Zentrum der Macht (2003)
Band 21: Unheimliche Welt (2003)
Band 22: Die Sage der Goldenen (2004)
Sonderband 22: Gisol-Trilogie 1: Der Jäger (2003)
Sonderband 23: Gisol-Trilogie 2: Der Rächer (2004)
Sonderband 24: Gisol-Trilogie 3: Der Schlächter (2004)
Band 23: Margun und Sola (2004)
Band 24: Die geheimen Herrscher (2004)
Sonderband 15: Die Kolonie (2002; Kurzgeschichten aus verschiedenen Zeiträumen des Serienkosmos)
Sonderband 25: Jagd nach dem »Time«-Effekt (2002)
Ren-Dhark-Lexikon (2004)
FORSCHUNGSRAUMER CHARR (sechsteiliger, abgeschlossener Mini-Zyklus um das Geheimnis der Nogk, 2004)
Sonderband 26: Wächter und Mensch (2004)
STERNENDSCHUNGEL GALAXIS 1-6 (abgeschlossener Mini-Zyklus, dessen Handlung zwischen Drakhon- und Bitwar-Zyklus spielt, 2005)
Sonderband 28: Sternenkreisel (2005)
STERNENDSCHUNGEL GALAXIS 7-12 (abgeschlossener Mini-Zyklus um das Kugelschalenuniversum, 2006)
UNITALL 2: Das Kugelschalenuniversum (2006)
STERNENDSCHUNGEL GALAXIS 13-18 (abgeschlossener Mini-Zyklus um Ren Dharks ersten privaten Forschungsflug, 2007)

UNITALL 1: Jenseits aller Zeit (2006)
STERNENDSCHUNGEL GALAXIS 19-24 (abgeschlossener Mini-Zyklus um Ren Dharks Begegnung mit den Byrds, 2007)
STERNENDSCHUNGEL GALAXIS 25-30 (abgeschlossener Mini-Zyklus um Ren Dharks Kontakt mit den 80 Völkern, 2008)
STERNENDSCHUNGEL GALAXIS 31-36 (abgeschlossener Mini-Zyklus um Ren Dharks Konfrontation mit dem »Geisterschiff«, 2008)
STERNENDSCHUNGEL GALAXIS 37-42 (abgeschlossener Mini-Zyklus um Ren Dharks Rückkehr nach Owid, 2009)
STERNENDSCHUNGEL GALAXIS 43-48 (abgeschlossener Mini-Zyklus um Ren Dharks Erkundung des Höllenfeuers, 2010)
STERNENDSCHUNGEL GALAXIS 49 - 54 (abgeschlossener Mini-Zyklus um Ren Dharks Kampf gegen die Rahim, 2011)

Dritter Zyklus:

2062: BITWAR-Zyklus

Band 1: Großangriff auf Grah (2004)
Band 2: Nach dem Inferno (2004)
Band 3: Die Spur des Tel (2004)
Band 4: Die Sonne stirbt (2005)
Band 5: Die goldene Hölle (2005)
Sonderband 27: Nogk in Gefahr (2005)
DER MYSTERIOUS (sechsteiliger, abgeschlossener Mini-Zyklus, 2005)
Band 6: Das Judas-Komplott (2005)
Band 7: Proxima Centauri (2005)
Band 8: Erwachende Welt (2005)
Band 9: Rettet die Salter! (2005)
Band 10: Freunde in der Not (2006)
Band 11: Vorstoß in den Hyperraum (2006)
Band 12: Dimensionsfalle (2006)
Sonderband 29: Havarie im Hyperraum (2007; Kurzgeschichten aus verschiedenen Zeiträumen des Serienkosmos)

Weg ins Weltall

2064/65: Handlungsabschnitt EISWELT TERRA

UNITALL 16:	Der Flug der JULES VERNE (2011)
UNITALL 3:	Mond in Fesseln (2006)
Band 1:	Eiswelt Terra (2006)
FORSCHUNGSRAUMER CHARR 7-12 (abgeschlossener Mini-Zyklus über die goldene Welt, 2006)	
Band 2:	Am Ort der Macht (2006)
Band 3:	Unter Rebellen (2006)
UNITALL 4:	Aomon (2007)
UNITALL 5:	Der ewige Krieg (2007)
Band 4:	Andromeda (2007)
Band 5:	Strahlungshölle W (2007)
Band 6:	Saltern auf der Spur (2007)
Band 7:	Bombe an Bord! (2007)
Band 8:	Das Geheime Imperium (2007)
Band 9:	Crekker! (2007)
Band 10:	Quantenfalle (2008)
Band 11:	Der lebende Mond (2008)
UNITALL 6:	Wurmlochfalle (2008)
UNITALL 7:	Geheimprogramm ZZ9 (2008)
Band 12:	Rettung für Sol? (2008)
Band 13:	Schlacht um Terra (2008)
Band 14:	Sünde der Salter (2008)
UNITALL 8:	Im Herzen des Feindes (2008)
Band 15:	Volk in Zwietracht (2008)
Band 16:	Der fünfte Wächter (2009)
UNITALL 9:	Der goldene Prophet (2009)
UNITALL 10:	An der Schwelle zum Krieg (2009)
UNITALL 11:	Kalamiten (2009)
UNITALL 12:	Der Deserteur (2010)
Band 17:	Im Netz des Diktators (2009)
Band 18:	Sklavenhölle (2009)
Band 19:	Weltenverschlinger (2009)
Band 20:	Agenten gegen Cromar (2009)
Band 21:	Imperator (2009)
Band 22:	Unlösbares Rätsel (2010)
Band 23:	Die Macht der Quanten (2010)

Band 24:	Geheimnis des Weltenrings (2010)
UNITALL 13:	ERRON-2.1 – Peilung ins Nirgendwo (2010)
UNITALL 14:	ERRON-2.2 – Der Einsatz des Vernichters (2010)

2066/67: Handlungsabschnitt NOTRUF AUS ORN

Band 25:	Gisol der Verzweifelte (2010)
Band 26:	Notruf von Orn (2010)
Band 27:	Die Schranke im Nichts (2010)
Band 28:	Para-Attacke (2011)
UNITALL 15:	Welt aus dem Gestern (2011)
UNITALL 17:	Kriegsgrund: Tarnit (2011)
Band 29:	Tödliche Rückkopplung (2011)
Band 30:	Priester des Bösen (2011)
Band 31:	Jagd auf die POINT OF (2011)
Band 32:	Sternengefängnis Orn (2011)
Band 33:	Die Herren des Universums (2011)
UNITALL 18:	Sternenhaie (2012)
Band 34:	Stützpunkt in der Hölle (2012)
Band 35:	Gigantenfalle (2012)
Band 36:	Die Welt zerreißt (2012)
UNITALL 19:	Der Atomkrieg findet statt! (2012)
Band 37:	Rückkehr ins Ungewisse (2012)

Einzelromane ohne Handlungsbindung an die Serie, welche ca. sieben bis acht Jahre nach dem Ende des ersten Zyklus in einem »alternativen« RD-Universum spielen:

Spezialband 1:	Sternen-Saga / Dursttod über Terra (2001)
Spezialband 2:	Zwischen gestern und morgen / Echo aus dem Weltraum (2002)
Spezialband 3:	Als die Sterne weinten / Sterbende Zukunft (2003)